Sämmtliche Werke

13. Band

Anatiposi

C.M. Wieland

Sämmtliche Werke

13. Band

Unveränderter Nachdruck der Originalausgabe von 1855.

1. Auflage 2023 | ISBN: 978-3-38200-822-2

Anatiposi Verlag ist ein Imprint der Outlook Verlagsgesellschaft mbH.

Verlag: Outlook Verlag GmbH, Zeilweg 44, 60439 Frankfurt, Deutschland
Vertretungsberechtigt: E. Roepke, Zeilweg 44, 60439 Frankfurt, Deutschland
Druck: Books on Demand GmbH, In de Tarpen 42, 22848 Norderstedt, Deutschland

fdmiitt{id)e SESetfe.

3)rei;^e^nter 3^anb.

3. ®c|(^^en'f(^e ©e^lagg^anblung.

^Uucit^r^^ctci ber 5. ®- <oftfi'f(i(,cn S^iuetianlifuiig in ^*SUtttgart* unb Siii^ijburg.

n 1 a 11

be^ erflen

excite

^cfl^a Bud). S^i^moftituS unter ben Slbbei^iiten.

e^ciK

u^^it^8 Sud), ^ii^^^^of^^(l^e8 in ®6telr.

Srfter % i) t i I.

®tel«nb, tie 91l^l)erlten.

benen etrvan b^iran gelegen fepn f>(b bet 2B«brbeit belt bei; bieftit ®efdji(db(e »nm ©runbe li^egenben S^b«^f^d)en unb d^t^ri^ft^^^iifiif^^en gflge ju vergei^iifei^^, fonnen — wofetn fte ni^eb^ 2u(t ^^b^w, foldje in ben dueUen ndmli^ib in ben SB^^fen eine^ i^i^tol^i^t,, 3)to^ene^ Sa^ittiu^, Qitbe^<it^^^ ^eli;tt^, fiuih^i^tb, S^ucian, ^^cero, Suoe^f^i, a^^lt^rii^iJ, ©d^ii^ei, ©^^inuo u. «. gufiufu^en, — (icb «i«i ben ^^ti^ein Sibbeirg unb S^enjotritui in bem 95al>>^fdbnn S^ori^i^l^ube fibnf^nngnn, bap biefn i^b^^riten nicbt unter bie ma()ren ©efd^^d^ten im ©efd^lna(fn bet 2ucian= ftben gel^i^ten. ©owobi bie at^^^eiit^n, a(i ibr get^i^i^^e^ ^it^ ^fltger ©«^^^trit, etfCbeinen bi^t in ibrem wahren ^id^te: unb roinroobt ber aSi^tfafTet, be^ Sfuifuttung bet 2i5<f^«^^ ^^fffarung bet bunfetn ©tnae>^,. j^rbung bet r^i^dtben unb ^^enl^tnigung belt fd^^inbarnn SBibecfprficb^, bie man in ben »otbnmnlbetnn ©c^tift^ebern Atbet, nacb unbefannten 9^acb1ti(btnn gn(^t^^^tnt ju b«ben fd^^ill^fl fo werben bocb fd^i^tffinni^ge gefe^ gei^abr werben, bap e^r itnt^nm biefem ^^nem ©nvdb1:0manne gefbiget ift, ^^eif^nl^t^f^ne^l^ll,tn^^^iaRC^nb ^tbenaen ju ben unb gegen beffen einjetne bn^ ^eugnig einer ganjen ®elt, unb bie en^fd^eiibung g^eic a[m^biitt»one»^, S:teop^)^^ten, ®eei^j^t)it;n, 6entum»^rn nnb S^^^centicmoiirn, giKb ®ocicoren, SWfij^ifteic unb S^t^ccalaure^^, fammt unb fonbei:^ tung ift, ndmKvT beii 9^^^nr felbft.

S^uttte man biefed fleine 3Beit al^ t^^ewob^ B^ei^i^i^^g @eM>d&te bed menfcbti^cben a^£^,tf:anbe*^<^(^: feben wol^t^n, fo ldgt jidj'd ber S^^fafi^^ febi: ioobl gefaDeu* ^^aubt a^^r, bag ed audb unt^^ biefem fo oornebm (lin^(^^n^ben ^di(^dt we^(^t: mebr noth wdnigd^ fev, aid wad aHe ©eftbid^t:: ^^(ber feun mfiffen, wenn fi'e ni(bt unter bie fcb^ne «W(^luftne ^^i^(»b(fi^l^(^n, unb mtt bem ft^alften alle^ SWdbr^en beir 2)amc ®'9[ulnov in gewoirfen werben woUen.

©emofvttu^ Hntev bcn Stbbeirttcn.

@rflc§ ^apttel.

S^DtlAiifise 9?«dridften »om Urfiirmi!) ber @iabt aibbeira unb bem 6bnrafti^t i(^rirr Siiin^oOner.

S^lt^er^butn beif ©tabt 9(l,b<ir« in S^^^r^cien fi«b in beif eftbeibdeten Jj^elb^^is^^t. 2(utb fann unS fel,r flleiibe^t^ttifl fect^„ ob (ie ibten 9J«mfn oon einer @<b»ve=(teethed ^^icud^ltigten ®i^ontebe^„ Aonigs beif95ijtoni^'^(ben S:br«=tier, — toelchet ein fo gr^^er 2i^ebb«beif oon ipferben waif, nnb beifen fo oiele er unb fetn Sanb enbUth von feinen ipfeifben aufgefirelfen wurbe, — obeif »oti2l^^iet^i^f5, einem ©taf^meijter biefcS ^AonigS, ob<^if oon einem anbern ^bb^ruS, bet ein iie^^iiig beS ^ertule^ gewefen fepn fdl, empfangen habe. •

iUbb^tfa «\^r^l,finige ^ahi^bun^berte nach ihrer erften ©nUt^:bung, ooi; ^lter Wiebeif ju(^^^n^engefaH^n; alS lEimeftuS oon A^a^^iimiene, nm bib^eit bet einuo^bbi^etjiMjVen Olpmpiabe, eS unt^^nahm, fie w/ebet l^^f'i^l^^uen. 2>ie wi^ben S^hratler, welibe feine ©tabte in iOter 9Ja(bb«rf(brtft «««ffommen laffen woDl^^n, liefen i^m nidtpeit, bieJTrfidt^e feinet Si^l^eitju 9i^i^i:e|fen. @ie tri^eben ibn roi^eber foi^it, unb STbbeicfl blieb n^^; bewol^nt unb unooDenbi^l;/ bid (unsefdfr um bad 6nbe ber neiinunbfunfiifiilen £iii>mpiabe) bie Sinwobner ber ^oni^Chen ©tabt i^eod — weil fie teine 2n(^ batten, fl(b bem Si^oberet Snrud ju unt^ei^werfen — ju ©(biffe gingen, nocb Slbracien fegellten, unb, ba fie in einer ber fru^^barften ©egenben bed=felben biefed 3^bbei^a-fdbon gebnuet fonben, ficb beffen nld einet ae(lafenen unb niemanben iugebdrigen ©ocbe bemdibtii^t'en, aucb ficb barin gegen bie iZ^bt^t^^iCben S^i^^baren fo gut bebaup:teten, baf (ie unb ibre 9?ad^^i^i^^men oon nun an 3lbb(^i^iten biefen, unb einen iieinen 3rrle^(^(^at audmac^ten, ber (wie bie meiften ©l:^(^(b^f(ben ©tabte) ein jweibeutiged SDfi^i^lbing »on ©emo^ratie unb ^ri(^oirat^e war;, unb regiert wurbe — wie (leine unb grofe 9iepuetiten oon jeber regiert worben finb.

„2Bo^u (rufen unfte 2efeic) biete®eeuctionen bed U^fprungd unb ber ©c^idFfale ber ©tabt albbera in ^bt^oeien? 2Bad tummeirt und Stb^^na? 2Bad liegt und baran, ju wiffen ober nidbt su wijfen, wann, wie, wo, warum, von wetn, unb su wad Sube eine ©tabt, welcbe la'ng(t ni^t mebt in ber 2Bellt ifl:, erbaut worben fepn mag?"

©ebulb! gUnftige Zefi^ir, ©eeule, bid wir, eb' icb welter foctersdble, Uber unfre S^^e^b^gungen einig finb. I^^irbAte ber JOimmet, baf man eucb sumutben foltte bie tbgUiiten su lefen, wenn ibr gerabe wad 9^i^tbigered su tbun ybjer wad SSeflered su lefen bobt! — „3^(b muf auf eine i^iebigt flubiren. — 3^<b bdbe Arante su eetu(^en. — 3^«b bob' ein ©Ht^i^cbteu,

einen eine S^nu^ei^ung, einen untertbaniigl^en SJeiri^tbt ju machen. — 3^^ mnjj recet^firen. — fehlen noch fed)-' ^ebn SJoifcn an ben »iet Slipbabe^en, bie tcb meinem iSer^^get binnen adjt S^t^gen l^efern mud- — Sb bab' ein 3^ocb Otbfen ^^fi^inft'. — 3^<b b«b' ^^n 2Beib genommen —" 3n ®otte^ 9iamen ! ©t^befud^t:, refei^i^t, rec^iMiid:, ub^^fe^:, lauft unb freiet! — Sefd^b^f^igte Sfet finb felt^en gute Sefer. 33alb ihnen abed, halb nie^^tS; halb nerfl^^ben (ie und halb, balb gar nid^t, halb (tuad noch fd^liimmec ift) un^e^t:. mit IBergnugen unb Siuk^en lefen r^itt, mud gerabe fonft nichtd anbred ju thun noch ^u benfen h«be^. Unb wenn ihr euch in biefem gaBe bef^l^l^^t: warum foHtet ihr ni^cht di»e^ obee brei Mit^uien b^nan wenben wdlm, etwad ju wiffm, wad einem ©almi^ffi^si, einem S^f^i^le, — unb, um aufri^chti^g ^u fepn, mir felbft (weit mir nicht i^u ree^^et S^^t ^^nf^t^l, ben artifel ^bbeea im Staple na^^uf^lag^^) eben fo oie^e ©f^un^: ben gefoflet hat? iii5u^^bet ihr mir ho(b geb^tbtg i^^gehdrt ha^^tt, wenn ich enih bie Rifiorie »om ^onig in S^i^l^t^^lt^taub, be^t'^ebeu ©e^^6fet hat:te, ju eriahlen augefangeu hatte.

®ie ^bb^^iten alfo hatten (bem oufoljfe, wad »on ^hnen gemelbet roorbeu ift) ^^u, fo fein^^, lebb<^|^^e^, w^b^^ged unb ftuged 936lEejeu fepn foUien, ald jemald eined unter ber ©onne gelebt ha^^.

„Uub warum bie^il"

®^efe grag« wirb und oermu^hti^ nicht »on ben gelehi^=ten unter ftuf^^u fiefern gemae^t:. St^^i:, WOC woBte aunh SJfle^^r f^re^bein* wenn aHe 2efer fo geHi^l^rt wfren ald ber a^^itor? ®ie ^tfcge jioarum bied? ifl aKemal ^^ne fehr

©ieserbient, »»P bieStebe »en me^fWli^en S>u^g^en ift (mit ben flottUcben i(^’^ ^^n anbeees^), eine Olnti^i^rt; unb webe ^^m, beic verl^egen obei:'befd^iii^t obei: un8e^(»lten wirb, wenn (ii<b auf „roflrum verfnebmen Irtffen a^iir unf^^v Ott^ wurrben bie Slntwort unflefrif^^ift gegeben hab^n, wenn bie Sefet n^cht fo bflf^’9 fleiwefcn wdfen. i-iier i(t jte!

a^eo^ war eine uttben^fthe Kolon^e, von ben iwbifenobet breijebn ^^ne, welfhe unter ainfubrnng ©oi^^n, in 3^owien wurben. -

2^ie aitbenec waren von jebe: ^^n mut^^ire^ unb fle^ftr^eh unb jinb nod^, w^e mon fogt. a[tbet^^lr, na<b Sonien oerfel^t:, geeoannen unter betn ffjonen jj^i^mm!, beit oon beir 9iatwr oe^jjartelte £flnb umflieflt, wie S^^i^gun: ^^^:£R^ben bu^cb ajet^pfianj^ung iBorge^^rge ber ^^ten ^(off'nnng. SJo: alien anbeirn asolt^^n ^^ei Sr^^bo^^r^^ waten bie 3^^^^<brn ©tl^cben ^^e ©Unf^l^nge beif aWi^ifen. .^omei: felbfb w«if, be^ gro^ten 2Babrff^^inli^te^t nafb, ^^n S^oniet. S>ie erot^ftben ©efa'nge, bie SR^^^fifhen gabeln (bie aJolf^^lber unfrer 9}aaetten unb Siomane) erfennen S^on^en ffir ibr asat^er^: lonb. S^et jOa:a^ ber ©riecbe^, Slltao^, bie glUbe^b^ ^e^^pbo; ninalre^^, beic ©dnger — bie — Sfp^l^i^ei, bee; SDt^li^t ber waren au^ Sonien; 9[na(i^eon war fogar gebc^i^ner iE^ejer. S)ufer lebte modite ^^wa ^^n 3^>iigt^= (ing von ad^t^ijebn S^obr^en fepn (wenn onbe|R Carn^^ redbt gnref^net b^o), al^ feine 9W^^l^l^^^gec nacb 9l^ec^a sog^n. ®: sog mit ibnei, unb jam 9^^lOleife, bab erj^e^ne ben Siebed: go^itern geloei>bte Sever nicbt satUffg^^ifirei^^vang et bac)

2i<^b an ein ^ibb^en (in ®arnefen^ Siu^jjabe ba^ •^i^'f^n ^^n geroiflfef roilbet Ibb'^^itfbb^^ 5^<^n gegen bie 3^on><be ©^^^iie, bie feinen Siebern eigen i(t, anf eine befonbeire S^irt abjl^tbt.

SBet foUte nun nit^^ ^^t^lfen, bie S^eiet — in tbrem er(ien Urfprung Oftbeneir — fo lange geit in 3oni^en ein^^ii^iif^ — B^itbirr^^it i^nii ^naEreon^ — fodten au<b in ^b^<lc^^in ben Sbaraft^^ eine^ gi^>tr^^^cben sBolte^ haben? ^ddin (roag au(b bie Ui>f(^(bi bauen geroefen fepn mag) bag ©egen: tbeil ifi: aufer gwi^fi[. A'num murben bie a^eiet ju ^M^^ti^tin, fo fcblugen fte aug bee; Sirt. ^i<bt fie ihre ooirmalige Seb^ b^^ti^^eiit: »ilriorin unb fitb in Sc^opfe oerm^nbelt bil^i^en, ^^e S^uoenal fie ungered^^ilf 2Beife ^^ffi^i^ll^ii^^. Sibt^e Sebbafs tigfeit nahm nur iini ^^nbirlicbi ^enb^i^^g; benn ihre @in: bitbung giro(^nn einen fo gro^en a^i^i^fpirnng Uber ihre nui^^^, ba^ eg biefeir niemalg ^^ebeir mbgliib m^nr, fie eiriiju: boll^t^. ^g mangette ben Sibb^iriten nie an S■^t>nillen: abeif felten.papten ihre ei^tfaille aaf bie ©eleg^nb^it roo >ti ange* bra^tt wt^1rb<^i^^ ob^ir Eatnen erfl roenn bie ®eleg^i^lb^it »orbei m^ir. ©ie fpi^<^<bin ^^el, aber immer ohne ficb einen Slugen= btidf ju beb^nfen mag fie fagen »ol^t<^i^„ obee: roie fie eg fagen n^i^l^t<^n. ©ie natfirrl^^e J^^t^ge ^^erpon b^af fie fiiEen ben 5Jfunb auftba^^n, obne etroag S[lbennig ju fagee^^. Sum Un: gtir^ erfti^ecfte ficb ^^efe fC^Uimme ®iwoi^t^l^^iE au<b· auf ibre ^o^t^l^lu^gen;. bobn gimetn^gli^cb fdbiofl>en fie ben ^a'fiig er^, roenn beir 93ogii q|>f^|^gen ®i^^ jog ^bnig ben bii: Ugbe>ognegbi^# ju; ui^eu tiu erf^bn^ung ^ee^ii^g, ba^ *eg* ibnen nicht bet>■e'f fl;^g wenn fie ficb b^lf^nn«;. U»adlti'n fe

(»oel<^e^ fid? Oft jut^i^ug) ti^genb einen fe^ic bummen @trei(^, fo Eim e« immer h»bc«i/ fie *ei* 9«t su gut mn^en unb wenn fie in ben Slngele^eibe^ten if)^e^ geme^nen SBefen^ recht lnnge unb ernfl:li(be 95(^ii<»(tbf<l!i^iimt-' gen ^^dte^, fo tonnte man (idjer b^^nuf red^i^i^n, bap fie unt^^ allen moglichen €^»^ifd<hlii^pungen bie f^(ed^^ef:e ergreifen mirben.

@ie wurben enbli^ch ^*im* ©prud^iwoet unter ben ©t^^ch^^. (^iin^^^^tr^'ifdjetl£^nfall/ ^^nli^bberi^i^^nfl^i^i^ihcn, warbeiti^^fen ung^^f^f^i;,. wa^ he^ unO ein ©d^ilbhi^^gerj ob^n h^^ ben f^^bees tiern ^^n 2al^eburgerfil^ei(b ifl; unb bie guten ^thb^i^iiten erm^i^^ gotten ni^t, ^^e©potte(unb Sadden re^chl^ch mit f^nnl^^dben BUgen biefe: S^ct su oeirfehei. pie i^t mogen baoon nur ^^n paar S3i^^fpiele sue ^rcohe bienen.

€i^n^mal^ fiel ihnen din, bap eine ©tabt wie St&bena hiDi^ audh ^^nen fd^bnen 58runnen h«ben mUffe. Sr foDte in bie SKitte ihr^eO gropen S^aicftplaheO gefegt unb su Se--fi);eitung ben ^ofi^en wurbe ^^ne neue Siuffa^ge gemad^^. ©ie li^epen ^^nen ^^i^tuhmten S^jilbhaune von Slthen lommen, um eine ©ruppe »on ©tatuen su wel^the ben ©^^t beO sS?e^lre^ auf einem »on »ier ©eepferben gesogenen 2Bagen, ^^t 9ipmphPlz iCri^^onen unb S^ees'l^inen umge^^n, vpfftellte. 2)ie ©eepferbe unb ®elphinen feilten eine SRenge f^^fferO auO ihren D'afen heroorfprihen. Slhen wie alleO f^^tig ftanb, fanb fich bap taum SBaffer genug ba wav, *uiA* bie 9tafe eineO ^^nsigen Selpp^n^ su unb alO n^n faO SBa:t len liep, fah e^ nidht anber^ au^, alO oh alle biefe ©eepferbe unb Selphinen ben ©d^t^upfen Um ni^cht au^gelacht

JM werbett, lichen jie «lfo bie gflitie ©ruppe in ben ftempei ^^<!9?eptun^ ^^ingnt; nnb fo oft man fte einem3^i^«^raben wie^, bel^i^^erte beir Sii(ter fdfr ernf^baft im 9i«men beif l6bli^<hen S^^^bt ein fo beicriChe^ ^^unftioect ou6^^a^9b^^t beif unbran<hb^^ bieiben mUife.

Gin anbeemai ^^f^anbelten fie ^^ne fd)6ne iBenu^ »on Glfenb^in, bie man unt^^ bie Siieifterf^fi^tfe be^ ^rar^^^^e^ jabite. ©ie war ungefabr fnnf guf hodh, unb foKte auf dnen SEitar belf2i^ebe69(^6t^iln gefient werben. ^i9 fie ang^^angt wa^, adrietb aibbeta in Gnt|^^i(fin ubet bie €^ib6nbeit ibrer benn■bie Sibb^j^^ten gaben fidb fur feine k^enn^^ unb fd^»^(^ifmeriidihe 2^ebbaber beir Sflnflie au^. „^^i ijt ju fdb6n (^uf^en fie ^^nb^Bi^i^^z nm anf einem n^ebri^gen HJiabe iu fieben; ein W^c^ei^i^ifflifidf, ba^ ber ^^^bt fo ^^el Gl)ri madbt unb fo oid ©elb gelfo^et ^^^t, fann nif^^ ju bodb aufgei^^(^^t werb^e^^ fie mu|f ba^ Grfte fepn, wa6 ben Jr^^nben b^iim Gintritt in SEbbeira in bie gEngen faH^." ©iefem gifidfiiiben ©ebi^nien jn^lge fteBten fie ba^ fieine n^ebiiibe ^ilb auf ^^nen Dbee^^f »on A^bt^^t^uf; unb wiewobi *ei* nun unmogli^tb war p ef{innen, ob *ei* ^^ni!B^inu^ ober elneglu^e^l^n^>n^^^bi oorf^eDen foUte, fo nOtbigten fie bodb aiie gr^emben ju ge^ebenz b^ff man n^<bt6 ^Jl^lHfl^^^l^ne1Cig feben tonne.

Un6 biefe S^i^ifpieie beweiifen fdfon biniangifi^ibz b^jf man ben JUbbi^i^^ten (^^n Unreebt tb^^z wenn man fie fflr warme ^ber wir ^meifein ob fieb dn gug benten lait, b^iTii^lb^en Gba^atter f^i^irter ^e^<hnin lOnnte ai6 bieff^e;: b^^ pe (naib bem geugniffe b^^|^J^^^^^^nu>^bieg^6iie^e in unb um ib^e ^^^abt belcg^(t(^^t flbefbanb nebmen iie^en.

b^^fie enblicb felbjtflenBtbiget mnrbeti, ihJ^en qw^dfenben bti^^rgecn $I^ah iu mad^eei, nnb, big ju Studtrag bet ©ad^e, ftdh unter bem ©chuhe beg ^onigg ^affanbec ron 97<^(ci^i^t^ien an einen bcit^en Crt ju beg^ib^n.

I ®i^e^ Unglitct befiiel. bie Slbb^i^iiten ni^cht ung^j^t^icnt. Sin weifet 9Dan^, .beir ficb unter ihnen befi^nb, faqte ihnen lange iuooc, bab eg enbl^ch fo fommen wUrbe. S>er f^el^l^ic lag in ^^i^S^hat blob an ben ^^iltteln, moburch jte bem Uebel fteuern wOlitan; wiewoht fie nie basu geb^a^t werben tonnten bieh ein^ufehon. 8Bag ihnen gKeid^ivo^^l bie Singen hatte hf^nen fotten, wgic: bab fie taum etlithe iS^onate »on SibbeirA wegge= ^ogen waren, alg eine^en^ge o^^^^i^f^nihen ang bet®^egenb non ©eranien anfom, unb ihnen afe ihre ^rofche fo rein b^lf eine iW^e^ie ri^ngg um Sibbeira nicht Signer Abrig ^^ieb, beir bem w^eberl^om^enben ^rUhling Brekekek Koax Koax entgegen gefungen h^tte.

Siwcitc^ ^aptfet

»on Olbbi^ro. *Cb* unb ejle viel feine fBntetgabt bere<dtigt war, gd) *etwab* auf lbn einiubilbtn?

Seine £uft if^ fo bidf, fein ®^^f fo ^^umn, fein Ort fo un^^iriOhi^t:, bab nicht juroeiien ein grobeir b^iraug heir= oorgehen follte, fa^^Suoe^r^l. S^iinbair unb ^ta^^h^c^nbag wur= ben in Sbotien gel^i^i^e^n, S[ri^il^^l^eleg jn ©t^j^ii^a, S^i^f^ero ju Urbinum, iBlrgil im ©brcthen S[n^^(^•h^ii'iJ^(^l^l^ua, Silbertug

JU 8utbet ju Si^«!kBe«,
ber rm ®orfe SJfo^ltalto in belt SKott aincw^tt, unb einer belt beften ^bnige, ble iem«t^ gemefen finb, iu ^ou in 93e«i^!n.

SBunbici:, wenn outb 9[W^ee«, j^^e^Diget 9Bdife, ^^e Sbt^e ^^(:te/ ber gro^te 9l«(^M^0>f<bcit be« S^l^iteirt^^i^ij, ®emo: fritue, in ibren S^<tt^^icn b«5 Seben o^i^fing!

3^«b febe nitf^t, wie ein Ort fi(b einee fol^cben Umfianbej bel^^enen fanin, um ^i^fpifu^e on ben O^uf^m d;nej gro^en iO^annej ju ma^en. X^i^r gebt^ren werben foD, mu^ iitgenbwo gebi^iren werbew: bij Abridge nimmt bie ^atur uuf fiC; unb i<b j^weifle fe^ir, O>, ougeir bem ein ©efebgebeit gei^^fetn, bei; feine ^UrfO^i^ge bij ouf ben Homunculus oujge: bel^t^!:, unb uDe mogli^iben iBorfebrun^gen getroffen bitte, b^^iit bem ©t««te wobt orgf^t^nfiitte, fdjione unb feetenrotte Alnber gel^efeitt wUrbe^,^' SB^r muffen in ^^efet Oucffi(tt b«tte ©^^itta eini^geb Oi^tCb, fitb mit ben iSorj^U^gen. feiner B^^i^ger Gb^u ju muChen. Slber in ^bbeiro (wi^e bei.nabe in beit gtnjen li^eg man ben gufoli unb ben @^l^ll^f^ molten,

1 — notole comes qui temp^iroi ostrum;

unb wenn ein iprotogotod obet ®e^o(itiituj ouj igitem iOittet e^tf^^ong, fo wor bie gute ©tobt ^bbuto geewif eben fo un= fC^ulbig b^ron, olu S^p^urtguj unb feine ©efebe, wenn in ©porto ein ®ummropf ob^r eine iDtemme geboren wurbe.

®i^efe 9iaC^l(^(^f^^f^lt, wi^emobl fie eine bem ©toot dugerfc ongelegene ©oc^ ^^ei^iiift, mObte noch immet bingeben. ®ie 9^<^^i^r, wenn mon fte nur un^^efi^rt orbeiten ldB^, moCht meiftenj oBe wditere pfii^ot^^e fflr boU ©erotben ihrer SBerie flberflflf^g. oibeit wiewogl (te felten oei^^ii^it„ igr E^eblingj^^rl mit alien ben S^dbtdleiten au^iurdflen, but^c^ toeicbe ein obd-(^^tnn^^ SKenftb au^ge^ilbet n^ei^ben fonnte*. fo ijl bodj eben biefe glu^bil^bung fie ber ^unft fl^^rtl^g^; unb e^ ^^e^bt alfo jebem ^^aate nod? ©eleg^^^^it ge^ng flb^^g, (ttb ^^n gied^t an bie S^i^rjifige unb a^i^tl^iei^^e f^^net SRit^but^ger }u etwerben.

aide^n au(b ^^^etin li^egen bie ^bl^eiiiten febi; »iel an ihrer .Klughi^^t iu oetmilfen flb^ig; unb man hdtte fd^toei;li^(h einen Ort flnben wo fut bie ^i^^ung beb innetn beb asi^rftanbeb unb beb ■^eeie^b bei; tfinft^^g^en SJi^irgeit weniget g^forgt wotben wdte.

®ie^il^bung ©ef^r^adlff, bi. ^^ne^ f^^net, ti^chti^gen unb gel^^iTten ©efi^l^lii a^^^ ^<h6n^^, ifi bie befUe ©tun^bl^^ge ju jenet beitUhmten ^ofrai^^fhen^^^^^i^^gafhi^e ober innetlihen ^ihbn^^^t unb ©flte belt ^eele, welche ben 'K^ebe^^rofit^b^gen, e^eli^i^^^^g^i^^ w^^lthdti^gen unb glfidtii^ihen SWenfd^en mad^t. Unb nid^tti ift gef^ilftt^^, ^^fe^ ti^chtf^ge ©^^flhl SSihonen in un^ JU ^^lben, dib — wenn alli^^, roa^ wit eon K^r^bh^^t an fehen unb hoten, frfjbn ift. 3n ^^net ^i^abt, wo bie ^^flnp^e ber anufen in ber gtogten 9Sl^(^(t^r^tnenl^(^lt getti^eben wetben, in einet mit 3Reifferftucben ber bilbenben ^unfie angef^iillten ^i^abt, in einem gtthen gebi^ren ju fein, ift baheic allec^^ngi^ fein ^^itinget a^l^rtt^e^i; unb wenn bie ^then^^ ju lpll«tr^b unb Wenanb^^si geiten meht ©efchmatf ho^ten aii taufenb anbete aSi^llieit, fo hatten fte unftr^^ff^g ih^em a^(^^9fi^a,nbe ju ^^nten.

^bbera fuhtte in einem ©riiechi^fchen ^^^l^iChwrrt^e (flbet helfen ^^rf^anb bie ©^^^^rt^^nach ihrer ©^^^l|l^f^eib|, ni^chf ^^nig (inb) ben SB^^nam^^^ w^^^t ^iot^^^ untet ben ntW^ett ©tdbten prangt — bie ©tbone. ®ir b«b<n ftbon *be*-

b«g bie 9lbb^i^^ten G^nt^u^flfl^en beir fibonen ^uniie wfl: ten; «nb in beir jut ^eit ibre^ gro^ltengior^, b«^ iH, eben bn (le auf ^^n^ge ^eit ben Jf^^fben ipi«$ machen mu^ren, *wt* ihre ©tabt eofi prdf^iriger ©ebi^iU^^, tei^ih «n ^aiereien unb 9^ilbfdi^^^i^n, ^^nem ffhonen iCheaiar unb SOiutrfflai *(s^S^et^ov)* Berfehen, ^^n ^we^r^e^ ^llhen — blog ben ©eff^maff au^genommen. S)enn jum Ungiucf etftr^<rcfte pfh bie ^^^^berl^^e ?flnne, BOn weif^^ir wit oben gefprofhen ha^^n, aufh auf ih^e 9}egiriffe vom ©ehonen unb ^CnfTanbigen. S^^^ona, bie ©d^it^j^gtiin ihrer ©ia^^, hflife ben ff^ied^tefien S^em^^e; 3«fott, beir ainfuhrer be^ ^^goi^f^^int, hini!^egen (belfen golbei^^iSSStiep fie ju beifihen Borgaben) ben praf^^igfien. 3h« ^atbb«uS fah wie ^^n gjfi^iji^jiin aiuS, unb unmirrTelbar Bor bem ©a^^e, wo bie iM:ngelel^lel^t^^^ten beS ©iaaiS erwogen wurben, batten affe ^r^ii^tiri^:, Obf^-- unb ^i^er^^^ei^ber Bon S^bbeira ihre ^i^eberlage. fpingegen ruhie biS ®p^lw(^l^tn, worin (icb ihre 3M}cnb im 9^ingen unb 5f^<^f<rn U^^e, auf ^^n^^ fa(btn ©^^ltn^tihe. ®er 5ed^bf(^a^ war mii lauttr ©Bi^^ttre^en BottSSelraihf<blagungen unb mii ©tatutn in ruhigm ob^t i^efs finnigen ©itt[ungtn au^^(^J^«t. ®afflr abe^ fref!te baS fRaih-haut ben ^(itr^rn beS fSaitrlanbtS eine bte:o rei^(rnbert9lug^^^ Weibe b^r. ®enn w^^^n fie in bem ©aal ihrer gtw6hnli^(ben ©ihungen ihr^ei^igen warfen, ^^^^^fen ihrnn ffhone naeienbe Atmpfei, oburJbaiienbe ®ianen unb ff^lafenbe S5af<C^<^nten gei^en:; unb S^^e^uS mib ihrnm S^iH^ii^ir, im *Tie^e* iBuleanS atfen f^^nwoh^urn beS Ol^pmpS jur ©f^au auSgefTelfr (ein gropej ©tud^i. bem ©ih beS fM^rf^onS gei^iet^iabur wurbe bctt grembcn mit einem gejei^t, beit ben ecnften ?)bo^iion felbft flenSltb^get sum erfte^tnal in feinem 2eben laeben. Ser ^onig (fagten fie) babe i^bnen fedb^ ©tttbte unb ein ©eb^et non nielen SJei^len ange: abet fie ba'tten fidb ni<bt e^^f<b^i«^ljen f^nnen, ein fo ^^if^liibe^ ©tudf ^^i^^ugeben, s«^at ba e^ — geirabe bie ,>obe unb S^ireiite bu^^, um eine ganse ®eite bee diatb^ll^^be ein^^^ neh^^t^^ unb fiberbiefi bobe einet ibret Sunftiri^ter in einem weit (^uet^gen, mit gtofer ©eie^i^ft^^ife^t angefADten SBetfe bie 3^^^^ebung be^ uHei^i^iriftben ©i^^^eo biefec ©d^ilberei uuf ben i^^iub, wo pe (te^^, feb^ fd^uit^f^nni^g bitgetb»n.

ff$i^ir wutben n^ebt ferti^g wetbe^^ wenn wiict^Q^eU^^db^ifU^c^^ (eiten, wooon biefe wunbeirooDe Oi^)^t^l^li.f wimmelte, berUbten w^^ten. ^ibee nodb eine fonnen wit ni^cb^ ool;beiigel^^t^^ weil fie einen wefentli^tben 3ug ibtet 9Sl^t^{taftung ^^tl^i^ftt, unb feinen geringen Ei^nflup auf ben ©^^leattet ben IKbl^^i^iiten batt^Ou 3n ^^l^(^li^^f^tn^eit^n^^^err^tal^tl^(^1f, oetmutbli^cb eiinem u^1^^^^)tfbeu 3n^ituf snf^^ge, bet 9tomopb»^l<^^ ob^if S5(^ftdii^mer bet ©efebe (eine bet ob^tf^en Sffi^j^ifttutdpetfonen) swglei^<b SSi^icfanger beli ben ^^^^ei^l^i(^t^|tliiden S^b^ftR unb Obetauffebet fiber bad gWi^f^^^efen. S^iief batte b^^iald feinen guten @tunb. Ol^ein mit bet Sdnge bet ^eit inbetn ficb bie ©tfinbe bet ©efe^^; biefe wetben aldbann but^ib bud^fiiabliebe (^^fallung (dd^i^tlt^cb^ unb mdfen aife nacb ben vetdnbetten Umfbdnben umge^jipli'en wetbe^^ ^bet eine fol<be SBettr^cbtung fanf*ni^cbt in a^l^be1t= ti.ftbe Sopfe. <gd batte fttb ^ftetd sugel^tagen, *baf ein ^J^omot Pb^lat etwd^^^t wutbe, bet swat bie ®efebe gans leibii^tb be^ abet entwebet fdbled^(t fa^^, obet ga^ n^^itd oon bet

iEKutpif verftanb. J^ntten bie atbb^iciten j« tbun? 9?fl(b bdufigen S^^trat^bfdjrngungen tnatbten.fie enbl^cb bie iCeror b^ung : beir befie ©anger fiu^ Stbbeira foDte ^^nfnt at^e^ji^it au(b 9tomo5 pbi^lifir feon; unbba^^i'bti^eBe^fal(t^^e9Ib^^)^a(tanb. ^oti^(^l^i^i)l<^]r unb ^^irSSoirfangeir jntei oeirfibiebeneipeirfonen fepn (bnnt^^, war in Mtattjig of^em^licben iBerai^irr<biogungen f^^ner @eele ^^ngefaH^^.

i(^ leiibt jn erad^^i^n, ^^eSKi^ittf, beii fo bewa^^; ten@ai^^n, juSa^bbera in ^^^^i^irSl^^ung fteben muCte. 3(Ked in ^^e(^t;©ta^^ war mupfali^fd^^ alie^ fang, ffotete unb lep^rte. 3brc ©ii^l^enlebrc unb i^i^litilt, iljt^e S^i^eotogie unb ^o^mol^--.

war auf.mupfa^ffbe ©runbfdbe ja, ibt^e ^[artlfe h^^ilicn fogr^ir ^^e S^anl^b^ei^^en bur^eb T^onart^en unb SKelobien. ©o wdt fd^^ent ibn^^, wad bte ©pei^i^li^ition bad Slttfeben beir grobten SB^^fen bed ^(tertbum^, eined Orpbeud, Votbagorad unb ^lato, ju ©tatt^en ju fommen. 9[beir in beir Qt^i^iSb^ng ^^tf^^nten pe bd) bepo w^^t^^ »on beir ©ti^enge biefer ^bilofopben. ipiato oeiriweiidt alle fanften unb weicbli^iben 2;on= ar^en aud feiner Ol^eju^bbii^ii ^^eSRubfo^tt feinen S^i^rgern weber Jfeir^be nd(b a^^^au^^^g(eii ^^nbdbl^l^;i er »er^^l^ni mit ben 3o; nif(ben unb Xpbifrben ^i^rmonienl alle l^rinf: bnb£i^ebed^icb^lr; ja bie Snb^r^'i^en^e fei^^ f^i^inen ibm fo wenig gieid^^iili^ig, bab er vielmebr bie ^^^^fait^gen unb ^^e £pbtf(bc Sidte ald ge; fdbrl^dbe SBcfO^cbge beer Ue^t^i^^eit au^^i^j^i^ert, unb feinen 58fl^gern nur ^^^„2ep(^t unb ^^e Si^^ber, fowie ben ^»irten unb bem 2anb»oUe nur bie i^oOrl>pt^Cfe^ ^^(b(^lttci. ©o br^eng pbi^= loOo^thrten bie albb^^c^icn niib^. Seinc^aom^rt, O^^nSf^b^l^^mcni war bei ibnen audgefd^iolffn unb — einem febr wabru, aber WUel^iii), bt ^M^erri^^n. t S fe^t oft »on i&nen ©runbfa^e juj^ol^ge — be^(^iupteten fie: ba^ man aBe ornftlaften Singe Infttg, nnb «Be luft^gen ernftbift bel^(^^tb(^In mUffe. ®ie Blu^bebnung b^e: fef^i^ic^me auf ^^eSKufif bruhte be^ ihnen ^^ewiberfinn-^g^en SBirrifu^^gen heirnor. 3b^e goltte^biienftlii^en ©efdnge Hangen n^iie @af(^^^tiic^^^; attein b^^^ici^onnl^e man ni^^s J^^t^lfi^here^ bwrot, al^ bie gWelol^te ihrer i^:«nJe. Sie iWulfil ju einem ftirauerfpiele war gei^^iinigli^th (omifd>; hingegen Kangm^h^e ^^t^g^li^eb^^ *fo* fd^t^er^iii:hiig, b^ff fie fi<h nur fur 2eute fd)icf» t^^, bie an ben ©algen gehen. Sin S^^^t^f^i.e^er wu^be in ^bibeira nur ^^nn fur p^^t^effii^th wenn et bie (S^^iten fo JU ruhren wufjte, man ^^ne JfU^t^e ju hbiren giau^^^; unb eine ^augerin mu|fte, um ^^t^1^nb^l^ll jn werb^^, gurgeln unb tr^^Beru wie ^^ne 9ta(ht^g(fU. 3^iie Sli^l^eriteu hatteu feinen SB^^ ^iiff ^^eSW^^f nur iufoferu fOiuflt i^, al^ fie ba^ *.S^eri* ruh^H; fte waren ub^^ unb ub^^ glfi^lich, wenn nur ihre £)^reu obei; weuigfleu^ mit i™i^(ht^f^genben, aber oonen unb ^^t abwed^felnben i*arrmouieu geftoj^ft wurben. Si^efe SBtb^^^i^^^gfc^t eriit^e^te fith nbef aBe ©^^enffdnbe be^ ©efd^j^(^(f(^:; obieir, ri^chtiger ju rebe^, mit aBer ihrer S5^^d^i^= me:^^ fur bie ^uutt^e hatten bie ^bb^^^iteu g^ir feinen ©e: fd^t^f^aii; unb e«5 ahnbete ibnen ni^t h^lt bad S^^bne aud einem hbh^irn ©tunbe f^pn fep, aid w^^i eS ihnen fo ^^liebte.

3^^be(Teu fonnte gieidhwohi 3ufali^'aub guted ©lucf mit juf<lw^n^eugefebten .Kr^dfl^eu ^^nmai fo viei ju^ege hriugen, b^af ^^U gei^i^rnei: ^bb^^^t Sltenfd^^»^lo^lrftanh Blbeir wenigflend ^^(f man g^(t^(^lb^n, wenn f^eh fo etwad beij<^b, fo fidltte aibbeiTd babe: gfbdfen. ®enn ein 9[b^(eri;t orb^^tlt(i^err^ei(re^ur infor>^n fling «W et f^^^ aiibb^^iit w^r;— ftn Umftt^ni), bei; nn^ ebne gUii^be bej^ireifen l«^:, warnm bie 9[^^^i^iiten immer »on bei^jenigen nnter ih^en SRitburg^^n, belt ihnen in ben Singen be^ as^^t am meiften Sh^e maehte, am wenigflen hielten. ®i^e^ war feine ihrer gewohnli^thcn SQiberfnnigt^^ten. ©ie hatten eine^Urfahe ^^Jin, bie fo natu^: l'lrh ifti bah ed nttbiDig wdire, pe ihnen jnm S^c^mw^^if jn mad^(^n.

©iefe Urac^the »«t ni^tht (wi^e eini^ge pch einbibet^), weil fte *i.* 93. ben 9iat^^ul:0^1rf(her S^emOj^iit — lan^ge snnot eh' er ein grepet gjfa)) war mit bem ^reifel r^^ele), obeic auf einem ©rac^j^liahe 9^^^j^e^&aume machen'gerehen hatten —

9lu<h nid^t:, ro^^l pe and 9?eib ober Sii^^lrU^eht nicht leiben bap ^^n^^ and ihrem WitH^el (luget revn roDne ald fie. ®eiin — bee heir nntiriigl^^en S^uffe^rift heer ^forte bed 35el:-Phifchen — biep jn benfen hatte (ein ^^njiger 'Jib: ^^e^l.t SB^^dheit ^^J^ng, obeir wut^be »on bem Singenblicf an (^^n Si^^^rrt mehr gewefen fe^^.

3)er wahre ©rnnb, meine girennbe, warnm bie Slh^^t:iten and ihr^em Wj^^bur^ger ®em(^f^^t ni^toielm^i^chten, war biefer pe ihn fur — (einen weifen Wann hielten.

„9^lfl^^um bad nieht:?"

W^^l pe ni^t (onnten.

„Unb warnlin (onnten pe ni^lt?"

SBejli pe fnh aldbann relbrt rur 3^ttl^mr6pre hltten halten mfiff^^. Unb biep jn th«n waren pe glei^wohl nicht wi^l^^r: ftnnig geemg.

9(U(^ R'tten jie eBen fo leitht «uf bem fl^opfe tonnot, obetr ben sO'onb mit ben ?fl^^en foffen, obeic ben Si^i^l^el q^^bi:ii:en ^^nen SRenft^^n, bei; in attem ibt »flt, fur einen weifen SRflnn ^^lten, ®ief folgt an^ ein^^ ^^^enf^(^^n belt menf(bU«ben Statur, bie fdjion ju ^b«m^ worben feon ^^{i, unb gle^d^ioi^O^lj' ba ^elo^^iu^ ^^tau^ folgerte — rond ba^an^ »ieten neu ornilam; bie f^^t biefei n^emflubeu mel^i: neu i^, unb bennocb im geben — ade ^u9^ttblii(fe oergelfen wirb.

SB«6 S^emoftit ffit «ln Wlftnn w^tir. ©eine Otelfen. @1 (cmmt nod^ Olbera jurn^. BBaS er mitb^in<^t, unb njie et aufgenommen njirb. €in Sxameii, bad fie mit iOm vornebmeti, mc(d)ed iugieiif; eine qtrobe einer fUbb^ei^ifdJen eonberfaticn ifi.

S^em^^^iin — itb benfe ni^t, e^ ©ie geireuen wirb, ben SKann nabee: fennen ju lernen —

S^em^^lfl^n war ung^^d^^ jwau3^g^abt^e alt, al^ e; feiueu 23(^it(^r, ^^nen bee: rei^d>ften S^^i^ger »on ^bb^ira, be^rbte. a[Ul fiatt nun b^rauf ju bent^^, wie er feinen Wei^^bum n:b«lteu ober obee auf ^^e angenebmfle ober ldcberldbfte ^^ribbri^^gen w^^te, ^^tftblog fid be^ junge ajtenfdi, foldcn jum 5^ii:tel — bee; 9Ser»ol^lrol^mnMU9 feiner ©eele JU marbe^.

*

^Slber w«g fagten bie d[bb^l^linen ju bem Sn^itd^li^if be^ tu^gen S^em^^i^^t?"

®ie guten S^ewt^e Ratten jttR nie tt^aumen baf bie @eele ein anbete^ S^nt^e^i^effe R«be, al^ beif 5B«!9en, berSBancR unb bie flbri^gen int^egranten iCbe^l« be^ itd^^bf^iren SKi^nfd^^n. S!lfo mag iRnen freiluR biefe ©ei^e iRre^ 2an^^mann^ mwnj beitli^fR genug ooifgetommen fevn. SlU^^n, biep war nun gerabe toad et jidh am n^eni^git^en anfcchten liiep. *St* ging feinen SBeg fm^lt, unb bracRte oiele 3aRre ^^t gele^rten Steifen burtR aHe feilen 2dnb« unbS^nfeln su, bie man b^^ald beeeiifen tonnte. ®enu r^i^r fein^^ 3«it *»eife t»l^l:ben r^i^l^te, mupte mit eignen Stugen feRen. *Sd* gab nocR feine teine ^oui^= nale, S^i^blt^^Rel^i^n, «B(^^(^iii^e, S^neptl^opa^^et, Siealt»^lclte1^:: biiU^erj. SltmauacRr, unb r»ie aOe bie SBerfseuge Rripen, mit beiten i>fllfe man iRt, oRne su r^ii(feu r^^^, ein «^l^i(ofol^lt, «n ^aturtunbig^if, ein ^unfit^tRt^if, ein Stuto^, ein Sinedr^iifer r^i^rb. S^at^a^^ r^t^i; bie 2BeidR^iit fo tRe^^e, unb nocR tReurer ald — bie fd^one 2a^d. Bli^cRt iebeltmauu fonnte nacR ^orintR reifen. ^ie SfnsaRl ^^taBeifen feRit fl^^n; aber bie *td* r^t^in^n, r^t^een *td* aucR befio me^n.

S^em^^i^iit rei^l^et^e u^^(Rt blop um beif «Reuf(Reu S^iteen unb B^(^1ffai^Wugeu su belTd^f^i^^i^, n^^ieUiRfl^ed;l ni^dRt blop um «^i^^ef^er unb ®ei(terfeRef aufsufufRen, rjie Slpottl^nii^^; ob^n um itemi

Stt^i^uen, ©emalbe unb SHtertRumee su bej^i^td^jn, wie ip<^i^f(^t^ii^^; oben um «^f^<lttsen unb ii^Rief^e absuseicRnen unb wut« Sl^^f^eu s« btiugeu, r^ii! :^^oftol; S^o^anbeif; foubetn er reif^^e, umB^iur wnbji^uud in aaen iRf^eu SBirfungen unb UrfadRen, ben «Keuf(Ren in feiu« B^a^tR^^t unb in aDen feinen @i^^(ti^^n^geu unb «^^l^Elcibwugeu, roR unb ^^(^1fb^t!iei, bet^f^^t unb unbee^al^, gans unb ^^i^j^ammel^^., unb bie Ubri^gen Sin^ge

in alien itren 8^<^j'ie^un0en auf ben S^ft^i^fd^en, tennen ju lee: nen. 2)ie (Raupen in Stetpiopien (fagt fine frei^dh nur — 5Raup^^. (^a^ ift ^^ne SRau^^, um ^^f^e, ang^^ leg^nfte, ein^^ge ©tubium eine^ OJenfcpen iu fepn? aib^t:, ba wir nun ^^nmal in 9^e^l)iopieu jJub, fo feben »ir un^ imm^^, nt^^t^lh^t, au<h nadh ben (^ttbiopif^htu (Raupen um. gibt eine (Raupe im ganbe bei: ©a:«i, welche 99^illionen SReuf<heu tleibet unb napi^it: wer ob e^ n^cpt au<h am 9?ige:r litpe (Raupen

5Rit biefer ju btnieu batte S^em^^irit auf feiutu (Reifen ^^ncn ©d^a? oonilDiffeufd^<^^t g^f<^t^l^(^tt, bei; in fe^uen atugen aU^^ ®olb in ben ©d^i^f^^^mmeicn ber .Koiiige oon 3ub^eu unb alle (^^iflen an ben i^tilfen unb Qirmen ihrer SBeiber wertb roair. 6r fauutc oon be^ Sieber £ibauoud jum ©d^i;mmel eine^ (^itfabi.f(ben ^afeb ^^ne ORenge pon 35(Eume^K,, ©taubeu, Mrduto^n, ©rafeen unb SRooen; nicht etwa blo^ nach ibtft ©etll^ll^^uub nach ^hten(^^meu, ©efd^led^ti^^n unb (^^l:en: er fannte auch ihre ^^nf^e unb iCug^^ben. glbeit, wab e: taufenbmal bbb^t f(hapte alb alle feine ieri^geu ^^ennt^ er batte alltutbal^^n, wo eic e^ bee: ORube wertb fanb (ich bie SBeifeflen unb bie S^I^H:CU reuuen

battc (ich halb ge^^cf^tt, bap ct ib^e^ ©ef<hledtteb war. ©ie roarcu alfo feine S:^euubc g^t^i^rb^n, batten (ich ihm mi.h g^^t^etit, unb ihm babuictb ^^e ORubc crfpc^i^r^„ eignen gleipeP, S^ab^c lang unb oiettel^cht hoch oergeb^t^id, ju fuc^^n, waP fie mit a^ufroanb unb 9Rube, obct auch wohl nur gluofl^cher^ w^^fe, fd^on ge^uubcu

S^crci^eirt mit allen biefen ©tha'pcn beb ©e^fleb unb

jjerj^en^ fam S^emofrilt, n«(^ einof 9ieife »on jivaniig 3«gren, jw ben Slbbi^eiiten iurfi^, bie feinet b^in«be oergeffen Ratten. QT n^i^ii ^^n feinet fiattltber f^ofiicb wnb abgefci^li^en, wie ^^n bear mit mgnd^i^i^l^^ Striven »on Sirt^^n^^bhnen wm^u^gehen ^^l^i^nnt jw fepn jiem^db branngelb »on 5«rbe; fam »on ^^nS^nben bei: 2Bel^, wnb b«tte aue^g^ic: ftopfte^ ^rolobit, einen lebenbigen Slffen, wnb »iele anbete ionbenb<ii:e S^id<hen miltgebrad^it. S^ie aibbf^riten fpna<hen etli^che S^^ge »oh nid^^^ anbeirm, ale »on ihrem giutbutger S^em^^i^iit,

wiebei; gefommen war wnb Slffen wnb ^n^ol^obile mitge^ bradjt ^^tte. SlUe^n in fnrier 3^^t ^ei^gte (idh'e, baf fie fidi in ihrer gReinwng oon ^^nem fo w^^t geireifeten SKanne fehic peri^echnet hetten.

S^em^^f^i.t war oon ben wad^ern , be^en et in^ helfen bie S^^0o;^gung f^^n^^ ®uter ano^r^rant wm bie falft^e be^rogen wor^^n; wnb gleithwohl wntetfchri^eb et ihre Oet^t^i^ngcn oljne 2Bi^beri:ebe. Sd^^urluher SBeife mwfte bie| but gwten iWe^nwng oon feinem iBerflanic ben ^^fien Stot gebi^n. S^ie Slboi^^^ten wnb Oid^tet bie jidh sw einem eint^r^ii^gti^chen SJroeeffe Hoffnwng gemadit hatten, merften mit ^^nem bebi^i^tenben Sld^fe|^u(fen an, bat eSbebenfli^ch feon wdt^^, ^^nem f^t^nne, ber feinem eigenen fo fehledit ootffeb^^ bae get^i^ineSBefen anJW»«tranen. 3^nbf^^en jweifel: ten ^^eSibb^^i^tfn nid^^, bat et fldj nwn wnter ^^e9Ki^^i1ewerber wm ihre owsnehn^^en ^htfenhmter ffeDen wurbe. ©ie be: rdd^neren fd^c^n, wie fie- ihm ih« Stim^me od:ranfen woltet^; gaben ihm eine S^o^t^^e;, S^(hwdf^df, eWiihte, gBlft/ ©d^^e^^ee^^n jwr dhee Ubdrf<hl«gdn bie S^i^^theile, bie te

iut bi^efet obet jener 9lbfi(^t son feinem Stnfeben jieben woDiten, wenn er einmai 9(i^<bon ober iprief:er ber Sfltona fepn wnrbe, u. f. w. 9tber ®emoticit erfiarte (id?, bap er weber ein iRatb^berr oon Sibb^ira ni^ch ber Gbegeniabi einer Qi^t^eri(:in fepn rooll^e, unb oareiteite babui^(b obermai aiie iere anfdeiflflr. 9Jun hoffte man romififtend bm^^ feinen Umgana in etroa^ entfcbdl^^gt ju werben. Sin SK«»^tt, rorl(her aiffen, ^rotoe^ie unb iabme2)l^^^een son feinen SRe^fen miN grbrad?t b<*tte, mupte eine ungeheurr (D^l^ngr 2^unbe1;etn9r SU ersaiblen haben. 9Ran erro«i:tete, bap *er* son swoif (Slim iangen S^iefen unb son fecfi0 S^«l^lurn hoben ^n^ergen, son SB^i^nft^en mit Jpun^^= unb ^ffiiStPpfen, son (:B«^<^i^(^i:auen mit grunen jjaaren, son roe^pi^ttBte^i^ifn, unb biauen Sentaui^m fp:^<^(hrn wurbe. 9lber Semofrit iog fo wmig, unb in ber Itbat weniger, aid ob er nie Uber ben I£^br(^r^^f(hrn S^i^^j^i^rud gefommen ro(irr.

BRan fragte ihn, ob *nc* imS^an^be ber ©aramanten feine 2eute ohne ^opf angetl^offen haer, weiche eir eir9?afr unb ben B^^nb auf ber SSrnffc trUgm? unb ein Qi^^^i^iitifcher ©ele^rter (beif, ohne jemdis aud ben5B(«nrcn frinrt S^tobt geCommen s« fopn, (ich bie B^^ene gab, aid ob (ein aBinEei bed Si^^i^obend ware ben er nr^t burthfi^oihen h«tte) bewied ihm in groper ©r(e^f(^^(^f(, bap er entwebeic nie in airteiop^en gewefi^n■fep, ober bort nothwenbig mit ben Bf^i^iiopbagen, erren 5'6nig nur @in (^^ge uerc berB?a(e bot, mit ben SSambern, bie aQej^^iLt einen JQunb su ihrem .^i^nig rrwa'h(en, unb mit benS^^^ltfle(^^itrn, bie auf aOen B^ie^i^en gehtn, S^^^i^nntf<^«(t gemad^): haben mUffe. Unb wofeim ^i^e bid in ben auprriten

Uljeil be^ 9(eitl)topten e«n8ebj:mi0fn (inb (fnbf belt ^^lej^itte 5^(inn fot), fo ^^n idj b«g @ie ein 2^i^lf pbne ^«fen anaetroffen ha^^n, nnb ^^n anbet^^^, wo bie ^^u^e ^^nen fo ((einen fuhren, ba^ fie ihre (Suppe burch Sjtn^^hal^men ei^^hlU^^en muffen.

"iDen^oErit be^h^e^i^rte be^m ji^^bo; unb ipoOur bap er pch nicht erinneire biefe Shrc gehabt ju hoben.

SBenigfteniJ, fagte jener, haben S^U in 3ubien SKenfthen ange^rof^^^, bie nur 93^in auf bie ®elt bringen, aber b^mungead^^et wegen ber auperorbentliChen (Breit^e ihred ^i^^ed fo gefd^j^inb auf bem (Boben fM:trutf(ht^^, bap man ihnen su ipferbe (aum nachtonmen (ann. Unb wad fagten S5ie wie S^ie an be: bed ©anged ^^n aSi^K an^ traf^^^ bad ohne aUe anbre ^ahrung vom blopen ©eruche wil^b^^ ^epfel lebt?

O ersdhlen SJie und bocl^^ ri^e^en bie fcjonen Ol^^eeii^iinnen, ersahlen S^ie bo<^b, i^ei^r ®e^l^fr^t! 2Bad mupten S^i^e und nicht nisdblen (onnet, wenn S:ie nur w^^t^^!

^^(^t^^tr^t fd^^»ar pergei^c^nid, bap er pon aPen biefen 2J^unbetmenflben in ^etljiopien unb S^^bi^eti ni^^^ gefehen noch gee^^rt baee.

Obi^r wad haben @ie be^n gefehen, fragte ^^n runbe:el^er O^ai^n, be^ swar webeit ^^ndugig w^^ wie bie O|^1tiopbaget, noch ^^ne ,nunl^l5dhnause hatte wie bie S^pmolgen, noch bie Ougen auf ^^u^ihnttern trug wie bie Omopl^^b<^t^^u, noch »om blopen ©eruche lebte wie bie ^ccrbi^^^obgel, abe: hoch geivip ni^t mlb1^ ©el^irn in flinlm gropen €Cchdell trug alP ^in U^ee^iariiche^<^^o^Ue^, obnl b^rum wenige: ^^n ^athPhc^irr uon ju fepn — ^beit b«l^«w @i« brnn gefel^i^n, fagte @ie, beir jiroan^tg ^abre in ber fS$elt berunt; ^^f^i^^iren if^, wenn ®ie nitbt^ »on aHem bem gefeben habe^, nia^ man in fernen Sanben O^i^nberbaire^ feben fann?

^unberbire^? »erfebte lacbe^nb. ^(b b«nne fo »iei mit ®^^ta^^^ng bed 9?a^f^iil^<ben ju tb«n, ba| icb fur'd ^unber^^re (eine ^e^t u^^ig ^^e^it^in.

^un, bad gefleb' idbz erroiebe^te 2Ban(t: bad oerlo^^t ji(b au<b ber 9RiUb^, *aQe SStt^ete* ju ^^rd^^^b^en nnb fiber aOe lBerge ju fir^g^^, um nidbtd ju feben aid toad man ju J^aufe eben fo.gut feben f^^^te!

2^«n^ohri1t janlte (itb n^cbt g^rn mit be^ S^^ten um ibr^e am aD^^rwe^igUen mit ^l^t^ertliei^^ unb gleidbniobi wOit' «r aucb nid^l:, bab *ti* audfeben fofite aid ob ga^ nitbtd fagen (dune. €ir fudbte unter ben fd^i^nen Slbberv tinn^^z bie in ber ©efeOfd^t^^d roa^^^z aud, an bie *nc* bad ri^(btrn (dnnte wad er fagen wMlt^^ unb fanb einr mit groben ^u^o^idben a^i^i^^n, bie ibn, tr^ob fein^^ pbb' fiognomifcben .Sr^t^tt^itie, oorfubrtnz ibrer etwad mrb^c iBerf^anb ob^r CEmp^nbung juiut^r^^uen aid ben fibr^g^^. ^ad woOten 6^ie, fagte er jn ibr, bab id^^ sum mit ^^n^^ S^<bdn^t^^ weldbe bie aiugen auf ber ob^r am j^i^l^ogen trfigez batte anfangen foUi^n? Oerr wad wfirbe-mir'd nun brirnz wenn idb nodb fo g^^et^rt in ^^r ^unfl ware, bad Jperj ^^n«r — sO<^t^fd^enfi^eifiein je, rubren? S5<b babe m^db imm^^ ju wobi babe^ m^cb ber fanit^en S^ewalt non jw^^ fd^i^nen kiu^^tt, bie an ibi^em naturiiben ^K^be l^ebeuz ju ueet^llab'et^^ um)rmald in lBeriuibung ju

fommen grope ©tict^auge au^ beif ®tirn einec S^pfl^opin jdrlitCb Ju feben.

JDie ©(bone mit ben gropen Stng^n, iio^^felb^^t jie tiuS ^^efer Stnr^ebe madden foUlte, gudfte bem beir fo fpradb, mit flumm^^ SSeirr^wnbeirung in ben Iddbelte ibm ibre fd^bne^ 3«bnd owe, unb fdb <(i> juf recbten unb Unten ©eite um, alO ob fie ben S^erflanb feiner Webe fucben wollte.

®ie ubri^gen SlW^^ritinnen botten iro«r eben fo wenig bauen ^^^riifet: w^^l fte abeir auO bem Umftdube, bap (i(b geirabe an bie ©ropaugige geioe^be^ b^^^e, fd^li^ife^^, er bube ibr ^^road ©^oneO gefi^^t:, fo faben fte ^^nanber jebe mit ^^ner ^^gnen ©irmiaTe an. *3>iefe* rumpfte ^^ne fleine ©tumpfnafe, jene }og ben 9Wunb in bie Sdng^^ eine ^^itlre fpi^te ben ibri^gen, eine vierl^e r^p ^^n tleine Singen auf, eine funfte brnfiete (i<b mit snr^i^ff^gejogenem A'opfe, u. *f.* w.

2)^^l^flriit fab erinnerte fid^^ bap in Sibt^^ra war — unb fdbioieg.

SStet^eS ^^aptfdL

©ad dicameii rolvb foittgtfcut, unb Bti^inanbclt fid, in eine ©idputation nbet bie ^d)'6ifl^i^lt, wobei ©emofriten febr warm gemaiOt wirb.

©(bweigen — ift jmoe^len ^^ne ^nni^; abeir bod) nie eine fo grop^, aid und geipiffe Seute glauben macben w^^en, bie btnn am ttugften finb wenn fie febi^i^igen.

SBenn ein 9)?ann (ieOt er *ei* mit ^tnbern)u tf)Mn warum font' et fi(> ju weife b^nfei, narO iOret ^rt mit ihnen ju teben?

S^ch bin jwar (fagte S^em^^irit ju fein^^ neugiieri^gen ©efen^ fd^t^f^it) aufr^chtig genug gn^t^ft^jn, ju gr|fte^i^n, b^(5 ich »on aUeim waO man wi^Q baO ich gefehen haben foD:e, nid^^j ge^: fehen hub^'. abe^ bilben @ie fich b^itum ni^cht ^^n, mir auf fo oielen iRe^fen ju 2Ba(f^^ unb ju 2anbe g^ir au= gefto^en fep, brOShifei^^eub^^ieir^^b^ff^^eb^^^nfonnte. ©laubrn ©ie mit, *e5* finb ®i^nge b^i^^i^^ier, bie Sjhnen oiellei^t noch rounbet^^^fef ooitfommen mnrb^^, alO biejenigen roooon bie iRebe war.

iBei biefen aBotten rucften bie fchonen Qi^beeii^iinnen ndher unb fpihten 9Runb unb Ohren. 3^a^ ift hoch ^^n SBort oon ^^nem ^^^^<^r^^(;en SOannc^, ri^ef bei; futie bicfe OtathOhert. a)e^ ©elel^1tlen ©t^rn ^^liun^ellr fich hurch bie ,O)^^ı^«^9z ^^|f *er* etroaO iu tabrln unb }u ^^rbl^r^r(n be^ommen wurbe, 2)^^l0(1^iil mbchte auch fagen *er* wolllr.

S^ch befanb mi^ch ^^n^ in einem 2an^^^ fing unf^^ SRann an, wo mit fo rooht gelf^|^r, i<h in ben r^(lrn bt^^ obi^ir bie ich b^^rin ^^bi^(^chlr, unfi^er^blich p fepn wunfchlr, um ewig barin p lrben.

u3^<h bin nie ami 9lbbe^tn ^^fi^t^i^c^n, fagte ber t^athd; mai^t^^ nbei ich bachte immer, eg feinen Ort in beir aB^^t gflbe' *fi^cJ* mir beffen gefaiten f6nnlr atg in atb^c^i^a. gtuch geht eg mit gerabr wie Shnen ^^t bem 2anbe, wo Sjhnen fo woht ^^rii^r:^ ich woDte mit Juud^en auf bie Abridge 2Be(t S^i^rjticht t^^n, wenn ich nur ewig in ii(bbein teben

fO^t^lJel — atbeic warum geftel *ti* S^Onett nur 6rei 5£«(^e lang fo wo^t in bem 2anbe?"

@ie werben e^ gleidb bSiien. ©l^ettcn @ie fi<b ^^n un: n:m^^l'ibe^ 2anb noi;, bem bie angenebiuf^e Stbweibdiung oon Merger, ^bfl^i^nz ffidlbe^^, Riugeln unb 2[uen unter bei; i^i^^iff^afl eine^ eoigen ^rfibling^ unb Jf^eirbft^^, aftenlbal^ben wobiin man fidbl, 2[nfeben beicr^^cbften £u^^<^i^ilet^^ alli^^ angebi^'nt unb beiodflfrt, aH^^ bllltˆ^Jl^>uub fruc^itbi^r; aDenlbalben ^^n ^cun, unb immer friifdje ©<b<^^leu unb ffia^ber oon ben f^i^nfiten gi^u<blbdum^^, S^^^^eln, geig^^, gi^i^onen, ®ranal^^, bie ohne ipfleg^, wie in S^^i^^t^en bie S:i<be(n, wad^fe^n; .^aine oml5K^1t^tn unbS^i^^^^n; STmord unb Splherae^^ 2iebt^ngi^bl^^me ni^l auf iped^n, wie be^ un^, fonbern in bidjlen S^^f^(btlu auf gropen ^(ii^^en wa^fenb, unb oott aufgtbtubl wie bie m^^n^^ fd^i^ne^ 9Wi^= b^^^^ifinnen —

(S>^^p bn^te S^emoi^^l ni^^t ^^it gei^c^^t; unb fann funftigen ei:j(^l)lern s^tr SBarnung bien^^, bap man ft<b oorber wobt in f^^ner ©efeDfd^taft umfeben mu^, ebe man S^om: plimenle biefer ffl^rl wa^^, fo oerbinblid) fte au<b an fi(b felbf: fii^t^gen mog^n. ^ie ©^^nen ^^eilen bie ^tanbe ooi: bie Slngen unb a:r6tteten. S^enn jum UnglUcl war unler ben S[uwtfen.. ben leine, bie bem fd^me^dtell^l»|fttu ©lei^^ip Stre ge^actl wi^ewotl fie nictl «mauge^teu fi<b aufiubldtfu fo ^^l jie "

' — unb t^ei^a^enben ^oii^ic, fubr fw^it, vom li^i>= li^rten ©efang unidtligei Sirlten oon SJog^in unb mil laufenb bunlen iOaoagaien o^f^fltlt, beren garben im ©onnenbiesa^ugen Menben. 26el(b «n2«nb! 3(b nitbt, warum bie ©ot^t^^n beic 2iebc ba^ felft^e ^>tbe^e ju ibi^em ^^wdl,^t b^itte, ba ^^n 2anb wie biefe^ in ber 52Belt wa^. 2Bo bdtten bie ©raj^en angene^imei; tauten tonnen, al^ am Oanbe con S^t^^en unb Q^^eHnt, wo, jwifhen fur^em bichtem ©rao ooim lebh'aftetlen ©run, Eileen unb ^>i>fl^cfntben, unb ^ehn^a^^^nb noch ff^bnerr^tumm, bie in unfrer ^»^i^<fhe ohne SRamen (t^b, freiw^Bi^ hero^rbli^h^nz unb bie 2uit mit woHfiftigen SBohlgeruihen r;iul^en?

©ie f^bnen aibb^eitinnm wa^et, wie lei^t ju era^^n, mit ^^nef ni^t w^^iger irbh(^iten r^^^bi^bun^^l^lcait aubgcff^^ttet alb bie unb bab ©^^dlbe, bab ihnen ohne babe^ an i^rgeb ju war mehn alb ih^e tlrinrn ^^^fthen aubhalt^en tonnt^^. feufiten laut oor 2^^h«glif^^i^ri^^ anbere, fahen ai^^, alb ob fie bie woBuft^gen ©erufhe, bie in ihrer <phnl^^^«iie ^^fteten, ^^t unb ^iafe rinffhllBrien woitee^^ bie ffjnnr 3^^o fanf mit auf ^^n ipolft^^ beb ^a^t^a^reb f^log ihre grofen 9lugen ^^^b, unb iTeef^nb fich unoeifi^i^i^ltt am blum^gen SRanb ^^ner ^^efn ffhnnen Q^ueB^^, oon ^ofen:: unb ^^t^oneubdumrn um= aub beiren gweigen aSolten pon ambi^Ditf(hen ©uftm auf fie hera^^^tl^ten. 3n dnet fanil^en S^^^d^ubuug oon fufen ^mpfinbungm be!g(^ttn fie eben ^^nsuif^ll^Jm^^rn: alb fie ^^nefi Sungling, ffjfn wie S^i^^chub unb bi^ugrnb wie aimoi, ju ih^en Sufen li^^gen fah- r^^(htetr fich au^, ibnb^^ft^o beifer be^ ei^t^fhtrn ju unb fah ihu fo f<6n, fo S^rtli^, baf bie SBo1tr, wM^^;e fie feine 5S(^1fweg^nl^(^ie beJ^rairn wdl^e, auf ihren 2^ppen riftarben• ^aurn hatte fte —

Unb n^ite meinen @ie bap biefe^ jflu^beirifcbe 2anb »on befen ©cbonb^iten nH^^, nj«^ i(b baoon fngen f^^^^e, S^bnen f<»«m ben @cb(^(tten eine^ SBe^: g^iif^sJ geben ^fii^be? ifl eben biefe^ 9f(^^l^tl^^^t(^i^, weltbe^ me^n get^e^i^^ei: Jt^eunb mit Ungeb^i^'^enn non gjienfben ^^t^olUet^ bie fo fibonin iBat^irl^^^be^ unwU^bi^g iinb. 9lbe^ ^^ne ©nib^, bie c: mit fwt ^«bt nnibfagen funn, ift: bttt in gn^jj aietbiopien unb 2ibpen (ni^^^obt biefe %«= men eine aKenge oetfibiebeneit iB6li^^ umf^offen) feinen gji^m: fci>in bee: feine 9?tife nidjt eben ba t^f^ge ^o wit, ni^cbt eben fo viel ^ugen unb Obten ^^^tf aW wit, unb tnrj —

ein gropes oon ^^tjienigcu 9ift, wobu^ib t<b ^^u »ou ©d^i^^^ti obet asetgnfigen gepintted 2uft ju moiben fud^t, bob, in biefem 3lngenbiidie ben SBufen be^ f(b6neu 9fbb^= titin, loeid^e, t^i^l^irenb SJ^^i^fiftit in fein^^ ^ebe fottfubt/ in bem Jt^ott^^^^f^cbti, wotin (ie ju beloufdteu 95ei^^i^lieu ttugen (wie e< fd^e^^tti, ^^f e^neu Umftonb gefommen w^^, on welcbem ibt *iOetj auf* bie ^ine ober anbete 9tt feb,: lebba^t ®o bie ubti^geu ainwefenben nictt wiifeu fonn: t^^, bop bie gute ®ome ^^^nige bun^^tt 5Oeileu w^^t oon ateee1fa untet einem S[itbi^opi^C<teu ^l^fi^nbl^uw in ^^nem aiieete bee: fupeflen SBoblgetfiite fd^n^a^^, toufenb neue OSogel bo^ ©iudf Bet Si^ebe iingiu ^^tte, tau^enb bunte fPo: pog<^iieu oot ib^en Singeu belfumfl^^tetu fob, unb ium Uebet^: flup ^^nen a^ii^gK^ng mit gelben Sodfen unb ^^otra^enlippeu ju ibten gfipen li^egen botte — fo w^^ *ti* n^^i^tli^^, bop mon ben befagten ©^^^jet mit einem aO^lei^^inen ^:it^auueu emp^ng. gWan ni^ibt^fS bo^ion, bop bie lebten SBotte 2)emi^ti^iit^

bie Urfd^e einer folt^en SBtrl^u^ns gewefen fepn fonnten. assa^ fel)lt Sbnen, gpf^nbirtt? riie^en bie 2[^^ri^iinnen «u^ gr^^em inbem jie (ttb febr befoifgt um fie ftditen. ®ie fdbone bie in biefem atugenbticfe wieber gen^i^f^j: wux^be wo (te w«ic, etrotbe^ie, unb oeitficbeirte ni«bto fep. ®e^(^frit, beic nun i« merfen anjing w«^ *ti* war, oeif: fid^^t^i^ie, bap ein ^^ar 3uge ftif^bet £uft atleO wieber ^^t matflen wUrben; abeif in feinem i»erj^en beffdlog e:^, tUnfti^g feine ©emaibe nur mit Signer J^arbe ju malen, wie bie UKa: ler in it^brnci^en. ©er^ed^te baCbt' *e*^, waO fUr eine eiit^bi^bungO^^aft biefe ^bt^^tfitinnen baben!

meine fce6^en 9te^^i^i^i^iigen, fuhr er fo^lt, wab meinen ©ie, »on welcbeir J^^i^be bie ei^^njobner eineO fo fdbo^ nen 2anbeO ftnb.

„aBon welder — i^arum foHten (ie eine anbere baben alo bie Ubri^gen iWenf^etn? S^r^g^en ©ie und nicht bab He bie 9tafe mitt^en im ©eficbte trUgen, urtb in allem gWenf^e^ wdren, wie wir ©r^e^^n?"

iO^enfdb^n, obne Zweij^^i; aber foUten fie' b^^um weniger SKenfihen wenn (ie f^t^t^1t^i obeir ^^ioenfarb wdren?

„aBad meinen ©ie b^J^ii:?"

3^cb meine, bag bie fcb^^l^t^en unt^^ ben 3letbippfab«tt 9?a: tionen (ndm^icb eiefe^^g^n, bie nacb unf^^m iOtabi^abe bie fd^^^^tf<^tt< bad if:, unO bie abnliibften finb) burcb(t«d oUoen: ft^itb wie bie S[e^l^p^ti^^t, unb ^^eie^^g^n, weiibe t^ef^^ im fe= flen 2anbe unb in ben mitt^d^glCebfien ©egenben wobt^^n, »om ^^opf bid jur ^u^^t^ble fo fCbi^r^^j unb nocb ein wenig fcbwttl^= ief ftne ald bie 9iaben ju 9i^^^i;a.

©{ei^sen! — Unb ecfcbretfen bEeS^eul^e nitbt »or wenn (ie fitb anfe^^n?"

6ir(^tbre^fn? 2B(^irum ^te gefnff^n (idb febr mEt ihrer OnbetifC^it^Orji^^ unb finben bap nicbt^ fcb^ne^ fepn fonnc.

„O br^ i(t lujltg! — riiefen ^ie a^^eeiitiinne»^,—® <^in«rji' rm s^i^^rn 2^^be, rl^ ob fie mit iprcb fibeirjo^^n fid> - »on ©c^^j^n^^it t^dumen ju lrffen! 2Brd br^ ffir bummed ilSoK feon mu|pl ^rben ^e benu (eine bie ihnen be^ 9ipoUo, ben 3^(^^ch^(5, bie bei: giebe unb bie ©rrjien m«l^^? Ober (Jnnten (ie n^d^^ ftbon »on jjome^ lern^^, b^jf 3uno w^^fe 2lrme, i^i^etih ©ilbei^i^^ffe, unb iSurorr Ulofen^s finger b^lt?"

9l(h, erwieb^^te ©n^c^trii:, bie guten Sente hrben (einen ober wenn fie einen h«ben> fo bJrfen m;r unh oerlr^^n, b^rf feine 3uno (ohlfthn^<^i^^< ^tme h«t. 2Son 5}{r= lern hrbe idh in 2lethiopien ni^^th idj frh ^^n gRdbde^, beffen ©c^^i^^^it unter feinen Srnbhleuten ^^^nuhc eben fo ^^tl ^n^^ii. rnri^cht^^e, rlh bie Hoc^^ei: ber Sebr unten ben ©ri^ehen unb unb biefe afi^^^^fcei ^>ei^^i^(» fc^l^dr^ei rlh ebene^^lS.

„O befd^ire^ben ©ie unh hoch Ungiheuer »on ©c^iin= ri^^^in bie a^libe^^iii^^^n, ^^e, ruh bem nrtfir'i^^flen ©iun^^oonbir aB^et, rn biefe: Uniiri^ienng uninbli^le »iel ^(^i:gnfigen frnben.

©te wj^rSen a^ttihe eabin (i(e ^^nen a^^^riff broon gn mad^^i^^ ©teilen ©ie (ith brh ocUige ©eg^i^tl^^il beh gvieihi^: fcb^n ^berlh be: bie ©rJf^e ^^n^^ ©rrgie nnb bie Sfl^e einer Si^miiir; fc^i^ui^^e r^rr^rt, •«beli nicht in iflngen fi^«Denben Soden. um bic ©c^i^ltern ftiefenb, frntbi^im futs unb t)on 9}atur fraud wi^e ®cbafnio0e. S)ie @ti>^ne bedit unb jlarf bie 97afe aufg^flii^U^t:, unb in ber <B?itte bed Snorpeld ffacb fie^i^ifit^t; bie SBaneen runb wie bie SBarfen ^^ned S^i^omp^^i^i^id, beir 9nunb —

iPb^tiinna um ju s^^sen, wie tlein beir ibri^ge fep.

S^iie Sippen febir bid! unb auf^^e^i^irl^^n, unb jwei Oe-iben non 3(tbnen wie ipertenfc^t^uren —

25^ı ®d^i^nen (adhten indgeat^im^, wi^ewobt fie fl^nl anbre Urf^cbe basu hoben fom^t^^, a(d ibr^e lignln bohne in Wl^fel^;J be^n wadlwar fonft bi^r i« tad^^n?

„^b^r ihre ^U9el^n^" f^agt^e snanbra. —

O wad bie ^^et^iift:, bie waren fo ftein unb fe walfer^ar^: ^^g, bag ich tonge ni^cbt »on mir erbatten (te fdbdn iu ttnbln —

ift fur bom^^d ^uhangen, wie cd fd^e^^t," fagte inbem fie einen bdbnit<bln ©^^ten^^i^ auf bie @(bbnl mit ben grogen Siugen warf.

3n beer it^hfit (»lrtlbte ®«^^^Fti(r, ^^ner SKi^ene, woraud ^^n fEauber glfC^lottln balrtl bag er ihr bie grdgte S^^mei^dbll^^^ fage;), fdhdne ittugen mugten fe^^ grog fepn, wenn ich lıı 2^«' grog finbrn fot^^J unb bo■glidbe (dni^i^n, b««^t mice, ftie su Kein *iU* fepn.

®ie tddednl Sfan^^a wairf ^^nen trii^mj^^e^ir^ben JBli^df auf ibrl ®d^t^(e(ttln, unb fC^lUttetl bann ^^n^ganje ©torie oon Sut1i^^benhl^t aud ihren grogen tUugen auf ben gtadli^chen herab,

„®art man wiff^^z wad ®il unter fce6nln giugen oe:--

(teiien 1" — fragte bte Heiine inbem fi<b 9?«fe mert^Cb fpllifte.

Si^n a^li^tf bei: fd^ibnen 2pr«nbi« f(bien ibm j« fagi^i^:: ®ie «)ei^ben ni^t oer^egen fepn bie 2^f^tt^(^l:t «uf biefe S' finbeii.

2^(b oerftebe ^^irnnter ^iigftt, in benen |i<b ^^ne fi^iine @eele fagte ®^^^tl:i.t. '

eofanbra fab albern an^, wie ^^neiperfon„ bee man etwa^ Unerwai:(^e)^^^ ge^agt unb bie fe.ine S^ntwort b^irauf (inben fann. — „Ci^^e fcbone Steele!" — bad^t:en bie aib^^ei.tinnen alle iugleitb. — „2Ba^ fur wunbeifthbe Sin^^e bei: 9Ma^n aii^ fernen Sanben mi^i^gebratbt bat 1 Si^ne fdjone S^^ele! S^^ef i^ nodi fib^^ feine Siffen nnb f^i^j^^gaien!"

„a^bet mit alien btefen S^^btil^i^dt^^," fagte bei: biefe „l^ommen wie oon beir ,>aupt:aa<be ab. Wir baud>t,' bie Diebe war »on beir fdbonen .^elene anb ^eit^ii^i^ien, nnb idb mbdhte bodb wobt wab bie ^^irli^en 2eute fo S^ihon^^ an ibr finben t^^i^itei^.^'

Mti, antwort^ete S^em^f^iit.

„S)O mUffen (ie feinen S^f^^erff »on SlhOnbe^t fagte bei: ©elebirte.

Um iBergebi^t^jj, ^^wi^eb^^te bei: €^}ai^(^^^ w^^l biefe ai^l^b^^pfdbe i>elena beir ©^^^i^ff:anb aller ^fln^fbe w«f, fo lapt fidb fidbei: f^il^^letl, (te bei: S^bee »on S^ib^^l^e^'it glith, bie jebo: in^felner Sl^r^bilb^^n^g fanb.

„€5ie finb auO bee S^«hule beO ^oirmenib^^?" fagte bei: ©^^^^irte, inbem *tTC* (l:h in eine (treitbare fe^te.

Seh bin nid^^S — atO idh f^^bl:, weldleO febr wenig ift.

ert^iiebeirte h«lb crfd^irodFi^n, ®enn ®te bem 2Bo:t 2^bfe gram finb, fo etlfluben @ie mieb onber^ «u^j^i= ^^ucfen. S)^e fd;one ©uQeifu — fo nannte man bie ©dbr^o^irif„ »on bei;, wir reben —

©u^eiru? ri^ef^en bie Qf^betfii.nnet, inbem fie in ein @e: Idd^^et aubbrad^en, bab (ein €nbe nehmen woOt<^:; ©uO^i^iu! welth ^^n 92(^ine! — Unb wie fling *ti* mit ihrer fchonen ©u^^i^iu? fragte bie fpi^ndfige s^^oiri^ mit einem unb in einem S^one, but noth br^^mal f^^hi^fler al^ ihre *Slafe* war.

SBenn @ie mit jemi^^s bie Shre erweifen mich ju bes fud^^tt, antwort^ete beir geireiihte iD^nnn mit bet un^^e^^n.= flenften i^l^fliid^fl^ii:, fo foUen ©ie erfahrei, wie eh mit bet fdjonen ©ufletu flei^angen i(t. Seht mujf ith biefem i^i^i^rrn m^^n S!ei:fpi^«^chen halten. S)ie ©efi^^t beir fd^onen ©ulleru alfo —

fdjonen ^^lli^eru, wiebenholten bie Sl^^^eiitinneu unb lachten von n^^^m, abe^e ohne ^^ff ®enn^(1^iit fleh biep: mal unl^ei^bi^<^(hen liep.)

— flopte iu ihr^em Unfliud! ben Sf^^fl^^^^en ihr^eh i^an^eh bie ^dtlfi^e £eibenfd^l^{lt ein. ®iep fd^^iint }u ^^i^eifen, bap man fie fd^on gefunben ha^^; unb ohne Zweifel lag beir ©runb, weproegen man fie fdhon fanb, in allem wai"-- um man fie nidht fur hdplidh- ^^elt^- ®iefe ^ethiop^er fanben alfo ^^nen Unterdhieb i^fdhen bem wah ihnen fd^dn unb wah ihnen nidht fdhOn o^tr^i^im; unb wenn }ehn oerf(r^iebene Siethio: pier in ihr^em Urtheile ton ^^*efeic* Jpelena u^^rl^inf:immten, fo (am *ti* oermuthlith w^^l (ie elnerl^^ SBeg^ijf obei; pon ©d^^t^l^^iit unb .^i^j^l^id^^eiit hatten.

„®i^e5fo(9tntdit! fagtebeir gtbbi^rttifdte ©elel^tte. k^onnl^e ni^t unter je^n jebeir et^a9 2[nbere^ «n ibr li^ebe^i^i^i'trbi^s finben ?"

©f^gflli ift nifht unmogHfb; «be^ er be«^ef<^t nif^t^ gegen mifh. ®ef(^lbt, beir etne ^^tte ihre ffeinen ^ug^u, etn nnberet ib^e ff^t^t^llenben Sipp^n, ^^n britter ih^e flrogen Obren be= wuub^^u^ll^fi1tb^fl fle^^^tub^n; fo fe^t «u(b biep imm^^ eine 53er= gle^fbung jniffben ibr unb aube1ru SFetbfopifcben ©^t^^en uer; «u^. S)ie Abfigen b«tten ®ng^n, Obren unb Sippen fowobi wie ©iiQeru. SBenn man alfo bie ibrigen fanb, fo mupte mart ^^^u geiPfffe^ fWobett belt ©f^i^t^f^i^it hobi^n, mit w^^k^em man jum ®^^fpiel ihr^e Slngen unb anbre Slngen wergHfb; unb biep i(t wat ifh mit meinem Sibeai fagen roo^te.

„S^nbf(ren (erwi^eberte ber ©elebrte) wer^ben ©ie borfi n^fht bethtupten t^olfeu, bap biefe ©uftmu fbbli^bbtfbr^tugt bie ©fb6uf^b unt^^ aDen fd^^t^^jen ifffa'bf^en port ihr, ubbbn ihr'unb nafh ihr gel»bfbu fep? 3fb m^^ne, bie ©b^i^nflle in 5Ber9l^bi^<buug mit bem SKobelfe, U^OPOU @ie fagt«^."

^(b wflpte ni^^, roai^um ifh biep bbl^(tupteu foHte, ver; fbbtb ®^^oef^^t.

fonnte alfo ^^ne ge^ittt; bie ium ®^^fpiel nofh fiea nere Sin^^n, nofh bi^ere Sip^^et, nok gropere Obten b^ltte?"

SK6glif^^el^^tfe, fo piel ifh' weip.

„Unb in'S^^fitht biefer tbb^eru ^^lt obue kr^^ifef bie udm^<be iBerautfbbnug, unb fo'int Uueub^^(he. 2)'^e gfetbii^: Pier ftten aifo fb{n fWebeD! betl ©fbi5t^t^eti■; man mupte bbuu

fagen, taf unenMic^ fleine unenbld^ bttfe Siippeit/ unenbtic^ grofe £)bte« benfen laffen?"

2Bte fu^^'il bie 9lbb(^iciti<fen ©elef^ften finb! bad^lte S)i= ^^tt^i^it. SBenit icb ^^ngeP^t^i^^, f«gte *e*^, bdp e^ ein f^if^gi^ise^ 9]?db(ben geben f^nne, nteltbe fleinere 9(ugen tb^if biitere Sippen bdtte ai^ ©uDf^ri^^ fo fagte idb b^imit nttb nid^t, bup biefed fi^n^urj^e SKtibd^^n ben ^etbiepieen b^irum fd^^neit b»ttc ooirftmmen mfiffen old ©u^ecu. 2^ad @(^2ne bot notbwenbig ein ^^(^immted «nb *wsi* «bet folebed uudfdnjeift^„ en(^: fetnt pib inin fo nao^n, wie b^^d, watd unt^^ ibm bielbti ^ee w^];n bup bie ©ri(^inen in bie ©tope bee Siugen unb in bie K^leinbeit nidiO(unned e^nO^iiutf bee ool^omminen ©^n6nb^i^t fed^nz ben ©djlup jie^^n: ^^^^Stuu, beeren 9tug= dpfel einen ®aumen im ®ut(nfd^t^iltt bieltettz onilc beiten S^unb fo (lein n^l^1fi, bup mun ^iiibe natti einen ©trobbatm binein^ ju^^ingen, mupte oon ben ©ri^dben fur nitio fd^iot^^it gen<^ltin wernen?

Seer Sibb^^^t w^^ gefd^((^(^ei^^ wie mun pe^t, unb fublte bup ee'd wut. ^bet ein ^b^eititi^feber ©eiel^^itee b«tti pib ebi^e irntoffe(n laflten, fo mud ein^ugeitinen> ^uten nifbt ^t^i^innen unb unb ein futj^^ bt^eif Ot^^bOb^i^r bu, un neein Sn^e^i^^lug oon feinem S^^ettanb ibm ge^igin wu;? Unb wie wenig ftf^i^i *ed* ibm, ^bb^icjiten unb ^^^^e^iitinnen ^^f fiini ©eite su nfingeu! — 3« due atn«t w«t^l^i et nifbt fog^eidj, wud et fugen f^^te. ^nelf in fefi^i^.^uoetp^lt, bup ibm nofb wud e^u^atten weene, autwtrteti et iul>i:(fen but^fb ein bbbni.f(bed SU^eel^^ weidbed suglelifb 'Uun^i^lil^l^e, bitp et bie ©tunbe fiiuid ©egn^itd oetud^l^e, unb bap er im 9^<^^r^flt fep i)en entf(^(^tbenben ©tteitb J« ffibwn. mbglicb/ tie « etbiiib in einem Son, ob bie 3fnti»oirt auf ®emo5 Fritd lei^lte Otebe fep,. fi^^^en Site bie 2iebe sum ^arb^oiten fo treib^^, im Qngefld^^ biefe: ©d^^nen ju bel^<^«pitei, bap ^^n ©efe^i^iJf^ wie @ie und biefe ©utteeu beft^eieben hab^n, eine a^et^ud fep?"

©ie f^^inen oer^eifen iu »erfehte feht bie Siebe n^<ht »on mir unb b^ifei: ©d^i^ttin, fonbeern oon ^i^biopien'bei^(^^ptiti nid^^id: ich er= Sa'hlte nut wad ich flifehen hotte. 3^'b befd^tiib 3hnen ^^ne nach 2te^hiep^fchim ©eWmr^. ©d ift ni^^ meine wenn bie ©^^^ch^fcbe J^cCil^cf^f^^1^ in Qi^H^^op^en ©chon^ he^t ifi. 9lucb feh' ich, niri^^, wad mich bil:ed^ti9in fonnte, ^^f^^en ben ©re^chen unb itf^^l^^op^ern su intf^^^b^i^^ S^cb oeirmuthe ed fonnte fepn bap hiihe 9i^^t ho^ten.

©in lauted ©etae^ttr, man auffd^(d9t wenn iemanb etmad unhe^t;^^f^ich Ungerdmted gefafl^ wieherte bem iPhi^ofopben aud aOen anwefenben eitgegm.

„S^op hoten, laflP hoch hOcen, rief bei: biefe iRathdhei:r inbem e: f^^nen iE^anft mit be^ben J^cinben wad unfer Sanbdmann fagen (ann, um su hii^^ifen bap beibe (Recht haben! S^cb hOre ffir m^^n 2eben geen fo wad bel^c^t^^^e^. ac^^i^t ho^te man auch fonft euch geiee^irte — Siie ^i^be i(^ rnnb; bet ©^nee i(t f^b^ats^ be^ SRonb if^ ^ehJt: mal fo grop «Id ^^it ganse aicbiDed fann feine ®djnei(e im 2aufen ^^nhelin, — (^Ji^t wa^^, Jp^tlt aintift^ep: ftabed? — fR^cbt wa^^, J^ert 2^em^^E:it? — ©le fehen, bap ich auch e^n wenig inS^l^l^^n^pfl^esi^ine^ng^wiiht ^^n. ^»a, po^ ho!"

3)i^e fammtli^en Sfbb^i^iiten unbiHb&rfiti^r^n^ett efletcbiterten fvmpa^t^bcttifh^eirweife th^e Hungen unb fi^i^<^pitabe^, bei; einen Sinfdhiag auf bie Sibei^l^t^t^l^tii^it bed iootali^^ihen ^atbCbenm gema^t ^^itte, unt^^ltfihte gefdOtg bad aDgemeine ®e(«^ltet mit lautem ^«^v^befl^«^^Chen.

Une^wa^i^i^tte Qi^fl'afi^ng *be$* jtnotenS, mit einigen neuen aseifpielen »on ^bt^etitifd^em 9!Sg.

S)^^i^lic^t war in beie Saun^^ fl<h mit f^^nen Sib^i^i^iiten, «nb ben Stbbi^i^^ten mit jidh, ^urtw^^leju machi^t^. ?u wei)e, ihnen ii^genb eine von ih'tien 9iati^ona^^:l^t)et3^^^i>ibua(:Unart^en db^i }u neht^t^n, fo^nt' e; *ed* feht wohi (^ibnt, fie ihn ^^nen ubeenugmiDtann anfahen, bet feinen Sibbi^ic^t^ifhen W^ut^^^wih auf f^^ne; tangen SD<^nbl^1;if^l^1it verbAnftet bdtte, unb nun ju ni^td ^^t w^ee, aid ihnen mit feinen Si^^fc^n^en unb ®ri^^en etwad p (af^en ju gebi^i^.. ®; fuhr alfo, nachbem fteh bad *®el«(f^t(^1;* Abet ben wihigen Si^nHa bed bieten Oat|^^: hei^itn, enbtiih gelegt ha^te, mit feinem getooh^li^chen tphiegnia fo^it, wo ihn bet ((eine iooial^dhe i^unn unt^ei^l^i^i^chen h^^te:

@agt' ich ui^d^^, wenn bie ®ti<^(h^f'he in Siethiopien S^^dnh^iit feo„ fo fbnnte wohl fi't^l' baif beibe S^iiei^l^e Sted^t h^Hen?

„3a, ia, bad iagtin S^i^e, unb ^^n Wann fleht ffit fe(„ SBoi^!^."

®^enn *id) tfi* flefagt fo mu^ ic^'^ wo^l oei^iltdft *fi(d»* ^>ei^*r* Jlnti^ii^i^e^pfiabf^.

„3Benn Site (&nnn^."

5^t;n ii$ etwan ni(6t aut^ ^^n S^^t^eeif? Unb jubem br«W(^' itb nut bie J^i^lfte m^^n^^ ©a^e^ ju beioetl^ett, um ^t*i* ©anje bet^tefen ju habt^tn: benn bie ©ri^chen O;ed^t: b«e^^t, b^itf nicht ^^ft e^i^^efin wecb^t^^ bief id eine ©4the, bie in aBen ©r»^(hi^f<hin ^cpfen fthon l«na(t au^ges mad^lt i|l. 9(ee)c bie Sl^^hiibpii^^ auch 9ie<bt hKb^it, bt' li^egt bie ©d^t^i(^r^!^^^iit! — tSiiln ich mit ©opbi^^min-f^ed^(tei^^ obeir mi^(h ^^^ntigen woDte meine ©egnee; ftumm ju madden, ohne fie jn «ee:Jeu^^it, fo wfirb' ich, ald S^nw^^t bei: pifchen iBenud, bie ganje ©treii^|^l^^^i bem innern ©effiht su intfcbe^bin Ub^^laden. SB^irum, wfitb' ich nennen bie WBenfchen biefe obei: jene Jiigue, biefe ob^e: jene gairbe fd^btn? — aBe^i ite ihnen — ©u^; abe^ warum ^^ff^ilt fie ibnen? — aBee^^ fie ihnen angenehm if^. — Unb warum ift fie ihnen angenehm? — O m^^n *S^nt,* wut^be ich fag^e^^ @ie mfiffen inbli^th aufhbrin)u fragen, ob^n — i<h hb:i auf)u antw^^ten. 2)i^ng ift unb «ngi^ei^m, w^^l eb — einen ^^nbruct auf unb macht ben unb angenehm ift. 3j forbre aBe 3ht^e ©rfibl^^ einen beife^n ©runb an^ugeben. 9tun wU^b' *eb* lathe^1li^<h einem 9Jfinfd^i^ abftreiten jn bah ih^ 8ngenihm fep wab ihm angenehm if^; oei■^1 ihm ju ^^^^(^ifeit', er habe Un^i<ht fich wohlgefaHin jn laffen, wab einen wohtge^aBenben ^nbruif auf ihn mac^lt. ^enn alfo bie Sigur ^^n^^ ©uBeru feinen Bfugen wohi t^^^, fo

gefadt fie t^m, Httb wenn fie fo nennt *et* fie fdj5n, obi^ic ^^mufte fein fold^e^ S^i^otin f^inet S^t^mhe fepti.

„Unlt wenn — unb wenn ^In'SJfirtbnmi^igec fffed^^npfel fUt qifttftben *ife?'* fngt ^[nt^(^^^^p(ii«lte^.

„|pfetbe(^pf^l fur ipf'tftfen! — ©nt gefn^t, be^ melnet 6fte! gut gefn^tt" rlef beic ®ie b«g auf ipect 2)«^(^ErCli!"

JSl/ St/ bo(b/ ©e^^ftli," l^fpelte ^ie fdjSne SNtprlO, inbem fte l^iie ^anb ooi: bie 9?afe fldlt; „wer wlı^l, au(b »on ^fertiedpfdn reiteit? ©^onen wentg^eng unftet ^af«t!"

Sebecmann fid^^„ baf fidt bie ftfone SW^^r^g mit biefem iBerweife an ben wi^igen a(nt^(iti^pf^^teg batte wenben fodei^, ber f^^e ipferbeipfet iuerft aufgetragen b^^te, unb an ben S!atbgb^t>ci^^ ber ©^^^^tci^en jumu^bete pe auf^^^f^^^t^en. Bibeic *e^* war nun ^^nmal b^ra^f abg^fel^^t^„ ben iWann la<^erCl(b ju mae^ei^. ©er Snplnet oei^l^rat be^ ben fdmm^idben Binwefrn^rn ^^ecin bie ©tede ^^*nec* B^e^l^aereb^ng^ unb iOpriO fonnte btefe fd^iSne ©eleg^t^l^^rt su ^^nem Sticb, err bie gad^^ic auf.ifre ©e^te brae^l^^^ unmbgli^cb entro^e^en laifen. S^^nn gerabe be^ UmO:ane, baf S^rmofi^^^, obnef^i.n an ben Biq^feln beg ^nti^^r^ppabeg genug su fe^(udien bAtte, noeb oe^r^^rlr^n ^^nen aserweio befwegen e;bll^l<i, tarn ben ^^^^riten unft ^^^^eitinnen folupi^g baf pe aBe sugle-icb SU laeben anpn^^n, unb peb oSQi^g fo ge^^(^1;e^^^n, atg ob ber Bl^^lofopb nun aufg j^<tupt gefe^tagen fep unfi niebt wieber auffteben tonne.

Su oiel ip SU »ie^.. S^er ^^te a^em^^rit eattr swa^ in swansig S^abren ^^wanf^e^: aerr feittem *et* aug B[eiirra gesangen war ifjm fein Ji»ette4 aul^geftoff^t^:; unb nmt/ ba *tt* toiieber bninn }toe^fe(te *et* juiueilm auf einen ober jwei 'Jfug^^blld^ie, ob et in^genbwo fep? 2Ble wait e4 mcg^ ll(b, forcben Seuten fettig ju wetb^^?

,,9iun, ®^^tett" —fagte beit Ot^^l^^^^itit, „fannfl bu bie ^PfetbeUpfel be4 9^nti^(tte}>t^a^eC ni(bt ^^nunt^^ fti^egen? *fa,* b«, "

S)iefet ^^nfaK wa^ ju ^*bbevtti*f^*i*, nm bie bee fammtliiben gebc^^e^e^j. utetedigen unb fpifigen 9[afen in ^^et ©efeOKaff; n^d^^ ju fibetwa'lti^gen.

®le ®amen f^cbeitten **ft,** In ba^ bumpfe bot^neitnbe **$a, bt,** b«z belt $O<anngperfonen.

@te baben **tlef** ©et^(^(ftl^:^ unb p^m Reichen bag l^ m^n ©ewebit ^^te: 9[itt ^ren^e, foBen ©ie feben, ob **if** bie Gbte oetbiene 3b« Sanbgmann unb iBettet p fep^.

I Unb nun fing *eic* an, mit etnet ©efd^tlCt^d^(l^tt wotin ibm fein gleitb fam, »on bee untetfien 9^^^e, ^uf^^^^i^fe crescendo, bid p^m Unisono mit bem **fl,** bee {<>(>11^ S[&^ertt^^^^^t^ ^^U ©e(dd^tl^e aufptCbia^^i^^ bei^i^^i^id^^n, fo range | ^bbeea auf S^btettfiifd^^m ©oben ^anb, nie etboet wotben wae.

^ufaued machten bie ©amen ^Viene atd ob fte as^bjet^^ fianb tbun w^^ten; abeit wat feine ^^^HC^ff^lt gegen bad ^^i^iweiferte Crescendo au^^i^tbaltlu. ©ie wunben mbli^tb ba: von wie pon ^^nem cl<^genbln ©tt^om e^{^eif|e^^ unb ba bie ©e^f^it bee Qlnftncruue noch b^^u fC^li^g, fo fam ed halb fo ^^et, bag bie ©a^e. emfibaft wunbe. ©ie Snaue^^i^mm« baten mit wlluenblu ^ugen um iSarmbets^i^^e^t. Oibee feine unb b«« ©eincbiteir n«hm ubei^: banb. Sn^bti^ li^ef er ji^, wie eg fi^^en, bei^i^e^e^n, ihnen ^^nen ©ti^Dibanb su briw^^g^it; aDein in bet iCbnit fte bie ^et^iisi^^g,. bie er ihnen sugeba^t ^^^re, befto (dnget aughalt^en f^^inten. 2^^nn faum waren jte wieber ein wenig in 3l[them ge^^^m^n, fo ting e; bie ndmllche itonteli^i^i:, ^^ne S^etj^e ^^f^et, no<> ^^nmal iu burthlathen an, aber mit fo »ielen eingemifihten S^rl^ern unb 5Roulabet, bah fogi^ir bie tunJ^rlgen S^i^lltheir beg J^i^l^(^n(^etlcl^e£!, SJ^iinog, Bleofug unb SK^^bi^^at^^l^iuig, in ih^em hD^en^^f^l^<^);li^fhen Orn^^, ang beir baburrth gefommen wdren.

3um Unglfiff hatten iwei obee; »on unfern ^hbuen nifht glbaf^e:, ihre ip^l^ltfontn geg^n aBe m6g^celn f^ogen ^^ner fo heftifien Seibegubung in SUherh^^t iu feh^^. ^^am unb ^fltur ffl'mpften auf Seben unb S^ob in ben grrnen fW«b:: iBergebeng ffehten fie ben unerbitl:^^^ ©^^istir^t mit 9^«jnb unb BTugm um ®nabe an; oergebeng forberten fte ihre »om Bafjen gdnil^i^fe erf^lafften ^^hnen in ^^ner lebten Bln^ fi^engung auf. ©ie tpran^ffee f^e^ttnt fieg^e, unb in einem ®[ngenbli^ fah man ben S^aal, wo flth bie ®lfl^ff^l^^t be^anb, y**** ^**HC** g*****

©erl^(ei^(^ifen flb^^ ^^ne fo nn»erfeelne 9Jatu^^iffcheinnng (bie befto wnnbe1ib^^ei wf, ba bag SBguneilne SBuffahren unb ^^.ftaunen beir f^i^nen Ql^t^erli^^nnen iu bewe^fen ff^ei^n, baf *eg* eine 5lBilf^ung ohne Urf^the fep) nnt^e^bi^^^(e bie Sa^et a^^ etli^cee Bfug^^bti^^^ um fogleith mit oerbopp^lt^^ ®«^(^^t wieber los itt erfllf^^. 9?ftfi^ltelrweife gaern fite bie rllli^te;tln ^hfnen aBe S^iSee, ben befonb^rn B'^it^^el, ben fie an ^^efer

Sffgb^i^n^heit bui^<6 ©rimaflen »on 6irt^<^u^n^en unb eti^l JU uerbeirgi^n, unb ben ®ecb«dt auf ihre fd^iUlblofen 9^at^hartnnen faOen ju mad^i^n, toefdje but^cb unjeitige, abeir unfirefieillige @<bini:6fbe ben nnmt^^^n^en 9(rgioohn mehr ald JU viel ^^fli^rft^^. ®er ladberli^ehe 3«n(, beir fid) bititber unter ihnen erhob; unb ^intifii^epfi^bed, bie |ith bOlShafl^e1^: *weife* ind iO^^tet fd^li^i^e^n, unb burrch i^onird^e S^r^^^^riin^e ^^n3^^n bie (idh unftb^lbig wuhten, nodh mehr aufr^^^t^^; unb mitten unter ihnen ahen ber Heine bitfe 91at^^^l^^lrt. ber unter beirhenbem ©eWd^^eir uber bad anbere audrief, bah er h^e^t bie iS^dlfl^e von S^h^^ci^en um biefen aibenb nehmen w^^ite: aUed hieh jufammen ma<hle eine ©cene, bie bed ©tiffeld ^^ned i)ogi^rth wurbig gewefen roiii^^, wenn ed bimald fd^on einen ^og^rlh gegeben hatte.

®ir (onnen nicht fa^^n, wie iange he ge^f^^^et hoben mag: benn ed ih^^^ne von ben t^ugenben ber M^^^rr^nn, bah he ni(ht aufhbren tonnen. Sibeir ®er^^^(rt^, be^ bem ahed reinr ^e^t ha^tr, glau^^e, bah rinr .S^^^l^flr, bie fein €^nbe nimmt, bie langw^^lighe unter ahen ^urj^^eil^en fev; — ^^nrSBab1hr^t, von wpld^^r wir (im IBarbeigehn gefa^t) ahe unfre ®1^^nr^i^= rd^reibelr unbS^(haufplrlvor^ebrr ubrr^eugrn ju fennen wdnechen modjten — er pa^te aifo ahe bie fd^i^nen ©ad^^n, bie er jut (Rrd)tl^^rtigung ber (»rlhioplfcben 93rt^^d hatte fagen fonneuz wofern er ed mit vernunft^gen ©rfth6pfen ju thun gehabt hlttr, grlgl^rn jufammen, wdnechte ben hlbbiee^ten unb ^^^^^rttinnen — wad ffe nlcbt ha^tri, unb ging nadh ^aufe, nidht ohne (Berwunberung fiber bie gute ©efeDf^afr, .bie man

©efa^f lief, wenn man — eintn von 3(bl^erfl befud^te.

6lue fur Sen Sefer, um fein ®eSirn «u8 ber fdiaufetnSen S^i^wegung ScS vorigen fi^itpUeeS wieber In 9eube }u f^^en.

©Ute, funf^lofe, fanft^be'Vi^ae ©uHeru — fagte ba natb getommen wai:, ju ^^n^^ rooblgepflegten lraudl^^f^igen ©cbn^aari^n, ibm mir oiTnen airmen entgegen ^^lte — fomm an meinen S^i^feli, *d*^j-l*i*^*e* ©uD^^iu! 3n^aic bu fd^j^ai^j wie bie ©bl^^in be: D!a^t; be^n Jp(^(^r ift wottitbt nnb b^^ne 9?afe pli^^it; be^ne Singen ftnb H^in, be^ne Cbt<^n geo?, unb be^ne Sippen glei^then ^^ner aufgeboieftnen ^Je^fe. 3ib« be^n iff rein unb aufri^chttg unb frbblbb, unb fublt mit bee: ganjen ^atur. ^u benlfl nie Strged, fagff nie wad Stlberned, qua'ift webei: anbre nocb bicb felblf, unb tbuff nieb^S *md* bu nicbt geffeben S^ei^ne ©eeKe iff obne wie b^^n ©effcbt obne ©d^t^iinle. 2^u tenn^ roebee: 9?d^b notb unb nie bat ffcb beine ebrliibe piatte 9?afe gee^i^i^^ft, um ^^ned be^nec giebengefdjopfe ju bobnen ober in a^^^l^^f^^beft Su feb^^. Unbeot^i^t-, ob bu .gefdDff ob^r nitbt geltil^fl:, lebff in ^^ine Uufdeulb ^^ugel^l^fft, im ^r^^ben mit ^^t felblf unb bei: g^^ijen ^<^^iui^; imm« gefd^itft Jf^^ube ju geben ugb ju ^^^^angi^n, unb w^^tbz dif bad ^^ned

SJfanned an fcei.nem S^i^fen rube! ®ute, fanftbotii^ge ©ut^i^i^u! 3(b (6nnte biir etnen anbeen 9^atnen geb^n; einen f^Snen, flangreitb^n, ®tf(^(b^fcbfn S^i^i^^n, auf ane ob^ir ibe, arisen obeit e^ii^^i; ab^^ beiin 9iatne ift ftbon gei^uj), wei!! er beiin ijt; unb i(b ^in nicht ©emc^ffilt, obeic bie p^^t foB noth fommen, wo jebe^ ^^rtiche gute *l»e^i* bem Xiamen ®uB^^u fntgfgfn fchlagen foB!

®uBeru ni^t a^^uw^^^, wa^ ©emi^ri^i^t wit bieffr fmhfinbfamfn ^nrebe haben abe; fie fah, b^ff *e^* fittf S^1^tlfe^ung feinem Jjeri^en^ wait, unb fo o^^ffanb jie gerabe fo oiel baoi^n, a(^ fie oc^^nbthen hatte.

„5Bar bifff ®uBftu feine grau?"

wSeine S^efffbhi^^l^^r^^"

^ein.

„©fi^^e @fla^^^?"

9?ach ih^em atnjug ju fdhli^flffl, n^^n.

„2Bie war fie benn angej^gc^e^?"

@o gult, baf fie ^^n (^f^rentNulein beir K^bnigin oon ©aba hdtte h01rftiBen tonnen. ©drt^15rf oon gropen feinen ipf,r{fn i^^ifchen ben Sodfen unb um Jpcild unb ^rme; ^^n ®fwanb ooB fchon gebtof^neir gaiten, oon bfinnem ffu^^ia^rbnfm Bttlap mit S5rf^ifn oon welfjeir J^^i^be woBen, unter Ihrem iBufen oon finfm rei^ch geffi^cf-ten ®Betfl ^ufammen bett eine Agraffe ooti ©ma^agben ffrl(^fi; unb — wad weip id> aBed —

„*S:^fr* Btnjug war rei^cb gunuj^.'^'

gB^^igftend tonnen @ie mir glaub^^^ fo wie fie war,

fein non ©^^(^^al, gtngi^iia, ©amBia, ^ongo unb l^i^at^go fie ungefiraft angefeben ^^tte.

„9(bec

3f<b *fe()e* balj fie no«b nicbt am S^nbe Sbter ffa<^(^en finb. — 28er benn biefe ©iil^«^i^u? wa^ *e^* eben ^^e, »on i^orbin gefpro^en u^i^icbe? 2Bie fam 2)«^^fitia ju ibt? STuf roclab^m ffug lebte fie in feinem J^aufe? — 3^(b gefteb' *eg,* bie^ finb febr biUige ^re^gen; abei: fie ju ^^(^i^fnrmrt^^, feb' id> »or belt ^anb feine Oibi^lld^tf^iil. ©enfen ^i^e nicbt, ba^ i^ bier ben »erf<b»iiginen macben w^^e, obei: bap ^^n be« fonbereg ©eb^^mnib unt^^ bee: S^cccbe fiedfe. ®ie Urf^nbe, warum icb fie ni^^t bec^^tworten fann, ift bie alleriinf^cbf^e »on bee; ©elt. S^^^eenb ©^r^iftfl^en^^ bifinbin ficb taufenbmai in bem na'lmi^^(bin $aDe: nur ift unter taufenb faum Si^ner aufr^cbtig ge^i^^, in foicben ga'llen bie wabre Urfacbe ju be; fennen. @oU icb S^bnen bie meini^ge fageei? werben ge* fie^^it, bap fie uber aOe ^nroenbung ifl. 2)^^n, furi unb gut — icb weilf filbft fein SBc^irt »on aUem ^^en, ^*g* ©ie »on mir wiffen woO^;; unb ba icb »iid>t bie ©efcbicbte bei: fcbbiten ©utteiru fo ^^^ir^ifen ©ie, icb in 3(bf^d^^ auf biefe 3)ame ju n^cbtg oerbunben ^^n. ©oOte ficb (mad icb nicbt oorber fibin fann) ^^wa In ber J^^lge ©i^egil^l^^it ffnben oon Slemoff^^t ob^i: oon ibr fillft etwag '!0;a"bei:eg i« ecfunbi^gen; fo o^^iaffrn ©ie ficb b^ff ©ie alteg oon ^ort |u ^ort ^^fabr^en foDen.

^ntriotiSnuUS ^it aibb^i^ltcn. I Sl^i^e SBo^iieiauiig fut '9tli«i, «ld 9i^itti^er(i(^l^t. Sin pant ^robcn von ilji^em U^tidilmnU, unb von t^rv unnngenHjmen ^lUi^ldiilflfcit bcii meifen S^omofrlt.

SJm^otrit npc& feinen SRonrtf unter ben 3lb^«^riten ge^ebt/ *al^* er ^()nr«, unb iv^weUen auch (ie ibm fd^ott fo unerti^«8lt(h waren, aid 5H.e^tfd^en ^^nanb^^ fepn muffen, bie mit ihren Gegriffen unb 9le^9utflen alle 3tu{^e^^t^licte wibec ^^nanb^^ fto^^^.

®ic Slb^^riten hffiten »on fich felbfl: unb »on ihrer ©tabt unb 9te}»^l^lif ^ine ,auperorbentlc«he S^eii^ung. 3h*e Unroiffenhe^t aHe^ befen, wa^ auberhalb ihre^ ©d^ii^esS in ber 2B^^t ^eerfmAr^i^^^ fepn obii^ geWehen mcdhtli, war jugl^eidh ^^ne W^fache unb eine J^i^n^cht l<ich.eirli^chen SDahef fam be^u burih eine fehr natflriihe golge^ bap fie (ich feine iSor^^eHung machen wie re^t obei; anftanbig obei; gut fepn wenn ei aub^iii ali^ ju g^bbeera war, obee; wenn man in Ub^^ra g^r uid^t<J bapon wupte. ein S^igrifi, bee: ih«^en G^e8rifreu wi^^i^fpi^<^<^„ eine ©d^of^^^l^eil^, bie OOU ben ihrigen a^^ing, eine i^rt iu benfeu pbei: ind Sluge JU faflin, ^ie ihueu fremb wair, hit^ ihu«t, Phue weitere Unterfu^^i^i^, uugii:^^mt unb w^^th. SiU 9lati^',r fd^^ fde,cumpfte fur fie in ben eugeu ^re.^ ihrer e^8eueu I£e1^^oft^f iMfnnim^^; unb wiewpel ffe ni^^t fo wdt td^eben, fidez »<< bte 3«pauelf, d^^u^^lben, auper ^bbeifa wpettiu lauter 2:inf(^i, ©ifpil^|f:nc unb Ungeeil^f^l^, fo faden fie bpc^ wenffiftenS ben 9ie|t be^ Si^l^boben^ unb fetner 55e«oobnei: ^^nen l^cer 3lufmeiffflmf^^t unwui^biaen ©ege^^anb «n; unb wenn fte j^uj^^Di^flei^ioeife ©elegei^^^it befamen ^^rnaS ^remb^^}u (eben obi^n }u b^iten, fo i0upten fte ntebtS baoon ju ntad^iett, ald ftdi ^^fiubaltet, unb |i(b felb(: ®iudf ju tounfd^e^^ bap fie nid^t cooren cate onbre g^^te. ®^ep fling fo bnp fte be^jenigen f^r feinen guten *SBfirgof* *btf* an einem anbettn *Otte* befRite Sin^id^' tungen obee ®ebi;du(be coa^^genommen b^i^te ald su ^^a^ufe. SB^: bad ®lilct boben laoDte Ihnen su mupte fe^let^; tetbingd fo teben unb ald ob bie ©tabt unb Sie^^l^llif mit aHen ibten sugebbicigen (Sigenfd^aften unb dufoB^i^^f^lten, gans unb untabelig unb bad 3be«l aBet D^^^^^Hfen gelolfln c^(^t;l.

®on bilfl;®el^a(btung gegen a^e^„wad ni<bt H[^b(^^ltlfcb *Btep,* *n^i^it* bie (Stabt ^tben ab^^n audg^^ot^t^^l^^ ab»; auch bi^efl on:mutbi;i<b nut bepn^t^^e^„ c^i^H btl Sl^^^eltet^^ ald eb' manage S^lj«, ibt bie SBıı et^^efe^, fll fflt ibte ^ultltfl«bt ansufebe^* ®ie c^aten fiols fflt bad Z^pl^a^ifldl Bllben gl^(^ltln su c^i^t^b^e^; unb w^lloobl ihnen ^lefot 92ame nie anb^^d ald fpotllae^fl geglbe^ c^i^^be, fo bbtten fte bodi feine @fBm^^fbll^^ l^eb^^ ald bief^^ ©ie be^t^bten fffb, btl ^lbenll in aHen ©lBlren su unb lo^pltten fje ge^au — coIı bn ^ffe ben SOenfd>el^. 2Benn fte, um leM^i^ft unb gl^fll^^ub SU fep^, -Hı 2lugenblttfl ind f^oftllfKBe ff^^«l; ,widjtlgl ©inge leid^tljl^^^g, unb ^^^^Hel^eten emfi^^ft Bad B^t^lf obett ibt^en iKatb um jlH^^ dfllntgf^^t c^iiHen sc^i^i^^'i^^al oet^^ famm^el^en, um lange, albetne fRebm fflt unb c^^beit fibe:

JU bie ein Sffunn »on aHtogUtbem 50^i^fc^ct^^ uetfl^nnb in einot iSi^ert^e^lP^t^^^e beffeit al^ jie entfcbieben b»ite wenn fie unaufbcrlivb mit iprojecten »cn ^erfcCbneriuig unb a^i^urgiro^^i^img fc^i^unger ^^n^^n, unb, fo oft (ie etw«^ untei: nabmen, immer eift miti^en im'2Betfe au^re^netrn, baS e^ uber ih^e ^i^nft^e gel^^„ wenn (te ihre halb fCb^aciiCihe ©pi^i^che mit SittiCcben SReb^i^i^i^rten fpi^i^^n; ohne ben minbeften ®e-fd^mad! eine ungeheure 2eibenfd^(^ft fflr bit ^flnji^e a^^<^(^t:cten, unb immer »on i^alerei unb S^ti^^^en unb 5)iu(if unb Sie^^ nein unb S)^ht^^n fd^l^olht^l^n, ohne jemal^ einen iOi^leit, S^ii[^^(^t^(;r, Siebhei ob^if S:)uhtet, ber bed 9?amend wertb war, gehabt ju ha^^t^:; wenn fte S^empel batten ^^e wie 95<it^er, unb S^(ib^t: bie wie S^empel audfabei^^^ wenn (te bie ©rf(eir^te oon USiuKand ^Jeb in ihre Siatbdflube, unb ben groSen Siatb ber ©rr(^tern ubet bie 5u^^^^^<tgaee beic fe^i^nen Sbt^ofeid in ibre 9lfabrmir malen I^rSrnwenn (ie in 2u(l: fpiele ^^ngen, wo man (te ju wein^n, unb in S^i^t^uei^fpi^ele, wo man fte ju (a^en mad^^^; unb in jwanji^g UenHeeen Siiu^g^en glaubten bie guten 2^^ mterlrr ju fe^n, unb waren — Stee^l:^ren.

safie erhaben bet S^ihwung in biefem Heinen ®ebider i^, bad <pepfti^^^(^^ue auf mrinr SBaeeter gemad^t fagte eine ^ei^^rli^^n. — S^f^^en ^te, fpracb bec rl(te 9ll:(eon oon Stbb^tra, bie Sarabr oon biefem ©ebi^iub^, wrltbee ^^r ju unferm Beitg: haufe ^^|Hmmlt,^abrn? ^ie ift oon bem befien <pari^r(ern SJ'armoi. ®e(lrbrn ©ie, bap ^ie nie ein SBert oon grdpeim ©rfd^mad' gefreen haben!

(Sd ni«9 ter fttone^ ®elb fofti^n, antworl^ete ®^^i^friit.

3Ba^ ber @tre mad^t^/ f^^et nie sn et= wi^ebefte beif in biefem atufiei^^littf ben sweiten ipeifiified in ftdb f^bite. 3(b »«fz @ie finb ein ^enn^i:, 2)e= m^iriii; benn @;^^4^<^ben imm^r an aKem ^troad audj^R^^n. 3(b ^^tte @ie, ftnben @ie einen f^^lie: an ^^efet 5«e«be?

S^^^Rvib ©radimen fwr einen Rebli^i^z i^i^irii ©e^i^ff^t, iief jungei j?e)^ii, be^ bie Sbre botte ^^n 9?e(ife bed S^ird'^on }u f^pn, «nb nor furj^em »on aitben surwcSf^efommen wair, wo er (idb aud ^^nem Sibb^iJlitifiben S^i^nge^ ffir bie Haiftte feined grbguted su ^^nem attiifiben ©etfe^ audgeb^tbet ^^tte.

©ie Saf^a^be ifl f<6^jr fagte ©e^i^F^^t gans bef<<eibe^;i fo ff^^n, b^ff fie ed auch s« 3ttben oeei: ^orint^b ob^ir ©i^rafud feb« wflrbe. 3d fr^tz wtnn'd aila«et i(l fo wad ju fagen, nur @nen Reb^^^ an biefem pi^a*f^^iigin ®eeaHee.

„^^^en f^^eiei?" — fprach beit air^c^j^„ mit ^^ner gjfiene, bie fidb nur ^l^i^btri:, beir ^^n Sirtbon wair, geben f^^nte.

ei^^en Ree^ti! Si^en ReMfr'- wieeerb^lte beir junge ©^d^z inbem er en laut^^ ©e^«<f^e^^i: anffcelug.

^^airf man fragen, 5Dei^o^fii^z wie 3^r Re^ltr ^eii^it?"

eii^e ^ieinigl^^t, »erfiete ^^e■^i:5'ni^cOl^d aid ba| man eine fo fcbone Rasaee — nid^t feben fann.

„gjidbt feein fann? Unb wie fo?"

3e, be^m ^nueie' wte wo^in ^ie bad man fie alien ben aiten fieel gee(^uten i»«^fei:n unb S^cheunen feben fof^ bie

Ititt bie beic 2e^te u«b 3(&:e ga5«be ^ngefeijt (tnb?

„®i^efe J^fluft:. flanben lattfi' elje @ie unb idj gelbi^n^n wur^^j^," fttflte bei: S^ice^ion.

®erOlei<ben ®iflloOen flab *ti,* fo lange untee ihnen lebte, atle i^i^fle, ©tunben unb Sluflenblidfe.

„®i^e finben @ie biefen @ie jlnb ju iCocu^ g^i^i^fi^n, wi^t wahit?"

3^^ wobi/ iWabame, abec biefen q^i^icp^^ ni^d^t; ift ^^ccii^i^m, bag 3^bnen bie ©pcafufec augSarbini^en br^ngen unb fat i^icrff^en ^urpur be^etblen laffen.

^Olbec wenigfieng werben ©ie boib biefen ©dbl^^et fflt 3^b^iften S^bffug »on beic f^inflen ^ict gelten laif^^?"

33on beic f^^nflen fibone <^(^alant«, bie man in unb fpel[ufiium ot:arbeiten Infit.

^un hAtte f:(t tel: ehrli^che iH^tann }n^ei ^einbinnen in ^neic ^inut^e ge^ad^t. k^onn^e abeic auch wag 4rger(j^(her fepn «ig ^^ne folihe ?

Worlaiifide 3Jo<btlc()t eon bem 9l6eei^ltlfd,en ©d^i^iufplftwdon. 2)cino(tit wirb-gynotbl!^^, feine gOi^inung b«»on)u fagen.

®ie Ql^l^beiten wuften (ich fehi: Piel mit ih^em f^l)el^(^et. Shce ©ih(^1^fp^^^tr wacen ge^e^ne S^lii^flec pon 9lt^(^r:t, bie ent»etelt pon ihciem fpantTOerte n^cht leben fonnt^^, obeic ju faul eine^ ju lernen, @ie Ratten feinen geli^ljiften 95e: griff »on bei: ^unff, abei: ^^ne bef:o ^^ofere 3)TeHiung »cn ihrer eignen ©efd^iiflilC^f^il^;: unb wirfll^th f^^nt' e^ ihnen an ainloge nl^<^(t fehien, ba bie ^bb^iriten uherhaupt ge^i^irne ©po^ntoc^i^r unb ipantomimen r^t^i^t^n, an benen immer jebe^ ©li^eb ihi^e^ 2eibe^ mit ireben fo wenig au(h bt^,' wa4 (te fog^ettz ju beb^e^ten haben morf^^e.

®ie befa^en auch einen eignen ©d^f^i^fj^idbid^ti^i^, ,§^p^et= boln^ ber (wenn man ihnen giaubte) ihre @dj(tt^: buhne fo w^^t gebirad^t h<^^i^t, baf (te ber ^theni^^(htn wenig nadhgab. @r war im Sof^^ifhen fo fiarf al^ im Uragi^f^chenz unb ma^te uberbief bie poiiier1iif^^tn ©atprtnipielt pon he^ ^e^^z worin ec ftint ^^gnen STri^jifb^en fo fd^i^iafi^i^ch p^r^^^rte, baf man (ifhz wie bie 9[^^etil^<^nfagt^l^nz barUb^^ buflig lachen mufte. 3^ht^em Urthtilt nafh ^^l^(^tntgtt, ei: in feiner ^r^i^f^iib^e ben hoi^^n ©d^ivung unb bie madhtige @]^^^i:^^^^]g^fl^lrit be^ altifhl^l:u^ mit belt 9Jet:^t^fi^l^l'tit unb bem .^(thjo^ be^ ®^rU fo wie in feinen &^flipitltn beg ^r^^^^phaned S^^^n^e unb muthwilligen ^ih mit bem feinen ©eifhmoft unb ber ^^^ganj beg ijtgat^hon. ®ie 9^(^l^e^t^ii^f^t(tz w^^iit pon feinen 2if(^rien ^^tbunben wu^^^z war bag a^1^^tt^ltz wor^^f er fidh am m^^flen ju ^ute that. St li^eiette, jeben SHonat feine a^i^^gbbiez mit einem fleinen ipoi■enfp^^C(hen^ jut Su^ilabe. SDi^ine beffe ^^omR^^Cz fpra^ et, hat mit nidht mehi: alg Pierjehn ge^offi^^z unb gkidhwohi f^^Hlfc fie ihre Pie? big fUnf ©tunben wohl ge^tihllt.

fep ung bet .^immei ^^^^b^g! bi^te S^e^off^t.

9^un brangen bie ^bb^riten immer pon olltn ©^^ten in

ien, *feint* ^Beinung »on i^rem 5C^^e«^(:eic ju fagen; «nb fo ungern er fice mit ihnen fiber ihren ©efuhmacf in 2^^itts wechfel einlte^, fo fonnt' er both a^th nid^it oon ftch erhn^It ten, ihnen iu fd^i^(^i<deln, wenn jie ihm fein Urtheil mit gefnmmter e^<^nb ahnothidten.

„aBie gefiiDt Shnen biefe neue Krggobie?"

®ttO Sujet ill glfidfiie gewi^l^lit. mfifte her 9^utor audh fepn, ber einen foldhen S>i^off ggnj iu ©runbe ri^dhten foOte?

„Sanben S^i^e jie nidht febr rfihrenb *1"*

ein ©tu^ tonnte in einigen Sst^Hen fehr rfihrenb unb hoth ein fehr elenbe^ fet^n, fagte 2)«noli^iit. S^<h fenne einen S^i^lbhauer von S^ii^pon, ber bie 3^iath h<tlz lauter Siii^beggottinnen ju fd^l^i^ben. ®i^efe fehen fiberhaupt fehr ge, meinen 3)irnen gleidh; aber jie haben atte bie fd^i^nfl:^ S5eine oon berSBilt. *3)9^6* ganje ©ibeimnif pon ber ^(^che ift, baf ber SKi^nn feine grau jum iO'obeBi nimmt, bie, jum ©lfi^df ffir feine aSenu^bUb^if, winigftenO fehr f^one S^eine pori^, weifen hat. S^o fann htm fd^l^e^tt^i^^n Sei^l^er suweiien eine rfihr^enbe S5ti^lle getingen, wenn e, fd) gerabe iutrifft, baf er perliebt ifl, ober einen greunb peirli^r, ober baf ihm^ fon(b iin,^^^|^all ju(fi(^|j, ber feinJperj in eine J^affung fei^^, bie eg ihm leidht mad^t, flit an benipiah beitiperfoti, bie *er* reben lalfen foU, iu fteH^n.

„@ii finberi atfo bie jjetuba unfei^ii ®id^l^(^^^<i nidht poif= t^te|flidt?" '

finbi, baf ber fiOfl^«tn oiettiidtt fein SJefl^^ gethan hat. Biber bie oieten, halb bem fiteffdh^^u, halb bem S5ophot(e^, bulb bem eurrp^^^ea Jd^etn, wo^iit er feine 5^i^^{je ju bedfen fu^t, unb ^^e ibm vieKeiibt in ben Stugen mand^^if 3«bo'^'e^, benefi jene ®i:d^teit ni^cbt fo gei^f^t^jtiJirtia (tnb al^ mii:, mad^^it, fchaben ihm in ben meinigen. Si^^e 5^if«d^^, wie jid oon @o^t erddbaffe^ tfl, bintt mi^<b do noch immer fd^^t^er, al^ wenn fie ftcb mit ipfaut^tt:: unb Sadinenfe^eirn au^puht. Ueheohaupt forbre ich von bem frnjfeic ^^ne^ It:irfl^uetfpiei^ mit gleichem {Redjii^, bag er fflr m^^nen ein oortireffl^^e^ 5^rfli^e^fpi^^, al^ ^on meinem ©d^i^ffi^e-, bag er mit fur mein @e(b ^^n i|)ai^t gute ©ti^efeln li^eferet unb wiewohl ich fle^rn gef:ehe, bag e^ fdbt^(^lter ijl ^in gute^ i£au^^icfpiel al^ gute ©tiefein ju maa^^n; fo ich barum n^cht weniger bete<!)ti!^^1:, oon iebem ICrauers fpiele iu oer^^ng^ei, bag ea alle @{^^nfdl(^f^ten hAhe bie ju ^inem guten I£1^auerd^e(/ ala von einem ©tiefel, bag er aHi^ia hAee waa in ^inem guten ©tiefel gel^i^rt.

„Unb waa ge^j^nt ^enn, Shrer g^eil^ung na^, iu einem woh^ gel^iedelten ffrauerfpiete?" — fr^^gte ^^n junger 9leel^= ti^tdd<her ipt^l^iri^^^'^ia, b«rili^<b uber ben guten a^nj^aU lachenez bet ihm, feinet UReinung nadl, e^tfahren war.

2)«^(^{i^^t unterhielt lich fieer biefen ©eg^l^l^ane mit einem fleinen ^j^eife uon iperfonen bie ihm JUJ^lb^eten fd^iel^(ei^,r unb fubir, ohne auf ^^eg^r^Age bea wi^igen jungen J!^ettn Si^t ju ha^^n, fort. „2)ie wahren {Re^^ln ber ^nndiweJde, fpta<b er, fbnnen nie wiBfflltl^^ fepn. 3^<h feJere tfirb^ta von einem ^tauerfpiele, aia waa ©ophoftea oon ben feini^gen f^^^^irit; unb hieg ifl Wilber meh^ noch w^^^g^r, ata bie 9tatnt unb Sieficbt bet ©ache mit fich bringt. Si^nen einfachen wob(eul^(hea<hten

^lan, worin S)vbtef fltteg aUe^ Bot^Pi^: reitet, aUe^ n«t«i:l^<^ j^^f^m^m^enflefUg^^ olfe^ o^lf di^^cn f^i^ntt worin jebeit Jbeil utieni^f^ifbtlKbe^ ©Ueb, unb bad ©anje ^^n wobt org(^t^tit1tt^^, fe^i^t^t^ir, frei nnb ebd fi(b beiBefleubeif ift! ^^eine langweili^e. d^^pofition, feine epi^foben, feine ©eenen jumSlui^f^utlen, feine 5fteben beiren d^n^be man mitl^i^jjebulb bel:beiga'i^^t, feine .^anblungen bie ni^cbt jum arbeiten! S^n^^ei^efrante, aud ^^rWi^tur get^^^t^lm^t^b<»lfattere, nereb^eit, a^^efo, b^fj man bieSWenfd^; belt in ihnen nienerf^^^^^ ,t^e^^e flUermenfc^^icUenJugcnbe^/ feine Ungeheuei; non S^J^^lUuII^! iperf^^i^n, bie immer ibi^en eigenen S^n^bi^oi^u^flilSS^egri^fFen nnb (^mpfiinbungen gemd^ reben unb U^<^^<^Cl^: immer fo, ba^ man fflbl^z nach aben ih^en norUergebcnUen unb ^^|^e^t^B■rtigcn Umfidnben unb 5Se(^im: mungen miSfyen jie im gegebenen f^^^He fo re^^n, fo UanUeln, ober aufberen ju fepn Wad fie finb.

«2^<U for^^e, baf be^ Si^^ter n^cht nur ^^e mcnf(Uli^CUc 9^atur fenne, infofernf^cbad5E^^^bcDallerf^e^t1^r^'flaU)UiiU)u^t^gen i^; i(h fo:Ure, buffer auch auf ^ie^^^CUaucrOi^13^cf(^cUt nehme, unb genau wiffe UUI^(U welche OBege man fcb ibred .J^erietJd gOf^ifte: mad^t; Uaf *et jeUen* ftarfen ©d^lag, Uen er auf folched thun, will, unoelm^l:it porb^e^^ete; baf *ei(* wiffe wenn ed genug ift, unU, eh' e; und bureh ^^nerlei ^ut^r^i^c^e ermU^^e^^ obeic dnen ^ffe^t ^^d gu Uem ©ra^^, wo er pe^nigenb ju werUen anfd^^^, in pn'd *e^creg^*, Uem i^^rsen fleine Wlubl^i^t^ltite iur d^r^l^olnng ^^t^i^ie, unU Uie Bieg^l^J^eet, bie er und mitth^^lt ohne ^aa^tbeitl be:r ,$auptwirl^u^t^g ju n^^mannichf^^tti^gcn wiffe.

uSJth forbre pon ihm ^^ne fchone unU ohne 3leng|(llid^lteiit mit nugerfiem einen immer n>a^i^m^en fi^df^ligen ^n^bruct, einf^o^ch unb erhabi^n, ohne iemnl^ ju {(hweOen noth ju ^ntt unb nec^^j), ohne rauh unb iu nerbei, gld^jenb^ hl^nbe^n; n>ahte ^elbenfpi^achez bie immer bei: lebenbe Siu^brudt ^^n^^ gito^en @eele unb unmitt^elbar pom gef^^n^i^tt'^sen ®^^uhl eing^^tben i^, nie in piei nie gu ^entg fo^^, unb/ glti^ ^^nem bem K^brper angegoiTnen ©e^i^nb, immer ben eigenthumli<hen ®eif iKebenben burchfi^i^inen ld^t.

«3^ih fo:bre, bog betj^^^gi, beif gi> untefni^^bet ipelben ^eben ju lafen, feibf^ eine groge ©eele ha^^^ unb inbem er buifih bie 5llig(^^^lt bet 9^l^i^eij1^1^rung in feinen i>elbin oei^: rnanbelt ^o^ben ift, att^e, na^ ihm in ben SBunb legt, in fiinim ^^gnen .§eiiin finbe. 3<h forbre —

„b .^i^rr — ri^e^in bie Qt^betr^t^n, bie pch nicht ldng^t ju h^iten ^^ugt^en — ©ie fbnnilt, b»©ii nun.^^nmal im^^^^birn ftnb, ad^^ forbern na^ S^hnen ^^iiieet. S^n't^^bera ldgt man fieh mit wen^germ aeffine^^. 2Bir finb iuft^^ben, nienn un^ ^^n 2)i<hter ruhtt^. 2)er SJ^i^i^n, bet un^ lachen obei: n^e^nen marf^t:, ift in unf^^n Slugen ^^n gbittli^fh^^ mag e: *e*^ boc! anfangen wj^e er filef: wi^B. g)^^g ift feini ©rtc^i^,-nicht b)i.unfr^ge!)5PP^l:1^oll^^ g^if^llt un^, rflhttt^i^^/ maibt un^ unb gefei^t auc^, bgg *er* un^ mitunter gahnen mac^i^e, fo *et* hoib immer ^^n grog^^ S)ibte:! aSrauchen wir ^^nt^ weitern ^en^^ifft?^' »

^ie ©c^n^^i^^en an bet ®oli^ff^|f:e, fagte S^emoti^^t, tanjen mit ©^i^iAffen jum ®itbfe ^^n^^ armfeli^gen ©d^«l^^i^eJ unb ^tl^che: Si^^f^e, bie fie gi|^f^i^<^ii^aneet fc^iagen. ©ebt)hnin note ein paa^ AnOfdjetten unb eine ©ad^pfeife h^jiu, fo fitauben fie in C^ipfium ju fepn. 2Bie piet 2Bi§ braud^te ^^re 9[mme, um end^„ ba ibt nocb Ai^^ber burib ibre Sic^^lfunt^jjen SU tubren? S>ad atbernfte ^^i^f^^cben, in einem flOgUdben basu gut genu^. J^oigt aber bdij ^^eSMuftl beif @dbn^(^tsen obei; ^mme^:: mUbreben gfeinb ein b^i^t^tii^d^ed ^Beri ifl?

„©ie (inb febit bof^id?, ®em^ffit:!"

Um iBerge^^ng! 3cb tin fo nnb^f^inbz jebe^ 3>ing beii feinem 9nAmen su nennen; unb fo ba^ icb nie gef^eben ^erbe, aDe^ fep fd^on unb oounrefiidib wai^ man fo SU nennen ^^i^ebtn

Dtber ba9 ©efubt ^^ne9 gansen DSi^ICf^ n^^rb bodb mehr g^I^i^n, «I9 bei; SEigenbftnfet eine^ gi^^ji^gen?"

(SI^g^I^(^15I^f^I? i(l *ei* eb^n, *wai* icb au^ ben Aiinf^en ben Sf^ufen pe1fbl^^nn feben mbcbt^^ Unt^^ alien ben 5oi^I^i^= rungen, roooott ble Dlbb^i^iten ihr^en ©flnf^ling jpppetbol^^ fo gutig lodjUb^en, ifl feine eitfsige, bie nicht auf bie fnf^engCne ®ered^^I^gfein gej^unnbet wa're. SHbee bad ©efUbi eined gcJn- sen iB^^f^^z wenn *ti* fein ^^leJ^nted ©^^ubl ift, funn unb mu^ in unsabli^gen gUUen betrUgli^cb fepn.

,z^ie, sum genfer! (tief ein ^I^^ceii:, bei; mit feinem ©e^ubl febi; rool^^ sufri^f^ben fd^ien) ^ie ojer^ben und am Sn^be wobi g^if nodb unfte fflnf ^u^^e ftreiti^g mad^^i^.'"

3)ad perbfi'•d bee i^immel! antwort^dtd S^omaofii. uBenn @ie fo befd^^iben finb feine ^ei^ltef^en Dlnfpf^p^cbe }u madhen atd auf fflnf ^inne, fo war' ed bie grogte Ung^eecdtti^feit/ ^ie im rubi^fen 5Seeibe beteelben fioren su otoDen. gAnf finb jumal wenn man aHe funf iufammi^t^i^ii^i^lt, voUi^jiltiae 8li(^(teif tn alien S^n^gen, wo e^ ^^iranf anfommt, }u ^^tft^i^t^i^n, wa^ wei^ obi^t; fc^t^ar}, gfatt obi^ic rau^, wel<^ obeif wibet^li^ ob^i* angenel^t^, ^^tter obeif fil^ ifi. ein SKa^^, beif nie w^^ter gel^^, al^ tbn feine funf ^n^^e fuhretz gebt imme: fid^^r; nnb in ^^ifa^b<ftz w«^tt3b;>V= oofboiud ^^fut forgen wirb, ba^ in feinen ©^at^fpielen je= beif ^inn ^^gogt nnb feiner bele^bige^ fo fl^ebe id? ibm fUr bie gute ^lufna^^e, nnb wenn fie nodb iebumial fd)^d^t(^1f waren ald fte finb.

SBare 2^em^^i^it su Slbbeifa w^^ter ni^ebld get^^fen, aid ^*d* 2)io^ened s« fiori^nl^b W^':, fo mo^te ibm bie. gffdib^^t feiner ^unge «iettei<b^ ^^ni^ge Ungdlegenb^^ten sugesogen b«be^. S^^nn fo 0^^ bie Sfl^^ed^ten Ubef w■i^<btlgd 2)h^^e fpa^^^t^^ fo wenig fonnten fie d:trag«t, wenn man ftcb ub^r ihre qfuppen nnb ©tetfenpferbe lnfbi^g maibte. ^ibe1f S^em^^irit war aud bem befifen J>aufe in 9tb^^l^(t, nnb, wad no<b mehir su beb^t^;: ten er w^^ rfi^. SJ^^fer boppi^lte Umftanb mad^t^(^^ bag man i^bm na^ff^fb, wad man ^^nem f^^i^^o^^ben in sdfei{fd: nem SJitantel f(bwe^fli(b SU gut geJ^<tltdn *did*tl^e. ^ie finb autb ^in uner^e^dgli<b^r 9Jfdnfdb, SJem^i^it! f^^arl^tdn'bie feb^nen l^^^^d^i^iinn^^, nnb — dft^v^gen ibn hodb.

S^^rp^^et d»>^'Pd:^oi«d ma(btd noth am ndmliihen 9lbenb ^^n dntfebli<bdd ©inng^^iidt auf ben dbilofopb^^. *2^e«i* fol: genben ^oegdnd lief *ed* an allen f^t^i^^ff^en'berum, unb in beif bettt^en Pbacht warb *«!* in allen ©aff^^' oon 9liielra ge= fun^ee^, benn S)em^^rlt batte dind gw<^tibid basu gefee^t.

©lite ©et^uttSart ter SMf^ilei^iti^n, nut wie (ie (id) an ®emefirit weaeu feinee Un6Sf(id)Felt iu tacben wlffen. . Sine feinec ©trafji^^bigten jnt ^rote. Se illl^l)etiten macfien ein ©efejj gegen «((e Oi^iff^ii, webiivft) ein Slblietitf^^tS 9Ruftetfinli bntte Huget werben fiinnen. SRerfwiii^bige 9i^t, wie bet 9?omof)bi)l«r @:i)l(i^^ eine and biefem @efe$ entflanbene S^i^winigbeit auflodt.

i(^ ocbentltt^elr»e^fe eine gee^^l^trll^e @^i^e, me()ic 2^(^l:^^t«nb ju b«be»t «l« feine SRltburfiec. ©oft«te^ e^ mit be^ geben b^e«lfte«^^ unb wenn 9lril^(^l^e(e^ nodb mit bUi^v ^«ut baeon t«m, «ld ibn beic (Surpmebon iu aitfien belt Me^eic^^ an'ldgte, fo fam ed ^^of b^l^er, et ittb in f^^i^l^en aud bem ©taube ma^te. a^db m^K 'ben gitb^^eecn feine ©elegel^l^(^tt ge^i^n, fagte *eic,* (tdb sum itfat^^male an belt ipbi^ofopbie ju o^^funbigen.

®ie aibb^irlten t^<^i:en be^ alien ihten mentbldbtn ©(bw«b= beaten wenigblend feine febt b^i^(^^t^gen 2e^te. Unt^^ ibnen batte ©ofta^ed fo alt werben fbnnen ald ^lotnetd 9?e(tor. ©ie b'tten ibn fUr eine wunber^^^e airt »on ^^i^^ren grtb^lt^^, unb itd> ubac feine »e^^t^elntli(^(^^^b^orbelth(Hg ^et^t^ibb; abet bie @a(be ^^d jnm ©ittl^ecbeic ju treiben, war ni^d^lt in ibrtnt diba^^ftec. Jl^^i^f'^lt ging fo fd^(^if|' mit ibnen ju ^e^;te, ^^n wenig^^ io^^aled ajolf bie ©ebulb babe^ oetloren batte. ©leitbwobl bceilanb aUe dRatbe, bie jte an ibm nabm^^., b^irin,

(le (unb^^iUm^^,:t mit wtl^(btm ©runbe) eben fo ubel oon ibm fpratben ald er oon ibnen, abed tab^^ten wad et untec: na^m, aUed ldtberllcb fanben wad oc fag^e, nnb pon ab(^m, et ibnen tiet^, seirabe traten. „?Wfln m«^ bem ^bi^lofopb^n but^tb ben @inn fagten fie; man muf ibm nicbt wei^ matben, baj et aHe^ beffeif t^^ffe al^ t^fr^^" — Unb, ^^efet weifen 9Katime iufolge, begingen bie guten 2e«te eine i^l^oi^beit bie anbte, unb glaubten w^e »iel be babe^ geuoinen b»tt^^, wenn eS tfn netbrolTe. ^bet hietin nerfeblten tie ibreS ^wecfeS ®enn 2^einofi^tt iatbte b^i«, unb warb ab^^ ibr«t9?ed'«:eien wegen nitht einen ^ug^t^^iidf frub^e grau. — „O bie ^bb^itiiten, bie Qi^^^erftbn! ri^ef er iuw^^l^^; 'ba baben fie fi<b w^eber felbft eine Ob^^ei^ge gei^^l^ej^, in Jt'fffnung,"bab eS ^^it web tbun wecbe!" ,

albeit (fagten bie M^l^ebite^) fann man autb. mit einem SKenfcben fd^l^mmec b^xan fepn? l^ebet adeS in ber 2Belt ift ejr anbr^x 90'^inung alS wir. ^n atten, waS unS gefi^lbt, bat IIC etwaS auSi^^fe^en. SsS ift botb febe unangenebm,. btb imm^^ w^eft^^^i^le<ben ju laff^^!

^be: wenn ibr nun imm^^ Un^edbt bab^? antwortete — Unb labt bodb ^^nmal wie eS anbetS fepn ionnte! — atbe ^^re JBeg^iffe ba^^ i^br blmme ju fleef aBeS ibr nocb eben fo, wie ibr alS ^^neft baoon bad^i^i^it. eu^:f .Rctpex finb gel^ad^f^n, unb «!« ©eelen liegen nocb in bet 2B^egf. SBie fiflf bnb wobt unter eud), bie ficb bie U^iSbe gegeben ba^^e^, ben ®runb ju «:f^rfd^l^lt, warum ftf ^^waS wa^^ obex ^^t obeic fdbbn nenn^^? ©le^cb ben Unmunb^gen nnb ©buglingen ift eucb atteS gtit*uvb^rf)6n, waS

©inne tipdlt, waS fucb gefal^it. Unb auf waS fur (lein; fUgige, oft g^t nicbt jur ©acbe gel^i^1fef^b^, Uxfacben unb Umfta■nee ffmmt eS an, ob eucb etwaS ge^aben fob obe: nic^it!

SBie vetlegen t^iiicbct ibt oft fepn, wenn fasen fotttet, warum {l)r bie^ liebt unb jene^ b^ffelt! ©ri^lten, 2aunen,' Sg^ene ©ewobt^Mt eutb »on anbn:n Seuten gangetn ju laffen, mit ih^en ^(ugen ju febt^n, mtt ihren £^>^r(*n }u bSi;^^, unb, wa^ fte eudh eorflep^fTen'habe^, nad^jup^eif^^—finbbieiCri^^bfebeith, ^^e be^ euch bie ©ttette bei; iSemunft erfe^en. ©ott ith eu<h fag^n, w^^an beir f^ehler l^egt? 3br habt euth «nm falf^^en S^(^jjri(Bf eon Fr^e^h^^t in ben ^o^^ flefel^lt. Sut^e ^^^ber eon brei obei: eier f^i^l^i^en b«ben freiith ben namli^then S^^^riiff batoi^i^;' ab^r biep matht ihn nitht ri^fbiiAnr. ^^r finb ^^n freied asi^ll^, faflt ih^J unb nun glaubt ihr, bie aE}ert^t^l^^t habe euch nid^^s ^^niur^eben. „SBarum fottten wir nitht benten b^,:f«t, wie ed und beliebt? l^eben unb hafTen wie ed und be: l^ebt? ^^i^unb^rn obeic eeira^ten wad und ^^liebl:? SBef hat' ^^n ^led^it und jur '{Rebe ju fte^^n, obet unfe^n ©efdhmadt unb-unfte {Reigungen eo^r feinen ' ^^d>t^r^uhl ju fet^^l^n?" — 9^un meine l^eben atl^^ert^(en, fo bet^^t unb faf^^t, l^ebt unb hopt, ^el^un^ert unb edtad^^et, wie, wenn unb wad euth beKeb^! S:heah<!t^^^ fe eft uni) fe eiel euth de: l^e^^! SRatht euth latheirli^ih wie ed euth SBem l^egt am ®nbe wad b^^an? ©o lang' ed nur Sl^eini^g^eit^en, {puppen unb ©ttetfenpferbe ^^t^i^)gt, w^^' ed unb^Hig, im 95efihe bed Me^tt!^, ^^re {puppe unb ^^e^ ©tetfe^pferb nath SBeli^eben ju pu$en unb ju reit^^, floren iu ©efe^t auth^ ^^re {pu))>e" ware hapl^th, unb ^^d, wad ihr ^^eu ©tetife^: pferb nn^t^i:, f«he een eo^;n unb oon hinten ^^nem i^e^iSle^n ober fgfelein abnlidtt wad thut b^d? SBenn ure Hhorhei^en euth glAtifl^th unb niemanb unglfittiiih mat^^n, wad geht '*ed* flnbce2eutc «n ixtfj *ei* 2(jor|)etten fitnb? SBarum foUte nic^t belt bo^»»eife 9Jrttb »o« in f^^er^id^^t'proc^^^on, *eiinet* ()iintet bem anb^itn/ oo^OCatbbAufe jum Slempel becj^ith^i^tt — S^ut^etbia'^me machen b^ef^^z r^itnn e^ bem Stath unb bem SS^^te »^^'9fbbei;« fo flefotti^ wate? SBarnm foHltet ihr eueit befie^ ©ebaube nicht in ^^nen SBiuE^^, unb ^^te fthone fleine nic^^ auf ^^nen £^be^^i^(fehen but^^n;?—2(be>r, meine l^eben 2anbiJleute, nicht alTe ^^ite^l^i^i^f^eil^en finb fo unfd^^lbig wie biefe; unb wenn ich feh^, b«(i i^^^ eu<h bni^ch ©tiiBen unb ^ur'waStungen ©dhaben thu^, fo mu(^i' ich *(uet* Jt^eunb n^cht fe^^j- wenn ich fiiii baju f^weigen fomite. ;3niu 95ei=fpi^^z ^^lot Jttofd^: unb SK«ufeEr^^e8 mit ben get^i^ic^i^n, ber uiu noihi8fie unb unbef^^n^^^e bee;' iemaio an8e0an^tn wurbe, um ^^nec S:«njerin wiBen? — <*Sftel* in bie t^l^l^^tlz baf ihr unt^^ bem unmi1^l^el^baren C^i^nfli^(5 ^^reS bofen ®a'mong waret, ba ihr ihn bef(f^ll^fOot; alleO hflf nic^to, waO man euch bagegen vorf^^tlie. ®ie S^emnier foBen 8e^Uf^ti8i werb^^, hiep unb, wie ihr geute hon lebh^0tet Si^n^bi^U^ung fe^^, fo Of^^en euch nift^O leic^^i^^,, alO euch hon ihrer ganjen 3nfel S»eti^e: ju machen. SJenn bie ©f^t^ie1:igie^ien ^iner S^i^che hfiegt ihr nie eher in gl^n^«gnn8 ju nehml^ti, aio ^iO euc^ ^ure 9i«fe ^aran n^iinn«t. 3)^<h bieO alleO mochte noc) hiugegangen fep^, wenn ihr nur wenigftenO bie ^^i^fUhrung ^^r^^ en<^w«r(^e einem i^^fhi^sen SJiantt auOgtiragen haiiti. Slber ben jungen atphrou^^nm^^eUherrn ju maf^et^„ ^hnebapfih il^^tnb m6glifhetl ©runb baoon etb^^ten Oiep, alO w^^l ^^regBeiber fanben, IoP at in f^iner prachtigen ntutn 9iu(lung fo 0fh0n wie ^^n ip^riO 0cP, unb — Ubee; bem fige^, ^^nen auf feinem b^rntofen ^opfe nitfen su feben — ju oeirgeffeei, b^jj nicbt um ein Suft; gefedbt ju tbun wc^it: bie^, Inusnet'^ nur ni^t, bie^ rnc^^t ein U^bber^iten^i^ei^cb! Unb nu^, bu i()r ibn mit bem S^c^ri^nPl eurer S^bt^*^/ furer ©aleeren unb *ei^te'c* befien 9)?flnnfd;flft beijc^l^tt bnbt, n^n^ ^ift e^ eucb, b«(j bie aitfie^c^t;, bie ibr eufb in ibt^en iCbi^icb^^t^ett JunlvSJin(len genotnmen babt, eben fo finm^eiicbe ©tr^e^cbe, unb suweilen mit eben fo fllucfflCcbem Stu^gang ju fpielen pfl^^c^n?

3n biefem S^one fpracb ©e^c^f^it mit ben Ql^t^eritei, fooftfi^b^^^C^^^^^enb^^tbniu gib^n; aber, «^irt»ol)t bieb febroft gefd^alb, fo fonnten fe ficb bodb unmogli^db get^c^l^t^c^^, biefeu it^on nngenebm ju finben. gebt fagten fe, wenn man nafe^^tfen3fin^gl^i^l^gen mlanbt, in bei: weiten ^rii^ um ficb ibr^eO aJ«trrl^afl^eeO f{bc^melJu lern^^, unb nacb jeb« ober jwanjig J^(^b:^rn ^^t ^^nem J^c^pfe ooU anO^ tdnbifcbn: 9)e^rtiifr alO AfOmopo{iten juru^sufommen, bie^DeO beffer roilTeu alO ibre ©rob'^(^t^l^^, unb aUeO anberOroo befer gefeben baben aie ju jjaufe. ®ie alten Ql^g^})tiell:, bie uiemaue neiTeu l^ebeu eb' er weuigf:euO TUuTJig a^ubr^e auf bem ^ucTcu b^tte, waren weife Sente!"

Unb rileubO giugeu bie 9t^b^ritcu ^^n, unb macbten ein ©efeeb: baf fein abb^^^itrufobu binT^^t weiter ate ^^e an ben ^^orin^iTdbeu 3li^bmu^, langri ate ein J^c^bbt^, unb aneeie ate unter ber ^tufficbt ^^nee ^^Cabrteu boTiuriTiere pon ^ttab^^i^^: t^fchei al^ei^^ft^^ ©e^l^c^irt unb ^^tte, foUte reifen ■burTen.

Seute mUjTru jn^ar bie SB^^t TcJ^ci, fagte bae abe: rbeu b^rum Totieu fie fteb an jebem Orte nicbt ldngen dli Mi fte mit Siugen b(« iu fe^ett ifl gefeben bob^n. 9^,efonb^i:i fob bej: Jpofmeifte: gendu ^^i^itrfen, n^di fwr ©dfibbfe fie dug^^irofifew, n)ie fie geij<^flffn, unb n^^e »iei fie beijf^^^en mnffen; b^^^i ibre g^^i^buj^g^^ ficb in beir f^pge biefe ^^fpriebli^^en ©eb^imndC^iriibten ju nube matben fOnnen. f^ei^ner fob (roie bdi S^ecrei w^^ier fdg^^, ju Sirfpdt^u^^g beir Unfoffen einei dbju idngen an ^i^em Orte, ber ^ofm^^ff^^ bdbin feben, bdp ber junge ^^^^rit in (einet^t^: noibigen dS^iii^^nifcbdften »err^^l^r^t r^^rbe. 2)^^ ^ir^b obeir ^^er bduil^^et^^, dli an bem Or^e ^^nbeimi^fcbe nnb unbefangene f^^^^^nen, tonnen ibm am beften fagm, r^di bd Sb^iri^iSrbigei ju feben i^, bie bofigen ©eiebirten unb ^unfflrr beiife^, roo fte r^i^i^t^^n, unb um lorlcbe 5^^t fie ju fpretben finb; ^^e^i^irlit ficb bm b)off^^rlffrlr in fein S^i^^ebu^; unb bann ldpt ffcb in jroeii obnr brei ftagm, r^^nn man bie ^*eit* roobl **jn** Ci(^^br b^il, oielei in aiuge^fcbeiin nrbl^l^l^."

5um Un^^n^ fur biefei r^^iife 2^(^(^rrt be^anbcn ficb ^^n paar 9[bb^lt^iti^fbr funge i*rrrrn ton grower ff^^cbiifife-t eben aufor 2an^e!S, ati ei abg^fa^t unb (natb alter ®ri^^t^^>t^l^^ei■) bem bsoii auf ben banpiplaben ber @tabt poirgefungen r^urbe. 2)rr eine r^c^ir be^ @obn einei bid"lm^rii, beer bni^lb ©eij unb nir^ertrabtige ^tinffgriffe in feinem @riperbr binnen tierjig Sabren ^^n betracbili^cbei SSeermogen Jufdmmen^^rratt unb irafi beifrlbrn feine ft^o^i^r (bai ba"f^lirbffr unb biimmfle ii:biel^(ben ton ganj 9tbbei^a) iurjlCb an fitjen e?e|frn bei rleinrn ^^iten Ol^^b^b^rirn, bcffen oben rubmlibe Sroabnung geiban r^^^ol^^lt, onr^^i^aibet ^^tie. anbere r^c^ir ber ^inji^ge @obn bei e^^?mop^pbbld, unb f^B(rr, um feinem aJater *je* *je* in l^tefem 9[mte beigi^i^irbttet werben ju fSw: n«{b 9[tbett reifen unb ji<b bem S^t^fllroefen bafe^bflc geimiuei; wnbrenb bug be^S^i^be be^ bJi^amer^, bei: ibn be^li^iten woUt^^ m^t ben Hut^mnchetinnen unb ©trnugeti m«ibd)en aDba get^auere S^i^fi^t^ntf^i^ift ju machen ge^^^nen war. 9iun hrt^te bt^ 2)ef^et an ben befonb^irn gatt, wo^^n fich biefe jungen J^erren be^ititb^n, nicht gebitd^it. 2)ie Sir^ge wair aifo, wa^ iu thun fep? Ob man auf eine SJtob^fiicttition bed antragen, obeir be^m ®^^at b(op um S^i^^petfa^ion fbr ben vorit^genben SoD anfuchen foO<:e?

eon fagte bee: 9?omoi^i^i^li^]t, heir eben mit 5^uffdtung eined neuen itanj^^ auf bad Seft *beit* Satona fertig unb auferorbentii^th (ich fetbfl juj^ii^^ben war. Um etwad am ©efehe iu dn^^e^n, mfifte man ^^d iBotf befwegen *iu^* famm^^b^r:^t'^|^^ unb bief wfirrbe unf^^n 9Wi|^j^tinl^igen nur ©elegenh^it geben bie SRdi^la: aufiur^e^fen. 2Bad bie 2)id= pei^fation ^^e^rA^l:, fo i(f jwar an ^^m, baf man bie ©efehe meiffend um beir 2^ii^^^i^faiionen wiDen mac^lt; unb ich iw^^fie ni^^, bei: ®^^^t wUrbe und ohne ©^^ii^e^iig^^^t j^geflehe^, wad jeber in ahnlithm Sdtten irafi bed ©igenrf(htfd- forbern iu l6nnin wflnf^^. ^^tuffen h«i bo<h jibi d^eei^i^iung bad 9infehen ^^n^^ n:w^efinen ©nabe; unb w^^u babin wir ndihig und ajefbinbli<ble^ien auliuboifin? S^^d ©ifeit iff ^^n fd>ta(Fen= beir 26we, be^ bdm m^n, fo iang' er ni<bi au|gewi<fi wi^b fo O'^^ı: ald bei einem gamme »orbiif<bli^lben fann. Unb wer wir^b bie Un»e:ff(ha"mth^^t obeir bie 9S(^lfW^^<^i^lh^it haben, ihn gegen ben ©ohn bed 9^amop^lpl(^): aufj^^we^^^?

©iefor 9e<^f(hbi^l^l^i: ^^ı: ©ilHtf w^ic, wie wir ffb^i^^ ^^n beif Bcn ben ®efe$en wnb »on feinem ^imte febi; *»et:* fein^^te S^^gri^lfe unb ji(b beif a^i^i^ltb^ilie, bie ibm b^(i lei^^e^e ^^ib, f^^ti^g ju bebtenen wufte. @^^n 9?ttme oeifbiewt aufbeb^lten }u werben. @f nannte f^i# ®ri){(u^, bed S^p^uimd @obn.

3c^«tc§ ;^<tptfeL

®cmofrU *fid)* nufii Sons }uri^(t, unb wirb non ben 9lbberiten fleigig befud)t. 91U(t(ei unb eine Untemebung nom @d)(A< toffenlonbe ber ©ittenlebrer.

®^m«^titiit batte <idb, ba «: in fein asaterlanb iHt^utffamz mit bem ®eb<^nfen gefibn^eeibeet, bei^fe^^(^il, mitt^elH abeb beife^e^^ um ficb fe^n 93e1f(^«Hb unb fein ^neeffeH gt: b^ifei^lt Hudli^ln wereeH iu (onnen. €r baitte (^(b ntbjt e^ mit ben 9lbeeri^ltibneH .etepfen fo unef fta'n^^,. al^ er HUH wiiftl^^ fanb. ameif ba *ei;* fi(n eini^ge 5^^t unt^^ ihnen aufgel^att^(fit, fab et augeHfb)e^t^^^(ne Unternenmen getwefen ware, fie »ereef^^lfn su wollen. war be^ ihnen fo oetfcbi^l^i^etz bah man ni^b^it wufte wo man bie aS(^1fee(f^^lfUHg anfangen follt^^ J^^ber ib*^^ S^iifr nrau(be binb on iwaniig anb^ni; w^r nHmegl^(n Ginen baaon aeiueieB^H, ohne ben gaisen S^^aat Um'^ueeajfen. Gi^ne gute ©eucbe (ead?e' welthe ganie nsblf^en — bii auf etliche 2)uienb dinbee:, bie gelraee gro^ ge^ug waren um beir aimmei ^^tbeh^en su lbnnen — »OH beit ^icbe »ei^i^^tg^^^,wdr^e b«d einjiige bad bet S^i^abt 9lbbe«ra helfen fJ^wnte; ben ^[^^i^i^ten ifl ni*t i« he^fen!

St be^thloh «tfO fi^ mit gutec 2^itt bon ihnen jurflo^jin: S^eh^ttz nnb ^^n Iteined ®ut in ben^i^l^t^en, bad et in ihrec ©egenb ^^f^a, nnb mit be{|iln S^t^t^uhung nnb S^^irfC^i^t^i^tnnd ec ftth bie Sih^t^l^en bef(l^^^ft^^^9tf, bie ihm f^^n giebiingdfinbinm, bie f^icforfthnng ber '^fl^tt^^^^ittun9en, fibrig li^eg. 9lbe^ jnm Unglfidt ffir ihn lag bieg 2anbgl^t jn nahe bei; 2ibb(^ira. ®enn r^i^e^ bie 2age be<trelbfn nngemeiin fd^i^n^ nnb beic iB$eg bah^n einec bet angel^^f^t^ifl^n S^}^a^e^1^(^«^^gf fo fah ec fi(h afie ff^^ge ©oitted »cn einem S^(h^^(^rm 3[bb(^riten nnb 9[W^<^f^i^tinnfn (ianter S^c^^lieicn nnb ®af^^) he^mg^fwet, welche bad fOone U^^^teic nnb ben angfnfhmen S^ii^i^^^^^ng)nm fi^(^1croanbf nah^^ m«i, ihn in f^^n^^ glficf^dchen Si^nfamt^^t jn fi:6fen.

ajierooht S^^c^fitiit ben ^bbi^^iiten ro^^igfiend nicht bffe^: gff^el ald fte ihm, fo war hodh bie fiBirl^^ng baoon f^^t »e^: ffi)ifbfn. gr poh pe, w^^l pe ihm lange SSf^ile mad^^t^f^^ nnb pe fnchten ihn, w^^l pe pdh bie S^^t babut<t vettrieb^n. St wngte bie f^inige an^uwfnb^f^; pe hingegen fatten nichtd ®effeifed jn thnn.

„2^^t tommen 3hnen in Shrer Siinfamf^^t bie S^^t lfitj^en in ^^l^en," fagten bie S:W^l^^iitfn.

S^dh ppege in m^^net ^igenen ©efeKfd^c^ft fehr ^ut^e ju h«»«»z fagte ©«^<^feie.

„9(b^^ wie^p ed m^^iiic^^ bag man imm^^ fo atl^^n fepn fan^^ tief bfe fchStie i^^th^^a. S^dj wfitbe ooir langet SSJe^le oetgel^^n, wenn ich ^^nen ^^nji^gen S^a^g leben foDef ohne 2euee JU, feh^e^."

©ie jtd), »on 2e^iten defe^en ju worb^n, woHten SSte f«9e:n.

(fuhr ^^n^^ wobet nehmen @te, bug unfer Jfe^u^b lange 2B^^le b«t? ®etn gtnje^ J^«ud ift mit beaten ilWit 3brer Srl^ubnip, — 2affen @ie un^ bodj bic ftbbnen ©gtben febf^w, bie @ie auf Sbter Sieife brtb^M."

9?un ^^ng ba^ 2eiben be^ armen gf^^pebl^^^ erft red^^ an. er butte in beif S;b«t eine fdjone ©ammlung »on Staturali^en aud «Ben O:eieben beir Statur mit^gebcad^t: audgeflopfie iCbiere unb a^^f^eli g^^-ro(fnete^i^<be, felt^ene ©d>mettt^dlinge, iOiufcbetn, S^e^ifl^i^ineifungen, *S^e* u. f. w. SlBed war ben Slbbeiriten n^^; ailed enfegte ihr erfl^aunen. gute St«tulffO1cd[ber wuifbe in ^^ner SWinute fo »iel ^^^^en n^^rtgiublt, bag *et,* wie $ama, aud lauter f^f^ren unb pungen b^tte sufammengefebt fepn muflfeti, um auf atted antworf^en ju fonnen.

„^i;ihJren @ie und bof)),. wad biefed if:? wie ed b^ig^? wobet *ed* ifl? wie ed jugebt? warum ed fo ifl?"

df(lorte fo ^^t e: tonnte unb wu^^e^ aber ben ffl:tb(^riten wui^be *nid^t^ (larer* babureb; ed war ibnen »ielmebr aid be^iriffen fie imm^^ w^^ig^^ pon bur ©gtbe *je* mebif fie erfldrte. ©eine ©e^ttlb war ed nitb^!

^SBunberbi^^! Unbe9^<^iiflidb! ©eb^ wunb^rl^t^r!" — war ibr ewige: ©^^ee^flang.

@o natUjlldb ald ^^wud in ber ^ett! ^^wi^eberte er laltpnnig.

„©ie finb fu be'Fd>t^i^t«,. iB^^ter! obi^r permutbl!i(t woBen ©ie nuif, bag man ^bnen beffo mebr Komplimente fibet Sbren guten ©efd^tnad! unb ubet 3b^e flropen (Reiifen ttmd^itn foD!"

©eben ©te ficb bejiwegen tn feine Unfoft^^, meine ^tc^treen unb ®rtm«t! Jeb nebnte alfe<J ffit ^^npfangen on.

,^*ber dJ* mofl botb ^^ne ongenebme ©oebe f^^tn, fo tief in bie SBett ^^nei^^ureif^^?" — fagte ^^n 9[^^eri:t.

„Unb icb bt^te g^trobe bo^ ©^^^ttt^;eii, erioiebeirte ^^n onbetrei;. — 9tebnten ©ie alTe bie ©efobren unb SBi^fclbioi^trlib^: f^^ten, benen mon togliub on^gefebt i^, bie fc^fiimmen ©ti^c^: ^en, bie fc^lecbiten ©oftbbfe, bie ©onbbc^t^lf^, bie ©(btff= brud^i^^ bie wii^ben S^btere, ^^of^^ile, Si^nb^rner, ©reifen unb ge^figelte 26^(^t^„ ton benen in bet; S^^t^borei otle^ njiin^ meit! —"

„Unb b^tnn, loo^ bot mon om (inbe bovon (ffei ^^n SRo^: tobot ton S[ibe^:o wenn mon gefeben bot wie gro^ bie 2Bdt i(t? ^cb bflCbc^, bo^ ©tfi^f, bit itb feli(l: bouen beffbe, fo'me mir ^^nn fo fiein bop icb feine Jfr^^be mebit b^^on hoben fonnte"

„9tber re^nen ©ie fur niC^ttJ, fo tiei tWenfeben iu feb^t^^" — er*»ieie11^e bei: erfle.

„Unb wot pebt mon benn SRenftben! ®ie fonnte mon ju ^oufe feben. <E> i^ oDentbolben wie be^ unt,"

„ei, ift gtr ^^n (Bogel o^t^egfipe!" riefein junget groue^^immer.®

„£^^ne gfipe? — Unb ber gonje SJogel, nur eine ^injige ge^^r! bot if^ ^^flounficb! — fprocb eine onbeice. ^egreif^en ©ie b^^?"

„5^<b bitte @Ee, Hebeie orridren ®ie «n^, wie Of geljen fnnn b« et feine gufie

„Unb wie mit ^^n^^ ^^njiigen gebei; flie^^?"

,£>, Wtt^ icb «m li^ebften feben mod^te, fagte eine »on ben aSc^^^n, bad ware ^^n lebein^^ge^ ©p^ii^:^! — ©ie muffen beten wobi niete in Sfegpi^ten gefunben bnb^t^'^"

„3lb^^ if^'d m^^ii;db/ icb bitte ©ie, bag bie aSc^ib^ie unb S^ocbte^ belt ©pmnofopb^ften in S^nbien — wie man fagt — ©ie »et|teben micb bod^^ wad icb firagen witt?"

92^cbt i^^ gran ©alabcnbc!

„O S^i^e verlteben mi^cb ©ie (tnb ja in 3^nbi^en get^efen? ©ie baben bie SE^ei^ber beie ©pmnofopb^ften ge: febe^?

O ja, unb ©ie fonnen mir glau^^n, bag ^^e iB^ei^bet ber ©pmnofo^f^if^^n webe^ megit nocb weniger SBeibeit (inb aid bie ^eib^^ be^ S^^^^r^ten.

„©i^e rtweifen und oiel Sgre. U[ielf bieg ift ni^^^ wad icb wiffen wotllr. Stb frage, ob ed wa^^ ifl, bag (ie —"

bKtt Stau ©atabanba eine i»anb ibren OSi^fen, unb bie anbere — ge fegte gcb in bie ©teDung bet 9»e^^i ceifcben S^eni^^, um bem t^l^ilofopbtn ^^e^i^i^ifii^cb i« ma^et^, wad ge wiffen w^^te. „7lun oergtegen ©ie micb *b^d^b*" fagte ge.

3a, iWagam^, bie Stalur ig nicbt farg^r gegen ge gewefen aid gegen angrn. SB^^g eine g^^ge bad ig! .

.,©ie wollen mi^cb ni^t »atgegen, lof^^ agann! *3cb gad^in* gocli^ icb galle 3bnnn geull^cg genug ^efai^^, bag i<b wiffen m6dhte^ ob ed,wapr fep bag ge — w^^l ©ie bocb woflen, bag i(b>g

3^6«^<;n unvefbtumt *faae* — fo n«(fenb geben «W fie auf bie aseit lommen?"

— ti^el^en bie ^^^^eiitinnen alle auf

2)a natren fie ift noch unverf^amter al^ bie 9!?<^bd^^n in 2ace: bim^n! SBer ^lirb auch fo toa^ gian^^ti?"'

®ie haben iBed^t, fagte beit 9ifltwrforf4)i^^: bie SBeibeit belt ©omno^^j^l^iCien finb wenigeir nacfenb aid *b^e* aBeibeit beit ®t;tl^chen in iht^em ool^fii^^bigften ^i^^uge^ fie finb vom ^opf big iu ben gflpen in ihre Unfd^uib unb in bie offentliche Shrharf^it ^^ngehuOt.

„aatie meinen @ie

Aann ich mi^ch beutii^cheit ecniren?

„aidh, nun oerfteh' ich ^^t! Sd feii ^^n f^^^! Sibcir ®ie fd^t^e^iien both wohi nur mit 3hrer ChrbarC^^t unb Unfd^uib. aSenn bie SBeiber beir ©omnofo^f^if^en nicht ^^(t^^rer ^^tieibet finb, fo — muffen pe entwebeif fehi: ^^fliich, bie OOi^t^^er in ihr^em Sanbe fehr' fropig fe^i^."

Aeined »on ^ei^^n. 3hre fSi^eibet pnb woh^ ^ee^ilbeit, nnb ihre .^iinbei; gefunb unb ooHer 2e^^n', ^^n unoertoerflicheg Seng: nif i« ©unpen ihrer iBatet, baud^^ mich!

„®i^e pnb ^^n 2ieihaie1c »on S>>«t^t^i^r^tt, 2^emofrrit, fptr<^(h ber aBi^lt(^l^(^o:; flie^t ®le werben mi^ch In eroigf^^t nicht nitlr: re^^n, b^fi bie ^iteen ^^ned SJi^lfed bepo rein^^ feb<^n, je naerenie1r' bie aBeiie^f be^re(ien pnb"

aSenn ich, ein fo droBe1f 2ieihaie^: »on iparaboren wire alg man mich ^^r(huii^ii^^, fo wfit^ie eg ^^r oiePeicht ni^cht fd^t»elt faP^^, ^ie bepen inrch ^^ffpi^e^e unb ©runbe su Ube^:: fuhren. ^iet; ich ^^n bem ©eirauch ber ©fmnOot^l^i|finnen nid)t gCinftifi um mt^ iu feinem tSertljeibifler ai«^^u= roeefen. itfncb wa^t meine SKeinung g^:c n^d^t, bu^ iU fagen rog^ mi^ bet: fd^^i^iffinni^ae ^rat^ptu^ fgflen I«pt. 2^ie SB^^ber be^ ©pmnofp^I^ifien fdi^^nen mir nur ju ^^^(^ifi^n, b«| @es wo^^b^i^ unb Umftanbe in ©ebraueben ^^efer 9^^t abe^ f<beibe^. ®ie ©partan^f^en S^i^<bt^r, ro^^t fie furje ftiocfe, unb bie am 3nbu^, weil fie feine Oddfe tragn, finb b^tum webei: unebf^^r^^ noeb grcfeirer ©^^abr au^0rfeltl1, «I^ bie ibre Stugenb in f^rten ©d^I^^er ^^nwiifeln. 9^iicbt bie ©^^f^nff(^^tr, fenb^^n unfre ^Keinu^gen ron tenee= be^, finb bie Urf^cbe unortrnlli^(ber 2eitr^fc^(^^ten. ®ie ©pm: •npfO^I^t(tl^n, welcbr feinen SE:te^I be^ men(■(bli^eten Storper^ fur unrtler ta^len at^ ben an^^^n, feben ibr^e SBeii^^^, »ierootl fie tlo^ in ibr angebi^ime^ geD gefteibet finb, fur eben fo gefl^^tet an, al^ bie ©fplben bie ibri^gen, wenn fie ^in Siiger: fftenfett um bie Senben bangen baben.

wUnfcbte niebt, baf mit f^^ner qib^tofopbie fo Piel utrc unfre SBei^ter oermoebte, baf {ie fieb fotebe 2>^^^ge in ben ^opf fdstn," — fagte ^^n rb^enfef:er ft^^fer Sl^^^r^t■, ber mit q(^itwaaren b«nbeltr.

„3ecb aucb ni^t," — ftimmte ^^n 2einw(^nt^I^f'nt(er ^^n. 3^<b m»brlid(b au<b ni^t-, fagte ©e^^ffiit, wiewobi icb «Je:: bn: mit ipeljen nocb Seinwanb bantlr.

^Slber ^^n^ rrtauten @ie mir nocb i« frag^^, li^fpelt^e ^^r9Safe, bie fo gn:n tete^^tigr ©pb^nre gefe^^n b«bett mcd^^e: ^ie finb in bn: ganjen StS^et bn:umge^n^mrtt; unb eiJ foil ba oielr »unt^^tare 5^antrr gri^^n, wo alte^ fntn:^ ifi atg bei un^ —"

Fein SBort muvmelte beit OTist^^^enr, inbem *et,* wie ^omer^ J^^piter, bfl^ Ambroftfibe auf fei^= nem 5opfe ft^iSttelte.

„S5«(^en @ie ^^r bod^, fuer bie S^d^fe fo^it, in weltf^ern unter alien biefen ganb^^n ge^el e^ 3>^nen am

SBo finnt' e^ einem bef^^e: ^^^i^Hen, aid — su Sfbbeira?

„D wiic n^iifen fcbon bae bie^ 3bt Srnft nitbt i(t. £)bne K^omplimente! antworl^en ^ie ber jungen 2)ame wie

— faflte bee; Oiatbdbe^ir.

^ie werben ubet mitb lad^t^et, ^^w^eberte S^emofi^it: aber w^^l ^te ed i^^langn^, f^one ^lonari^^, fo will itb ^bnen bie reine SS^ai^rl^f^it fagen. e^ben S>ie nie oon einem 2anbe gee^i^rt, wo bie 9^atur fo gi^«l[ig ift, neben ibr^en eigenen ri^tbtungen aucb nocb bie Slrb^^t bei: UJ'e'nftben auf (iib Su neb= mee^^? 93on einem ganbe, wo ewigo: gri^ibe berrfd^it? wo nie: manb finest unb niemanb J^i^i^r, niemanb arm unb jeb^^iitann reiCcb wo b^e: ®ur^ nacb ®olbe si^t feinen aSirbl^ecbin swingt. w^^l man bad @olb su ni^td gibraucbin fann; wo eine Si^^el ^^n eben fo unbefannted ®ing i^ ald ^^n S^ehwee^^; wo bei: gle^p^^gi nidbt fUr ben M^iifig^ga'ng^^ arbeiten mup, wo ed feine ^^erste gibt w^^l niemanb franf wirb, feine Oid^t'ili w^^l ed feine ,;dnbil ^^bt, fiini Jidnbil w^^l Sibel:mann snfl:^ibin ijl, unb Sibilimann sufri^^ben iff, w^^l jebeirmann aHed bat wad er nur wflnftben fann; — mit C^iinem 2Bo:te, »on einem ganbe, wo aHe M^enftbet^'fo friomm wie bie £a"m^^i:, unb fo glfi^li^fb wie bie ©Oit^^ finb? — i?aben ^ee nie »on einem folcben ganbe g^lb^ri:?

„9ii^f^^, bap icb ^^innert^^"

nenn' ein 2«nb, ^(ona^ion! ©« ijt *ei* ni^e }u warm unb nie ju fait, nie {u unb nie ju ti^eCf^^; Uns «nb j^i^ifbipt regieren b^ict nicht wed^fc^l^j^i^ife, fonbeirn, wie in ben ©arten be^ QlciinouJ, juglei^ch in eti^iiget @i^^^i^(^(ht. unb *Zf^Utt,* SBuib^^ unb Siuen jtnb mit aDem angefdOt, n,gj bej 9Renf(hln ^*lerj* gelufien fann. Sibn: nicht bie 2eute (ich bie 9Jfdhe gehe*' mn^ten bie ^afen ju jagen, bie iBogel ober ^fdche ju fang^^,. unb bie iu pffddfen, bie (te l(^en n^l^l^el^:; ob^e: bctB fie bie ©e^c^cd^^diftitni, beren fte er^ mit vielem Ungemach »(au(ln muften. ^ein! aH^ti macht fch ba von f^^bjt. ®*i^e* (Rebihuhnet: unb Schnepfen fli^egen einem gefp^cit unb gel^raten um ben 9Runb, unb ^^t^en bn^iuthig baf man fie efi^ln moc^t^*, von aaen ^rt^en fd^n^iimmen gelocht in S^eichen von aDen mogli^chen STn^: hcn, buren Ufer immer voH 3[uftf^n, ^rrebfe, ipa(^(^l•el^, ©chin= (en unb Oc^fet^ijungen li^egen. Jpafen unb (Rehbocfe (ommln freiwill^g her^^'ii^^l<^'uf^^^^^ fl^eilfen (1'? baO FeB Ub^^ bie Dhren, (lecfen an ben S^t^c^^fpieB, unb legen fidh, ^e^n fil gar (inb, von fllb(lt in bie ©d^lU(^el. 3[Uenthalben flehen Sifche, bie fich f^lbfil beld(^n; unb weich ^el^^^l(j:u:tl (Ruhebettchen labm attenthalben jum (Ht^^ruhen vom — ^ic^itgthun unb su an: genehmen ©cmubungm ^^n. SReben benfllbln rau(chen Heine (Buche von SRich unb ipo^iig, von S^itpricchem ®^^n, Sitr^o: nlnwa|Ter unb anburn angenehmen unb Uber fie hel: wolben mitR^ofen unb SaOm^n unterm^^^^, ©itc^i^: ben v^^et S^^cher unb ©l^^^ic, bie pch, fo ^^t fie augg^e^^n: len w^^^^n, glei^ch von felbit wilbdr anful(ln. aluch gibt eg ba 2^(^l^me, bie ^att ber ^r^i^ehte Heine ipa(tltchel^„ S^t^utn^u^^e, unb S^t^ltterfemmeln ttngen; nnb^ite, bie nn «Ben Befi^en mit *@ei9eti, W^Tcfen,* €i^^b^^n, itijeorben, ^^^^en Mib 2B«lbb6ifn^^n bebawfle^ (inb, roettbe »on (i(b fetbft ba^ nngenebmlte Sonce-t mac^^n, b«^ man boren fann. ®ie gtuctliiben SK^^fd^^n, nadjbe^ fie ben t^i^itmejrn i^i^eU be^ it^^ge^ verfcblafen unb ben BEbenb oei-fungen unb pei-fd^er-it erfi:i(ben ft(b bann in ffiblen marmornen 58t^i^(^rn, roo fie »on unii(l^(:b(^^ren j^anben fanft mit feinem S^ofTu^, ee^- pcb ielei^ ge^ponnen unb geiwebt abt get^lcofi^^t, unb mit ben io^e^^itrn €([^^^01, bie au^ ben Sleenbn^l^lien ^^nge^glifamt werben. Dann legen fie i^(e auf i^etoellrnbr ipoli^et um nolle S^ar'eln unb effen unb tri^n^en unb „ fingen unb to'ttbi^ln unb (uffen bie ga^je giatbt bureb, bie ^^n ^^igeir iBoDmonb jum fanftern S^<^ge ma^b; unb — n^g0 bo^ ba^ «ng€nebmi^r ift —

„O geben ^^e, jnerp Dem^ffiit, ^ie e'^een mj^cb jum S^^f^en 1 2B«d @ie mir ba r^jdbl^^z it^ ja ba^ 9W(^er^een nom ©^i^araffenlanbe, baO i^ tanfeiU^^l non m^^ner ^mme geih^Kt e<^eez wie itb ncdj ^^n tleine^ Sli^(i^^<ern

^be>r ©ie finben boc^ audh, ^(on<^i^^ot, b^ff it(e'e in biefem ^g^be leben mUpte?

„S^^^iien ©ie benn ni^lt, bap unt^^ allem eirfem eine geht^iime S^^bentnng nerborgen li^e^^? fagte be^ weife Slal^l^i^: mann; nermni^lliue eine ©atpre auf ^^triffe ipbilofopbeu, wel<be baO B6re|ie ©ut in be,: 28oBi^ifi fud^f^n-"

©(bl^ecbt ^^^bi^^etttl badlte Demooi^^t.

„3th nrinnere mi^ch in ben B^<mpe<i(tponen be^ S^el^etlit^ed

eine ahn^fi^c S^eR^ireibung be^ aoibnen Sliter^ gdefen su fugte 5r«u ©alnbanbu.

®a^ 2«nb, bd^ id> ber frf^binn-.Slonii'ion h^fe^itieb, fpracb beir 9^(ttJ^iceoi^^d^^i^z ifl feine ©atpre: c^ i(l ba^ in ^eldje^ non jebent ®usenb unter eucb r^^ifen 2euten swolf iiib im f^^i^^en b^neinTOiiteC^ben nnb nadb SKOgli^l^'Ctt hinein irbetlfen, unb in roefdje^ un^ eure Stbl^eritifhen ©itltenlehrer ^^nein ^^i^li^i^i^iten wenn anb^^^ ihre Seiscli^^a^Uneu ir^jjenb ■e^ueu ©inn haben.

„'i(h m^^te ^ohl n^tlfen, wie @ie uerftel^^n!" fagte beic Dath^f^err:^ beir (r^ei^m^og' ^^n^^ »ie^ia'hrtgeu ©ewoh^h^it/ nur mit hal^ben Oh^en sa hiren, unb fein a^i^t^im im ^ath ed^ll^^mm^^ne von e^ih sa geb^n) ficb niiht ^^HU bie ®Kahe nahm ^^ner @aihe lange uad^^^eeneen.

@ie ^ieeeu eine eiaree 9^^^i(^i^(d^eln^!;, wie idh feh^, i»n:r 9^atelm^i/l•ilr, erto^iee^;te ©n^t^fecli. S[eilr su niel 2tihi ift sum See^en eben fo uueiquem all sa wen^g. ibii^l^e^neel ift, baud^l: midh, ^^r^b^fo »iel 2id^t-, all man ^^aud^t:, um in foldhen 2iu^^iu webeir sa »iei noih sa wenig su fehen. 2^'e fehe sam ba^ ^ie abeirhaupt fehen e6nuen. S^^UU wenn bie^ niiht waire, fo bi^1^ei.eiu ^ie woh, bah wir beim 2iihte von s^^^taufenb tonnen uilht bif■^lr eeheu warb^^, all beiim SCihein einel J^euerwurml.

^^ee epr'iChiU non giu«^^rmdrn? — fagte bee: Siathl--*h^tt,* inbem *ei:* beii bem SBofte geu^i^i^^^m' aul *e^ner* 9firt von Sil^i^enfd^^umm^^ erwalhie, in welihen *et abeie* bem ®a(ein naih ©alaeaneenl Suf^^, wahrenb 2^im^^icit reei^^, ge|eal^eu war. — 3^<h badett wir epra"iheu von ben Wora^iei^eu.

9Son ^OoratifHen ober Seuerr^iiirmi^i^n, n)ie lte^^, verff^te 2B«^ teb fagen «m 3^bnen bie @ad^^, wo»on wir fpracb^n, JM ^ad^^n, tvar biep; ^^n 2anb, wo ewifler ^ri^^e burrfd^^, unb wo alfe SKenftbeii in g(did)em @rabe frei unb glutffdb f^nb; wo b«^ ®ute nitht ^^t bem iPdfen oofmiftbt i(^, ©d^tneifs nitht an Si^t^l^uf^ unb i^ug^nb nitht an Untugenb wo lauter ©d^i^nl^eii•, lai= ter £^)^bnun9, lauter i>arnionie ift — mit Si^em ^^ort', ^^n ganb, wie 3hre 9^(^o(^(iiften ben ^^njen ^i^t^l^oben haben wc(:

i(t entweb^^ ^^n ganb, wo bie Seute feinen SJtagen unb feinen Unt^^leib hab^n, ober e^ mup fd^^ed^t(^ri^in8^ ba^ Sanb f^^n, ba^ un^ ^elefib^e^ fd^iil^^rt', au^ blfen gfmphi^^ponen ith (wi« bie fd^i^ttd ©alabanba fehi; wohi meinr 3^l^f^r(^ibnn9 9rno^ntnrn habe. iPoUfpmmenr ®l^^d^()e^r, ooD: fommrnr guf1:^^brnh^^t mit bem ®r^^^^ari^^9ett, imme1^n^(^l^: renbe eu^tr(^(ht — fui^^, bie @atu1f^lfdbrn fjei^en, wo man feine M'dnigr, feine 'Pliie(ir^r, frine ©olb^^m, feine 9i^tl^i^: ^^^rrn, feine ^orat^fi^^, frine ©gn^^^^^, feine ^cd^^, frine ^^r;Ji^e unb frine ©d^airfri^thter brauph^, (inb nur in brm ganbe wo rinrm bie (Krbt13h^et gebraten in bm 3)?unb fiie^^n, ober (wet(hrg ungefa^^^ rben fo »iet fagen will) wo man frinr 3^(^r^iirfnifi■r hat. Si^ep rfi, wie mich h^ud^t, fo fiar, bap e^ ^^l^i(^l^^^^^n, bem eC ^^nfel i^, bnr<h allrC gidht im 5rurttimmrl nitht flarer gemad^^ wrrbrn fonnte. ®iei(hwohi argern fith 3^h„r^'^5^^01raliii•rn h^^^ii^^r, bie SBe^t fo r(r wie fie rfr, unb wenn beir e^irlithe <hiiofo,)hz bn; bie Urf^thm weip warum fie nitht anba;^ fepn fann, hrn 3ir^rgr^ b^rfnt y?l?l^r;rn ladirrli^<h fin^^it, fo begr!^nrn fie ihm atd ob et ^^n ^eiinb bn;

®6ttec unb go^<rnf(ben wa^re; roelcbe^ $n>at: «n *jidj* felbfl nodb la(hetli^(her ift, abec j^u^^ei^ien b<, tvo bie mit^ficht^gen ^eri^en ben iW^^ft^^ fpieien, einen ji^em^Ch tra^i^^^^^5ll«^d^9an9 nimmt.

„9ib^^ wad wollen @ie bap hie iWolt<^^^ffen thun foDen?"

®ie erft wenig tennen lern^^, ehe fie fid) ein: faOen la^en *ed* be^^tr }u wilfen ald {ie; nertr^d^g^uh unb bu^b^ fam gegen bie 5Cb<^i^t^ei^i^en unb Unart^en he^ SKenfchen fepn, welche bie ibri^gen bulben mu(Tcn; bur:<h ®^^fpiele ^att burch f^of^iged ©ewdfche ermub^^, ob^e buech €^(hmdhireben iu erbii^^^i^n; feine ^^iir^^^gen fmr^^if^, wovon bie Urf^chen noch nicht ba {inb, unb n^cht »erlangen bap wir bie ©pi^e eined SSi^eged erre^cht hoben fottitn, ehe wir ^^nauf geftiegen finb.

„@p unfinnig wirb hodh niemanb fepn?'" — fagte h« ^bb^e^iiten ^^ner.

€^o unftnnig finb neun Sd^nthe^le ber ©efchg^e^bez iPr^o* fectmadh^r, ^^uim^^fier unb ^^l^(t^^rbe(i^erer auf bem ganjen (Srb^^^unb aKe S^age! — fagte ®^^m^f^iit.

Sie i^^tprrfuri^^^br ®efe(^fcdflft, welche bie gaune bed gfatut^fortch^rd unertr^d^glnh iu finben anjtng, begab fich nun wieber nach unb bahite unterw^^cJ, ^^^m ©ia^^ bed Sfbenbf^ernd unb ^^ner fchonen non ©ph^nren, ei^nbprn^rn, ©nmnofophiften unb ©d^ll^lcaf^et^tl^ni^^n; unb fo oiel g^c^ni^^c^ff^ll^igfe^t auch unter allen ben ^lbernh^iten, welche gefagt wurben, hecrfc^te, fo ^immtm ooch aDe b^rin U^^i^iin; bap ^^^c^f^iit ^^n wun^^rlich^rz ^^n^^lbif^^t, Uber: fl^uger, tabelfUch^iig^r, wiewohl be^ allem bem tur^wei^^^er

©onb^tjling fe». — ©ein SBein ijl b«^ luab man bet iljm f't^^ee, fagte bet: 9i^tbbbet:r.

©nli^ger Oinu^^b! bacbte ©e^t^tfiiJ, bn wicber aCein n^ar: mab man ni^t mit biefen 9[bb^iiiten reben mu^, um fich — bie p^^t »on ibnen n^^tirei^ben ju lajfnt!

Siwnf' I'on tcn 9(l'bcrhif((,cii g^Ijili^fovticii, unb roic ®cinol^irit tnS Uiuiliit^ fid) mit ein v'l^ior woOl^t^'m^inlcn IK^t^vtcu in fc()t fd)limmcn CJ^^^ijit 511 fcocn.

®a^ man (icb «be^ gl^^di^obt n^cbt alb ob alle 9ibb^riten obne Slubnabme burcb ^^n ©eltibbe ob^r bni^tb einen SJifiigareib uerbunben gewefen fene^, nicbt mebt SS^r^anb ju baben alb ibire@i^obmfiltet,9mlmen unbDlatbb^^^t^^en! Slbb^iia, bie 9(ebe^^i^lb(^i:'in non ^tbei, b«tte aucb 'Pbilofopb^tt, bab be^pt, (ie botte iPbil^ofopben — wie fie 9Kaler unb Siibter batte. S^er ^^rubmte ©opl^iib iprotagoiab war ^^n ^bb^r^t gei^iefen, unb botte eine Wtenge ^cbbler b^nl:ei■l^flfe^t, bie ibi:em ^Oi^iff^er jwar nicbt an ®ib unb S^c^tri^l^bf^irnff^it gteicb: famm, aber ibm bafiir aucb an (SigenbiSnfet unb a[lb^inbi^t bef^o uberl^egini« waren.

2i^^fe J»inren batten (icb eine bequeme 9[rt non iPbi^ofopbie Jubet^^ii^^i, »a^^^^^ttilf[wild)ii (ie ^^i^^iOiibe (ebe J^i^c^g' ^^ne nntwait fanben, unb non allem wab unter unb ubet bit fo aeJflufig bug — infofrrn fie nur immer Stb^e^iriiten ju gub^r^^n b»tten — bie ^^ten gubbret ficf) fef^ifllitb ^^nb^^be^(^ll, ibire ipfjUofopben wfi^i^en febit »iel mebt b<«oon oU fte f^^bft; ^if^obl im ©runbe b^it Unt^eiftbi^eb nicht fo gtOf *rno*t^z ^^lf ^^n o^e^^^inftig^^ iOfann eine $e^0e btttum gegeben b«tte. ®enn am G^nbe lief botb immer ^ctirt^i^f ^^nn«^, b^|f bet 3tbbeti;ti<be (^l^ilofopbz etHtdbe l«tt0e nitbtlbebe^tenbe SBbtter abgeic^^t^f^t^ geirabe fo »iel oon beit @«(be n^i^ffte, «t^ ^^rjen^ge unter alien Ul^t^erii^^n, — bei: am loenigften baoon ju to^ffen glaubte.

®ie ^leeloiopb^«, »r:mutbli^te »eil fte fur ju flein hint^^, in be^ belt ju ftei^et^, geben fitb mit laut^^ Au^gaben ab, bie au|erbalb bee: ©t^enjen be^ menfeblieben ^^eet^embe^ li^egen. 93^^ in biefe lKe01i^^l, bae^^en fie, folgt un^ niemanb, al^ — mer unfer^gleecben ifl:; unb n^A^ niit auch ben baoon ooitfagien, fo finb wir i^^l^igi^en^ ^^wMi, b^lf und niemanb Sfigen ^rafen (ann.

gum 9^^^ifi^ii^l, eine ihrer 2^eeltngdmatrrirn wat bie J^i^c^ge: „2B^r, warum unb wotaud bie 2B^^t ^^tilaneen *fei*^^"

„^ie ging aud ^inem Si b^ift^i^t," fagte ^^^^r: „b^^ Slrtbrl: war bad S^eii^r, bad S^lAaog bee: unb bie 9t^d^^ bifit^etr *ed aud.*"

„@ie ift aud gene: unb S^cffler ^^tf^anb^^," fagte ^^n anbiai.

„^ie ijl g^r nitbt ^^tfltan^^l^," fpratb ber britte. „9llled war immer fo wie ed ift, unb wirb immer (o bleieen wie ed wai^.."

2^beieU!^(^inung fanb in^bbera wegen ihrer lBeqt^l^i^lid^^e^t oielen ®ie aKeJ, fUgten fie, o^ne man nCtbtd b^ic, fttb evft fange ben ^opf jn <5^ ift immer fo gen^^i^il, war bie geeoobnlifbe 2[ntmi^ict ^^ne^ 9lb= wenn man ibu nadi bet Urf^ibe obee; bem Urfprung ^^n^^ ©aebe fragte; tinb r^i^ir ft(b ^^^«n nicht erfattj^gen rooilte, n^utbe fur einen flnmpfen ^opf angefebe^.

„^ad ibt aje^t nn^in^," fagte bee: oierte, „f(i eigent: lid) eine ewige fReibe »on ffielt^^, ^^e, wie bie i>aute ^^net ^^vieb^e, Uber^^nanber liegett, unb nach unb nach ab^ lofej^."

©ebit beittli^cb gei^i^lbe^^, ri^efen bie ^bibeei(teit, feb^ li^^! ©ie glaubten ben ^p^^tofoeb'cn peiritanben j^w b«ben, w^^l fie fe^^ gut wub^^it, wad eine gwi^ebel wa^.

„^ei^mare! fptacb be^ funfte. (5d gibt freiliuh unj^a'blige ^eeitei^^ aber fie entfteeen aud bee; unaefaeren B^^n^^gung untb^^lbarer ©^^n^^iff:aubdf(^n, nnb ed ift »iel ©lutf, wenn, nach i^^t^i^^ufen^^al taufenb ube^^^l^(ateim^it, enel^ce eine beiraud bie noch fo leiblich ^^i^nunftig audjiebt wie bie unfrige"

„9l^omen geb' ich ju, fprrach ee^r fedji^tic^ abe^ feine JBe-- wegung oon Unge^c^^^ unb ohne SRicb^ung. 3)ie ^ftomen jinb nid^t^, ober fie haben eefimmte ^rdfte unb ^^^^^^ch^^ten, unb, je naiebim fie ^^nanber ahnli^ch ober unahnlich finb, ji^^ben fie ein(ytb*eit an, ober jl^open fich iutUtf. ©abet machte beif weife C?m^^ebofied (b^^ ^ai^^, b^e:, um bie wahre SJe^ fd^(^ffenbl^it bed Sietna ju ^^funbigen, jicb weidli^ch in ben ©c^^unb eedfelben ^^n^^i^^^eii^i^^t haben f^^) Jja^ unb S^ebe jH ben erfl^eit Unad^en nUeif 3nft^tni^i^i^fe^i^njigen; «nb G^m^p^e-bofle^ ^etC Sied^t^t"

„Um V^ei^ge^^^^, meine d»eif<^n, ii,r I)«bt ttUe Unt^ecbt, fp^flcb beir ipHilofopd ©ifamid. 3к Gioigf^^t wi^b webeir nn^ ^^rem mpfti^ftben Gi, no<b flu^ eueirm S^Wnbnil ^wffben deueir tnib SB«(Rr, nofh «ud ^^^irn Sit^^en, noc> nn^ eueirn domoo; eine ©elt wenn iHr feinen Oeift ju i^iilfe neh^^. ®ie ©elt iflr (roi^e jebed anbre It^^or) ^^ne Sufnm^en^edung oon ^nt^eri^e unb (S^^ft. ®ec (S^^(l ift eg, b^et beem ©t^^e Sorm gbi; be^be finb ton Gwigf^^t ei^^^glt: nnb, fo wie enjelne ^brper flu^geiodt worben, fobaib belt ^eifr, bee; ihre itbeiile }nf«mmei^!^^l^^t, fitb }ui^u(^sie^^^; fo wurbe, wenn beer ndget^ie^ne ©eitg^^ft «ufhMrfn fonnte bag ©anje ju um^affen unb in beite^^n, ^im^mei unb (?rbe im numifhen Of^^^^^i^l^^iff in einen nn^igei, ung(^i^f^ei.•n, ge-ftaitfof^^, fn^frn unb tobten A'h^^pen j^^fu^^enfuKe^^"

®«»oir woKe Supiiier'^unb 2«tona fepn! ri^^f^en bie 9fbbe^ riten, uidt ohne (ith ju ^^tfeh^U/ wie fie ben ©aun eine fo fuir<hterifde ®l^ohung augftofen horten.

Gg hnt feine ©e^^i^h, fagte bet ipri^efter ©trob^iug; fo iauge wit bie if^^fhe b^^ Jatona in unfern Gauern habei^^ foU *eg* be^ ©eitg^^fi beir ©ifamig wohl bleiben ia^^n, f^^: den Unfug in beer ©eit a^iurrichten.

„9^eine gteun^e, fprach beer ad^^e, beer ©eitg^^^ beg w^^fen ^iO^mig ift mit ben Uitoi^^n, do^^mgn^erii^n, Bwi^ebeln unb Gi^ern m^^ner GoKegen pon gieichem G^^^^ge, Gi^^^en ®e: miurg mUffen wir annehm^n, wenn wir rtne ©elt haben wol; i^^: benn ein ©ebgubr fegt rinrn i8fumeiftet obi^t weni^glt^eng einen ^^mmerm^^jter unb nid)t^ rnad^f- fitb »on ficb wie wir *afle* ^iifeiu^'

3[bec man fnri^cbt bocb aDe Zage: biep n^^rb fdbon von ficb obi^i: von ficb felbft geben — (agien bie 9[^^(^^^ten.

„9Dfttn fpr^cbt wobt fo, antwortete jen^r: aHe^t, wo habt ii)t iemal^ gefel^c^cn, bap wirf^icb fo e:folgt ware? Sfb babe freili^^ nnfre SHrbonten wobt taufenbmat fagen ^^^ifi^n: wii^b ft(b f^on gebi^n! wirb fcbon E^imt^^n! biep ober jeneg wirb ficb frf^oH tnad^c^n! 9[brr wir batten ^^it wart^n: ^^gab ficb ni^t, Fam nir^^, unb' ma^te ficb nic^i^."

9(ttr a^jinwalbr, waO bie aBerte unfr^^ 9[r^oaten be: trifft (fagte ^^n alter @r^lUbftirl^^, bee: fur ^^nen Wann von einin^t ^^^m aSotfe g^lt, unb grope ^offnung batte be^ bee: na^ften ^abt ^unftm^^fter)u abeir mit ben aB^^ten ber 9t«^^ir, wie bie 2Be[t iff, mag eO hoch wobt anb^^g be: wanbt f^^^. fBarnm foltte bie 3Bett nicht eben fo ^^it ang bem ^bftoO bervorwe^ebfen wie ^^n ^ilj auO ber Si^be wac^^t?

^W^eiffer n^f|^'i^^z vereebte be^ ^tjitof^^l), jam ^wnth m^^ff^^ fotl (^r meine unb alter m^^ner iBeFtcrn ba: betn; abe^ feine Sj^^wfir^fe gegen m^^n ©vftem, wenn ich Htten b^rf 2^ie n^^F,je waebfen freilicb von felbff aug bet: (Erbe ber: vor, w^^l — w^^l — w^^t fie ^^ljje (inb: aber eine SBelt wacbOt nicht v,?!!* febf, w^^l fie fein ipU^ t|t. 5Ber|tebt Sr mich nun, Weifler ipfriem?

aitte atnwefenben lachten von '^l^lfJea, bap Wet|fer ijjfriem fo a^^^e|■^lb1t war. „^ie SB^^t fein ^iil; biep ift tlar wie itagerfticbt, ri^efen bie b« ift nt<b^^ d:njurofnbcn,

murmelte ber t^nfti^ae ^unftmei^ier; «beif fo aelbt: wenn man ficb mit ben Hert^en wcl^cbe ber^eifen b«b beif ©cf^nce weig ift. ift, w^Utet ibr fag^cn, Wad^l^c^^."

3<b weib, warf icb gefdat babe nnb icb fagen wollte, antwortete «Wtiflei: ^fitiem; nnb icb wunfcbtc ^^ir, bab bie

„«bergeff' C^ic bie oierj^ebn ©ti^mmen nid^i:, bie icbS^bm »ecfc^(^()f^, «^ec|^elc «^ffiiet^'." rief bei: q^f^ilofopb- —

ffjobl, wobU. aUeg wobU. 9[beif S^e^miurTg — barf tli^ngt mit batb fo wie ®emago^; nnb icb will webeit D^emc^gogen nocb ®emiu::gen bab^en; icb bin fur bie J^i^eibeit, nnb wer ein g^rdf ffllbl^^rit ift, beir fe^twinge feinen i^iit unb folge miit!

Unb hierrniit ging «W(eef^eit ^^firiem baoon (benn beit Sefer meit^t oon bab alferf bieb in einec ^alfe »on Slbbera gcforotben wur^^e, unb einige mubi^ge i^il^el, bie ibn aBer: wegen jn bej^l^iten pfle^t^t^n, folgten ibm.

SHeir bei: «)l)^(ofl^}^lt, obne jn tbun airf ob et *ei* gei^abic werbe, fubt fo^i^: „Obne einen SJc^i^i^^ei^i^r, e^nen S^^m^u^g, obe: wie ibr ibn nennen wol^iT, la'bt ficb oernunft^i^ger^ei^fe teine BBelt bauen. ^ber, mertet wobt, *ei* tarn auf ben ©e^i^urg an, ob unb wie et bauen unb labt feben wie er erf anpng. ©tent eueb bie S^^l^i^rie aW einen ungebe^^itn ^tnn^: pen oon ooBfommen bid;ten ^r^^ftan o^i^; unb ben S^en^ii^irg, wie er mit einem groben iOammer oon ©iamant biefen ^iu^n^: pen auf (Einen ©eitag in fo oiele unenbli^cb Heine ©tUc{^dten jeifR^t^ettert:, btfj fie burcb ben (eeren ^taum »iete 9Ri= li^onen ^ubitmeiien b^itum fti^eben. ijeettiii^^td^f^ttroeife br«(btn (t(b biefe wnenblicb ^t^ntn @e«c^fbtn auf Berfcbitbene

«nb inbeni fie, mit beit g^^jen j^e^^iigfe^t beit S^^n^^gunfl, bie ihnen beit S^tblag mit bem biamant^enen i^ammeit gab, ouf taurmbfacbe O^ttt r^^beit ^^nanbet fuhtet, unb (tRi unter ^^nanb^^ auf aOen ©^^ten fti^e^ew, fthiugen unb ti^eb^^, fo ^ntftanb nothioenbig etne unjahliige gDenge ^oitpei^chen oon aneti^^ uulttgelmahigen gigurent bteierf^ge, »itlttcfige, aehtediige, oieletfi^ge unb tunbe. ^uO ben tunben wutbe SBaffee unb 2u^f:, wel^e ni^thtO anbetO alO oetbi^unt^eO aBaff^^ ift;

ben bttiedtigtu g^^^r; au^ ben Ubri^gtu bie ®tbe; unb aud btefeu viet Giementeu feht bie 9^atur, wie iht wift, atte ^btpet In beit 2Belt jufamm^^^"

ifl wunbei^i^^^, feht wun^^i^^ar! abeit eO fi(h boR, fagten bie ^ibl^(^r^teu. Sin attumpen ^tpftaH, ^^u biamantenet unb ^^u ®n^itu^g, ber btu S^pft^atl *fo* m^^^^^haft in ©tUc(tu fd^lt^s^tt, baf aud ben ©ptjttte^^, ohne fetue weitne iBtmlU^^u^, ^^ne 2B^^t ^^^flth^! 3fitt ber a^h«t bie fRarfffm^^gfle ^pi^i^t^t^i^fe, bie man fehen fan^, unb gleiih^= roohl fo baf man baRtt;, man ^^tte fio atte STugen^ bltde feH^^ etfinben fi^^nen!

„*3^iR* etflate miti^rt(l btef^^ fo ftmpeln 5Botr^dft$uug atte mbgtteheu ^irf^^^gen beet 9^a^i^r," — fagte ber ipaitofoph mit fdb(t^1^^1ii^^t^tm 2ad^i^l^.

9^iRt ^^u ri^ef ^^u n^^^t^t^it, ©amo^i^r ge^ nan^^, beit beu 3)^aaupi^ungtn f^^n^^ fO^ti^rlUbtlt ^^Ohnt m^r fli^afRrotigtnbe1t Bt^t^(^larung artte. Sa gt1^^tten anbre ^rafte unb 3(nftrtltten bflj^i^i, *ein* fo flitogei^, fo Wone^, fo rounberooHe^ ffiorf, al^ biefen 2Selt^(^«^I^(ii^ibe if:, jw @t«nbe ju bringen. 9?ur ei« uoDc^imm^ncf 9^(^^;f^flnb fonnte ben ipifln bacon etfinben; n^u:rooI)l *id?* gem gef^i^Ile, baf jur ffl^i^idfubrung geringere 2^eiffmeifier binian^^litb waren. (ii; uberlief fte cerWtebenen Sit^jfen ber fubalternen ©otter, wied einer jeben S^afe ifren befo^bettn ^reio an, in weld^em fte arbeiirct-, unb begnugte fid>, bie afgemetne Stufftd^t uber bad @anje ju fuljren. Sd ift iadbeiriidb, ben Urfprnng bee 2Belt= t6rpel;, bed S;:bbobeI^^d, ber t^f(^^^^dn, ber i^bi^ere, unb niicd befft^n, wad in Suft unb a^iaiTeef ifl, aud S^tomen ober ©vm^ patbien ober ungdtdbret a^eefcgltl^g, ober dindm einj^gen ^^is^n^n^trffcblag erflaren ju wofen. ©ditler finb ed, weltbe in ben di^emdntdn b«>-rfd)en, bie ©pijdren bed jjimmetd breben, bie organifffben Jiorper bilben, bad ^^itllfu^^f^^^wanb ber *Sta*-- tnr mtt Ulttmdn Tttftdn, unb bie gr^t^cbte bed ^^t^t^i^fted in ibten ©dioef andgi^ebdn. ifann etwad fafiicber unb angenebmer fevn ald bidte Stb^orid? ©ie erflart al^ed; t^d leitet jebe SE^iiiE^^tg aud einer ibr angemettenen Urf^cbe ab; unb bur^tb fe begtreift man bie, in jebem anbern @pftem nnerila■rbare, ^nnft ber Statur eben fo leid>t, ald man begircift, wie geurid ober ^arrbafud mit ein wenig gef^a"rbter Srbe eine bdjlan-- bernbe Sanbffjaft ober ein S^ab ber ®iana erfc^affen faun.

SBad fur eine ffbone ed um bie tphilofo^^^e if^! fagten bie S^^^I;itdn. Q^Ded wad man baran andfdddn mofbte, iff, baf einem unter fo oiel feinen ffbeottifn bie SBabl fatter wirb.

3ni^e(Ten mat^te bocb ber q)l)tbago^:(i^^r, ber abed bur^tb

©eifter ineiiVe @ludf. ®i^e poeten, bie 5^fllei: «mt alle ubrigen ^<^«^j^»et^io«nbfen beirgKufen, mit bem fomm^lCben Jrf^ue^^imm^^ oon Pbbeita an ibver 6^,)i^^e, ccfiflltt^en fid? fur — bie ©eijler; bod^ unter ber S^ebing^ng, b^f) *ed* ibnen bf^«ubt feun muffe, fte in fo angeucbme @e: (tgiten, ald jebcm gefaitig fep, binJu^(bi^ibu.

2^!^ bin nie ein befonb^rer Jr^eunb ber ^bilofopb^r geroefen (fagte ber ^r^eflbr ©l^r^i^bplud), unb aud Urfa^^l 21 ber well bo(b bie 3^bbeititen il)r ©ri^beln uber bad SBle unb 2^arum ber ®^^ge nun ^^nmal ni(bt laffen fonnen, fo b«be id? gegen bie 2)b»(it bed ®dmouat noth immer am r^^nigfben einj^u- wenben; unter beu gebi^rigen eiindbrdnfr^^gen »bctrdgt fie fith fo ji^emluh mit —

„O fie portrdgt fith mit allem in ber SBellt, fagte ®d: moi^t^i:; biep ift eben bie S^^onbei^t b^i^i^n!"

SnbliiS) nahm ®em^^rit fon idh eud?₇ lieben Sreunbe, nad? «^^^n ben feinen unb fur^tuei^t^en S^t^then, bie ihr bereitb gebi'rt htb^, nun aud) meine geringe SJi^inung fagen? 2Benn *ei* eud) rtroa wirfidh b^irum ju thun fepn follte, bie 9eee<dhfl^enf^cit ber ^i^ge, bie eud? umgeb^n, teunen ju lernei, fo bdud^h^ mi^ch ihr nehmt einen ungeheueirn Um^ n?eg. ®i^e ®5elt ift fehr gr^i; unb »on bem S^tt^^borte, toi^raud mir in fie h^nelngub^^n, nadh ihren porneh^ften ^rooinjen unb jpauptfldbt^^l, ift ed fo weiit, baff id? nid?t wohl bej^reiifep wie fid? einer oon und einfallen laffen lann, bie ^ari^d eiued Sanbed aufJunehm^^l, wooou ihm (fein ange= borned S^drdhen audgenonmen) ailed ubrige, ja fogtar bie ©r^dn^en uubel^^^nt finb. 2^(h ba'd^i^e, ehe wir Sodmogonidu

iinb .fio^mologien trdumtm, *fetsten* un^ ^in unb *l^eoh* ad^^eten, jum ben Urfprung ^^n^^ ©pinnewebie; unb fo lan^^, big wir fo viet bavon ^^erauggebirac^it bit^t^en, aig funf O^i^e^fW^^finne, mit a^j^e^^anb angef^reng^, b^ran beden fbnn^^. Sbt werbet iu tbun finbet, bag (i^nut ibr mir auf m^^n ffSort gl«ub^^. 9[b«: werb^^ ibt flu<b er-- fahrnn, b^fi euch biefe ^^njige ©pinn^ewebe meb:l ^ufftblup fib^^ bag groge ©pftem beir unb wut^bi^gere 95<^griiffe von feinem Urbebe: geben wirb, aig aHe bie feinen fvit^^^, bie ibr ^m(gben aBatben unb ©d^li^^ aug ^^rem eignen ©d^iirn be^tauggefponueu b«bt.

SJ^^i^ffTrit m^^nte btef im gtuign Srnf; abeir ^^efibUo; fopben von ^ibbeira gtau^^en, bag er ihrer fp^^ten wol^e. ©r oorli^ebt u^^cblg von beir fiu^^l^^t^it, fagte beir ^^ne. IBon beir f^bblit notb we^^g^e, fagte beir anbere. er ift Zw^ifler — *er* giaubt feine ©ruublrr^^be — (eiuen saJgllgei(l — (eiuen ®^^^urg — feinen ®o^t! — fagte beir b:ille, vierte, fflufle, fe^i^te uub fiebent^^ SRan follte fol(be 2gule ni^l: im ggt^l^^uen ffliefen ^^ibei, fagte beir firi^eftgr ©trobp^ug.

Bcmofvit jlc^t fid) M^citer won S^lWern jiiriirf. SK?ie er fid) in feiner @inf«mFeit bef^jiiftlflt. (Sr (oinnit bd ben S^^blietiten in Sen dCerbnc^t bflfi et 3«utierfi'infie treifie. ©in Oiepei^ii^n^t^t, b«5 et bei biefet @e> (f<)enbeit mit ben a^bbetitifdjen ®«incn nt«d)t, unb tcte e6 abge* Inttfen.

S3eii bem atten war ein 9Renf(benfreunb in beit dd^t^f^en S^i^^^i^ltung bed 2Bm;ted. ®enn er meinte *ei* gut mit belt g)ienf^l^^li', unb freute jttb fibec n^(>td fo feb):, wenn ii^jfenb etw«d S^t^fed oofb^itei, obeic etwad ®uted tbu^, »ltanl^^fln obeif be^oirbeitn (^^nte. Unb ^^ewobl et gl^i^^l^t^e, b«b bn: Sb«r«ttet ^^ned ffieltburgeird in fi(b f^l^ege, benen im ©^l^iiioi^i^ifall nDe anbern we^eben mfi^ten: fo et fi<b botb ^^iium n^fbt weniger oetbunben, «(d ^^n S^lirgl1: oon 9(^^^l:«, on bem ^wfionbe flinld ®«te;: (anbed ^ntb^^i iu nebi^^n, unb, fo oiel ^6nntl, du beffen S^etl^^lf^llung ^^^^^utl^«gen. 3[^ein, ba man ben 5^lut^en nur infof^^n @uted tbun tann, «ld (le beffen f«big finb: fo fanb « f^in iBetrmSgen but^eb bie un^dbtigen jpinberniffe, bie ibm bie ^lbb^e^^ten ^^tgn^^nfifin fo enge ®::«■|^Jfln einge= fd^loffe^n, b«g et Ura»cbe ju baben glauble, (icb fflt eine ber entblb1l(^(b(len ipei:fonen in biefei: lilinln SR^^l^l^liil anjufeben. ^«d fie «m jidt^b^gf^en ba^^n, badbl' *ec,* unb bad S^e^e wad icb an ibnen tbun wa'i^e, (te oernunft^g su macben. Siber bie Ql^^eriitln ^nb freiil S^^te. SBenn (te nicbt oer= nflnftiig feon w^^^n, wer tann (ie nbtbig^^?

®*a et* mm bet fo bcrotmbtett Umfl^dinbeii wenig obet; ni^dbt^ fur bie Olbb^i^ilten al^ SlbJ^^t^iiten t^un f^^^te, fo ljielt fid> fut ^nldngitc^ ^^treeCtffrti^lt, wenn ec w^^igften^ feine eigne ^erfon in Si^^erh^^t jn ^^ingen fud^^e, unb einen fo gropen iCheil gld intnier mbgl^th »on ^^tcjenigen B^^t rettete, bie er beit f^^net weltbut^gtrl^^en ^ffid^lten f^^lbig jw fepn m^^nte.

®eii nun feine bi^heriige J^t^eiil^nt^l^e entweber nicht w^^t genwg »on ^bbeeca ^^tfemt w^ic, ob^ec wegen ihrer Sage unb anbeicet SBi^c^i^emlii^Ei^ifen fo »iel fur bie Sib^^riten h«tte, bctp et, ungegd^tet feine^ S^lefd^f^^^lf^ auf bem Sanbe, fich boch immer mitt^en unter ihnen fo ^og fith noth ^^n paaic ©timben w^^ter in ^^nen SBalb, bee ju feinem ©Ute ge^^^^rl^e, iut^udf, unb bauete (idh in bie wUbefle ©egenb be^felben ein fieine^ jjetu^, wo et bie ^^i|fe^^(^Cl — in ber einfgmen {Ruhe, bie ba^ eigene (Element betJ iphilofophen unb bed ®ichterd ifl — bem S^ltO)lfdben bet; 9c«tur unb ber ®e- ti^gchtung oblag.

e^^ige neuere ©elehtcten — ob ^bb^iciten ob^t; nid^^, wolien wir ^^rrbei unen^ethieben lgffen — h«hen fich »on ben 9}e^ fd^c^lftigungen biefed ©rl^chifchen ®acond in feiner g^^l^^mfeit wunberluhe, wiewohl auf ihrer ©eite fehr uaturltbt ®egri(fe ge^aC^t:. — „er ttrheit^ete am ©tein ber fagt r^c^iii^, unb ec fanb ihn, unb machte ©Mb" — Bunt 9e= weid banon ^^ruft er (ich bap ®emo^ri;t ^^n iSuch »on Sstc^^^en unb ^^et^^lim gefct^riebeu habe.

®^e ^bb^lciteu, feine Bel^^geuo|Ten unb iO^fbUrgec, gingen noch wei^i^ic; unb ihre iBermut^hungeu — bie in ^bb^riffdbeu

^opfen 9«t brlb t^iucben — fltfinbetcn H «uf eben fo gute ©cblf^ife, al^ jen^^ De^ ©cm^fi^tit war »on 'perfifiben sCKa^^«« orj^ogen e: war 3^af)re in beir gBorge^idnbetn ^^rut1^l9^retl^(:; f)«tte mit aiegpp^ i^Ccben ^ri^eflern, 3taabmanen unb ©p^niof^l^ii^tn Uniflanfl gee^flo^^n, unb war in aDen ihren 9^p(lta:icn finge: hfl1tf taufenb airfane »on feinen fUeifen mit ftch 9e= brad^t, unb wu^te Jftntauffnb Singe, wooon niemal^ ^^wad in ^^ned Q^^^>ii^ten ©inn gefommen war. — 5)^adt1e bieg aUed)uf«^^^^n9enommin nicht ben ool^ffl^niigfiin 5Sit^^id, bag ef ^^n audge^ernt^^ 3)^(^i((ta: in beit SJitagie unb aDen ba: »on abtdn9inbin ^iin(ten fepn mugte? — JJer dtcwurbi^ge iBatir ^elri^o totte S^panien, :oot1u^al unb S[l9ariiin auf bie ^dift^e iinid a^(^i^(^ifid wie biefo: j« 3lfcte Derbrinnin laffen.

aibee; bie guten Ql^i^iriten t«tten noct ndteife SJewei^e^: ttumer in ipanben, bag itr 9i^d^^:ter 2anidmonn — ^^n wenig tcren fonne. €r fagte ©onnen: unb aK^^b^^^tft^^niiTez 9Ki(^: wa^iJ, S^^lutin unb anbre ©inge ji^ioor. er ta1ti ^^nem »ftbutitin fg^di^in aud ber J^anb 9eiwi^ffa9t, bag fie — }u SaHe fommen, unb einem »on ai^^^ea, bef'en 9^nied2ifc^iu jntfcten S^^iaf^in unb S^^maufen ^^^1^«^iit wa^, bag — an ^^ner Unoi^:i(^^^^i^l:iit fieriin wurii; unb iiii= bed war gei^au eing^^roff^^. Ueii«:iieg tatte man a^lSd^<^^t mit wuniir^^^en 3iiC^in in feinem Kabinit1^i 9ifei^e^i^:; man tatte itn be^ allf:1i^, pecmuttlitt magifcte^/ O^perati^oncn mit S^l^it pon asog^ln unb ^^tiircn angei:roffen, man ta1te itn vit^i)dtt>= ti^ge Srdu1ir lochin fd^e^ei; unb ^^nige junge 2eute woD^cn fogt^r in fpate; 9?ad>t — beii febif blfilTem SKonbWein — jrei^W^en ©rabern fi^enb fibeiretbli^tben boben. „Um ibn ju *f<bte<fen* batten ^^r un^ in bie fd^^nbl^cblben n^tfleibet, fuften fie: Jj^otner, ©iff^tbenfcbr^at^nie, nicbt^ fehlte un^, um leibbafte S«^li^<^e^fei unb gj«d>t)j(^f,^e>^fleic trnijuiten^^; bltefen ^aucb au^ piafen unb Obrcn, unb macbten fo arg um ibn ^^ri^un, bap ^^n ^ercule^ ©tbredien ba'tte jum ffi^etbe werben mbgen. 9[beir ©e^t^ff^iit adjtete unf^r nid^t; unb, ba wit e^ ibm enbi^tb ju lange macbten, fogte er bl^e: nun, wirb ba^ A^n^berfeiel nocb lange

2)a flebt man augenf^^inlicb, fagten bie i^t^t^errten, bap e^ ni^t re^t ri^cbtig mit ibm if^l ©eiftei: finb ibm n^^t^ 9?ein^^; er mup wobl wiff^^, wie et mit ibnen fte^^l

St ift ^^n Rrtu^^i^^il; ni^t^ fann g^i»^ffel fevn, fagte ber i^riefter ©tro^^Pl^c^i; wir miiffen ein wenig befe: Sidft auf ibn ge^^et!"

90<cn mup ge^eh^it, bap ©ee^i^ffri:, entwebeir au^ Unoor; f^^ti^j^f«^il■, obi^n (welcbe^ glaubl^ib^^ ift) w^^l er flcb wenig au« b^^ ilReinung f^^n^^ Sanb^leute macb^ie, ju biefen unb anbern bofen ©etf^cbtin ^inige ©elegenbeet gab. SRan tonnte in bee; Hbat nicbt lange unter ben Slbb^niten le^^n, obne in ffietf^cbung ju geiratben, ibnen etwa^ auftubeften. Sbr 9Sor: wi? unb ibre S^^cb^j^lid^biigl^c^^t auf be; einen ©eite, unb bie bobe e^nbi^bung, bie fie fldf von ibret eigenen ©c^c^^ffin^ng^: f^^t mad^t^l^n, auf beet an^^e^n, forb^^ten einen gleicbfam ber^^ aug; unb fibitb^ep war aucb f^^fli fein P^ii^i^i^e, fleb fflt bie lange SB^^le, bie man be^ ibnen batte, su ^^tf^dl^igen. *2)e:* mofi^it befanb fleb nicbt fdten in biefem ja^e: unb ba bie

Stbb^i^iiten albern genus waren, *a*H^, wa^ ee t^nen ii^oniCbor weife fflste, im buebftflblhben ^U^^e ju ne^i^e^i^^ fo entfiunben bailee bie oieien ungerdumten M^(!i^^un^en unb W^d^r^en, bie auf feine {ReC^nung in beir ^elt fierumtiefet, unb notW oiele 3^ad1^dunbert^e nach feinem ft^obe von anbern Slbbt^i^iten fur btared ®e(b angenotnmen, ober wenigflend ibnt fetbft unbiOi^^i^:: weife }ur £a^ gelee^it wurben.

^ir fidb, untnr anb^^n, aucb mit bet ipbdfio^r^(^r^ii abgege1^e^n, unb tb^^ld aud feinen eigenen ed^ii<i aug bem wad ibm anbere von ben ihri^gen mit^g^^b^t^it, ficb eine £b«o^i^e bavon gee^ad^t', von beren ©ebraudb er (febr vernun^s tig, wie und bdiud^t') ured^^lee, *ed* eben fo wie mit beir ie^t1orie de1r po(^ltif(deu obej: ir^genb ein^^ dndem j^unft be^: fd^adfen benn fo wie noch (^^ner burcb bie bto^e SBiifenid^ldie beir Siegetn ein Si^^ter obi^ir geworben fep, unb nut b^irien^ge, weldten angel^(^o1^(^1i ®enii^^ emfiged €ttl^d^^um, dare^^ceig^^ ^*lei*^ unb tange Uebung }um Si^^ter obc^t .dflnf^ier gemad^t, geid^trfe fev, bie Siegein f^^ner ^unfl redtt ju vergeben unb anp^n^cmb^^; fo fev auch bie O^beor^e beir .Sun^, aud bem aeel^^erlddeu beg gRenicden auf bad Snn^etliche ju id^tie1^(^n, nur fur Seute von gcopet J^ertigfeit im SSrobad^ten unb Unteticheiben brauitt^(^t, fur ieben anbern hingegen eine bdOft ung^wiife unb beitrugli^che S^iiih^^ unb eben b^rum muffe fie ald eine von ben gel^i^imen 2Bif^^tiehaieen ober grofen ®^,^^etien bet ipbilofophie imm^^ nur bet {^i^lnen Sohl bet ^^opten oorde1^|^lleen bteiben.

D^^fe ^ict oon bet S^i^^e ju benfen bei^iiei^^ bap S:^emo^1tie lein Shdtlaean wai:: abee: ben IKb^c^riten beiwied fte blop, bap er ^^n ®ehl^i1^nip aud feinec 9Bi|fenid^aie mache. ^^her l^epen fie ab, il)n, fo oft jtcb bie Siebe baoon gab, ju netCen unb iu pla^^Ji, ba^ ihnen etroa^ baoon entbe^en foUte. S5efon= beic^ ^^u^tebiefer SSortoi^ bie Sib^^ti^innen. ©ietooBfen oon ihm r^^fTen— an toa^ fur du^erliichen SKertmaten ein ^^(^^euei Siebhabeic ju cr^ennen feo? ob sDiiiion oon ^irotona eine felhr groge 9?afe gehabt habe? ob eine bHaffe §^^i^be ein nothtoenbige^ Seichen eine^ SJert^ebten fev? — unb hu^bert anbere fCt<^^en biefer Srt, mit benen fte feine ©ebiitb fo feh^ ermfibeten, bag er enbiich, um ihrer lo^ ju ^^irb^et, auf ben Si^nfatt fam, fie ein wenig ju erfchred?en.

9lber bab haben ©ie fich wohl nicht oo^^|^^fii^Jlll, fagte ®e: moftri:, bag bie ^^^r^gf^er^fc^^ft ein untr^tt^iCheb 9hierfiJ(iC(hen in ben ^ngen haben Eoj^^te?

„3^tt ben aiugen? ri^ef^en bie ^^^eedtinnen. £)! ba^ ift nicht mogHeh! ^arum inff in ben ^ng^n?^'

iff nicht an^^e^^, oerfe^te ec; unb wa^ ©ie mir gewig giauben iff, bag mir biefen iOietfmal fchon ^fter^ oon ben ©ehi^imniffen junger unb alter ©chonen meh«: ent^= becft alb fte Sufi gehiabt haben wfic:ben mir oon freien ©tucfen aniuoertrauen.

®er juoerfi^ii^id^e iton, w^^^t er bieg fag^^, oeiuc^i^^chte ein^ge en^i^dl^bunget; wiewo^^^ bie ^b^firrtinnen (bie in alien, fallen, wo eb auf bie gemeine ^cherheit ih^eb ©ef^lec^tb, anfam, einanber gelireuli^ch beiijufi^ehen pflegten) mit groger ^^he ^^^anf bag fein oocgcbl^iheb ©eh^i^nig eine. ^h^mdre feih.

©ie nothigen mich ^^rd^^hren Ungla.uben, bag.i^ 3hnen. nodh .mehr .fagen mug, fuhr ber fhil^ofbPh. fo:t. 2)ie 'tUatut;

ijt »oB folcf^et meine fd^iinen ©amen; nnb roofur font' i^d) ««dj, wenn e6 fid^ SWnbe ni<bt »erl^o(>^ite, btd nadb 9re^et,i:o^iien unbSnbien fln^<jnbi^ift fepn? 2)^^@^,^^^^(0p^^^fienz beifen i!Beiber — wie ©ie wiffen — natfenb oe^^n, bdben febe dtti^g^e ©«(ben entbed^i:.

„3«m fttfiten bie 8!b^eril^^nnen.

Unt^^ nnbern ^^n ©el^e^^^i^, wel«bed icb, wenn idb ^^n S^bemann wnre, '^eb^^ niibt jn wt^^n wfi»edben wurbe.

„9((b nun bnben wir bie Urf^d^^, warum ftcJ? ni(bt peirbe^retben — rief bie fd^btid SbrooDi^-

311^ ob wir ni^djt ftbojn 'ange , fefite ©flebenbe, baf e^ feine 9(etbi^opedbe SSee^^^ i^, bie ibn fur unfere ©rie; (biftbe fo unempp^b^^fb mecb^. — 9(^^ir 3br ©e^^ii^^^iiiz ©e= m^ftiitz wenn man e^ feuf^en ^bttn en^^j^trauen

Sum 9^^l0(^iee^ baf man e^ b^^fz wiB i<b ben Obren eB^^ sel^e^lt^(^t^i^i8en ©d^i^^en «n^^]^i^rau^iz antworl^ete beir 9^etui^|^oi^(fb^^• 3^ weif ^^n uneeblbare^ 5^iittd, wi^e man mathen fann, baf ^^n Siaue^^im^^liz im ©d^li^f^ez mtt oet^^ nebmli^(be1i ©timme eBe^ fagt wad fie auf bem Xpec^en b^t.

„O geben ©iez r^ef^en bie a^b^erii^^nne^^^ ©ie woBen 'und ba^9me(^^^i; a^^if—wir iaffen un^ ni^cbt fo leidht ^^ed^1;^^e^l^,"

aSeir wir^b.au<b an ^itdbi^e(een ^^ı^^ı^Uz faate 3^emoeliit, wenn oon ^^nem SKittel bie Siebe i|V, wobu^<b ^^n^^ jeben ebtrli^tben grau ©elefl(^l^l^^it gegeben wirbz ju jeig^^, baf fie feine ©e^^^l^t^^i^eil^(^t^ bie ibr e^i^nn nidht wiffen b^liete?

„2Bitet 3^^ SKittel audb bei Uno^^^i^^ii^atb^t<^^^"—fragte ^^ne a^^ecitinz bie webei: jung nodb reij^enb gen«g ju fepn fd^i^Hz um ^^ne fo'(be g^fl^ge ju tbun.

di mirft »om jefinten 3«fjre an jum er= *mi^ebecte t'i,* ^^t^^SB^ejju^l^itnf) uufi^i^j^enb dinen «nbei:nU»nftunb, woftn (icb ein gc^auenji^mmet ^^fi'nben fann,

2)te ®fl(be finfi an ^^nftb^ft S« merben. — 9fbeif @te f^^i^jsen nuir, fpr<»<b bie ©^^nalb^n eined m^^^e^t^n, nicbt obne eine flebeime J^ni^cbt bed ©^gc^i^tb^iild oerpd^^ict ju merben.

SBoHen @ie bie fJn^be mad^^e^, S^^fiftirata?

„2^ie O^irobe? — SBarum nid^^? — a^i^jraudbebungen, bap n^cbtd g^("rt0ifcbed ^^^u gebirau^t wirb. S^enn mit J)ifil|^l Sbtet S^^l^^^ane unb fi^^^^en ^te ^^ne arme J^i^a^u fagen macben mad @ie

©d bt^ben w^l^ier ©eiftee ni^cb S^ati^e^mane bamit ju thun. Sliced gebt nati^rlkb $«• ®«d ^^i(:ti^t, bad icb gebraucbe, ift bie fimpeifte S^c^^e »on ber 2Belt.

^ie SJc^m^en fingen an, ^e^ alien ©ri^maifen oon b^f^^jig^i^it, mosu fle ficb ju jwingen fud^^et^, ^ine Unrube ju o^^rat^ben, bie ben iPbll^ofopben febe ^^ll«i^i9te. —„SBenn man ni^cbt mupte, bap ^ie ^^n S^^otter finb, beer bie ganje 2Bdt ^um ©eflen — Stbe^ b^irf man fragen, morin 3bt SKitt^e! be|i^t^l^t?"

Sie icb 3bnen fagte, bie naturl^^jte S^c^cbe oon ber Si^elt. ^^n gan^ i!einedunfcb(^i^li^ed^ing, ^^nem id^laienben gl^<^nin-- ^mmer aufd ▮fieer^gr^iil^cben gele^t, bad ift bad ganje ©ebeim- nip: ab^^ ed tbut S^i^^ber, ^ie fbnnen .nird glaube^! ©b ma^t re^en, fo lange nocb im innerfien 2Juifel bed i>ei-send mad JU entbe^en ift.

Unter fieben J^c^c^i^enii^mme^n, bie (icb in beir ©eie!li^ait b^ff^i^J^en, nur beiren 50iene unb ©ebdrbe un»ec: dnb«rt bie ndmlChe blieb wie noc^^if. 3R«n wirb b^i^l^i^n, fte fep flit, obeif l^fl(^li<^/ obeif flflr tu$enbf(^lft abe^ ni^cbt^ »on flllem biefen! (Sie war — taub.

„9Benn @ie w^^^n, ^^|f wir^l^t^en glauben foH^n, ®e: m^Eritf, fo nennen @ie 3bt ^itt^^^"

5<b will *ti* bem ©et^abl beif fcbi^nen it^btbaDt^ in^ ffl^^n, fpi^^eb beif bo^hafte 9?i^^ur(finbi9^^.

^er ©ei^flbl ber ftbonen 2^b^t)«^i^ wflif, obne blinb ju f^^n, fo glfifflid^^ «l^ Jpageboifn ^^nen S^linben fcboi^t befen ©e^i^^l^n ffbon i(t. Sr butte immer gute ©eeDfcbf^flt, obeif wenig^en^ wa^ man ju Slbbeiffl fo nannte, in feinem ^aufe. ^er gute SOtann ^^au^^ie, man finbe fo viel SSi^irgnugen an feinem Umg<^^^, unb an ben SS^iffen bie er feinen SBefucben ooriutefen pflegte. 3n ber it^l^flit b«tte ba^ talent-, bie f<l(^l(^t<^l^en iB^^fe, bie mad^l^e, ni(bt ^bel ju lefn^^ unb w^^l *eir* mit oieler S^t^l^ei^^e^lfung la^, fo wu^be ef nitbt ge-- wflbif, bap feine Rub^i^f^r, anfl:att auf feine SSeirfe a^t ju gee^f^n, mit beif fe^i^nen S^be^^^i^ l^ebfluge^ten. buf Ol^^b'^b'^e^^ ©^^lflr war ^^n ber eine oiel ju gute iDfe^nung non (ttb fel^^ um »on beef S^t^^enb feiner ©^^(fli^liin eine fd^l^mme jn bfdm.

<^r beb«tbtr ftrl alfo feinen 2tu^^l^t^li(f, bem ©ebe^mnip f^^n £>J)r ^flrjn^ieten.

ip w^^t^^c*^nr(^^^, f[itftertr il)m ber ipbifofopb Ol)r, al^ bie S^^ge eine^ lebnibigen J^i^^fbe^, bie man ^iner f^O^c fenben S^<^^e auf bie tinfe 35i^^^ legen mup. ^^^if ©ie mfl= fen fi<b b^^m aiu^re^pen wopl in Sltbt nebi^^n, bap ni^d^itiJ

»on ben b^r«n batiflenben iCl>eilen mitgdb, unb bei: gi^efcb mu^ n^teb^ic in^ 2B«(feif gefejgt werben.

„3)ag gOiittel m«g n^tbt Abel fepn, fagte @^tl«r leife; nur @(b«be bap e^ ^^n wenig bebenfl{<b ift! roucrbe iPrteftet @t::obpfu^ ^^^u faj^en?

©orgcn ^te ni^djt b^ffir, recffe^te Set^^frif:: ^^nC^r^e^ ift bo<b feine 2)u^na, be^ ^p^^ffier ^iri^bplua mag fagen waa er will. Unb j^itbem ge^t: ea bem gi^oftbe ja nicbt ana Seben.

„3{cb b^icf *ei* alfo ro^^ter gei^^^^" — fragte ^milat.

SSon ji^fr^en 9lBe i^Kannaperfonfn in ber ©efetl:: fcbaft burfen ea roipe^^ unb ein jebe: mag ea ungef^^i^^ aben feinen iBeCannten M1tbfcet^l^^ nur mit ber iBebingung, bap ea feiner webet ff^nfi grau no(b f^^ner ©f^iebtfn roieb^^ fage.

®te guten ^b^^filt^nnen wupten nicbt waa pe »on bei: S5a<be gfauben feBt^en. Unmogli^cb f^iien fte ibnen ni^tt; unb waa *foate* aucb ^bb^e^^ten unmO^lii^ ff^^^^^n? — 3^^te gegen^ wart^^^gfn W^(^nnfc obn: 2iebbaBf^: roarfn nicbt »iel rubige:; ieber fepte pcp b^^mli^cb ror, baO W^iittel obne Sfuffebub ju m:r^ilc«^, nnb *teber* (ben glucflicben ^milar auS^genommen) ^^fi^i^^ite, ge1fl^rta: babui^fb ju werben alS er wU^febe.

„9j;icbt wof^r, Wtdi^^^en — fagte a^brcpaHia JU ibi:em ©ı^(^l)!, inbem pe ibn freudbli^cb auf bie aSacten (lop^l^e, bu f^^nft mi^cp J« g^t:, um einer folebed ()iobe d6tbig ju babc^e^^"

„®et meini^ge foDte pcp fo ^^waS ^^dfaBen laffen, fagte Xa^^Sfa. €i^df (Probe fept Zw^^fd nnb ^^^nn, be^ an bei: 5Cugfnb grau ^^^^fdt" —

— 3;1 ein beir ©efabr louft feine in ®e: roilfOe^t nen^anb^lt ju feb^n, fe^te ^^n^u, ba et fab, bag (ie — ®«5 roollten Siie bo(b fagi^n, fd^^nc S^^gidfa?

„@ie (inb ^^n S!B^^^^|r|fl^||^lb," ri^ef^en bie 9[^^^riitinnen ab^ jun^<^l, abejT »ergeffen Siie ni^lt, roit in S^b^aci^en finb, unb buten @ie (icb nor bem ©C^icCfat bed £^i^p^b««O!"

SBi^etfobl bieg int ©c^^ti gefagt wutbe, fo war bocb Sr^nb babe^. 9iaturl^^et 2Bcife lagt man ficb niclt geirn obne 'Di^^b fc^iafiofe ^tciilbte mac^c^n; eine S:bfiC}b, »on »elcb1^1i wir ben ipbiiofopbon um fo weniger frei fprecben fonnei, ba et ^^c f^^gen feined e^nf^all^ed notbwenbig ooirandfeben mugte. SSitfi^^ gab biefe S^cccbe ben fieben S^c^n^en fo ^^ei ju benf^^, bag fie bie ganie 9cacbt fein 3fuge jutbatm; unb ba bad ootgebii^cbe ©c^^^i^^ig ben foigenben S^^g in g^ini 3lb^^ira bett^ um iief, fo »eiUi^l^«cbt■e *et* babur^ib etiicbe 9J<icbte binter ein= anber eine aUgeme^ne ©Cbl(^^^ffii^fl^^t.

3r^be(fen bracbten bie S3eibeli be^ S^^ge roieber wad ibnen be^ 9iacbt a^^in^; unb w^^i nerfcbiebene (icb nicbt ein: faOen ii^egel, bag man ibnen bad ditfanum, wenn fie am S^cige fcbli;e(^^n, eben fo ^^t applicir^en tonne aid be^ 9?ac^f, unb babeit ibr ©cbliafi^mmer ju oerri^egein ^^itgc^a^i^n, fo be;: tarnen bie eDi^i^nei: unoerbofft ®ci(eg^l^l^^i<:, pon ibr^en Jrocb- jungen ©ebrau<b ju macben. f^p^(^^ata, S^btrpaBid, unb einige an^^ite, bie am,rtSi^i^en babe^ ju wagen ^^^ten, waren bie etf^en, an benen ^^eijirrobe, bem ^irfoig ben man ieicbt poiraudfeben fann, gemacbt wurbe.

9ibet eben bieg fieUte in (ur^em bie

ro-^ebet feir. 2)ie biefeif nacbbem fie bd^ 5Jiiti^el jrod.: obeic bceimaf of^ne gi^foff) sebtflucbf R^ti^en, *tea-men* in »oC(^in ©prans^e ja unferm «)l>tlofoo^^^n fiell^^fen, um M jw ecfunbigen, loa^ ju beJ^^^fen b«ffe. — @o? rief er ihnen enfge^^n, h«f bfe gi^ofthijunse ihre SBirl^^^^g gethun? i?«ben 3h»^e SBeiber gel^^idjt(^t? — ^ein feine ©pl^^, fugfen bie 9^^l^erifen. — ®effo bef)fr! rief ®enn^tfit: fri^^mphi^en @ie b^iru^^it! 2Benn eine fthfdfenbe grau mif ^^ner gi^ofchjunge auf bem j^^i^^en ni^^s fai^^, fo iff eS ein Reid^^n, b^ff (ie — nichid ju fugen hof* 3f& ni^^fhe 3hnen @1^^, meine ^^*eti^itn!* ^eb^^ aon ^hnen fann fifh riShmen, er ben 'p^^t^^r beir SBeieer in feinem Jpaufe befthe.

2Ber n^i^it gludfli1her alo unfere ^b^^rifen! ©ie l^efen fo ff^nell aid fie gefommen r^aren wiebef jurutf, fielen ihr^en er^awnt^en SCeei^^rn um ben J^i^l^, erftifften fte mif ^^)fen unb Umarmungm, unb ^^e^annfen nun freiwiOi^g ivad fte ge^ fhan hatfen, um fif? pon bee; iCugenb ihrer iS^^^lfl^rn (n)r(^: roohl wir baoon ffhon geipif watc^^, fagfen fie) noch ge^iiffer iu macheti.

S)ir gufen S^^b^er puffen nichf ob fie ihr^en ©innen glat^^ ben fol^trn. wiewohl fie lS^^^ritinnen war^^, hdttrn fie bof) iBerflanb genug fich «uf b^e; ©teilr ju faffen, unb ihren iWa^^nm ein fo unJa■rtl^^rd SRiffrauen, ald badjenige war beffen fie fich fethf) anfla^^m, na^^ru^li^cb Sn pe^;w^^frn. ei^^ige tre^brn bie ©ache bid ju S^btanrn; abtr alle battrn SRlibe bie gireube ju oer^^i^^^n, bie ibnrn einr fo wnoerhdffte S3e(i«: f^gung ihrer lf^t^grnb drrurfaf^^^; unb wirWdbl fie, bei: 9(n= flanbigfe^t weg^n, auf ^^^^Erifen fr^tnfben mu^^en, fo war

* •!

/ '

bocd feine, bie ibn ni<bt b^ifuic batte umairmen er ihnen einen fo guten ®ienft gelei^jtet b^^te. gc^eii^^ war ni(bt n>(«^ *ei:* gewoDt batte. 3lbee bie fO^gen biefe^ ein= ji^gen unf^nlbigen ©cb^i^,5e^ mod^lien ihn le^:^^, man mit Slb^^i^^ten ni^t ^^i^intfam genug fcheirjen fann.

^r^t^eifen (w^e alle ®^nge biefet SBelt mehn al^ gi^ne ®^^te haben) fo fanb (ich aud), b«^ aud bem Ueb^l, roel^fhed unfer iphiiofoph ben Sibb^i^iiten wib^^ feine ipflid^t juge)fugt h^^te, gleifhwohl me^^^ ®u(^ed ^^itfocang, uld man oermutl^: li^<b hatte eiwart^en lonnen, wenn bie gi^t^^^jungen g^t^iiift hatten. ®ie i^anner madhten bie SBeibee bucrch ihre unbe: gcanjiie S^dt«^^it:, unb bie SB^^b^^ bie i^ann^^ burch ihre ®efa^il^^^^i•t unb gute Saune glfldft^cb- B^^r^g^enbd in ben SBdlt fah man jufri^ebnere (Eben ald in Sibb^ea. Unb beii allem bem waren bie ©ti^^en bee Sl^^^i^iiten fo unb — bie £^hrcn unb j^in^g^en bee Sl^^^eiltinnen *fo* feuffh, ald beii anbern Seuten.

iSveije^nteS Sapttcl.

S^cmofrit foil bic ribliei'itimicti bie ©pvodje ttr SJogel lebren. 5m 93or= bfigr^eii eine b^robe, vole fie Kjve Sot^jl^itv bilbften.

€in anb^^mal geffhah ^^, bap fich unf^^ iphtfofopi) an ^^nem fd)6nen driibia^f^^^benb mit ^^ner ®efeHfd^(^^t in einem »on ben Sufigart^en ^^f(^^b, womt bie Slbbi^i^iiten bie ®egenb um ib:^e ©tabt oerfchi^i^i^et ^^tten.

nun d^en nid^t: benn n^o^ef Ijfitten Me aibb^irtten neMnen fMleit, b«^ *bie* 9?(^tur ft^oneic i(^ al^ bie ^unft, unb ba^ j^tttifben funfieln unb »etfd^^t^«^irn ^^n Unt^e«^)^^icb ift? — ®ocb baoon foK nun ble iRebe ni^d^t fepn.

®ie @efellfc^(^^t lafi auf toe^dben mit JBlumen ^^^renten SR^fen, unter ^^ner bol^en Xflube, im Stcife ^^rum. 3« ben Zwei^gen eined ^^t^<^^l^fliften SBaumd fang eine 9?a(ibt^g<^^. ei^n^e junge ^^^^eitin »on oierj^ebn ^abt^en fd^^en babei ju ^^^ff'in^^n, wooon bie Abri^gen ni^cbtd ^^p^anben. Memofrit be^^^iftd ed. ®ad SRabtben bntte *eine* fanfte ®end^t:d:: bilbung unb @eele in ben ^^gcn. iScbabe fur bidb, bab bu eine ^^t^^erilin b«rf)t' er. 2Bad foUte ^^r in ^bbei;a eine ^^pfinbfame ©e^^e? @ie n^iurbe bi(b nur unglu^li^^ matben. *3)iOdb* ed bnt feine ©^^^bir! SBad bie erjeellung betner SRutter unb ©robm^tter an ^^r nnperboreen gelaffen b<n, werben bie ©dencbcn unfrer 9lr^ceontcn uitb 5Rated^^^^^liet, unb wad biefe »erf^(^t^«^n, wir^b bad ^^^fpiel be^n^^ Jic^un^ei^n^^cn sn ©rnnec ri^cbten. 3n ^eniger ald »ier ^nbren wirft bu eine S^^t^^eri^^n fepn wie bie an^^e^it; unb wenn bu erf: ecfa^^i^, bab eine jrofebsu^ge auf bem J5^^rglnebecn nitbtd ju beeuten bJt —

SSad beaten ©ie, f^dne Mannion? fagte ©e^n^t^^iit ju bem iOtabe^^n.

„2^(e bab idb m^<h M^rt unter bie SBaume feben mbe^t^^ um ^^ef^^ 9?ad^t^gaU redpt ung^^^^t jubi^r^en jn fdnnei^."-

S^ai alberne ®ing! faftte bie SKutter besS 5D<ib^ctt^. bu no(b feine 9?ad^iti^an 9tt^^^l^(t?

„9fannion bat Sledjt," fagte bie fdbone a^f^rp«nii5; i(b felbft bore fur m^^n geben geirn ben 9?a(bti0allen jU. Siic fingen mit ^^nem folcbcn J^euee:, unb *ei* i(l ^^wa0 fo Si^gene^ in ibr^en gBi^^^^ii^ltiiM^i^n, bag -itb ftbon ^^t ge^nnfdjt babe„ iu nerfteben *mi* (te fagen rooKeei. *3tb* man roflr^be bie f^f^nften ^i^nge ton bet: 0^t^et boif^^- ^bet: @ie, ^^^t^Errlt, bett aHei w^^ig, foDten @ie nicbt aucb bie beic 9^fld;t^^9alleu »clc^ebl^t^'^" •

a5«tum ni^it? gntwort^ete betr ipbil^ofopb mit feinem ge; roobnl^cben qjp^li^gm^: unb bie ^i»r(cbe aller «bri^gcu SSigd b^^u!

„3m ernfle?"

€)ie »i(feu ja, bag icb immer im Smf^e rebe.

„O b«i ift a^^^i:i^^^l ©fc^n^it^i^ubcrfeheu S)ie uni wtti aui beic ^)cr(cne bee; 9lae^)^iigjB^^! 2Bie ^^ep wai biefe bort fang, ali ^lannion fo baoon g^e^iibrt wurbe?"

®ai lagt (icb nicbt fo leicbt ini ©teecb^febe Ubereeneu ali gie eeniue a;n;^Oflt^^<^• Si gibt feine ^d^^nt^i^tcten in unfret .g^^>l^^cbe, bie b^^n jdrlti^^ unb f^utig genug wdren.

„9lb^^ wie fiuucn Siie be^n bie ^ir^^be beit SSii^c^l oer^: ^ebi^n, w^^n giie ni^cbt auf ©rt(^(ni^f(n wieb^^ fagen finnet, wai Site gee^i^tt ba^en?"

©ie SSij^ef e^nneu aucb fein ©rl^ecbied>, unb »cr(l^encu ^^nanbet nccCn?

„9lb^^ Siie pnb fein g^i^^et, wiewobl Siie lofet S^ciuu gnb, bet: uni immer ium ^8c(leu

SJaf man in atbbeifa botb fo ficrn atrge^ oon fetnem 3^t^beffen ootbient 3bre Stnttoo,^^, ba^ *iCb* mi^fh nab^^ etftare. 2)i^e SSoaet oetf^eben ^^nanb^^ but^cb ^^ne ge^ wiife @om^(^^^^e, welcbe orb^^^li^cbet 25etfe nur unt^^ gletdj' arl^i^gen ©ef^oj^fen ^t^att ^^t. 3^fber S^on ^^n^^ fingenben 9?a(bti^gan ill beit lebenbc Qi^^bru^ ein^^ €^mpftnbung, ttnb etregt in ber jttborenben unmtttelbar ben Unisono btefer emppnbung. ^^e rerfl^ebt alfo, oe;mittdf: ibre^ etgnen innern ©e^i^f^liJ, wa^ ibr jene fagen reoUte; unb geirabe auf ^^e#rtam<be SBeife oerfteb' i<b fie «U(b.

„9tber »i^e ma^en ©ie benn — firagten etliche Sl^^^ritinnen.

Si^^^ra^e roar, na^be^ 5^^^^^0^riit ficb ^^reiit^ fo beut^^ li^eb riEl^^t ju 9t^^^r^tif^, al^ bag er fie ihnen fo ungenoffen ^"*tte (lingehen* ^rff■en fomtei. €r ^efann (ich einen ^fugei^^li^.

3^cb oerfliebe ihn, — fagte bie tieine ^^nnion leife.

„®u oe1c(trb(l ihn, bu naferoeife^ S^n^g? — frJn(^rrt•e ihr^e SRntter ba^ arme gji^d^bcben an: — nun, laff' bOren, (Juppe, n^a^ oer^ebfl bu ernn baoi^i^?"

3^(b fc^nn nicht su ^orfe b:ingrt; rbr: ich empfinb' ea■ucie^ mi^, ^^roi^eeertr (Jannion.

„^te i^, wie ©ie *i^^ren,* nach ^^n ^inb, fagte bie 9Kut-- t«; roieroohl fie fo fr^neB auf^gefcbof^en ift, bag oiete 2rutr (ie fur meine jungere ©c^toef^er angeerbrn habe^. S[eri halten wtr un^ nicht mit bem ©eptapper eine^ lrpp^ifceen 5D^aecern^ au^, ba^ noch ni^t weig wad ed fagt!"

(Mannion ^at ©^fU^l, fagte S^emofiiit; (je einert ben

bei; in ihi^cm unb vielleic^t peir^eht (ie mehr banon —

„O m^^n ijo^i;, i(h ^^tte ©ie, mfl«ben ©ie mir bie fleine ^(iri^^n nicht no<h enb^lbifd^f^ir! fie ift ohnebiep nnfeme^^ tmb fd^tiippifch genug —"

S^i^<^vo, budhte ©nm^f^iit;.,nur fo fortg^^f^l^ren! 9[uf^e= fem 2Bege mochte noth ^x^ffffnng ftir ben ^opf unb bn^ Jperj belt {leinen Siann^on fepn.

„5)leiben ^^r be^ bei: ©«che! (fuhr bie 9[b^^ei(;in fort, ^^e, ohne jemalo *red)t* gen^npt su hoben mie unb ^t^rum, bie un^^tannte Shr^e hoffe 9?«nuiong SButter ju fe^i^.) ©ie wottten unO j« erftar^en rote eO juginge, b«p ©ie bie ©pr^ache be^ asogel oer^e^^n?"

2^^r finb ben Sibb^^rtinnen bie ©ere^t^^g^e^t fd^^^(bi9, nicht JU berge^, bnp fie uDe^, tong oon f^^ner ^ennh nip bejr SSi^i^^efpifrtthe gefagt fur blope ^rnl^l^ire^ hielten. ^beif biep hinberte ni^^, bnp bie Sortfegung biefe^ ©efprdthO nicht etroag feh^ Unterh«li^^^beg fur fie gehobt hotte: benn fie horten »on nithtg li^ebet rebett, nlg »on S)^^^g«t, bie fie nicht gigubten unb boch glgu^^en; nlg bn i^ »on ©p^inrei, manf^ee^t, ©ibpH^ti, ^obolb^tn, ipoi^t^t^i^^ti, ©ef^e^fft^en, unb nDem tong in biefe (^lubirU gef^^rt:; unb bie ©pr^ttche bei: asogel geh^i:te au<b b^i^iin, beicjten fie.

Sg ifl ein ©e^^et^^^fij, erw^eberte S^emoff^rt, bng ich oon bem fiberp^ii^et ju SRemphig lernte, bn ich mi^th in bie S!egp|)tif^ben S)^i^(ll^rien ^^nfuhren l^ep. Sr war ^^n tafger hrtg^rei: hotte einen feh^ langen nnb einen noch Wngeeren ^^ggirauen bee: ihm big nn ben ©Urtel rei(f)te. @ie wuirben ibn fur eincu 5R«nn au^ beic anbern 8eb<^lten fo feierlith «nb ge^i^ii^tiifji^oD fob et in feiner fpibtgen 9)fube unb in feinem fd^^eppenben SJfontei aud.

®ie SinfmeicEramfeit beir 5lbb^i^iten nnbm merfticb ju. bie (idb ein wenig weit^^ J^^flfic^J^fEelbt b«<tte, loufcbte mit bem linl^en bei; Di«d^(:i9«D ent9e^|^^lj abeir »on ^eiit ju 3«it fd^t^fj fie einen banE»o^en ©eitenblitct auf ben <bi= lofopb^U/ weldhen fo oft bie ^Kfuteic ouf ibtfn ^i^fen fub obeir ib1^fn i>unb Eugte, mit aufmunl^el:r^^fm 2(i^d^(?fn

®ad ganje @f^^fi^l^^ig, fugt et fo^^, befEiebt b^i^^n: man fd^neiibet unter ein^^ ge^ilfen <on^tef^«t^;on fieben »erE(biebenfn SSogi^lin (beten tinmen idh nidht entbed'en bie ^dlEe ab, (flgt ihr 93lut in eine Eleine ©rube, bie ju bem Snbe in bie e^itbe gemadjt ^^i^,b, iufammenpi^egen, bebertt bie ©rube mit So:^^l;^wfigf^, unb — gebt felned SSsf^eei. 9i«tb iSerpug »on einun^^wanjig S:^gen tommt man wieber, bectt bie ©r^be auf, unb finbet einen Eleinen Stodhen »on ff^tfamfr ©efEi^^t, ber oud ber J^duinig bed permiftbien Saluted entflonben ift. —

„f^u^fn S>t(^<hfl!" — ri^e|^fn bie Oi^^eertinnen ^^t allen 9R^^Emal^en bed Srp^aunend.

©i^^en SJo^ihen, wiewogl nidht piel groger aid eine ge- wShnlie<he 5lebelcm^^d. SJ^^Rn 2)nehfn neb^^le^^^'3if, fe^nfi^bfn ihn in E(einf ©tudfe, unb effen ihn mit ^^wad ©(fig, Oel unb ipfefer, obne bod minbefte baaon Ubri^g ju EafTen; gel^en b^rauf JU iBe^tte, berten fich wohl ju, unb fd^l^afen ^^nun^^wa^^i^g

©t^ut^ben in einem ©tucfe fort. ®arfluf erront^en @te mieliec, fleil)en (iet an, ge^en in 3()i^en ©arisen Oter in ^^n 2Balltt^en, ant orftaunen nic^t int^^in giie jid) augenbi^^iii^ auf aDen ©eiten oon SSof^^ln umgeben unb ^^i^t^iSpt bei^en ©practe unt ©efang ©ie fo gut n^^fie^^n, aid ob ©ie alle 3:^ge 3bi^ed £ebend nid^tei aldSl(lern, ®dnd()?en unb S:i^uh geroefen m^iren.

^em^^nit erjabite ten af^^nriti^^^^en aHed tief mit ^^ner fo gelaffe^cn ern||^b«fii0ti^if/ i'«{' fie *M* um fo weniga; ent^: bre(ben tonnten ibm ©iauben ^^ijiumeffen, ta OT (ibret 9Web nung na(b) ti^e ©acbe unmoglub mit fo viiien Um(ba■t^ibin batte arjdblen wenn jie nicbt wabr gemefen m^iie. m^t^ten fie ie^t tocb ^^i^^te nut fo ti^et taoon aid notbig war, um teflo an^^i)t^^bi^g^^ ju werten abed iu roi(fen —

„2tb^ir, fragten (ie, wad fir ascgel finb ed tenn, ti^e man taju ^^auc^t? Sft *ter* ©^^iriing, ter ginfe, ti^e 9?^^^^gaB, ti^e dllter, ti^e fEdad^t-et, ter ^ate, ter ^ibib, ti^e 9^acbteule u. f.f. aucb tarunter? 2die fiebt ter^ra^e aud? iiat er gl^gel? adie »iele b>t if teren? ^|1 tr ge^b, o>« grun, ^^er blau, ^^OI tof^nfatb«l? ©pdt a; geueir? ad^tjit o>^r (li^cbt a; nicbt, wenn man ibn anrUbren wiB? ^(1 er ^^t ju effen? 9die fc^tnetft *et:?* 9die n^^baut *et* (icb? Sdad trinft man taju?" — aiUe tiefe gragnt, wo^it ter gute 9^atur|^or:aber »on alien ©eiten beillUrlftt wn^^e, marten ibm fo warm, bai *tie* (icb a^t^licb am tutJ^^|^en aud tem ^t^t^bel ju ji^^bm glaubte, wenn *et* ibnen ^eila"l^ibe, ar b«be tie g^nje J^^(lorie nur ium ©cjeirs atfot^t^ie^.

„O, bieg foOen un^ ntc^t rocig ni«d^(^n! — ri^e|^en bie ai^^erii^^nncn: Site woBen nur nicht bag wir hintcr 3h«^e ©eh^imniflie fommen. 9[be^ wir werben 3^hnen feine iRuhe l^ifet^^ rerlaffen Sie fich b^itfluf! S^^r wotten ben ©i^c^chen feh^Jt, ^^itied^^Jt, fofi^^, unb mit ^c^ut unb Sno-- djen aufefen, obe); — @ie foDen nn^ ffl^^n, warum ni^^!"

^)t!p|)oIrated tn

(Slnf 9ll>f(l)«^ttfiiiig **ut'cr ^ii S()«raftcr unb bie ^biOfopMe bed** S^i^ni»« **ftitiiS, voeidjc tvir N't! fiefer nidjt jii** iil>frfft)(<^£^eu **fittcn.**

2^iir wilTen ni^d^t, r^iie ed anflefangen, ut^t bie neug^^^i^en »om ju fd^fl^^n. und btefe S^f^ifpiielc bej^i^i^^fli^tb ntat^^tt, Abie ^^n bloflci: jul^aDv ge^ e^nfaH ©elegettb^it l)«be geben to^^en, ben unftbulbigen 9^flt«rforf^er in ben 9iuf su bringen, «ld ob ec Sfbb^^i^t genug gemefen fep, utte bie gjfabi^cbcn, bie er feinen albernen Sanbe^^ leuten aufbeftete, felbflt ju glauben. bie ibm biefl jum USi^riiJi^icf nacb^^fagt bab^n, betrufen ficb auf feine ©d^iciib ten. Stbei; fcbin lange ben f^ei^^en bed S^i^itru^^ud unb ^^iiniud wurben eine UDenge undcbtec Siicbiein mit oielbe: be^tenben S^Citeln unt^^ feinem ?Ramen beirumg^^rag^^i. 5)tan weifl, wie gerobbni^cb biefe 9i:t »in ®^^tug ben mUfligen Gr-ae-culis beir fpotern 3<iten roa^. 2iU U^ctmen J^eirmed, •^iffl^^, 3lrl»|le^i, Orpbfub/ S^emitritud, waren

ebitwiitb^g um bie armfeli^gen ©cbi^irten ^^opfe »ecfd«f^(^i^ ju mad^f^n; ^nfonberbeit ngcbbem bie ailefaubtini^--f(be ^piloCopbenfdbttle bie 9)?agie in eine 9ift non aBgemeiiner Qcbtiu^iJ, nnb bie ©eieb^ten in ben ©efd^tnndf gebiraebt ^^^tte, (icb beii ben Ung^ldb^ten ba^ Qnfebcn jn geben al^ ob fie ^^n^^ltige 2Bunb^^niflnner rodr^^, bie ben ©d^nffel jut ©eu (lettoelt geifunben bditten, nnb fut bie nun in be^ ganjen Sfrttut nicbtg ©ebeimed fep. ®ie ai^^^i^^ten batten ben 2)e: in ben (Rnf beir gaubet^^ gel^itaejt, roeiil fie ni^cbt be--^^eifen f^^^^iten, wie man obne ein i>e)te^i^^i^ec ju fepn fo »iel roiffen t^^ne, ald fie — nicbt wu^iten; unb fpatete SJe-ttug^^ fabtieit^en gaubetbudjec in feinem 9^amen, um »on ienem (Ruf beii ben 2)umm^6pfin ibtet a^i^^tbeile ju jieben.

Uebeitbaupt waten bie ©te^eben ^rofe Siebbabec baoon, mit ibt^en ipbi^ofopben ben ju t^eiben. ®ie a[fbenit laebten beitjl^eb, ald ibueu belt wib^ge (po((■^i^^teiibe1r att^^^pbanid wei6 maebte, ©^^^ated b«llte bie aBolfen fut ©^ttinueu, meffe au^, wie piele Jlo>b^^^c boeb e^n^^^b fpt^u^geu laffe fi^, wenn et me^ititen w^^e, in ecnem ^otbe au(^ba"ngiu, bie anJ^ebenbi ^taft bet etbe feine ©ebanfeu niebt eiufauge u. f. w., unb ed baufte fie ubei:aud tutsweHiig, ben ^c^nn, *b^it* ibnen immet bie 2Babf^^iif unb alfo Mn<tti^^= nebme 2)i^u^ge wenigfiend auf bet a^i^^ne platte fpebanj tete^eu fagen ju b^ren. Unb wie mu^te (ieb' n^ebt S)^o^euid (bet untet ben 9J^^(babmeru bed ©oEtated noeb am mei(leu ^^e ^iene feined Oti^ginald batte) oon biefem iBolte, ^^d fo geirn la^te, mjBb«nbelu la^^n! ©ogc^it beit be(^^ii^elrte ipia^o

unb belt tie|if^n^ng^e bKieben nicht nc^n Stnfl^a^gen ftei, rooburch man fie }u bem gro^en ^^uf^en beir afit^a'gl^chcn SDi^nfcihen herflBi«R?en fucate. 2Bag 2Bunbcr alfo, baf bem SJfanne n^cht befTeic ging, beic fo oerniegen wair, mititen unter a^l^i^eeiten a^i^irflianb ju b«ben!

©e^c^fi^iit lachte juw^^l^^, wie mif atte, unb mirbe oieU leid^^, wenn er ju ^ocinth ober ©mpirna ober ©prafu^ obeir an iicgenb einem anbern Orte ber 3Bdt gelebt hnl^^e, nicht mehr geladjt hobi^n, al^ jeber anbre SBi(^l^erlm^^t^, ber fithz au5 ©rfinben obi^r »on lEemperament^ weg^n, aufgeleg^er fuhlt bie a^(,o^^hett^eu beir SOt^nfe^en ju belachen aB ju bei^ictnen. 9teer er lebte unter afbJ^er^i^ten. war einmal bie 9ct biefet guten 2e«te, immer etroa^ ju thun, w^^uber man eltroeeet lachen ob^r weinen ober nngeht^lten werben mufte: unb moft^iit la^^e, wo ein iphoc^on bie ©tirme gei^r^i^ji^llt, ein ^atio _ gei^oltc^rt, unb ein ©roift jugepeitfeht hatte. 93eii einem siem= l^ch taugru ^ufent^^^t in aiebefa fonnte ihm alfo bie SD^enc ber Sr^on^e wcljl eigrl^^h«mli^ch wer^^n: aber baf er im bu^^= fiablc^en aJerfla^be immer au^ poDem J>alfe gdacht habe, wie ihm ein S)khtec, ber bie ©achen gern U^^i^r^^eib^, uad^fa^^^ bief hatte roel^^gfieu^ nirmaub in ifrofa fagen fotiru.

®och biefe 5?adjrebe mb^te immer hinge^^n, jumal ba ein fo ge^^riefeuer iphil^ofoph wie ©eneca unfern ^'feunb mo^t^^t ubet biefen rec^tlft^e^^^gt, unb fogc^i; uad^(^^t^^nb: wfltbig ^nbets *„5^ir mfiffen unb bahln ^^ei^reb^J^^ fagt ©e; neca, baf unb bie ^horheiten unb ©rerrehrn beb grofen jj^<^ureub fammt unb fouberb nicht fonbern Ucherli^ch porf^^mm; unb wir werben ee^lfe^c tljun, wein wir unB hiectn ben S^emotirit J^en jperatUt sum nef)-men. ©iefet fo et unter bi^e 2eute flling, ju n^^: jenejr, ju *k»d)en;* btefer fob in nllem unferm S:b^n f^t^el 9ti^t:b unb €(enb; jener eitel S^anb unb ^i^nberf^^el. 9?un i(t e^ abeie freunblid^^it, b«^ menftblicbe 2eben flnj^ul«<ben al^ e^ anjugrtnfei; unb man fann T^i^t^n, (t(b berjent^ge um ba^ SWenfd^^ngefd^led^t o^^bienter mad^t, beif e^ ^^lad^t, al5 beif e<5 jc^i^ ®eun jener ldgt un^ todt nodt immer ein wenig jj^ofl^t^^ng fibrig; biefer tingegen weint alberner SBeife Uber 2>ii^:^e, bie e: beefeim iu fonnen oe^jjweifdt. Siutb iei^gt ber=jeni^ge eine grb^ere Steele, ^^er, wenn er einen S^lidt ubet ba^ ®anje ^^rft, fidt nifbt beB 2adten^ — al^ jen^ir, belt (idt beir S^^t^d^nen nifbt enttalten fann; benn et gibt babur^dt ju erfem nen, ba^ aD^iJ, waB anbern grop unb widttig genug fd^f^int um fie in bie b?ft^gjitn 2etbenfd^aften ju fe^^e^/ in feinen 3^u--gen fo flein i(^, bap eB nur ben liifbtet^en unb talt^bl^fltg}bin unter allen Stff^ften in itm erifegen fann.^

3m asotbeigel^f^n, baud^t bie ^r^ttebeibung beB S^i^f^f^fben @inifa tflbe 2Ser((^«t^t^^ wiewotl er oiilleifbt be(fej: gettan td^tr, feine ©rfinbe weber fo weit t^rjut^^en, nodt in fo gr(un^elte 9t^^ittefm eini^^dbrauben. wie gefai^it, ber blope Umj^t^i^ib, bap Se^t^f^it unter Ql^t^eeiten ^e^^r/ unb uber Sfb^^i^iiten lad^^e, madtt ben ast^i^i^i^i^f, pon we^ftrm bie Oirer ijb (wi^r ueefrrr^ern er aurt fepn ma^^i, jum ert^i^i^jlli^.-feen unter allrm waB unferm SBeifen aufgee^trert worben. 2apt todt f?omer bie ®6frrr fe^b(e uber einen weit wrnigrt lflfterli^(ben ®rgenteane — uber ben tin^i^itben SSi^li^f^n, eer auB ber g^ltbefji^grn 9fbf^e^t, 51ir^er unter ben £>pmpirrn ju f^iften, ben S^unbfcbeifen macht — in ein unaueiUiChlvhe^ (Selnd^^eif au^bi^eChen! STbeir bag 93oir9el^<^n, bag 2^ee^oJri;t |tch felbft freiioinig bcg ©efich^g bei^^ubt ho^^z unb bie Urfathen, i^f^^um er bag gethan haben f^^, feht auf ©eiten bet: jenigen, be^ benen eg ein^gang finben to^t^lte^ ^^ne Steigung oo^i^i^^, bie r^^»ugfl:eng iht^em ^^opfe wenig Shre mad^^.

Unb mag fur eine 9feigung mag benn bag fepn? — 3^^ wiH eg euth fn^i^u, l^eben S^i^^unbe, unb gebe bet gunfti^ge ■hii^i^ii^l, bag eg nicht ganjltth in ben 2Binb gefagt fepn moge!

eg ifl bie armfeli^ge 9?eii^i^i^j}, jeben ®ummto^fz jeben hamiiCehen 9^uben fUr ^^nen geugen gelten su laff^^n, fobalb einem grogen 9J?anne ir^genb eine uberf^^gng: ti^ehe Un^^i^r^imt^^^t nad^ft^^lt, wel^che fog<^t bei: a^^aglii^il^e 3Kenf<h bei funf gefnnben ©innen {u be^ehen unfnhig ware.

3^<h mg^te ni^cht gei:n glauben, bag biefe 9lei^gung fo aUgeme^n fep alg bie iBerfleinerer ber menf^l^chen ^atur be: haup^en: abe^ bieg wenigfteng (eh^t bie er^f^ahrnng, bag bie tleinen Slnefbo^ien, bie man pon grogen 9)Jt5^n^^n auf Un: fo(ten ihrer iB^^nunft ^^r^^ilir^en jn laffen pfl^^g, fehr leicht be^ ben meiften S^i^n^gang gnben. ©och oiegei^t ifl biefer .hang im ©runbe n^cht fi^dfi^^er alg bag fBergnU^^n, w^^iit b^e©(tei^l^(^eher ^^^^en in bei; ©onne entberft haben? asiette^cht ift eg blog bag Un^^wartet^e unb Unbe^i^^i^li^^, wag bie Sn:: betfung folcher ^^^c^en fo angenehm mach^? ^ugerbem finbet fich auch nici^t /ett^^, bag bie armen ge^n^^, inbem fie einen grogen 3)?anH« 2Bibe:finn^gteii^en anbi^^t^i^, ihm fn^ch ihrer ®tt jn bei^fe^) noch biel ehre ju erweifen glauben; unb bieg mag wo^i, wag bie freiwillie S^linbheit unferg ^hilof^ophen

bet beii rnebie flld Si^r^em Stbbi^ritiifcben ©ebtrne gejwefen fepn.

„®emO^rtt ^enraubte jtfb ©e^'ftte, fagt man, b^miit befio tiefer be^fen tonnte. ifl ^^orin fo Ung^aub:

oon abnlitb^^ — Ori^gen^^ —"

unb Ori^gene^ warfen ^^nen it^b^^t ihrer felbfi oon fi(h, unb ^^nen It^bei, ben wobt bie meiffen (im ^aK bei; ^loitb) mit aDen ihren ifiugi^n, unb wenn fie beiten fo o^et aliiS^rgu^ biltt'en, erfauf^en wnrben. 3ltD^^n fte hatten auch ^^nen grogen iBeweggrunb ba}^. if3<^^ gibt bei; SJienfth n^iht um f^^n Sc^^n! Unb wa^ tt,ut obei; teibet man ni^ii, um beir ©unf^ling ^^ne^ dit^ft^en ju ^^<^ib^n, obei; g^if ^^ne ifagobe JU werbenl — hingegen fonnte teU nen tBewegi^irunb oon btef^^ ^t^ar^t^e hatbit* mSchte noch hingeht^n, wenn e; ^^n iWetnphbfffeit ob^i; ^^n ifoet gewefen ware. 2:>iff finb bie ju ihi^em ©ef^erfte ^^tbehiren t^^n^^. Siie arbeiten am meiften mit beir 6i^nbi(: ^^i^j^gi^ra^t, unb biefe g^e^^innt burch bie S^liinbt^iif. ^b^ir wann hat ntan jemt^tti gel^(^rt^^ b^ff ^in ^Beobaf^t-eir ber ^^n 5e1^|^liieb^^;^^, ^^n St^^i^^i^ehef, ftch bie 2(ugen aui^: geftoften h^^te, um beflo beffer JU be(^l^(^(C>ttn^ JU ^^rglie^betn unb nach ben ^^^i^^en jn fehen?

S^ie Ung^^l^^mltt^^t iff fo h«n^^reilti^^, bag S^ertuDian bie angebliCche ^hat unlerfi i^hiitolop^en au^ ^^ner >anbarn Urfache a^^ii^^t', bie ihm nber jnm wenigtlen ebe^ fo unger^^mt ha'tte oortommen muffen, w^^n er nicht ge1;abe oonn$rhtn gehtab^ bie ^phiil^^^^^|^t^, bie er SSoben legen woD^^, in

©trohmcinnet ju veri^anbi^ltt. „(gt beiraubte fi<b bei: aiugen, fagt a^ertufliaw, er 2Beib anfeti^n tonnte, ohne ihrer iu bej^^l^ret^." — Sin fein^^ ®runb fur einen ©ri^hiehen t^l^ilofophen «u^ bem ^^hr^^^^berte be^ i^i^icriflcd! belt fi«h geroip nicht ^^nfaDen lief fepn ju wollen at^ ©oion, S^naragofa^/ ©o^rate^, h«tte auch nonn^thitt iw einem fotchin Dittel feine ^nf^nd^lt ju nehmen l ®ahr if^'5: bii; O^th be^ li^t^:n (ber S^^mofr^^l^in getoif n^^tg Unbetannte^ w^r, w^^f et 2^(^ir(tanb genug ^^^te, fich ihn felbp: ju geb^n) oetfangt wenig gegen bie be^ 2iebe; unb ^^nem iPhio^: foplh^n, belt f^^n ganjeg Sehen bem ^lfO>^C<ren ber Stfi^lhrlh^it wibmen wMf^i, war aBetbingg fehr niel ^^ran gd^^^n, fich oot ^^ner fo tprannf^^in Seibenfd^aft ju hUten. HBe^n non biefet rwtri auch S^emoirilt, winig(ting in Hb^ern, n^chtg ju beforgen. Siie S[ee^i:^tinnrn waten jwar aer: e^r gUtige 9^ati^i: rwrte ihnen ^^e^i^^mh^^t jum ®e^^i^!^ifr ihrer f^tpei^^; l^^chin O^iJungrn gegr^^n. Sj^^^e Hl^e^erii^i^n war nur fd>en big fe — ben 9nunb aufthc^^, obrt ^^g man fe in ihrem (leibr fah- 2eieenf^(afren non ^^ei ^^gen waren big H(^i^l^(^rfe/ wag fe einem ehrlichen SManne, eer (ein Hb^er^r wait, fofen (^nn^e; unb rine Siree non brei S^^gen if einem *S)e*-mPltl^r am 'Ph'il^^^l^^ii^cn fo wenig hinrer^dhz hwf wir n^el--mehr afen 9JarurOl:C:hrln, gr;^^ir^^rrrn/ SDi^eef(^nfltrln unb ©rrrnfer^^n be^ilthig ral^ren wo^rrn/ fch biefeg SWii^^dg, atg eineg noctreffi^in W^^ei^^g gegen SK^(e^^Cchwerun^^i^^ 'oifteirg JU ^^i^irnrn, wenn nicht ju nrrmut^rrn wa'i^e, baf elrfr ^m^en JU weife fnb ^^neg ^atheg nonnrrren ju habe^. £>b S^emdrit lrlef bie ^raft birfeg SB^l^l^erg juf^a^i^grr HJe^fe be^ einer oer^t beic aubern »oit ben fflCbbeirilitfc^en ©d^t^tun, bie t^iir fennen gel^i^^t, »erfu(^it ljaben m6f^(te<, fonnen mit «u^ ^Jiangel aul^^entin^ef 9Jfl(^rifbten n^^e^^ic ^^iohen nofj vorneinen. aibet ba^ *ex,* um g»t nii^t obn; nicbt ju flarf von fo unfbabUfben ©effbopfen eingenommen ju ronr^^1t, unb weit « ouf oDen 5«B ftf^^r war ba^ fie ibm bie Singen nicht flu^f;:<^hit wfiic--ben, — ffbwach genug gewefen fep, fich folche felbfl au^^u: (ra^^^; bie^ mag StertuDiau glauben fo lang *e^* ihm ^^(lie^^; wit ^»e^|ieln fe^^, ba^ eO jemanb mitglauben wirb.

^boc aUe biefe Un^^ne^mtheiten werben unerhebl^ch, wenn wir fie mft bemjenigen oergleif^^n, wa^ ^^n fonft in f^^ner fehif orn^^ent^^ ^c^mmler »on 5)^(^^^|^^iialien jur ©efchichte bet menffhlifhen SSerf^anbe^ bie 'Phitofophie 2^em^^ril^|^li wurbe ff^me^ f^^n, »on ^^nem ^aufen ^^nJelner ^rutt^mer, ^tei^ne unb ^e;^^^lfofhn^^ ^au^en, bie man at^ PO;: ge6liehe Ueberbleibftl grogen ^em^^eli ju Dlpmpia aiuS un^1»hli^gt« D^l^tn iufan^n^^^gebracht hatte, mit ©^^iph^et }U fagm, bag *e^* wirfi^^ 2^;ci^^mtt S^em^^efS ftptn. Siber wSrbe man Pon einem g^ianne bet — wenn er biefe ^irumm^r, fo ^^t *e^* ihm in bee €i^e mogi^ch gewefen wa'i^^^ auf ^^nanb^^ ge^e^^, unb mit 2ehm unb ^it^h ju^ia^^meng^^i^t ^^tte — ^^n fo armfeli^^^ g^i^i^dwe^^, ohne ^l^t^n, ohne g^nb^m^1^t:, O^t^^©r6^e, ohne ^pm^trie unb ^(h^^h^^i^f fur ben S^^mpet ju Olpmpia aui^^^ben w^Kte?

Ueb^ic^c^upt i^ nicht wahrfch^^nli^chz bag ^^n S5pbtm gemffht h«be. @n g^c^t^nn, ber fein Sehen mit Wt^f^n, 5t^obafhtungtn unb gBerfuchen jub^^n^^, lebt feiten lange gei^^g, um' bie Wefi^iltate beffen ec gtfthtn unb erfabren in ein funfinttigigt^ gel^taebaube jutammcnjufiigen. Unb in bi^fer 9l«cf(tcbt fonnte wobl auch ®ei^c^frit, wiereobt et uber ein Sabrbunbeiii gelebl haben foil, noch immer ju fruh »om a;ob ube^rafcbt woiben fein. 9b^r, b^|f folcber 5^ait^n, mil bem burcibbliin9enbrn a^<^^:f:anbr unb ^^t bem brennenben ®«r|te nach *S*^c^l*brb^c^it,* ben ihm ba^ 2lt^tritf,nm r^nbrll^0 sufd^1^l^^l^t, fa'hig gewefen fep, b«nbi^l'e^f^iCchrn Unfinn }u bef^(^i^)^t(^n, ifb noch etwa^ wenige: olS unwi^hrfchnnl^ch. „3^e^t^offi^" (fagt man unS) „erflnrl^e baS Safepn bn; 2Belt Cebtgl^ch AiiS ben 9tom^n, bem lerren C^a^m, unb ber 91ol^l): roenb^gtr^t obei; bem ©d^irffal. Sr frogtr bu 9!l^tur ad^tijig S^ahr^e lang, unb pe fagte ihm fein UBoiit »on ibrem Urhebeii, »on fi^nrm <(tn, »on feinem Snb^roedf? *Sr* fd^1;irb ben Qtemm alten ^^nn;lri S^frt oon B^^n^egung ju, unb wurbe nicht ^^r^af)bz bap anS C^lt^mem^i^n, bie pch in para^elen &inien beroe^en, in C^t^^gfe^t feine ^otper rntgeben lonnem? C^ir lduenri■e, bap bie 5Brrbinbune ber S:tomrn nach bem ©e--fehe bn; a^rbn^d^f|^it eefcl^i^1bi; er n;flartr altrS in ber 2Bdt auS ^^ner unenbl^ch fd^nr1lrn aber blinben Stei^^^ut^g, unb br1^(ouptete glricl^»»ohl bap bie 2^nt ein ©anjeS fe)?" u. f. w. Si^^een unb anbnrn dbnlCchen Unpnn fejt man auf feine 8lecb--nung: ^^tir^et ben r^t^olbcii^ei, ©ertuS, Senfo^l^^^cS; unb be: fUmmert pct) roenig b^rum, ob eS unter bie m6eUchrn Sin^^e geb6re, bap ein ^ann »on SJ^rfranb (wofur man eleichwobl ben 3>rmo^f^^t HuSgi^bt) fo ger erbarmlich rdfonnirm fonnte. ^r^ltih finb gtope ©^^fter »on ber 5!B6|eei^d^bt^it pci) ju irr^en, obee; unricht^ge Foleerungrn ju sieben, eben fo ^nig frei olS fleine; wtewobl man grpebrn mup, bap pe unenblichrmal fdtner in biefe fal^i^n, al^ e^ bie Sitiputer gern ten: aber e^ gibt 9llbernOeiten bie nur ein S^i^mt^jfopf su benfen ober ju fagen fahig ifi, fo wie Unthaten gibt bie nur ein ©dhurfe begehen fann. ®ie beften SKenfa^ien ihre Snoi^(^Iien, nnb bie weifeften leihen juweiien einet^ur: ubergehenbe 9^erj^t^ti^'^^rung; aber bieh hinbeirt nid^lt, bag man nicht mit hinl«ugl^^clbelf S^dberhe^t »on einem verftanbigen 5^(^nne folite bebaupten fbnnen: hag er gewobniidh, unh beff^nbeird bei foldhen ©eiegenbi^ii^en, wo auch hie hflmmllen alien hen ihri^gen Jufammeniaffin, wie ein SS^^t^nn von ®ei^= (lanb »i^fahren werhe.

Shiefe S^arime tonnte un^, wenn fte gehorig angewenhet wurbe, im Xeben manched r^fthe U:tbiit, man^che »on widhtU gen f^olgen big(<^^teti ^ert^(^ii^(^l^lang hed ©d^i^^nd mit her 2B(»^^i:I^eit errvaren htlftn. 3iber hen Ql^t^t^^i-ten half fie nidhW. ^enn jum S^nwenhen einer S^c^ttime wirb gerahe had SJi^n^g erforhert — had fie nidht haften. 2iie guten Seute be; halfen fidh mit einer ganj anbirn Sogif aid oei-nUnftige *OTen^* unh in ihren ^opfen waren 9^(^i^ri(fi aff^cHrlt, hie, wenn ed feine 2^b^^(^i^i^tin ga'be, fonft in atter Swigfe^t nie ji^= fammenfommen wurben. S^emofrit unl^e^:f^^cbte b^i S^cttur her 2)inge, unh be^eufte Urfadhen gewiffer 9fatul^^^^gebcnbi^ten ein wenig fruher ald hie aibher^l^^n. alfo war er ein f3(^l^^irer. — <*t* badhte uber aHed anherd ald fie, lebte na^cb anbitn ©runhfa'^en, bracbfe feine *3eie* auf eine rbne,n unbegrei^(^uhe ^rt mit fte^ felbft iu, — alfo war *ed* nidht redht ri^cbf^g in fiinim ^opfe; her 9Rann hatte jtdb ubeicffiubirt, unh man be; forgte, hag ed einen unglf^crli^cbin Sludgang mit ihm nehmin werbe. — @ol<>e ©d^tuffe nirtdjen bte Stbbi^i^iiten Aller unb £)i^^e!

S^finotrit ivivb ciiicd fdjrnevcn 'Bftbrfd^ciiS mib »oii einem feiner 'Bnvnnbten bamit entfdinlbii^t, bnO et felneS ®erfi«nbe6 nid)t veiOt mndnig fei). 5Cie er bod UngnWi^ter, lueIcOeS iftm bev ^^viefiet ©^vo(ii,Iud suO^creltcn ivoll^e, nod) in rediter Seit nMeltet.

2B«^ man »on ©^^i^firiten? — fagten bie Slb^^i^iiten Wit-er ^^nanbof. — „S)(bon fetbl ^^^jer SBofben win ni^emanb ui(bt^ »on i^)m gefebicn bfben. — SKan tann f^^n^^ nie ljabO^ft wetben; obei; wenn man ibn enbUeb trifft, fo fibt in ti^efen ©ebianfen unb ibr bfbt eine balbe ©tunbe vo: ibm ge^anben, habt mit ibm gefprod^i^tn, unb fepb wiebeit wegg^j^ijni^^tt, obne bag er e^ worben ijt. 95alb wublt *eir* in ben Cintge: weiben von ^unben unb ^^aiben balb todj): ec .^raut^^, obi^ir (lebt mit ^^nem grogen S^tafebalg in be^ Jjanb vor ^^nem 3anberof^^^ unb madbt ©ob, obeir nocb wa^ Slcrger'^. i£g^e tlettoct e; wie eine @emfe bie ft^^lfl^en ^lip^pen be^ .^^at^u^ bitt«M/ Mn — ^rauter ju fud^e^, aid ob beicen nidbt genug in beir 9{a'be gabe' unb bei Siad^^, wo f^gc^r bie unvernunfitigen ©efebopfe eelc Stube Pfleg^n, witf^lt er ficb in einen ©fpt^ifcbwt i^elj, unb ^urft, beim ^aftoc! bureb ^^n ®laferoec nab* ben S^ter^nen."

y?a,. ba! 9Kan tonnte ftcb'^ nicbt nat;ii^ee^ traumen tafen! jja, b*/ — tacbte beic fur^e biete

(Sa tjt bet al^em bem ©dbabe rnn ben 5J^<^nn, fagte ber 9^t^cbon non ^t^bera; man mnf gleitfjr^iobt ge^eben ba^ er »iel roetg.

Sfbbic j»ag b«tt bie Of^t^iu^^^f bawon? — rerfebte ein 9?atbsb^i^>f, beif jicb mit f^roircltr^, sBetbr(^^^lungg»or^celdgrn unb S^t^i^b^i^tiionen neralteter ^nfprt^tbe eine bubfate tur^be ©umme »on bet uerbient batte, unb in 5raft helfen immer au^ noBen S^t^tfen »on f^^nen a^^i^^ienften um baa 3^eb^ir^t^f<er Sffiefen prahlte, mietvoel baa ^eerril:^^ee S^efen ftcb bui^cb aHe feine iproircte, ®eeuctionen unb ajet^beiferungm nitht um bunbert 2)r^(emen er^^i: befanb.

(Sa ift wahr (fpt^f^tb ein anblteic), mit feiner 2Biflfenfd^<tft lauft ea auf lauter ©pielloert binaiia; nideta ©rur^^^^cbra! In miuimis maximus!

Unb bann fein nneri^^tJglie^er ©tolli! feine 2S^bel:hlre<eunga: fud^^! fein entigea ^rrnun|^i^eln unb aabeln unb ©pptteln!

Unb fein fd^bi^immer ©efdjmadf!

a>on belt gDt^fif wenififtena uerftebt er ni^tbt ben ^ucfudf, fa^tc beir 9(omop^|^l(a:r.

®om ^e^e^^tdl notb weni^i^ic, rief ^^pper^bolua.

Unb »on belt bol^^n £^be g^r ni^^^, fagte ipbv^^t^t^^bu^-

@t ift ein g^^o^rlatan, ein U^ii^l^^^^^^trl —

Unb ein gl^r^grifl ob^t^i^i^(^in, fd^itie ber i^riefler ©t^i^i^: bpl^a; ein aue^grmadeter gr^eigeift, ein Shiefl^ftb ber nidbta glaubt', bem nit^ta beilig if^! 9)tan tann ihm ben^^ifl^n, bag er einer Spenge g^i^ifftbe bie 3unge bei lebrnb^grm ?eibe aua-geriffen b<^r-.

9Ran ftart er beren etddje fo}«r leb^i^l^i.0 ^^ifglteb^irt ^«be, fagte jemanb.

3(^'^ m^^(iid»? *rief* @tr:obi(u^ mit alien 5D;e:{ma^en be^ au^erften S^nl^i^e^ei^^; fcKte bte^ bemiefen werben tonnen? ©erecbte Sat^^al ^i^ju btefe oerfluubte tp^^^lofop^te ^^nen 9i)?enfc^en nt^t brtngen tannl 91^^^, f^^t' eO wirtl^^ be^ wtefen werben fonnen?

5<h fleb' e^ wte t(f> e^ empff^ngen hab^, erwi^ebette jen^^.

es mug unter;f^«ht w^^beii, Wrte ©tr^obHu^, hcchpreu^: lt^eir J^i^irr 2[r^i^n! SBob^wetfe fj^erren! — tch forbre ©te ^^erm^t tm 9Jamen bur 2atona auf! SJte @a(he mug unter: fucht w^^bm!

2Bcfu eine Unterfu^i^i^ig^l fagte S:^^i^(«ft^DuP, e^net »on ben .pa'uptten be: lRe^i^l^lit, ^^n naher a^noerwanbrer unb oermutbUlch^^ Cirbe bes tpitlofophen. SJie ©atbe hat tire {Rtd^^^gtet. aibe^ fte ^^i^i^ibt w^^ter niptb, alb wab tch, ietber! fClon feit g^traumer ^e^t an meinlm armen Sst^et'e: wabrgc: nommen ba^^, — bag eb mit fetnem S^^i'ftanbe ntcht fo ^^t (teht alb fu wunebln ware. S^em^^irit t(t fetn fd^ftmmer ; er t^ tetn OSerad^ter be: : abe^ hut ©tuu: ben ba er ntcht be^ ftch felbe^ t(t. 2Benn er einen ftooeh ^er^gUebert htt, fo roottt' tch fur thn fd^^»a,:en bag e: ben froofch fur eine ^ape anfal).

S^ego fd^limm^)r! fagte ©tr^obptub.

3n ber ^hot^z belVo fd^li^mm^^ — fUr ffinen ^op^ unb fur fein tii^ubwef^^! — fuhr S^fj^^^^Bub fort. S^er arme9^ann tft tn e^nfm Sufianbc, wobe^ wir ntcht lange: gletd^^^l^ltig blfibfn t^^nfn. Sbie S^^mtli^e wtrb fich gfnat■biget febfn bte

Oi^e^uf^Hif um J»ulfe ar^ijurufen. Sr ift in feiner S^etnt^tnng ffl{)ifl fein S^i^irmogen felbft ju »ern^(^^(ten. et w^irb benoj^ltet njet^ben muifen.

®^enn ^ief i(l — fagte bei Oli^cbon ^^t ^iner beben= l^eben D^iene — «nb hi^^t inne.

2^<b werbe bie *Sfjre* h^tbfiz J^^icrli^tb^eit naher non beif S^(»^e iu unter^^chten, neffe^te beit {Rath^l^c^ftt S^ih^cff^HuiJ.

SBie? ©em^ff^iit foBte nicht hei 95eit(t«nbe fenn? rief ^^ner non ben Blnn^i^ff^e^l^^n. 9^<^ine i^i^iren »on BThl^^ia, be= benfen ®ie wohl wa^ ®ie thu^! €iie jtnb in ©er'f^l^t, bem ganjen ©i^f^chenianb ein grofe^ 2fldhen iuj^ubereiten. 3^<b will meine Ohren oerloren h«b^tt, wenn ^ie einen oel(tdnbf9efn g^^nn biefeiit^ unb ienfeit^ be9 Jpebtu^ f^n^b^^, «{9 biefen ndmiichen ®em^ffi^! 9?ehmen ^ie fich in Sidf^lt, meine Herren! bie Seethe ift tihldher al^ ^^e nieBeicht benfen.

Unfre 2efec erfiaunen — flbei wir woBcn ihnen fogleich aud bem SBunber ha^f^^. S>^^ienige, bei ^^^f fa^^e, war fein Sl^^^ti^. @d war ein St^embei aud ^prafud, unb fwad bie »on Slbbeia in {Refpect erh^elt) ein naher fSerwanbtel bed aitein 2^il^t^l^ftl^l$z bei {tch nor fur^em jum gui^H^en biefer Oi^i^i^i^llf aufaeworfen hott^e.

^ie fonnen Berfid^^^tt fepn, antwol^tte bei Slc^chon bem ^plafufee, b^<f wir nicht w^^ter in bei S^c^ihe gehen werben ald wir ®runb finben.

3(h nehme ju ofel Slntheit an bei ghlti/ welche bei er= lauchtt ^p^taf^uftl meinem i8elt^^ burch feine gute SReinung ^^weeidt, fagte ithoipDud, atd ich nicht wiinehen foUte, fie ^^eldli^gtn ju f^^nen. Sd ifl wahi^z ®em(^Frit hat feine beD^n ; unb in einem foicben witb ibn beir ipi^iinj gefprodjen hnbeti. 9lbei; ed finb nur 9iuflenbli(fe —

@o mUffen bie Siugenbli^dfe in Sibbeira febic lang fep^^ fiet belt ©ptflfnf^^ ^^n.

i>0{b= unb woblweife j^^t^t^en, fagte ber i^^ieftet ©tr^io: bie Umfi^nnbe mogen befdbafiFen fepn r^^e jie be= benfen n^ite ba^ bie (Rebe p'on einem iebenbtg jet^gli^eberten Jirodbe i(^! Siie S^ahe ift wid^^tg, unb idh ^^inge auf *Un*= terfucbung. S^enn baui^it fep 2atona unb Sipol^o, ba^ iO ffiittbten foCit■e —

^ei^ibii^en ^ie fid^, ^berprieftet, fiei ibm ^etrfflii^cbon ind SBott — ber (unter und fetbf^ ^^n wenig im 9^^^= badjte ^anb, pon ben Ji^iifbeit l^er Satona nicbt fo gefunb ju wie man in Sibbera bauon beaten muBte. — bie erfle 3^nreg»^^g, welcbe uen S^ei^l^en belt ajorffebe^ bed geb^^= l^gfon Seedbed be^m S^enat gemad^^ werben Wrb, feBen bie Sl^i)dbo alle ge^iibronbe SO^^^gi^buung »b(^l^^n!

2er S^pt^ai^ufer bet^^d^r^d^tlgto S^^mefri^l^en unuerjugticb uen a^^^z wad in biofot ®efd^fd^(^^f gofproibon werben war.

2aB be^ foftoften jungen ipfau im Oubnefbofe wfl^gen, unb an ben 9^ratfpieB Bretfe^n, fagte SJem^^rit ju f^inet ,S?aud: b^ll^|^oin, unb ^et^ad^ridjfige mi^cb wenn er g^r ift.

: ^ed nam^^<ben ^beib^, ald ffcb Sftn^l^plud ju Sl^ibe febte^ warb belt get^l^atno ipfau in ^^net (ilbernon S^(bHfl■eO, ald ^^n @ofi^^ni S^em^^rkd, aufg^^ragen. 3[ld man ibn dffnof^^ jiobo, ba war er mif bunbert gelbnen S^(^r^On ge^uD^. €d muB bodb nicbt fo ^^r nbel mit bem a?orftanbo bed SRanned jieben, bacbte Sfto(^^^plud.

®tti gjfittel wtrll^e un»erjUfili(i) *ei* wtt^Een fodte. S^er OberpriefEer lief fid, bcn ipfau ferrl[id) ftfmedfcn, trant ®ri^ecf^ft)en iBi^in fttt^ bie S^aitien in f^^--nen S^eutd, mtb ^^nfte ber 2«ton« fur bie ©et^^igt^l^uung, bie fie ibren ifnfdben oerft^^fft fat^t^e.

Si^iit f^ben aDe unfre gefler, fagte Sitn^^vlui beS fol--genben a^^gei in ^^ner grofen ©cf^ttfft^^ft. ift Jtvat ipifiilofo^^; aber id, finbe botC, b^ff ei fo ubel nidft m^^nt ali if^n feine geinbe ^^ff^i^ilbifien. S^ie ^ett ift f^^liim^, man fat r^i^nb^irli^e ®ii^^ge non if^m abe: icf benfe geem bai 95eii:e oon jebermann. 2^<b f^offe fein i(t befev ali f^^n ^op"! ©i foU nidft gar jn ri^ti^g in bem leftern f^^n, unb i^ glaub' ei felbf:. ^^nem 9Kenfcben in foldfen Umftanben muf man vi^el ju gut faH^en. Sdf ^^n g^imiif, b^ff be^ *feinfte* S^ann in g^^jj Slbbe):a roare, r^^nn if^m bie i^^iinfo^^id ben 2?^icftanb nieft oerborben fatte!

S)tn^^»plui fing ^^ntdi biefe fSebe jmei gl^^g^en mit ^^net ^l^^ppe. ©c ^^tlebigte fidi f^^ner «Bdt^^nb^i^t^^t gegen unfern ■bifo^^.pV^n/ ba er oon if^m ali oon ^^nem guten g^anne f^^adi, unb maCfte fidf ^^n S^^^ltb^dnft um ben Ol^t(iifdrtn a^ltrafp^ui, inbem *et ei* auf Unfoften f^^nei Ssefftanbei tfat. SBoraui d:fdffdn i^, b^ff be,: ipifieU^^ ©trobpl^^, bei aDer feindt ©i^fa^t obdl; S^^mmfeit (toenn man ei fo nen:^nen wtd) ^^n fdilaudr ®aft roa^.

fritted Slnpifcl.

Sine Kellie 9l6fd^n^i^i|iun3 in bie Di^c^li^ninijSseit ©ct)(id,=.!^(((,oni *be4* ®eifen. Sboriiftcr *bed* 9^«tljd^()eirrn ICiji^afoKiid.

filibt eine 9^itt »on SKenftben, bte man nieie l«ng tennen nnb beobad^iten tann, obne fid? felbft etnig jn , *n^cti^en,* ob man (le in bie beir ftbwatben obeif beir bbfen Sente feben (on. Sanm haben fie einen ©trrei^th gemadjt, beffen fein gjtenfib »on einiger Ueberlegnng fdhig jn feon fd^eii^^, fo uberr^adchen (le nn^ bnrth eine fo fooht an^gebathte ^ooheiit/ b^|f mit allem ^^iten SBiUen »on ietrem Jjerj^en bag SJefie jn nng in beer Unm^^l^d^^^iit bie ©d^^lb anf ihren Sopf JU legen. ©eft^^n nahmen wir eg fur anggemadjt an, bap S^?^'^'e £^uU^am fo fchwath »on ©^^fianb fep, bap eg @unbe wdre ihm feine Un^^lfei^mte^^tin ju a^i^erbrethen }u mabdt; *benfi!* U^^erfi^^irt nng bet ^ngenfd^^in, bap beer gWann jn ubelthdtig i(t nm ein blopeit 2>um^o)>f jn feti; wir fehen feinen Sfngtoeg^ ihn »on beir ©thntb eineg bofen 2Bi^tling fr^^ JU fprerf^e^l, ^^beir fanm haben wir hierUber unfre «)fl^if^ei fo fagt obeir thnt et et^i^ig, bag nng wieber in nnfre J^vpothefe Jn^u^wi^^f^, obii: n^^idigf^eng in eine bi^r nnangenehmlten ©eil;ell^g^n, in bie a^erl^^i^^i^le^ilt fe?t, nitht in r^^ffen wag wir »on bem gjianne obeir — wenn nnfet Unf^rn will bap ^^r mit ihm jn thnn huben mUffen — wab wir mit ihm anfangen foUen.

®ie gil^^^mi ©ifc^ithte won 9lgta fag^, bap beir bilrUemte ©de<«fe=33al^am f^ie einmatg ^^t iinim feiner OmrahO in biefcm gaHe be|f«nben b«be. ®er wurbe be(r<ult^iflit, Ung^t^^tt|^{^(^iten au^ge^bt

@o fODf gehangen wetb^n, fagte @(i^ad^:a^al)ant.

©ite, hi^^t tnan ihm entge^^t^^ beit arme ^urli ift ein fo fc^^acheit noch hie gr^ge ift, ob et ben Unt^^Wi^eb i»^f<hcn £Red^^ unb 2inf bentii^ch genug einjteh^, um ju roilfen ob er eine Unge^t^^tt!^l^(^tt bej^^ht obeet ni^^."

2Benn bief ift, fagte fo fd^id't ihn in^ 9tart^enhoi^iital.

^^©iei^c^^oth, ^^re, ba er a^i^irf^anb genug h«t einem aSagen mit j^eu au^iuwei^d^^n, unb beii einem i^fei^(^^t, an bem er fich ben S^opf serftheKen fonnte, »o^tb^ii^ugehet^, w^^t er wohl me^l^^, beir qf^^ier nicht beii ihm oorbei^gehen werbe

StierEt ba^? rief ber ©u^ta^; beiim ®arte be^ ipr^o^ fo fagt mir ni^^s wetter. SOi^itgen foK man fehen, ob Suft^j in ^gra ifl.

„2^t^l^eifen ^^bt *eJ* bie C^ure gjiajeftat oerftdbern w^^ben, b^f) ber Omrah — feine D^ummh^^t auSgenommen, bie ihn juweil^en bo^hc^ft ntacht — ber ehitti^chfte 95i»nn »on ber aBi^lt ift."

„Um aier^gebung! (frel ^^n anbrer pon ben anwefenben •K^f^ingen ^^n) getabe *baJ* ©e^^ntl^eii! ^urli hat atteS, was noch ^^it an ihm ift, fetn^^ ®ummheit i« b^^fen. C^ir wurbe jehnmat fchl^^meir fepn alS et ift, t^icnn et S^f^rftanb genug hitte ju wiffen wie et'S anfangen foitt^^"

^iiJt iht au^, m^^ne greunb^^ b^ff'in all^^, waS ihr mir ba fagt:, f^^n ®^onfth^^^:o(^e|^anb ift? oetfette ©chach^

. SSeirsle^d^t. eu(> erfc mit euci) wenn id? Mtten Suitlii,, fpr^(?t bieet, (ft din bofeir iO^itnn weil er bumm ijl. — 9^(^i^i, f))^c(d)t jenee, ec (ft bumm- weil «: bo^b<^^t (ft. — ©e'efiii:, fpriiibt ter b^^tte; er rofirbe ^^n fd^li^meirec 3)?(»nn f^^n, Wenn er, ni^dbt· fo bumm wore. — SBie W^^t i^c, b«^ unfer ^^^ner aufi biefem ®«lhnatb(«S Eiug ^^^ebe? en(^: (d^eibe mir. e^n^^ii jemon^-, nmMtb mit ibm anfangen foB! S^^nne'nl^^eber ift er ju bo^lmft f^^i^e^r^^nbfft^^tt^/ obeir ju bumm. ffir be^ ©algen. .

ift e^'ibene fagte bie ©ultanin S^a^i^ejan. Siirli ift ^Uebi^imm. Irih f^ejr, .ffi^'^J^t^'ft ,sn fe^i^;" unb'l^oib wurbe Surit no(b wen^gir «l^ er if^, w^^n* wenv ^^^r-.Vum'm ' ' . '

S^i^r genfer ^bO'e' ben^- ra■t^lffil^^^ft^en^<^i.t! rief @(bad)= S^ab(^tn. ^a f^ieJl'■|^i.r nnb ii.rbricben un'fi bie. riOp^e/ um au^ptibig in-mae^n ^^^^er ^^u '®fel ober dn ©di^irfe f^^^; unb am S^nbV w^^bet fbr. feben bab er bejibed ift. — Silled wobt Ub'irl^^t:, wibt tbr wad icb tbun wiD? — 3d) il)n taufen lalf^^.l ©eine 95l»^ll^^it unb feine S^immb^^t werben ^^nanber bie SSage b^l^iten. Sr wirb', infofern nur tdfn Omrab ift,, webeit bui^cb .biefi nccb jene groben ©(baben tbu.rt. 2>|^e ^e^t ift weeit; fab ibn lanfei, St^i^mabu!^^! 9lber oor-- bee: fdi e; (ommen unb firb *be^* ber ©uttanin ^lnr nodb »or br^^ W^iinuten w^^^t' *.ib* ibm feine ^^ige um feinen .ald ftegebin baben l ' '.

i^an b^t lange n^cbt audfin^^gmadbiil f^^^iit, warnm ®dba(b=S^al^(«m ben S^j^enamen bed 2B«fen in ben ©efcb^cbt.- .becbern oon .i^t^l^oftgn fU^^t. 3ler'.nacb bief^^ S^nfdbeibung fann feine Jrage me^jr. fei,n. 2llle. fieben SBeifen ©f^^^enlanb batten ben k^t^oten niCbt beffe^ aufl^ofen fonnen, ibn @<b(b--Slj«b«tn — j^er^b^eb.

(RatbOb^itt ^b^rr^ifOlu^ b«tte ba^ Un^^fldf, ^^n^^ »on biefen (jum ®lutf bej: ni^t fo^ia^t gewbbnli^cben SRen; f(ben.}u fent», in ^^tten ^o^if ««b ^erj^en 2)ummbe^t «nb ^o^^^it,. n«(b bem Siu^^^utf be^ ©ulta^^, ctnanbet bie aBflge b«lten. ©eine Qnft^tase «uf baO SSe^rm69in feinem a^i^ifwanbten m^^ten nitbt non ^^ilern bft^- ®t ^^tte-b^^^auf ^^^(ibit, bab ®^^i^ft^t n«(b fo langen Sib'r^e^fei^f^^it gir m;ebeirfommen wfirbe; unb' auf biefe' ajorau^jebung-batte bie 9Rn be gegeben pei^^en ^ian ju. mad^^n, ben ^^e QJie^er^t^n^t bet^felberi autline febt-*^iu«ri]Bgnceri«mdi9i^t nec^^telte. S^braff^pi^ie, beffen (^litybiilbung fd^i^t^.l^<^^an 9ii»6l^l1t wait, e^^>e^^egut S^e^ohitt^ef^r ^'nen itb^^l feinee eignen a^ee^mogene an^^«nebin,.l^onfftn f^^cb nun nicht fo.lei^t geroblb--nen anbere ju Gt ee^:radhtntn ihn alfo ate einen SRauee1C, be^ ihm bae ©^^ni^ge n^^nntet(tn. 8Rb^1fu^glnlf(icnfl^-weife ettfte biefer 5Rdueer — bie ©efebe auf ^i^net ©^^te.

♦ Set arme SCbtfllfbllwe eurcbfucetn cUe ilCinfil in feinem ^opfe, ^^nSRiffel gegen biefen urigun|fig«^Umfianb^^fin^en; unb fudhte lange oel:gee^i^^. ©nbli^ce glaubte et In beir 2nein(S: art feinee iOrnttere ^^ne^.^i^iiinb, auf ben bauen lonnte, 9efunenn ju baenn. ®ie 9^i^i^enC.fen waren fcbon o^^^^^^(^^fnt! baditi S^brafpKu^; benn ba^ 2^im^^l^iif ^^n ^cirr fep, war ju ^eeelra ^^ne ge^n^nn SSc^^e. Se fam alfo nur noch ah, bem ^^ofen SRath f^^(^l^if^^ e^^rjufbun, b^ff feine ^arre^^f von brnrien^gen ^^trt f^^,, wel^cbe. ben belh^ftnten unf^dhig fetn. eigner j« fepn. l^atlte nun einige ©^wleriflfelten. SRi^f f^^nem eignen iBerjl^gnbc njfl^irl^e ZOrn: fpOu^ fcbn^eelicb bur^^gefommen fep^. 'iHbec in folcben pO^en finben feine^glehben fflt ibt (Selb imm^r ^inen ©pi^buben, beif ^hnen feinen unb bann.ifie^ fo »iel al^ ob fie felbfl ^inen

n-*

jt^u^Tie, ofJj Oi^Ianof^ie, 3l«Otld^ten von ten aibti^i^ltird^iin ®v(opoani^e«. Sin Sragment «u^ let Sele, worin 3^(^i^«fpUuS um bte S^i^^i^i^tiung fetneS anfutp^c.

6« gab i^u. UCbbeti^ e^ne R^irt non »on bet Sun^.nabtten, fd^timme Udnb^l *fo* jui^efbtc fu ma^ (^^n, fie wie au^faben. -Sie ge^t^^uibten ^^ju nut iwei Uau^^funf^i^i^^fife; ^^twebei: (ie oeiffdl^idbten pactum, obet fie »etbtebten bad ©efe'b- biefe S^eb«^i^<^i;t febt ein; tti^gldb w^if, fo legte fifb naib unb nacb eine fo gtofe fWenge* »on mSfigen gluten b^i^auf, bie Ufuf<beif fuleut bie 9D«^i= Pitbta*ngtin. 3^ie iptofeffion v^^lot bctbutrcb von ibf^em Qnfebi^n. 3)tan nanni^e; ^^efenigei, bie jiib ^^^it abgaben, ©ptopl^a^t^i^n, w^^l bie meliten fo atme ©dbelime waifen, fie fflt ^^ne geige alted fagten wad man woDte.

3^ttae(^en,'aa bie ©plopaanten wenigftend ben fwanfi^^fl^en 5al^iil beif C^inwobnet pon Haa(^i;a audmac^l^(^i^, unb bie Seute gleiUwobt ui^bl ^^^^';pon peigen leaeu rounl«l; fo tei«blen bie

^en>>f>nt1t(^en ®*e^ief^enf)eiUn,* wobeii bie 9le^t^^b«nbel ju en1^= (leben pfl^^ien/ niibt me^^ ju. 2)ie SSi^'rfabren bei; ©ptopbdi^^: ten bdtten *fleroi^i^it^t,* man (ie -nm ibi;en S^eift^nb anfpi^atb. Sli^^ir^b^^ liefer 5Oetbobe batten ibte 9?a(bfolft«; bungeirn ober graben muflfen: benn ^^ertetn war in. 3!bb^t;a miid^t erlaub^; wel«be^ (im 8Soi;beigeben jn fagen) ba^ ^^t^^ige w^if, wa^ bie St^embnan ber 3[^b^l^iti^f(ben ipolis^i su loben fanb^n. -giun bie @bfopb««^cn jum ©raben iu, faul;foiig}lCb blieb beh meiften lein anbre^ ^iittel 'al^ — bie jja'nbel, Mi^-fte i^u^^en woHitett, felbfl ju madbeit.

aa3l'^^i^ bie Slbb^itiiten 2eute po^ febif ^^$igef ©em^^l1^(^^;t unb von ^^i^itugec iBefonn^^b^^t war^^, fo feb^t' ee ^ie an ©eteg^t^^^^it. S^ebe ^lei^n^^gl^^^t^ gabj alfo,se^nt;f^''' iebet 3[bJ^^^rit batte feinen- ®pEop^<^^t.en^ nnb fo ronpbe Ri^ebet ^^ne g^irt **Pon** ©leitbge^idjt 'b^rgel^l^lll^^ wobui^db (tdb bie <:ro= feflf1on um fo mebi; tn Slnfeben «;b^,(^ll1»'n^e^l bie 9iadbe^ferung grofe ital^eute ^ntwidfe^t^. ♦*,

u:b^^ra gee^ann baburcb ben b^ff bie ^unfl $adta JU oerfdlf^en unb ©efebe ju »lrbl:eben in Sltben felbf; nidbt fo bodb gee^rad^^ worben f^^: unb biefef 9iubm wurrbe in bei; $ol^ge bem @taat ^^ntY^d^gl^cb- S).enn ^inen nngewobnlicbz fd^iimmen Jbanbel »on ^^nige; SBicb^iig^e^t'^^(^ite, »lrfd^^;i^lb (idb einen Ulbb^rit^idben unb ee mfl^te nidbt natfirldh ^ugegangen f^^n, wenn ber ©pfop^i^nt eber oon ^^nem foldben S^^en1^en sbge^aliln b^ite, ^^ie^niibte mebr an ibm abjuna^gen wa^.

2)odb bie^ war nodb' nidbt bet grb^te iB^^t^^Ki, ben bie 2:^^^l^^tln oon ibren @pC^)^i^ai^^en ^og^^*. SBae biefe 2eute tn {ftreK Qiugett am »otsStfliKd^,pteri mtK — bie licbfi^il:, eine jebe ©d^^li^i^ife^ audfiibten j« fiinnet^^ ebne f5«b feibft babe^ bemiiben su mfiffen ob^ic (icb mit beit 3«(li]i'^bju: weifet. 9)ian b^autb^e bie S^atbe nuj: einem @ptopl^(^iiten iu ftberqeben, fo ionnte man, gei^i^l^n^idb^if 2^ei^e, be^ Siu^gang^ weten ru^i)® fep^. 3^(b fage ffieife; beiin frei: Htb gab e^- mitunter, auch J^a'tte, wot^^ir @b^opb»tttz na^bem er fi(b e^flf »on feinem Sii^^nl^en tfid^f'ig b«tte ^^ijabien laffen,, gleidbwobi b<^l!i(b bem)u feinem D:e(bte oer^^^lr: abet gefcbaTb ai^db' bi«^(^li^•, al^ wenn biefen roebigf^eb^ jwei Satinet mebt gab al^> bet ei^^ent.

ttebrigebd tonnte man n^d^^^ S^i^i^^uidber'^ tebeb al^ bad ^^te as'etbebmen^ ju Stbbeta. bie ©ofopbab•teb ^^t ben g^lagi^rat^dpettobeb tlabbeb. S^i.e ^^b^ig«b, bie jt(b flb^^ be^ ei^nl^i^^tb^ ^^i^^nb^n, wareb — ^e S!l^enteb. alien abb«n Unternebmub^^n, «nb geioagit fie au<b immer tepb m6gelb, boid^.iwenni(i^t^<e ^^ne SRoglid^^i^iilt mit g^nseit taut baoon ju toymen, ^ibet Ub^etiti^d[bnlr Sl^i^ent war imm^^ getoip i^m teib ©elb ju tom^^i^^, er modbte fniben ^anbet get^^bneb obet »nrliere11i. ^un redbteteb bie 2eutn iwar ^^^um webrn; mebit nodb attein ib«^e 3u^iij fam babeii in ^^nen Oi^if, gegen wnldbeb nur aib^^tlt^en gieid^^iiltig tnpb f^^ntnb. ®enb ed wur,bn j^u einem ©prfldb: wort in ©ri^edb^l^b1^l^lb, bel^iel^iig^n, bem man bad 91erg(le an ben Jpald wijnldben woOt^., eineb' frtK^eb in ^bbeta ju wfinfibeb.

9l^^t, be^nabe batten wir fiber ben ©ptopbi^bten pet^ gn(ftb, bag bie iRebe oon ben S^lbf^(d^t•nb bed iRatbdbe^'rn lZ^^Trafpaud au^ bad 93eirmS0ett unferd <pi(ofoppert, unb uon be^ SPitt^eln *mt,* tfobutcb *ev* feinen vftbabenben 9{aub untev bem ©(buge beir ©efeie }n begeben uerfutben woite.

Um ben gene^gten Sefei; ^^t f^^nn; langw^^li^gen Umfl^a'nb: (i(b(^^t aufiubalret, bee^t^iSge^ wit und ju fa^^n, bag ibt^ii-fflud "^ie ©atbe feinem'®p(fpb<»nten aufttug. Sd war ^^n^^ »on ben gefd^i<f^e(^en in Sl^b^ra; ^^n 3^<^ntt, ^^e'bie gej^^ineii 5un|tgtij)re feinet SKitbtiJbet »etad^ir^er^^ unb jitb »iel b^imuf jn ^^t tb^t, bag *'et,* feitbem o; fein ebied w^^t tri^eb, ^^n p^^ir ^^n^^irt fd^limme J^tinbet gewonnen batte, ohne jemt^id ^^ne ^nji^ge ^^^ecte. 2Uge ju J(^gen. St fieif^e (tcb auf lauter unl^^t^gbare ^acttf; abet feine ©tarfe lag in beir iufammenfebnUg unb im ieOb^i^lfe^n. bitte in feine beife1rn ,irnbe faUen- fbnn^^. SUit* ^^^ai^i^irn nuir, ltag wir, w^^l bie Sleten bed g^njen ftodeffe^ jgndft »on iW^rufen gefteffen worben, auger ©tanbd finb, jubg'en'neu angebenben ®*»!opb<^^tten* jum Seg:^„ We (Rebe »o^^lrnbig mitj^ut^beilen, wo^^n ^^efe^ in bei: bem grogen (Ratbe ju (^bl)ira bag 2>e^0trit feined (dermdgeng ^^tfebt weir= ben mAffe. (HUir^, wa'g von biefe; Oebe Ubr^g gel^liieb^n, ift ^in fleineg ^tu^ibflfldf, weldeg und me^fwUrbig genug if^iet^^r, um, jut ^tobe wie biefe .ieirren ^^ne Sa^rbe ju wenben pffeg:^ t^^, ^^n ^^(^ir Sdli^|^^teir in @ef<iiib^e' ^^na^t^t^ebmen.

„2)ie dtdg^r^t^, bie g^fdairlli^^^n, bie unert:la■dli(bden aO^ir ^ar^en (fagte et) f^hr bie rafonn^:^^r^refr fatten. Ohne wenide^: ^tartren ju fepn alg anWte, verretgen fie bem unb^n: fenben ^au^en bie Zrt^fl^r^und irr^ed Sopfeg rulr(r bie de:'td^= feit ihrer Suhge, unb wetben fflt> weife gel^^l(^«^tt, w^^l fie jufaimmen^tngenbeK rafen-aid *it^ice* tSiitbrfiber im S^oHbAufe.

ungelebtl^^ 9?art ijt verlwten, fobalb ^*i* fo mit ibm gelotnmen if^ bab ef Unfinn fptid^t'. iB^^ bem gelel^icten 9l«^i^= ten feben n^ie fietabe bad ©^^n ©inci ifl gema^it unb f^^n.lRubm ^^e^fj:i9e^, fcbatb ec Unfinn ju teben obei; ju fd^e'e^ben enfa'n^^. ®enn bie m^^ften, wieroobl fit ficb g^i^^ figentlub bei^ubt finb bab fie ni^<btd baoon oorfieb^^, finb entwebei; .ju mibtt^et^tdb .flegen ibten ^igenen iSecflanb, um getwab^' }U wecben bab bie ©c^^lb nicht an ihnen lie^^; ob<^i; iu bumm um *ei* ju metE^i^^ unb atfo jn ^^tel, um iU ^^f^i^en bab fie nid^^d berftanben babeej. Se mehr alfo beic geld^nte 91atr Unfinn fpri^d^^, bejto laut^^ fd^ieeien bie bummen Lauren fleet 2Bunb«^^, befto ^^fige^;Jlirl»^:'^l^e^^fle fidb. bie ■fidf^z um @t^if in bem bod?e^^^t^nb^^ Unfinn' jif finb^^. Senei^, gleich einem ben bffentli^then SS^^fatt ^ngefeifehten ^^^tf^^ingec, tbut immec beffo oerwegnece ©ah^z'A mebt: ihm ^ugeitat^fe^^ wirb: biefe ll^ifCben imm^^ fldcfelCz um ben' ©a^flet nod? grdbere aBunb^^ tbun ju*^^ben. Unb fo gefd^iebt *ei* ^ft, bab bee ©d^i^inbel^^^ft .^^ned ©i^nji^^en ^^n ganied asoll unb b^f^^ fo lange ^^e siKoee bed Uuf'nud b^^^et, bem ndml^leeu aOe^nne SHtdre auf^gerl^tetet werb^^^ ben man ju ^^net auberu Beiit, ohne o^ele Umitdnee · jnit ihm JU mad^^n, in einem ^offfftat oerforgt baben wurbe.

„©lfldtli^er OBi^ife fUr unfere gute ©tabt Ql^l^(^f;a ifl *ei* fe weit mit u^ nodb nidht ^^fifl^men. ecieunfu unb eeieuuen alle aud ©nem sOunbe, bab ajem^ottit ein ©fnbe;^= ling; ein ein ©ri.^eui^dngel ifl. ^9^*eetc* wf begnugen unO Ube; ihn JU* la'd^^e^^ unb bieb if^ ed eben wf;in wir fe^len. 3e?t laceen wir fiber ibn, abet wie lange wit^b *ei* wahr^^z 'fo werben wir anfangen ^^wai atuf^eicoi^lJe^tlhbei in f^^n^^ 9fflierb^^t ju finb^^? SSom jnm ifl: nur ^^n unb b«ben wir biefen a^(j: ge^ban — ©Ot^^r! w^^ wirb uni fagen fonnen wo wir aufbbren wei^; ben? — S^emo^r^^t ift ^^n i^l^^r^t^ft, fpre(ben wir iegt unb lfldjifn. 9ibe,; wai ffir ^^n q^fj^r^^taflt ifl ©^^i^Eijiit? (Sin. eijn: gel^ilbeUr ftarf^r ©e^tt:, *etn* ©p6ti^r nt^fter ural"ten ©ebra'ucbe unb ^^^tri(btunge«^^ ein SKfif^ggan^^i:, beffert S3efd^(^ftigntget bem* <^t(^at^e nicbt m^^if ^uben ^^ingen afi wenn *et* ^^r nicbti tbrtt^^ ^^n *bet Sa$en* ^ei^giie^^^fit, be,: bie'^irojbe be,; oarft^^t:, unb be,n ^^ein be^ 9B«^lfen ^^n WeEi^^^: ^^n €^d^tt^^tt^rl|,^^^iidgai, ^^n €7^^i^t^^«dfe,t! — Unb wir tonnen nodb }w^^f^^n, ob o; 'bint'e bunCle .Kammai ^^rb^o^^? SBC'i wfirbe aui Sibb^ra w^^^^n, wenn feine ^^^tbeit enb--l^(b anft^ecfenb wfitbe? SBoHen wtr fi^ebei« bie S^oigen ^^nei fo groBen Ueb^ii aiwl^rtat, afi baaf ^^niige ni^t^t^ef oorl^i;lb: ten wobutcb wir ei oer^^ten f6nttet? unfetm ©lficfe gebe^ bie ©efe^e biefei iWittel an ^^e fpanb. Si i(t ein^ fadb, ei ift red^^t^t^f^ig, ei iftunfeblf^^ai, Sin ^^nflei K^t^rn: merd^^n, bocC^t^^^ife a^t^ter, ^^n bunflei K^ammeircb^^! fo Bnb wir auf ^^nmaf auBe; ©e^ab'f.z.unb mag tafen fo oiel ibm ^^lieb^.

„2lbac, fagen feine gi^ennbe — benn fo w^^t, i^ ei fClon uni ge^oimi^^n, baB ^^n SKan^, ben wir aDe ffit un^ ffnn^g h^^tat, Jt^^i^^be untet uni bat — fagen ffe, wo finb bie S^^p^i^^fe, ba^ feine Stattb^^t fcbon tu ienem ©rabe ge-ftiegen f^^, ben bie ©efebe ju ^^nem ^^nfeln K^a^^ef^den

»««« »«/ »«<|^ «Ben> w«^ wir fd^i^n ttotb 95ewtift fbi^btrn, fo t^^rb tf g(it btnbt «of): ltn fflt ©olbflit^dft rtnft^^tt, ?bti: bit ©omit om SKitf^og mit tintb Saternt fijdben miif^^ti, wenn wit ubetjtu^^ wtrbtn foU ltn. i>(«t et nidht bet^(^«plftt bag bit gitbti^i^i^tl^in in iartt:biio: pitn ftp? J»at dt unfttt 2Bti.btit ni^t btittbtn rooBtn, nodftnb in 9e^)ett wit btc-a^t^bt^ btt; ©pmnofopl^^ft^^? asti^; tidhe^;te tt nidht ntulith in ^^nct fltogen' ®e(■e^fd^(^flf, bit ©onnt^ ftt ht (tin, bit (Stbt flberwalJe gdh bttibun^^tt unb fflnfunb: ftd^iigmal bt^ 3aht9 burdh btn S^l^ietfi^itti^:; «nb bit Utfatht, watum wit' b^t-^^irtn S^^ltee^^d^^^en nidit in^ 2eete fl^^tti; w^^l mH^l^tn in btit St^^t tin gtogtt S^t^j^nt^ li^e9e, btit ung, filtidi tbtn fo Piele« Setff^a^ft^, anii^tit, w^^-woil wit ni^d^^' bon €i^fem|^nb? — ▮'

©ob; idi witl' gtitn ^^0tl^(^n, bag bitg attcd ^lei^9l^ei^l^tn gnb, SJtan fdnn nattifbt' ©ingt ti^bi^tj, unb ringt tiun. SBontt Satina, bag bttipjtUf'ooi^b' t^<i *itt* biefem J^attt btfdnbt! Wbtit (mit ift td' ltib, btg'i^ti fagtn mug) ftint .>awl)= lunatn febtn tintn fo uu9dw6inlddiew ©tab »on lfEiainwii poif<^^^, bag aHt 9^i^tfew«ti in btt; 2Bt!^t au wcni^g ftpn wflt^bt, bad ©t^iitn te^^n!^8en wotin f^t audgtitd^t wefben. Um bit ©tbul^b' ijed ^^lal^(iten ©tnatb nitit ju ^^mflbtn, wilt idi aud unsai^i9en 93(^efpielen nut MPti m^^flirttt, btren ©twigi^it gtici^ditltoi ^^wiefen• wetben tan^, falld gt iittt Unglaultii^: f^^t we8en in •bft^ei(^el 0eiO9tn wefben fotll^en.

„i8ot ^^nigat ?tit wfltbtn unfttm ipii^otopitn Seigtn ppjtgeftl^i, wit td iim b<tf^<dil!, tintp gaui befonbt^;n bbnig0efiimaef iatttu,»®ie ©atit fd^^eu iim »OU ©iditigf^^t

JU fepn. *St* (lanb »om aifd^ «M(F, ginfi in 6en ®^rten, li^eg ft'd^ bett S^t^ium jei^gen von welchem bie S't^'iden gelefen tooirben nn^eirfntbte ben 33(^nm.»on un^en big obi^n, l^eg ign btg an bie S^i^^jeln aufgca^^n, erfor^igte bie @;be roocin er (tanb, unb (wi^e icb ni^^t jw^^fle) auch bie SonfieO^l^iion, in ber g^t^fiitt^^t worben wair. ^ui^j, ec jerbic^cg (tCg etliiche '2:age lang ben ^opf b^icub^r, wie unb weldg^^^e^^i^lt bte 9ii^o: men ftcg mit ^inanb^r vergl^eicgen mugtn, wenn ^tne $ei^ge nach Jponig frigmecfen folltr. dr ^^fann eine »«:= warf pe wie^^ic, fanb ^^ne anbre, bann bie britt^e unb oierte; unb verwc^rf atte wie^^^, w^^l igm leine fbarfpnni^g unb ge= l^grt gmug ju fepn fcgi^n. WDie lag igm fo f^gr «m $^erjen, bag er S^cglaf.u^b. Slfenglufi: ^^^Pber verl^^. dnl): li^cg ^^^^rmte pcg feine «6cgin Pber ign. i^i^^r., fagte bie ^^og^in, wenn S^^e nicgt fo geli^l^rt fo *ljatl^e*^' ^^^en wogl^ la'ngf; ^^nfaPen mUlfen warum bie ^^g^en nacg Jponig fcgme^ten — Unb warum benn?* fragte ©et^c^F^r^t. — S^cg legte pe, um pe fr:ffcg^^ b erga^t^^, in ^^nen U^^f, ro^^in $^oni^g geeoefen w^r, fagte bie bieg ip' bag g»n^e ©e; ge^i^^^g, unb ba ip w^^ter ni^cgtg ju unt^Cl^lU^fg«t, bacji' it^.— 2)tt ^^p ^^n bummeg £gier, rief ber monbfpptti^ge tpgi[o^opg. di^nr f^^ne €rllla^^^ng, bie bn mir ba gibp! bUi^ be^nrgglri^cgen mag pe p^effeif^^' gut genug abe^ m^^np

bag wir ung mit fo ^^nfalr^ern d^^a^1^t^t^£ien be^riebigen laff^^? ©efee^g^^ bie ^c^^e p^^gielte pcg Wce^bu fagl, wag gegt bag mieg* an 1 Dein jjoj^^gtopf^ foD mi^cg wagrlicg nicgt abgttt^ee^^ naf^Juf^^Ph^^^ tiie bie namic^e 9ta(^^r^^^egeb^c^t^i^r aucg ogne t^pn^gto^f g^tte er^olgen fbiinen. Unb fo'fugc ber voeiife bet unb feinet jR^Scbtn }u ttiro^z e^*ine* Utfacbe, bie n^cht t^efet a(^ in einem ^onigtopfe (ag, in bem unet8t«nbl[i^en a^tunnen ju fud|en, wo^^n'ffeinem aSot: geben nai^) bie SBaheheit vetbotgen (ieglt; eine anbte ®tiDe, bie fein^^ iphat^tdfie in ben (am, ihn ju an: beim v^eOe^iht noch ungete^t^ii^tn i^aihfotfihnngen vetleii^ete.

„^od^^ wie Wci^^tl^ih auch biefe f^ne^^»te i(l', fo i(^ ^e boch nicht^ gegen bie ftn^i^e von K^ug^^ii:, bie et ablegt^^ a|| im abgewichenen S^aht^e bie £)(^^en in 2^btaiien unb aOen an: gt^naenben ©egenben mif^l^^tb>en waten. ©tm^fi^^t he^^te ba^ Saht (i^ch w^^lf ni^^, .ob butrch f^l^)^^l^alii^on ob^t anbte mag^fche .Sdn^e) be^au^ge^,^^d^b, bie Olioen, bie bamal^ fehv w^^llfe^i wa^^^, im folgenbem S^aht^e gdni(1^cb fehlen wfit^ben. Sin folcheg S^^ot^iiffen wAtbe binl^dnglich f^^n, ©lfl^ eineg vetnAnft^gen SJifanne^ auf feine g«nJe'^ehe^gJ^it ^n ma^eei. Slnch h«l;<^< ^g-anfangS b^^S[nf^h^i»,'aig ob *et* biefe ©elegee^hfit nifbt,entw^f(ben'laifen wdlte; benn e; (aufl^e atieg Oei im ganien 2anbe ^^fammen. Sin S^aht b^^auf (ti^eg bet flt^i^g beg Oeig (th^^lg be^ iOifw^chteg wegen, th^^lg w^^i aDei; IBottat^h In '®^^l^fe^iitg .^gnben wai;) vietmal fo hod> alg eg ihm ^^(l^f^<^i:.hgtte. 9Jnn gebe ich allen 2euten, welche wiffm, S^iei: vietmal meh^ alg Si^ng (inb, at et: tath^^, wag bee; a»ann that. ^gnnen @ie eiib votfietten,

et nnfinnig genug wat> feinen 9Sereifufe^:n iht Oel um ben ngmli^chen fte^i^, wie *et* eg von ibnen erhanbeit hatte, JntAifjngeb^il? S^^il wiffen apc^^ wie w^^t bie @tofmntb be^' ^^nem SRenfd^«^il, f^^net Sin^^e mg'd^^ig if^, gehen (ann. 9lbet biefe iCbat lag fo w^it au^e:-Wn .©l^fi^sen eteer

©^^^^t^i^rbii^^(^^it, bdtf ^^eSeute, bie habet geii^f^^net, fetb^ ^^eJ^iiffe f^f^liiti^li^^n, unb ^egen bett e^i^rftanb beg SKanneg, be^ ^^nen i^a^few ®oib fur einen ^^^(^en g^uf^fba^in anfab, Zweifel ^^e, jnm Un^^ndf fUr feine gebe^, nur ju ^obl ge^l^lunbct war^^^"

JSfrtpifd'

4

®ic «5c^<^)c v^jtrU auf eiii mc^kiiiiifdjit^ @utad^)teii aiufgeflcllil. Der S^fuat (agt 'eiu S^tjt^eil^cn du Vfu ®ct 9(v}t {ontuit iu a^^i^era- an, erfcOeint »or 9tAi^i^, ujh^b »om 9»atfiiiOcirrn acOrntt^UuS in ciUem ©agl^fbot *gebi^fiui,* niti gat — tange,9Bcife. (Sin ^cifpiH, bag ein aSeutef boOla^^ai^iiien nicgt bei a(l<u^seutpu anfd,lu9t.

®o gel^lt bdJ^'gri^^tt^eht, unbroenn man »on einem fo f^i^incn aijeiie «uf b«^ f<lt(^(jen fo batte ber ©nt^^l^f^i^it ftOee^iing^ meb< ^^nen ^^orb ooD gei^gen »on bem Sfatb^bexrrn oecSi.eit. ©d^ulb war *eg* wenigfieng ni^tt, wenn bei: bobe 9i«tb oon ^bb^na unfern ^biiojo^fben ni^^t ju ^^nem ^^nfeln ^ame^ei^fben oeiurtb^^lt^e. atbe^ a^^t^^ffBug batte 3Ri§gg^^ei:' im ^enat; unb 5)t^^(ter Ffr.^eetl^ bei: tui^wiCcbfn Sunftm^^fier geworbe'ft war, beb^^tf= tete mit gro^em gife:: ba$ eg wiber ^e grHMiUn oon 9lb-- ber'a laufen wnrb^^ einen S^i^^geic fur wa^^^i^^bi^g jti elFlflrin, eb' *et* oon einem' nnfarl^e(^ff(bin Qrste fo befunben worben fcf.

i*„sa5ol^b, »:ief ^bJ^^ff^^^z meinetwegen fann man bch

^i^ppoEcflte^ fel[b(» Uber bie ©atbe (affen! ^^.bi^n'^ wobl

©fl^ten wir n^c^t ob^n, bn^ bie ©ummbcit^- be^ iRfltb^= beirrn bt^bt^afOHn^ feiner SSi^f^f^ieit *ble* SBage ba^^^.— <5^ war ^in bummer ©tr^eieb oon ibm, fi<» in ^^ner fo mi|^= (j^eben @«cbe auf ben ^i^ppoff^<a^i^^'jn beiruf^^. 9^ber fr^eiilKb fiet e^ ibm «<<> ni^^t d.n, b^(f man ibn be^m %^oj^l^e neb= men wfir^be.

Jpi;ppi^fi^(^^e^, fagte ift aUerbing^ S^tn^n, bei: un^ am ^^^en au^ bjefem be^^enfii^cben J^anbet- iieben fonnte. 3« gutem ■Ifnfe_beii^nbet er ftcb eben bu a:ijafi^(5;! .oe^Beicbt lait o; ieb bei^.e^^(^il, .^u nn^ be^Uber ju .fomme^, wenn wir i()n'im 9ii,men beir D^^e^i^l^lif .ein^aben .laffen.

, a:^br<ff>Dw^ ^^^n Aeni;g, er bSi^t^e-i^^i man Srnfi au^ ©atbe mgiben wolttei stbee: bie fiftebrb^^t bee: (Sti^mmen fiel bem 9tt^<>o« SOfian fd^iil^t^f^^noeri^i^jilub ^^nen 2^epnti:^l^en ^^t ^^nem ®,niabung^f(br(t^^ben.aft ben ^irjt ab, unb bratbte ben (fteif:'bei>,<^^^epon b^a^it^u, fi<» fib/i: bie €^b^enb^^eng^^^^^i^'bn Wt^fft!)db^^^^i^^ wm^iit man ibn em= pfangen wolite.

„©i^ei war bodj fo'tfbbfl^ibtf^4 nicbt" — werben bie 2leejte bie ftcb oieBc^ti^t unter unfern Sefeirn be^iabe^^ 3fbeic wo fagt^^^i0 ^^r ^^tin, ^ajj. bie Slbb^i^^ten ni^cbt^ getbun b^tten,'i»a^ aucb ein<m pe>^'iiunfti^gen ?8offe anftanajg fepn wUr^^e^ S^^bejf^^ faggbo<a beir wabre ®runb, wartjm Jte bet^ .^ipp^^^^:fte^ f5 oiei Sii^ire erweifen w^^tet, fe'ine^wgg^ bft an^r ^olbacatnn^, bie fie fur ibn 'fonbepn feaigUca ijt bee:'eitnlfd^^, fflr Seute gebc^lten ju wnr^^«^^.bi^e.einnn gj^i^lfen

SDann wfi^ten. Unb ubetbiei,'mecf<^en wir •ni^<bt fd>ott be^ *e^neic* anbetn @ele8(^t^lb(^iit an, b«f fte »on je^er flugerorbenlJlhbe gtebbnbeic »on Seierli^l^e^f^en fleroe^^n?

. ®ie Slb^bgori^nelren hatten bem JjtppoFral^e^ niiht^ ^it f«fle^, «t5 baf ^^t @^^«t »on aibbeirn fein^^ ©egen: wnict «nb ^u^fprt^th^ in ^^n^^ feh* witfU^gen Slngie-- leget^^^^t »Onnfthen hf^l^e;' «nb ,^ippo^if«te^, tonnte jith, mit «m^r feiner f^l^^lrfr^i^ie,-nitht einbibe^i^; ^a^ ffir ^ine withtige ©^the. bief fepn fSnnte. d^enn rnoiu (ba^f haben fie n^th^hz ein ©eh^^mnif ^^ea^g.'iu mad^^n? 2^^if Sibbejra fann hodh-f^werldth Jn corpoi^tr ^^n^^ ^t^anfheit ^^i^ttew-fe^n, man niht ^^n.f^unb werben Wf^?

3»«^effen entidhlof' et fth- um fo winig^^ iu biefen (Reife, w^^l erfthon tange geronnftht hatt^e? ?)e^^^1tii^en peirfonli^th fennen-. jn fe^i^^t^^j aibet wie'gi^of wa^- fein grfl^attn^^, ba ihm — na^beiH et mit grofem ©eprnng eingeht^ot unb »or ben uerfammelten (Rath g^^^l^tt worben war — non bem regierenben ^i^thon in ^^net wo'l^ii^^fehten (Rebe }u wiffen ge^ than wur.b^*. „2^af man ihn.bl^of barum nath ^bbei;a betufen habe, um bie (S^t^l^t^fit^t^^g^e^t ihtte^ dl^ilibtltgetrg d^e^oofitt }u unterfnth^n, nnb ^^tatjiti;^ jubbefi^tht^^, ob ihm noth ge- helfen werben obet: ob" eg nit^t fthon fr^l^ebt mit ihm ge^ommen f^^, baf man ihn'ohne S^^benten ffir getliiih,, tobt biilai^en

d^it^f muf ^^n anbrer d^^mri^1ii■4t.»nrl^<^thtb be: S^^Cl" anfang^^ Wb^t bie Herc^en non ^bb^ra li^efen ^^hn .nit^^ lange in ^^efem 3w^^f^^. — fprath «t be^ fith felbft.: ^^n i4> uiittVt^n'dibbel^la? IfBie man auth fo wad vergeffen taitn!

li^e* i^nen von feinem @^i;(i(^i^||<n me^:: fen. ^i: be^nf^gte fid), ben ©e^^t unb bud ®^^f vpn Ofbbera SU (ob^it, b^fi fie eine fo.grofe @^)^ftnbund von bem 2Bertb ^^ned folcfen SWiltbfirfaerd l,«tt«i, um feine ©efunb^^et ald ^^neSSaiee, woi:'an bem 'fl^^e^nen (H.^fen flek^en fep, anjU^ frDen. „9Bab^«^il^ (fafte et mft 1^^^0^dtarn^(^aft^gfel^^,^) ^^n funft, tvoirin bie•,j^^:6fitan ^^iftifr unf: bie gr^^^en @^*iCpfe* Sniv^^len f^^f^^mmen tta^^l^,., i^^it ivoien fe^en!" '.

(Cl)^afvllud lnb ben jUtji^juic a^af^el-^^in, unb ljata^^^id' jp6|^[td)ffii, ibm bie feinfien Jf,ei^1:en unb bie fd)i^^|i^an '^i^i^ieen* in bet @tabt ini' ©efeUfd^i^ft iu•8e^ee. 9tber» ,*^ppo^tal^ad,• bee ein (utJad ©OfiCt unb (eine £^^fl^(^l^i^^-^^tta, rourbe ni^t' g^lvaa1:, bie a^l^^an fdidn m^j^^in; unb fo' (am ed be^n, ofne @(,ul^b ba1' guien ©af(r6pfe, bie ftd> (jnm Ue^^eflug) in bie l)e^aud8e|^p^U^ bab fieini^t voDig ben b:u^ auf ibn ma'd^^1^n/ ben (te (tcb fonft «ei^fpt^^<ben (oentan. Sd ^^^efl^^ ©tbabe b^ff nid^t'be|felr fab. fffie einen *^<^nn von $eat1:anb t/t bee ^nb^^di f^^^ae'f(b^^en ^tau ab^^al etwad fdfe Untetbal^enbe^^ o^nb ^^nn bie fdbone $t^au. etmad a^i^n^^ed fagt (wa(cbdd ben fd^^ee,e ^tr^uen }uwe^lan fo gut* ba^<^jgteen fod ald beti b^fflidb^t^^, madft ed ^^nen mat;(ikbee Unfaef^bijbi* obj^an fie nut ,bOet ob^it ob man fie ^ugl^fi^ fieb^^f Sdijnn iw labfee ifi man imm^^ get^^t^t', aBe^. w^^^(i^e'■a^^en fann, vfeefiriftig'ob^i: aet^g ob^e menigfienjt ^tx^dgli^ib iu fiebae. *^a 'bie iBbl^^attinnen biafen 4Bottbe^l be^ bem •(ueJ'fi^l*X^gan At^emben. vetl^^^^; ba *eit* g^^i^tbii^t'

vvn ibree @d^i^t^l^^air but^cb ben €jinbeudf, ben fie anf< feina.Dbr,an. mad^l^i^n, jn ut(tb^^l^^: *fo* w^e^ffea^i(B.ni^cbed ' *ali* b:r ben *et* bnbui^cb »on ihnen bef^<^^,' be^^ienigen 3,t^mlvh «hnl^ch ben fith e^n iE«i^= b^r mittei^ ^^ne^ <«at^ g^unb^^ Stugen con ^^nem Sott: certe m.nd^^n wurbe. —

* ' * *

, ' ®er ifl bie 2^^me, ie^t mi(^«bem wih^gen ^errn tfpc^rtch^' — fragte ben i§Cr<«n»n«i, leife. — 5^an nannt^e j^h«n bie ©^^ghl^itf "e^nee e^^^^boteiiber 9ieptt^(i:f. — €t hetrath'tete fie m^n mit neuer ^ufmectfamf^^^t. a^ercweif^^t! *(b«cht' be^ ftch felbft) bag ich mi^ bie »erio«nf(hte W[u(tec: frau nicht 'ana bem ,^'opfe br^r^gen fann, bie ich neul^ch *bor meinem *^anfe iu Sai^^fa mil:' einem SOi^ti^fpfchen (SfeU "tl:e^ber'Chet^!en hUtte!

‹ ithrt^l^bBuU h«tfe ^eheijme aibjichten ^^f unfetn ©eine *Z^afel* gut, f^^n 2B^^n uerfuhrer^fch,' unb jum Hebe;: fluh liieg *et' iWUeffc<(e* a^a'njer^^^en fomme^. Slber ^^pp^^ra; teU ap ttanl^^2Ba(feil, unb e('tth in Qfpc^liene ^^.aufe ju 'Urhen w^^t fd^j^j^i're a^o■n^^^t^nnin gefeheit. woilth anee nichtS oeirfang^^. ®em Whifen,gwann bige^t^eth etmaO, baU ihm uieKeicht in c^hl^in S^ahreji n^cht be^{^^^lht w^r: hatte lange aB^^lh, unb eU fe^ien ihm nic^t'ibeir iDtuhe c^^hl^IJ, *e^* ben ^b^^hlithn ju oerb^i^^^^. *

a * t ,

^ie i^lb^^ehc^^nnen ^^i^^^hCttei^'<^^lfo, ohne'gtopen Slufmanb *f^(^n 3^e^i^0adChlngetr(^ft, waO *HC* thnenb^^ul^icd^^gen'ug Yehen lieh; unb natflrliid^^leneifh waren'b^e^Slof^nz. ^^eif^^^baraber 'machte'n/, n^cht ju fetnim €r foH fhh1'gilii^rt fepn, f[«ftent^hn fie ^^nanb^^ ju. ©chabe bah «t nicht me■hec aBe^t hat! *tF* SBadHch ge^ih weih ift bi^^^ bah n^^r ^^^.e^nf^gll n^e (ommen wirb, ibm j« Siebe franf ju werben, fuflteiie {(bone ltbrpaDi^.

a^rraD^ttu^ macbte 'in^wi^feben SSi^iiffld^ltuugen won ^^net anbern' @o grogeir 'Wann ^^efer jji^^pofr^at^e^' fenn tn«9, badjt' -*eTC,* fo mug o: bo.db ftbioacbe ©e^te bobeti. 3(«^ ben ^b^^e1^be^(;^^9u^fl^^l1, wom^t ibn bet ©enot fiberbai^fte, fd^ien (ieb n^^t niel ju mad^b/b. ®<fd a?e^r^nti9eu l^ebt au(b ni^ltt ^beie icb wetj^i^> ba'f ^bm ^^u S^eutel »olf» newer funfetnb^^ ©arifen biefe fauerij^,>fidbl'e a>i^^eue wertr^ei^ben foB!

©obalb ^^elEafel aw(gebobeU: w^iirvfdbit^tiJl^rafoBwd jum SBetrfe. St nabm ^ben auf ^^eS^eite, ifltb 1l«willbte<?tJ (unter 93^)^iiguug bed grogen ^l^^^bllB, ben ^^-an bem um gtfi^li^cben ^ttitawbe bed 9?^r^»anbteu ifdb^«^), i^n fibei^= bag bie feined ©et^bjrnd fo ^unbbar) unb audgema^te ©ade tew, bag nidw; ald bie ^f(i^t aBen i^r^mali^^d^^en bei: ©efebe genug ju i^bn^d beU^,©^^at bewogen. babe, eine ©b«tfa(be/ ww:au niemanb jwe^fle, noeb jwm U^eber^: ftug burrcb ben afudfprud eined audwdrlti^g^en Qlrjted bei^Wtigen ju ^a(feut „©a man @ie aber gleidbwobl in b^e '5O?t^b) gefeigt bat, ^^ne Oe^fe ju uwd jn bie ©ie »)rmw(tbl[i<dobu) bii^ef* a^ieiff^^laifung n^^t wnt)^uommen baben wurb^^, fo ift nicbtd ^^Biger, ald bag b)^'bi)' ©acbe am ua(bUeh ans^g#il, ©ie weg^fn bed SSi^irluiVed, l^en ©ie burrcb UBerabfaumung *SbtdT* ©eft^afte babe^i erleibrn, in" etwa.d fd^ablod baltet «^)l^tn)u ©ie biefe dleitfidf^^t ald ^^u Uut)tpfa^b e^ner ©anflia^t^^t an, wott wetiib<^ili id ^bnei! (la":rere g3(^i^(?ife ju geben boflret*—*

Sin jiemli^eb ruub)f 5^(^^^le), ben ©birafolfttd bej bief)u aSbirten bem S^rj^it in bie .danb ^^tttf^^^^,'li^^d^e biefen affd beif g^^ftmunng jurfidf, worrit ec bie Siebe be^ {Ratb^b^i^irtt angel^^jrt b»tte.

ro^^^.'^iie, ba^ icb mit'-biefem SE^^tUreli Siadjen fott? fragte j^i^ppoErated mii ^^nem ipblegi^rt, roel^ibed ben ai^^^^iiien P^Dtig «nd be^ Saffun^ fe^^e: ©i^e^woKiten ibn »ei^: mutbiiib S^jttm ipctudfi^ft^^iiCler ©inb 3^btttn folcbe Se'cfi'tiuuttgen ■9ei^^l^t^li;cb? ''SBenn. biel »««, fo woHt' icb 3^bnin Mtbnt, mitS^l^^^m 2^^^l^^.ba»on ju fpcecden?.- 9(bit ©if etinner<^in micb Pbic^^n an bie Urfnc^^, w^um icb hier ^^n. 3cb .banfe 3^bnen b^^iiiF. 5R^^n atnf^^it'b^lit fgnn nur fe^bi Wpnf unb' icb barf ben aSc^fuifP nicbt lange^ .auf: fc^^^ben, wie ^ie wiif^^, bem ^^^^c^Efriit fcbulb^g Ht^/'^'Wit ^^tfen SBorlt.en macbte beic BC^^^nlap feine '9Sei^: be^gung unb'-perf^ip'ccnb. * ,

®dr {Rfltbmann b^l^iff in feinem'^eben nie fo bumm AUIJ: gef'el^^n/ nld^ in biefem Blug^^blicfe. — SBie bit^lti ftcb a^^ aucb ^^n atb^^^iitiiecb^^ 9iat^bbbei^r ^^nfaBen taffen fotti^n, ibm fo etwa# 6ege^nifi fe^^te? ®ad pnb boeb teine 5^= fi^Di, aufbi^e maTi f^eb gefa^^ b»li'•

tes*' einen a^eU^cb iei ®«moftiteb aO. ® ©eOeimnodjtidjtcii von bt^i^i uralten f^t^en iettas^i^i^mftpoliten. .

. ipippo(rat^id trah wie ^^e ©efeb^e^^e fag^/ unf^^n ^tat^^r: fOrfcbei: ^^^'bet gergliebeiung perfeb^ebc^neii iCbiere an, beliiu tnnerli^(ben ®flu' «nb anima^i^fbe f^etonomte et unl^ei^fi^cben luiCite, um inettetdb^ «uf bte Urfud^^en aenjilT^t aSei^fCbteben.bei: ten tn ibnen Sigenftbaften unb S^etgungen ju fommen. ®iefe a^eeffflj'ftg^ung bot ibnen re^tlben Stof^. jju ein'et-Unfeti^ebung an, weltbc ®emoftiten ni^tfOat^ge Al^t^t l>ie 'Pe^tfon be^

ben nngewip iie^. 3bt gegenfeitifiesl Sieicgnfigen fiber eine fo unuermutbete ^u'fammenfunft n)([t!bjc ®t6fe ibte^ beibe5fei: tigen ®^ei^^be^ fileid>, abeit aufVDeihKfil^^ @eite, utn foViel lebbafft^t^i *ie* longer et in feinet ^bgeefCieben^t^^^ilt t^on bet 2BeIt be^ Umg^tng^ mit einem SBefen fetnet S^tt batte ent: ' bebiten mflffen.

gibt ein.e 9[rt »on @teitblild^(^»^,'b'enett' f(lb()n 'bon^^ben 3t(ten b.ii:r unb ba unter bem 9Jamen bet .gofmo^oliten @noab= nitng ghbian roirb, unb bie — obnef^t^t^ttbrebungi obi^e£^i^i^e'n^: iei^cben, obne 2oge ju balten, unb ebne but^cb CEt^^fCl^t^iulb gefeifelt. *ju fepn — eine S^tt t^on S^jt^ecfd^^tft audm^i^fben^^weltbe feftet iufammenbangt al^ it^genb ein anbei^ift £^i^i>en in' bet 2Be!'f. 3wei gofmopolilfen fommeni ber eine »olf£)(leni bet anbere oon SBeflten, feben einanbet jum erftenmo^e^; unb'finb g^t^t^ubbe; — nilbt oermbge eineit gebeimen ©pAj^atbiet, bie Pietteijbt jiut' in finben ij^; ·Y'nt^ti 'Weiil befe^t^^itne t^l^itbtfn fte bdju perbli^tblfn; — fot^t^^^tni weil fie4^(^<^n^0J^oli^t(^t^• finb. Bin jebem anbettn fidben gibt autb fal^ftbe obeif wenig: (ten^'unwflr^bi^ge S^tubei^: in bem fJt^^en bet gobmopi^liiteti i(t btef eine Unm»gU(b£<^<'id unb biet jit, bdudbt unt, fein getinger asoitug bet go<lmopl^Ibi^^^^^>or gDer^.anbern ©efellfWaften, @e: meinbe^t^<^^,*3^^^ttt^genz^)lrben unb.S^rti^i^f^rfcbaften in befiBBelt'.; t^^nn wo ijt eine non aDen biefen, wel^be rf^f^tnen tbi^nft.

b^ff ftcb niemats etn S^rfu^cbtigei^, ein 9tdibi/(beir, ein ©eijjiger, ein ?$^»id?«^i^e> ein if^i^itleum^^i:, ein ein i>eiudjl^it^ ein ^n^eijiSngif^^e, ein ^^iml^<^i^it Qtnflgg^i^, ^^iit Unbfl^^tlb^t^i:, ein ^uppj^^^, ein'@(i^nte(<bleif4'ein-@d^i^a::oO§t^ ein ein gWe^nft^ ol^if J^erj, ein ipeb^j^i^^ ein g)i<id^«^t^: fflng^, ein iBerfO^^^^t, ein^f(»lf:leit «^icoplet, ei^n ^eniblet, ein ©^i^tti^e:, ein ip^n^ma^(^if upb ein $ofn(^itt "in ih^em 9Kittel bejruVben' hibe.? *ft^i^,biie .dn^i^8«t, bie fidh helfen rfi^hmen tonnen. "Shre @efel[fd^(»^t hit ni^(^t »onn6thet, butrch ge^f^emni^l^t^^De Zeiremonien unb abfchre^enbe ©e^^au^che, t»ie -^lie gtegppiiidhen i^tteff^^r, bieUlnt^ei^nen »on (ich lu^^t^CchUe^^n J^®ipee fc^^^efen (ich feibft unb min finn eben fo'ioengj etn .S^^J^oooUtfdCe^^nnnn^^(^t^tt man *ed* niAt ift, alb man (ich* ohne-S^c^le!^^ fur einen guten ©ingeic .obet .©^g^if CiUbge.hen finn. *2)e^r* a^oetfug wurbe in ben S^ng foni--men, eoha^b' min (iCh hOren Ifliie'n muhte. ®ie ^c^l:,. wie bie' ^o^^p}^irti.tenbenTei^^ ihre ©runbeihe/ ihrj£ ®e1ii^^l^t^l[^gnt•ihf^e ©pri^^, ihr ipht^gm^^a ihi^e ^<^^rme,r e^^(^lt*ihre Siunen, ©C^t^aiChei^en unb e^eh(et, tif^en fich unmSgli^ih nichmiC^i^i^/ weil (ie fur iD^e^sbie ni^c^t ju ihr^em Orben ge^i^ten, ein waht^el ©ehi^e^^ih (tnb. 9?i<^t ein ©e^(^it^t^ii|, bib non bet gS(^1^liC^^^ii^^, genhi^it bee iW^tgli^ebee, obee non ihrer,2^otf^^ti^^eit nicht be-*hotc^lf* iiu roerben, ibh^i^i^t^ ionbeen ein»@^f^e«^t^ih, iuf *weU* cheb bie i^hitur feibft ih^en ©C^l<^ii^1i g"^1^(f(Cf: hft^- ®en^ ^^e Sobmbl^^l^.ten f6nnteti eb oh.ne S^c^t^enn^n bei Sifcompetenf^gll bur^ch* bie' gdnje iBc^llt »er^ii^ltige^ lalinn, unb burften iRc^<^1: ^^r■«^areCbt^l^t^„ bih iuher i^hnen intb|l^>ieiin gftenfth etwib bi-o?ft bn|^>^|^iien .uujc^^1>^, IBei ^^eiee ber ©gehe ift *i* *

alg bag innage Si^fl^»er(tattbt^i|j «nb bag ge^^t^fi^ittge gutrauen, bag ficb unter jroei; Sogmopoliten fo= glettb in beit etfien ©tunbe ihrer ®eff^t^ntfd^<^|ft feftfe^t. (^i^la:: beg unbOt^efl^eg waren, nach e^n^^jwanii9iahti^^^2^(«^er U^ic^er bur^aHeSlitten »on i^^gfungen unbOpfern beim^l>rten 5rfl^f^b: fC^a^^, ni^t mehr ^fr^un^be, al$ eg ■ie.tte'»on bem aiuge^bli^ an, ba jie n'lianbec rclrnnrn, finb. 3h>:«3trw^t^^0h«ft h«t nicht non; ngthen bur^ch bie g^^t jut 9^rifr ge^icatht sn w^^^^n;; ge beba^f feiner <prU^uf^^en*. ge grflnbet gch auf bag nothwen^igge afier gjat^^i^^efehe, auf bie 9lothwr^f^^f^f^rt:, ung fefbg in beiuim; gen iu l^^ebrn, ber ung am ahnli^chgen ig..

S^an wg^:br ^^wag wo nicht Unmoglicheg, boch geiWi^ Un: ^^r^^mteg· von ung verlangm, wenn man rrt^<^1^trt■r, bag wir ung gbei: bag ©eheiimnig ber hogmop^t^ten ^^i^^lttiit^^r.hernUj; lagen foDfen. ©enn eg gehgrf (wiir ^^r brurli^ch genug iu.v^: nehmen gegeben hube^) set 9^utur ber bag aHr^,hwag man baoon fagen fann, ^^n gjathfel ig, w^^u-nur bie ©li^rbrr biefeg O^^brng ben ©d^lgff^^ hebm. ®ag' eitn^^ge, wag wir noch.l^lniufehen egnnrn, ig, bag ihre ^nncahl su atten grirtrn feh^ elrin grwrfrn, unb bag ge, ungradh^r^ ber Ungd^^b(^^eei^t ih^i^e ,^^frlled^(^f^, von jehnc rinrn €i^n^gug in bie S^linge ^1^' erf SB^^t brl^^attptrt hab^n, begen Sgil:fuf^^rn bego unb ^^^^ith^^t« gnb, w^^l fie fein ©ergucch machm, unb meU geng burch iB^i(ttrl ^^ji^ei^l" weibi^n, bnren ed^e^nb(arr ^ih: tung l bie Siugeh SWengr" irrt }nad^tl. SBem bieg Uin nrurg Slarherl ig*— brnf rteu(hrn wip l^rbrr ewtt^urrfrn, alg gch mit ^ne? ©^he, ^^bie ihn fo wenig angeht,' 'ohge Sioth ben Sop' ju jr^^^^techr'n. *

unb gel^i^iren beibe ju biefer i»un= beirbaren unb feltnen 3[tt »on SKenfd^f^n. ©ie waren «ifo f<cn lang^^ wiewobi unb^^tannterw^^^e, ble »^^tir«wl^efl^en ge.tneef^:; unb ibre ^nfammf^^i^unft gUtb vielmebr ^^irber-- febn nacb ^^ner langen Iti:ennuhg, al^ ^^ner neuangebenben aseir^^nbung. 3b^e @efj(j«(be^ h«cb welcben beir.gefe^ ^i^He^tbt be^i(^):ig i(t, waren »ermu.l^b>:cb in(^ei:elTfl^t ge^ug um beir gjti= ibeiHina'O^^rtb iu fept^^J^^^f'fie wArben un^ ju w^^t »on ben ,9lbbei:itenj e^tf^^nen, J^ie beif eigentliebe ©eg^i^if-anb ^^efer ®e; fdbid^lfe finb. wa^ t^iir b^^on ju fagen brb^n, i(t: bab unji^^^^o^mo^oliiten ben ^^^jen 9tbenb unb ben grpbten l^l^eit beic ^a^t in, ^^ner Unterr^ebung j^br^^<bten, wobei ibnen bie geit frbif tiiti wurb^^ unb bab fie ibrer ©^^^j^fi^j^ll^i:, beir Olb^ ^^iriten unb ibre^ ©^^at^ unb beit Urf^cbe warum .fie ben .ii^p- poi^^ate^ fommen lalfen/ fo ga't^jil^cb b^^Ab^^ vergaben, al^ ob niemal^*fo ^^n Ort unb folcbe Seute in beir BB^^t ge; wefen w^^en. *

^rA be^ folgenben Sliorge^^, ba fie nacb ^^nem leicbten ©d^tlxf ron wenigen ©tunben wiebof sufammenfamen^ um auf ^^n^^ an bie ©arisen gra'n^^nben Sinbbbe bei: ^Kor^et^ll^^rt ju gei^e^en, erinnerte beir UlnbliCf be| unter ii^nen im li^egenben ©tabt ben ^>i|^^^(^flf^^te^, bab er in ^bbera ©efd^iifte brbe! „^annfi bu w.ol^i: errat^ben, fagtr e'i ju feinem ju wel^^m, gnbe mi^cb bie 3lb= b^^^l^en eingelaben babe^^."^

2)ie ^b^^ifiten brleJ^ bicb eingetabe'n?*'rii^^ S^em^^i^^t. 3^(b bo'icte b^(b ^^i^fe ^i^fit beif »on f.einei:©eeicbe^ .bie unter ibnen wutbe!' 'i<t ^warei^ne geJ»ieee'<^rbeifl^^^b^iltz ^^t ber fie aDe fammt unb auf fe^ic wenige, oon alten fjeiten (,(!t bel^aftet fin.^^ abeic —

„@eticoffen, gel^icofren, guter bie^ iff bie @ae^(^!"

®u fd^(^»^^eif:, ecwiieberitc unf^^ SWf^nn: bie ^bb^^^ten foD^ ten jnm ©efUf^I, wo eJ ihnen fehUte, gel?o>nmen fe^ii? 3dj tenne f'e ju ®arin l^egt eben ihtf^^to^^f^h^^t, bap (te biep fuhlen. —

„S^«b^e(f^^, fagte beic anbre, ifl ni^chtV gewi^ffei^^, al^ ici ieht nicht in Stbbeica ware, wenn bie 9[bbeici'ten n^cht »on bem namliCchen Ue^^t, wovon bu fpti^ch^, wfiirben. ©ie armen Seu^e!"

9lh! nun veirffeh' ich bid)! ©eine 95(^i^uf«ng lontti^^eine ffjfiff^^ng ihr^eu .Rt«nfb^i(^. f^^tn, offne (ie e^ felbft wupteit. 2aflT hoch feb^tl! — pa! ba haben wir'^. 3df w^^te, fie 'haben .b^tff fommen laffm, um bem eh^lichen ©^^i^ft^iit fo oiel laffe unb 9^i^efe^^t^^ ju »erarbnin, al^ er wo^nathen haben m^^te, um ihice^gl^eichen iu w^^ben! g^icht waht;? —'

„®u E^i^nft ^^iine f^^^te »o:triff[i^, wie ich fef^'e, ©pmo^ ^^iit: abei: um fo E^^tblAtig von ihver ^i^ctheiit }u teben, mup man fo ^^ran gei^i^l^i^t fepn wie

9[l^ ob eb ni^^ attenthal^ben Ulbbi^ititen gdbe. —,

„pb^r gibb^riten in biefem ©rabe! SSeicgib W^IC/' wenn i^ch bi^nem ajat^ert^nhe ni<fit jb viel Siachffef't fchenfen E^nUp alb ^u. S^nbeffen oet^fd^1ce'bi(h, fie foBen mi^tp nicht umfonV iu fld) beicufen bal^e^^!"

•iij^pjolfroteS e^it^eillt tcn Slfibi^iriitcn fcitien giitncfitlidjen 9iai^&. ©toCe unb l gefa'btliiije ^cTOegunj^^i^, bic botilbcr im @en«t cntf^^ljcn, unb njie, inm ©fKdf b«^ ^bbcici^ifdjc ©cmcimncf^n, ber ^nh^t^i^nrufer alleS auf ei^mof n)iebel: tn £^,^bnnnu bringt.

2^iie f<i^n^^erfl^n, wo beir atefculap bem S^enat. non 9lbbeif« feinen ®e^e<^t ^^ftatt^en foUte, <§x t«^, trat mitt^en «nt^^ -bic teirfnmmeilien unb fpracp mit einer aSopl--rebe^O^iit, ^ie aKe Slnioefenben in ®:|iflunen fe^te:

l^SirCbe^, fep mit Qt^bern! ge^e, gurfCpti^ae unb ^^^fe^.i^^^e '^ett'm unb ^b^^^it^^! ©^^ern lobte ieb ^ie n^eflen 3tfer gurfoi^g^e fUr bat @^lntn Optet SJ^itbUrfl^^t ®«^offit; teute rai^pe icp Opnen n^i^lpmeinetb, biefe gu=forge auf Spre ganje ^i^abt unb SJepi^l^li? ju erftr^ecfen! ©efuttb an 2eib unb Sb^eie ju fepn, ift bat poCtfre bat ^i^e, fi<p f^^b^z Strsn Ainbern unb 3P>^en S^i^itgern perf^nf; f^^'fon^et^^ unb bieg r^iicfii^ip su i|^ bie «fie Offer ^^ttigfeU^^'pen i^fli^t^en. furs mrfu Siuf^ntp^lt unt^r OP-nen 'ift, fo if^ er bo^ fepon lang g^i^i^ig, um micp su ubel^=sengi^ti, bag'f^dp bie aibb^iciten ni^t fo pjol)^ be^nern ait et su wunf^en ware. 3fP ^iu s'^tr su ^ot ge^orren, unb wopne batb su aitpen, baib su S^ar^ffa, bafb ,(^^beitifo; jept su 'Rb-' be^i<f{ •morgen uieUeifpt* auf, brm■^93Segr na<^.:^i^S^pni^aber iep bin webei: ^^n }io<p <^n 9lt^pen^el^^ weber ^^n ^^rifer notp ^bl^b^il^„ ^ip Otrst. g^o iang' et fin^t^l^r auf bem ^1ci^t^c^een ^^bt, ifi^^'meine ipfydjt fo »ieirT^eef^nlfsu macpen alt *ii)* S^ie ©e^ol^irl^^flen Mt^anl^en finb bte, bie ni^t wi^ffcn bfl^ <e franf ^nb; unb bie^ ift, wie ic^ fin^^, be^ gaH bei: 9[^^^i:itt^^. tlebel li^^t fut meine ,Sunft ju tie"; flbet toflg i(b tal^ben t«^ti, um bie ^leiiiuufl uot^i^lb^tf^ii^i^n, i(i ©enben ©ie mit bem t:flen.0u(^tn SBlnbe fe^^ gto^e ©dbiffe n«(b 9lntici^i:fl. i^:i^^ntetroe9tn fSnuen fie, mit SBaa- ten e^ bcn 2lbbee^l^tu beliebt^ ^^b^n ^^^^t«t^^tt t^«^tl^^tt:; «bet JU Oi^l^iicvic« l«(fen @ie «llt fedb^ ©c^^ffe fo eiel ^iefewu^^ («= «l^ fie ttagen fonuen ohne ju finfen. gftan f«nit jio«t flucb i^i^eftt^l^1Cif «uo ®«l«ti^en b«^^t^, bie ^^t^^«i w^^f^^let ift; «btt bie oon Qi^^^co^« ift bie befte. SBenn bie ©cb^lfc «m g^^ommen fepn t^^iri^^n, fc eerfammeln S^ie b«O 9tfammt^t iSolE ^^^em gtoben S^fl^fte; ^eilen @^e, mit 3l)fet 0«n= jen ipr^t(tttftb«ft «n bei: ©pi^e, einen f*letli^d^t^ tirngflug ju oUcn S^empeln in S;bbei:« «n, unb ^^tten bie ©ottet, b«? fie bem ©tu«t unb bem 93olfe ju Slbbena geben mod^tt^n, w«0 bem ©^^«t unb bem iBotte ju 9ltbet« feb^f. ©ob«nu ftbrtn Sjie «uf ben S^«i^^t jutu^, unb tb^^len ben >^n^ti1^itKtJtn 9^i^i:ic«tb eon 9iitft^^lUJ, «uf g^lm;tlle: @t«tt Un^of^^n, unt^t fllie<8^fi:9et «u^; «uf jebtu Mopf fiebtu ni^t^t ju oet= 9elien, bdf ben ^«ti)O(l(^t1:tt, TOtl^<be fflufet^bem to«0 itt'fflt ficb ftlbjt 9ebltflutben) noch fUt fo eiele «ubw S^^e^^anb hflteu muffm, 'e^neiboppe^te qioirtion 9e^:ei^l^r^^l:bel S)ie «)(^ttioneti finb fttttf^z^ichg^^t^eh' ^^; abei: e^n9en^^^1^i^eltt Uebel finb bOtfc nOcfig^ unb foniKn•UU: but^cb lAttge «ubflli^enbtu ©e6i:aiich_ bet 9ltjnti g^l^^tl;t ^Benn S^ie nun bieef^

mittei, ua(b ber S^oaffbtiff^^ tbfe icb 3bnen geben wiH/^^^urb bie etfatber^C<be Sei^t-ge^^fluch^ haben ^etb«l, binn Ub^^l«^ft

ifh @tc einem anbeitn 9^'rjte. ®ei^n, wie gefmt, b^ie^^i^(^n= be^ *Slbi^tei,nen* Ue^t ju tief meine ^unft. 3(f> fenne funf^is S^eilen um 3lbbe)r« nur einen ^^nji^g^^.gKflnn, bejr 3bnen »on ®runb au^ Relfen F6nniev wenn @ie *(i^)* gebuh big unb folgfam in feine Sur .begebe^ w^^ten. ®er gjfann beel^lt ®^^i^Orit:, ®ama(ippin^ @ol^n. SjOs^^en' ©ie ficb nicht 'an ben Umfta^ib, e; Ju'9tb^f^ira gebi^ren i(l! Sr ifl bcrnm (ein Sib^^e^l:, bieg E^nnen ©ie mir auf m^^n 2Boct giaubm; cbi1i wenn ©ie nicht giauben w^^en, fo fragen ©ie ben ®il^phffd'inJ^o^lt. St ifl eBf^in^„ be^ fich ^^n a^f^i^t^^ffigen b^iraud machen wirb, 3hnen feine ®iinfie ju le= 0en. Unb J^ii^e^r^il:, meine i^^irren unb 5<^.^^:gei: »on 3[b^^i:a, empfehle ^^J©ii unb ©tabt ben ©^^tentt. iBer^chten ©ie mefiien aiath*ni^^, t^^il ich ihn umfonft gee^^^ ift bee: ^^ei^e, ben ich jemaf^ ^inem ^ranfen, ber fich fnr gefunb gigiben habe.

911^ J^ippofi:ate^ ^^^f gefagt ^^tte, machte *et* bem ©enat ^^^ne hbnll^«hi lBerbeug^ng, unb ging feinem 2Bigi^J

9ii^emal^ — fagt be^ ©efc^^d^^nd^^ce^ber ein befto glaub^lf:;bi^g'eiee 3^^g^, weel et nelbfl 9[M^ei^i^<lWar —^nie^^^S hat man iweihunbert 9liennd^^n, affe in fo fonb^^baren ©teKung gefeji'n, aJiS biejen^ge be^ ©^^(jt^ oon 9[bbe.ra in biefem 9[ugenbHcfe wap.? eS mu^ten nuj bie jw^^^^n^^rt iph^ntt^iier fep^, welche ?)itneuS burch ben ^nblicf ^opf^ be^ SWc^^ufa auf ^^nm^J in eben fo oiele SHUffauUn jO^i^:^(^t^bJliti, alS ihm iho SlnfAhr^r feine theuer irworbeni ^nbromeba mit ©eiojult wieb^^ abfagen w^^te. 3n *ber* S^hat hatten fie alie mbglichen Urf^chen pon ber auf

g^iinuten verfle^neirt iu n^t^irben. 95(^f<^tr^i.ben su tvol^e^n, Wtt^ in tbren ©eelen vvcging, '^iJrbe vergebli^tbe 9)ffl()e fei^n. 9(i(bt^ ging in ihnen vvt; ihre @ee(cn wniccn fo fli^ ihre fi^^her. ^^irnntem fpra^^ofem C^icf^flunen fahei^ fie dBfe nach bei; a^hur, burch welche ber ^ICJI (ich jui^i^cfgeiogen h^^te; unb auf febem ©effchte bruefte fidj jwflei^ bie an: ge(f:reugte Se^muhung unb ba^ ganjUche Unner^mi^g^n «n^, ctroa^ non biefet S^i^g^ebenheit ju ^^^t^r^ifen. *

enblch fd^iienen fie nach unb nadj, ^^n^^^.l^rflh^e, ^^ni^ge fpaterz- roieb^^ ju fi«h felbf; su fominm. ©ie fahett ^^nanber mit-^^^^en 9fugen an; funfsig 3)tauler offneten fich jUgiei^ch SU be^ namlchen ^i^i^ge, unb feinen wiebei; fie fi^ aufgethan ehe fiewnfi^en waO fie fragen w^^ten. 3«m .^enfer, meine i^^t^ire^, rl^ef^nbldh bei; Sunftm^^^fter ipftiem, ich gtaube g^r, f^i^i^cffalber hat und mit f^^n^^ boppr^ten i^ortton ^ief^^iirs su Starren! — 3^(h oerfah ^it gleielfoom ainl^cing nic^^d ®uted su ihm, fagte a^lKr^fiiliud. — S^au w^^t' grff^(^l;n gir nicht ^^nlrue^lt^n, fprach bei; (Ratlin- ©m^iar. — 3 baette gle^ch ed wurbe Ub^^ ablaueen, ^i^r o; eon ben fechd S^(h^|ern fpre;dt, bie wir .nach 3in^ielJta eenbetufe^lll:e^, fagte ^^n anbrfer — Unb bie pel;bammte^^rnfe-- w^^^t er und alled bad, eo;^^(^C^^il^'tr, ri^rf ein funf^t^r*; ich gefltehie, b^ff ich mit g^r nic^t. dinbilben fonntr, wo ed ^inaud laufen wfltbe. — J*jt, ^a, ha! ^^n (ufeiger^3)= fatt, eolwah;;^^^ile*'l^b mecef^n^e be; ele^nebi^cer^athdh^l;;;, inbem et ftch ooi; Sachrn ben ^^dt. ©effehen wit, wit fein abg^ff^lhrt finb! Sin pel;swr^frttet ©tf^r^ch! 2^ad hcftt^ und n^cht br^^^nrn eoBrn! J^a, — ^bnr w^^ eonntr (t<b ««(> einem foldjen sditanne fo etron^ oerfe^en? tief beif g?omoi^|^pl<^]f. — ©flui gei^if fft ee audb einer »on euern q)l)iOi)--fopb^it/ fagte ®i^^ftet ipfriem. ip^riefler @ti^obp(u^ t«t l^i^^rliicb fo Unr^dit nid^t! 2Benn e^ nift wib^^ unfre 5re= ^^^ten , fo moUt' ich bei: erfte f^^n, ber b^rauf anllfi^ge, bab man alle' biefe ©pi^ff^opf^e ium Sanbe hinau^ jagte.

^.S^e^ne i^^^:l:dn, fing jeht bee: airrchon an, bie eh^e bn: @tabt Slbb^i-a ^tl anjjegi^iifen, unb an^att bap »ir fihen unb und ounbern obn: ©^1?^ ma^^n, fellten mr mit ^rnft b^ra^^ ^ad und in ^^ner fo fi^flithen S5i^^e fu thun ^^eiem^. 9Sot» aKen SJn^^en fehe man wo fii^i^i^fftateS hin-g^tommet: ift'"

ei^n ber ju biefem Si^be obgeft^id^ wurbe, fam ,na(h ^^ner jii^mlihen SB^^te mit bei: gjnd^nidjt jurfld', *er* ^ir^genbd mehi: anjui^r^ffen fep.

'Sin »drf(uditdr S^t^^uh! ri^df^en bieOtalb^ierren audGin^^m SWutff^e^ wenn er und nun dnl:oitiit wflrd! — *Sr* wi^r^b* both f^^n i^^):et^^^ifl^^ fep^z fagte ber gunftmei^er ipfriem, inbem *et* nath einem Uimulet fah, bad er gdlo6bnl^^ih iu f^^n^^ S5ib^^:^= heit fegen bofe ©^^fte: ultb bofe 9iugen be^ (ith ju tt:^^gen *Pf^egld,* #

SSatb wurbe ^^dtidb^t, man balbd ben ftemben iid:tn feinem ^^f^uiefel ge^affen ^^riter bem S^empel ber 2)e^dtu:^en nath S^emqfritd 2anb^ut iutraben fehen.

2Bad ift nun ju thun, meine fugte bee; ai:fibe^.

3« — fl^tt^if^^ng^! —f«ad nun ju thun ift — wtid nun }u thun ift? — bief ift eben bie g':age! ti^ef^tn bie fflatli«^= hetten inbem fld ^^nanbe: anfahen. 9?aii ^^ne: tangen ipaufe eei^gte bie nicbt r^i^lftten, ton^ nun J« tbun n>at. ,

2)et (iebt in grogem 3lnfel,en i^eim ^i^ni^g »on O?«c^l^o^i(^n, ber Si^cbon o; r^irb in ©riecben: l«nb mie ^^n itoeiter Sfefculap »eirel)>:t·!▌ S^iir (onnten un^ leicbt in bofe ^(iubet oei:n^i(f(^ln, wepn n^iit ^^eroobl geredjtf^n,, ^^pfinbli^cbf^^t ©eboi:' geben wottten. Sei nHem bem liegt mir bie ©b^e UOU Qt^ljera — ·

£)bne Untet^bi^^d^iui^^/. .bf^rif Qrci^on! *fiel* ibm ber ffri^em en; bie eip^e unb greibe^t oon-Slbbeir«•fann* niemaiibeu ndt^^ am J^er^en liegen al^ fetbil:. ab^rt. atted TOobt u^^jrl^^l:, feb' i<b wabr^icb uic^(i, wad bie ebt^e^ i)er ©tabt ^^t ^^efrt a^legebrib^i^t ju tbun taben fauit. .S)i^rfrr J»arpofra(^^d unb j^p»^oh:il^i^ld, wie jicb n^^^t, iit ^^n unb iit tabe mein 2^^ge gelt^rl:, bag nn ^^^rjt bie ganje iS^elt ffir ein grogem ©i^eibbctud unb aDe 9)5^euicben fur rr^nr ^^^at^(en anfiebt^. Sin jebe^ fpri^cbt unb b»nbelt wie en'd ^^rr^|^rb:;•unb wad ^^^ner wunfcbt bad glaubt *et* ^i^]^ofrj;tud md^t' ed, · bent' iit-, wotl leiben wenn wir alle trant war^^, b^t^ilter befto iurbf ju be^len tatte. 9?un et, wenn ict'fte nur erft b«b^n btingen tann bag fie meine Strineien rinnebmeu, bant^ Kp^iU fie mir tranE genug werb^^. 3< beige ni^ctt 9R(^i^l(lrrH)rti^i^/ wenn bieg nictt bad gaijjr ©eb^ii^^ig iftl

bOernri: ©erle! ge^roKr^^! rirf beir Elrine ^^tfe^^a^^^rfrl:; W^ibitr rortic ®rc ^rrl ift fo narrif^ nict^! -*▌ 3C> w^^tr, winn faun, KC^ii^t or und aHr mdgHcten gl^ffe unb gi^rber an ben i»ald, blog b^^^t or ben ©pag tabr, und rnt nnfe^ ©elb Kciebir gefunb ju mad^^n! *S}^*, b», ^^l

„aibec »ietj^el;n4Pfunb 5^iiefei»i^i^(j auf jeben 9{«tl)£^()errn! r^ef einei; »on ben Stelteften, eeffen ©e^iicn, nnth feiner gji^ene XnUite^eilen, fceon vottiia. nn^getrocfnet fepn mod^f-e. 95ei alien ^^ofdjen ber 2at^^(», bad ij^ ju arg! 5Dan mup beU nabe auf ben ^^i^gtoobn bap etwad mep^ e^len^ift fteriil

^^ticj^Jiebn ipfunb tCi^^fei^^uij auf jeben ^at^^^l^bei^n! wie: eet:eolte ^Ji^ifter ^fft^en, unb (achte aue vollem ^alfe.

'^tnb fnr ieben gunftm^^f^^^, fei^te ©m^lar mit einem «^^'t^et^fenben (ton ^^^nju.

®ad ^^tt' icb mir aud, rief gTieifter ^^ri^^; et fagte fein 2Bort »on gunftmeift^^n.

^^r'tial verftebt ftcb bocb wolb von perfe^te jen^i:; unb ^^^^j^^i^^itli^t:, gunftm^^fier un^'8iai^blee^^= ren; ich febe nid^^, warum bie i^^rreii Sunftm^^fler ^^^e:in wad befonb^rS e«een fo'ttiten.

^ie, wal?; rief SJ^eifter ^friem mit grofem ipr febt ni^cht wad gunftmefier »or 'ben (Rate^^er^^n be: fonbeird b«iP^«? — (We^ne g^rr^t^n, @ie boben el gel^j^rr:! —; S^let1c ©tabtfcbl^(^rl^^^, ich ^^tt' ed jum ^rotofoB su nrh^en!.

®ie gunftmeift^^ ftanben aBe mit grobem ©re^:umm von ibi^m ©igen auf.

„©agt' ich nic^t^/ rief bei: alt^e ebeod^l^nbdif(be '9l(tedd: meiijt^r, etwad meh^ ^^nter bn: ©acbc ftedle? @n ar: ^im^^ gtnf(elag gegen bie S^^ift^^ratie —.^bel: bie it^rt1^rn baer^ fich ^^n wenig ju frnh ^^irratb^^-"

©egen bie S^^^it^ofratt^e? fc^irie (f^riem mit perbopp^rter ©timme: gegen wel^ihe ^^^1.ftofl^^^^ir? *gutft i^let^li^^/ .g^e^it feit w«mi ift Sfbbeicfl eine a^rif^oti^nti^e ? ©inb iviit Bunftm^^fiter etivn nur an bie 2Canb ^^ngen^i^^t? ©teDen t^^r nitbt b«^ 9So(E noi? ^aben wir nid)t feine iHedbte nnb. i^n^^i-bei-ten jn nertireten? ^ect ©tabtfd^^i^ii^ei:, ium ifiroto: iMI, bnp idi) fiegen alie^ ^ibri^ge protef^^re nnb bem t6bKt=(ben 3miftmeifi(^rH)^^m fewobl -at^ gei^^inec ©tnbt Sibbera ibre *Stecbte* norbebialte.

^rotetu^^! p:M^1^fii^^^'. fd^rien bie Bunftmeifter alle iu=faminen.

D(^i^rl^tte^i^^^lt! re^^M^i^ffirt ! fd^rien bie

®er Sdrnj nabm •Ubecbanb. „9neine -Jita^rei/rief ber regier.enbe Sfribon *fo* taut er fo^i^^e, wal fur ein' ©d^)»inbH bat ©ie Ubenfallen? 3cb ^^tte, bei^(^ilien @ie wer @ie finb nnb* wo ©ie finb! SBal werben bie ^^ei^^e'i^bei nnb £)bfi^.: ^^nb^^ninnen ba unten non nnl wenn fle unl wie bie '3abnbre^er f^rf^ten bbren ?" ' . I

^bei: bie ©tinune bei: »ellor iicr ungebi5rt in rei^.-betiiurenben ©etbfe. ^i^emanb rbr'te fein eigen ^ott.

3u gutem ©lu^ war ed feit unbe^^itid)en f^eit^en iu 3(lp bera gel^rn'u(ljrier„ auf ben i^^ntt. jwdif Ublt rur(r bie ^^nje ©tabt ^^i'Witt^ag iu•eftfitJl unb oermdge ber ^airdotrnung mu^te, .fo wie eine '^(^^l^re tib'jjeil^^fen war, eine. Sirt non ifi'1^o^b 0^^ bie fRatb^flnbe treteT, unb bie ©tunbe aulrnf^eu.

©nabige jjerren, rief beic ^erolb ^^t relt ©timme bed^ inome:ii■(ren bie iwplft^e ©tunbe *tft oorbei*!

^StiUe! ber ©iunbeinrufer !" — 2Bad' rief e^? — ^Z^wolf^e, meine Herren; jwolfe !" — ©d^o^•^iw6tfe? — ©Don obi:^^^? — ©^.ifl bg bobu 3Ut.

Ser grogte 2l^e^l beif gnabigen Jpetren ju @afte gebet^en. gliStfUbe ®ort Sivolfe. nerfe^te fte «lfo auf ^^^mnaf in eine 9?(^ibe angenehme^ aSotfteDungen, bie mit bem ©^^^i^f^anb ibred ni^t in bet; minbeften aserbinbung ^anben. ©tbneHet bie Si^gurcn in ^inem ©utffaften jitb nem^t^j^i^itin, 'ftanb eine groge itofe, mit ^^ner gRenge nieit-- ©d^ififfeln n^^ ihrer ^^i^icn; ihre 9?afen weibeten (tth jnm »^^au^ an S^iftten non beji:^^ assor^^b^e^t^^^^^ ihrTe £^hren.^6r(^en ba^ ©etiapper beit S^e^^e:; ihre gunge toflete fdhon bie leflfelhaften in beiren Sl^fi^bung bie Sibbe^ ri^tidhen ^oche mit ^^nanbet TO^^tet|^e^^1^en: fui^ji, ba^ un^ wefentliche '©aftmahi btf£C^^^ff:igte atte ^raf^t^e ihrer ©e.elen; unb auf ^^nmal war bie Siuhe be^ ^thb^ritidchen ©taat^ wieb^r heirgefielllit.

„gBo werben ©ie h^ute f^eifeit?" — S)ei ipoipphonten. — „2^^hin bin *id)* au/h■gei(«^^»^." — 3it e:fl:eue m^ih, ub^^ bie -Shre 5hrer ©efettfd^^ff:! — „©ehr niet.@h^e ffir mi^!" — 2Bai werben wir biefen aii^enb fur ^^ne Somobie hoben? — „S)ie ainbromeba bei €u^i^pi^bei." — 9[lfo ^^n S^r^o^uerfpiei! — „O! m^^n 2i^^linii^ftutf! — Unb ^ine -^i^ftif! Unter uni, be^ 9Jomophi)J(^r ^^t etli^che Shore felbft* gefel^^. ©ie wer^: bett SBl^nbeil h^^en!"

Unter fo fanften ©efprdihen erhoben fl{h bie pon ^bbetra in ^^lfertigem ab^^ fl:t^bfamem ©^^immel nom 9lai^ip haufe, ju ^^oger aSi^i^^unberung ber Sl^elrwtiber,unb Oh^han^^ lerinn^^, welche Eurj juror bie* SBdnb.e beic Uiathitl^^be oon ai^t1^^■a^l,!^acidhem ©efd^^e^ w^berhatten geih^rt ho^ten.

^Bei hieg hotte man ^^r ju ^^^Hen, loof^ithatigeic ©(^ufts

benrufer! £)»ne beine glMdffibe murbe roabts fd^eii^l'i^etriveife beit ^anC beic Oi^^b^l^^erfn unb J^^^j^l^m^eifte:, flleirf) ^^engotn (fo lC!d^ei^ilb autb feine 9Seran= laifung n^i^li, in ^^n ^eu^^ «u^9ebl^o(bin f^^n, toetc^ed bie fAl^ilt^^f^^i^^^t«CCun0, no n^ibt b^^^t^|li^it) ^^itiRe^^^l^f ^bb^T« b^cti.»e:nrf«ben

SBenn jenal^ ^^n 3[6i^^rit nit ^flfincltthin ^>*ren*= faule bel^^nt ju mirbin o^^bient fo war ^^e^iii bte; f^^ ®cun^^l^^l^lfc1c. gwor nub man ge^ibii^^ bei: grobe ®ien^, ben et in biefem Stugenblicf f^^ner iBaterflabt leiftete, ^^i^lieit feine ^^nje ^^l^l>^^nHl^(bC^^t burcb ben ^^nji^gen Unffanb, b^ai et nur iU^«(l^gitWiife nfi$li^(h wu^be. Senn biir ^^tlid^^^iBCann bfld^ti^^ ba et sur ge^^Uten S^^t nafd^i^ninmabig S^®>^^e t^ef, an n^cht^ winigel alB an bie unabfibbarin Uib^i/ bie ba- bur^th »on be^ gei^^inen 2Befen abninbilte. Ob^r bagegen nub nan auth bab f^^t unbintl:i<hin Seiten (ein mbl^^iit (ith fluf eine anbreSSJ^^fe un fein a^^iter^^^b oerbient genadht SBenn bth ^^het s«trug, bab (te etroaB oerri^chte^e^, baB burth irgenb ^^nen glutfliihen 3u(«lC ber ^tflbt nuhliicfc wurbe, fo binften jce ben ©Bltern benn (ie fuhlten wobi, bab lie alB blobe aBerfseuge· ober gele^l^n(^i l^che Urfaihen nic^^i^^i;ft hatcen. 3nbi(fin lieben be bth ho(Jb baB ^^r^bi^enft beB Suf^oDB fo gut bei^ohlen alB ob ihr eigeneB genefen n^re; ob^r, ri^thci^gir su teb^^, eben w^^l be bth CeineB ^^gnen babe^ ^^e^iubt warm, l^eben be bth baB @^^e, n>AB bei: SufaB unter ih^en ^a^en ch^^z auf ebeit ben gub ^^i|(^l^l(^n, wie «n ^^utefilCl^e^bet ben taglichen Se^^r^bi^enft feineB S^^lB ^^nsiebt.

»ec(leht 9iebc biof »on QirC^i^nt^i^Ji, unb punftmcif^ern ifti ©cnn beir efjr^tcbc ©tutti -bei^iruf^^ moChte ficb S^eei^ienfte um SRe^^bKiE matbcn fo uiet obet; fo, wen^g, *et* wOlte; beifam f^^ne fetb^ ^fenntge be^ it^^ge^ in ^^^^eil^iif^er SDi^t^je, unb — ®^^it *be:* foblen ! |

^ri^tcs Slud).

unter ben Stbbevi^^^i.

©rf1^c§ ^(tptfcL

Sc 9Ui^(^):ltcn madifii (id) fcvtig tn 6ic iS'omobic su gcljcn.

war leei ben 9t(^lt(,(^()(^itien cou 3[bb^ii« eine alte gebicflchte @e»ob>ib^it unb ^^tte, bie Oatb nerbanbeitcn 5K«teiten unmittelbdi .-b^^ouf be^ itiifbe (c^ fc» mm bap fie @efettfd^(^lft ^^^tten obei; ^^t ihrei Famili^e gH^in fp^^^ten) ju ief^l^il^u^iien unb ju ^^ner rc-ichett Q^uelle entwebe; Pon »ibi= gen fiinfa'Den unb fpapih^l^ttn Stnm^^tungniz obei; oeti ti:fcben ©to^ff^i^ffi^en, ^l^agel/ 38f^l^fCbell, 9[nd: it. b. gt. SU. maf^^^; snntal wenn ^^wn-tn bem ab= gefdpten '(Ratb^fib^nffe' bie aserff^^uteg^t^^^it au^brniflfb ent= pfoblen worben war.

aCbe^ biepmfll — wiewobl ba^ ^^b^^te«c1i bet; Q^b^eritfn ^^t bem gurf^i^ bey 3lerjte fonbe^;b(li genug wdir, um einen ipiab irt' ben••^«bi;b^^(bent·. *ibiei* (Re^t^l^l^f ju perbienen — lpuibe an alien S^afeln, wo ein OatbOb^i^^ obei; gunftmeifter ^^^nan fap, be(J ij^ppo^irate^ unb Semorit^O eben fo wenig gebac^h, al^ ob gar feine SKatinre biefem i^i^tnen^ in beic gewefen n^iren. 3n biefem ©tucfe b«tten bie ^b^^iriten ^^nen befonb^irn Publii^^Spirit, unb ein feinere^ al^ man ihnen in S^^^i^<^<ht ihre^ gee^i^lhilidjen S^genbunfel^ h«tte ju^i^^^en feUen. 3n ber S^hat fonnte ihre ©efthichte mit bem man hntte fie menben unb ^^ll^,^l^rcn mbgen mie man ger^e^f^t, auf feine 9irt, bie ihnen (Shre mad^^e, n^jjahit ^^rben. Sciherfie m^ic, bie ©ache auf fich ^^e^uhen su taifm, unb ju fd^i^eigt^n.

®ie h^^tige ^omobie ma^te alfo mie gero6hn= li^eh, ben hauptgeg<^l^^anb beer Unterhaltung au^. 2^^nn fe^= be^ fich bie nach bem iPeifoiel ihreo grofen 5tu: ftecd, beir S[t^^l^1^r, mit einem ^^gnen S:^eatn: oerfehen, unb (ihrer ©erool^i^l^^it na^) bie S^ii^e fo ^^it g^^^i^eben hattrn, baf ben groften Sbeil beo 3n^^fO htnbmrih alle S^^ge ii^genb eine 3^ict oon S^^aufpiel be^ ihnen ju fehcn fo murbe in @ife^fd^^l^^n/ fobalb bie flbri^gen ©^^^^nplahe, ^eittr, f^i^h unb ©tabtn^^igf^^ten, erfchopft molten, unfd^l: entmeber oon bi1c Aomobie bie gel^^:n gefi^i^lt woirben obn: oon ber .Somobie bie hfute gef^^ielt ^^^tben foDte, gefprochen — unb bie jO^^ten oon Ol^l^^era muften (ich (befou; berO gegen gr^embe) nic^t roenig b^a^iit, baf fe ihr^en iDdh birg^^n ^^ne fo fchone ©eleg^l^^^it ju S^i^i^ife^nerung i^hr^eO SSiheO unb ©efd^t^ali£i, einen fo unerichopfl1^chen ©toff unfchulbigen ©efprc^chen in ©efeBfd^^lf^n, un> ^^fonb^rO bem fchonen ©efchlecht ^^n fo herricche0 Wi^ttel gegen bie 2^^b unb ©eele oerberbenbe lange 2B^^le oelf(ih(^1ft hatten.

2Bir fagen eO ni^^t um su tabeln^ fonbern sum o^^bienten

Sobe ber bap fie ibr ^omobtentoefen fur tig genug bie Huffidjt barub^^ einem befottbetm Ot(»tb^auOfcbu(re ju Ubergeibi^i^,. befien fBo;ph^^ immer be^ jeiltige folgli^eh ^^ner beit obi^icfieu ^(iteir ajaterf^^l^ee, wair. Si^^p roar un^reitig feliie Icbli^. ^Dte^, r»aO man Siecfjit an ^^ner fo f^onen ^i^rih^l^^^ua auiie'een roair, bap ^^^um nicht Um ein i^(^at bef(^ir mit ihrem ^om6bieuroefeu fitnb. 5B^^i nun bie 2Bahl beir @tUefe «on beir atathi^^eputati^ou aMhng, unb bie ^refin^^^g ber ^om^^iei^^ettel unt^^ bie anfehnli^fhe ®tenge »on C^lrfinbunaeu ^^l){>rt:, bie ben ©orjug bet ^euern ben Silten auper aHem fernem i^ibetfpt^lKh fehen; fo wupte S)uel^eum — aui^jjenommen wenn ein U^^^^ S[ee^f:trt^f^l^^J Or^ginalfi^U^ au^^ S^hettter gebirad^t rourbe — felten v^^her, wa^ gefp^elt roerben roUrbe. ®enn roiewohl bie iS^i^irren von beir D^eputation eben (^^u ©elh^ii^nip au^ beir ©aehe ma^t^i^n, fo mupte fie bot^, ehe fie publiit wurbe, fo maufhen f^^efen SWunb unb x bur^eh fo viele biefe Ohren ^^lh^n, bap fa(t imm^^ ^^n Qui pro quo ^^^^rJt^^fam, unb bie Zu^^i^^er, wenn pe'ium 93e= fpiet bie S[uti^aone ^^li erwairtetei, bie S^r^^one iphi^ffi^^ati^^ fur l^eb unb ^^t nehmen mupten — woran fie e^ benn aueh feiten obeir nie ermauaeln l^epen.

2Ba^ werben fie un^ he^t fur ^^U ®tu^ geb^n? war alfo jeht bie allaeme^ae ^ai^^e in Sibbeira — ^^ne grag^^ bie an fi(h fe(eft bW•uaffhuleiafte »on beir ^^^t roa^, aber bureh einen ^^njigen (leinen Umuanb erJaeeeritfdh wurbe; namli^, bap bie ^atwort fd^l(^^t^r^rr^e^u^^ »on (einem pra(t^= f^en 9?uhen fepn (ounte. D^enn bie 2e^te giageu in bie

^^omO^ie, ei mo<*t^e ein obeir ein nei^ee, gute^ obeir febled^t^^^ @t«dt fie'pii^^t n^i^^ben,

g^gentfCb su neben gab fur bie S^l^lieriten (eine fd^ied^ten ©tunJe; benn fie nahmen att^^ fun g^tr*. nnb eine natuiHihe golge bief^^ unbej^i^r^^^^ten ©utmUthigf^^t niar, baO fun fie auih feine guten ©tucfe gab. S^ihledht obeir gut, wad ihnen oertni^eb t^t^ir ihnen neu<t, unb a^^^ waii wie ^^n ©Oaufpiei aue^fah, oertrieb ihnen bie geit. — Sobt^^ ©tudf alfo, fo elenb wa^, unb fo elenb g^ff^ii^lt wonben fepn m^^te, e1bigar jiih mit ^^nem ©edatdhe g^^ niiht aufhoren wol^te. ^li^bann ertonte auf ^^nmal ganje i^i^itt^^ne attg^t^eined: wie het S^hnen he^tige ©tucf g^^^^en? unb wu^be ftnadfi burih ^^n eben fo attg^i^ei^ed: feh^ w^^l! be(^t^^wortit.

©o gene^gt guch unfre werthen gefeif fepn m^^i^n, n<h niiht leiiht ub^^ fu wun^^^n, wa^ win iheen oon ben 3biotii^^in unfee^ri 5t:h^^(^cff<hin Uith^e^^ ersdhien f6enin: fo ift hoch biefer eein erwahnte gug fo g^^^ iBif^^^^^r^ii, b^ff ^^n bei■otrgen muffen feinen ©lauben fu pnben, wofern win ihnin nicht bi^lriif(i^ch mad^^n, wie iugegtegf^n, bap bie S[ee^i^^ten mit ^^nec fo gropen Steigung su ©d^(^^_fpielin gleichwohl su ^^n^^ fo hohen unbefd^i^ia^ften eramatff(hen Upathie obeir osilmihr SOibp)^(^^l)se bringen bap ihnen ^^n ©tUcE niiht nun fein 2isben o^^tr;f^chti, foee^an f^^i^ir ebin (oeer boih ei^eahe eb^n) fo wohl that ^^n

9Kan wirb un^, wenn win ^^(it^)fi^ aufl^ofen foUm,

eine ficine Qn^fOn^eij^unfi ubeif b«^ g»nje' Sibbi^iritiftbe a:0efl= terroefen eila^ben mu(^eit.

SfSir feben ttn^, nbeic ^ein^tljij^t,, «n^ »on bem flunfii^flen nnb biDtg bei^'fenben Sefeic brnrljer eine tleine ®nebe rn^jiu: ^^^ten, (tn beiten firofmitCbiiBer ©enji'l^rung, ibnc fetbft em Snbe no(b mefit seteBen ift alB un^.. Unb ^^^ees i^: aHee; f^ibflBen EintB^ebunBen feincB ^aJ^obBrncnB nngcnf^ft^t, fidj ia ni^djt ei^^ubilben, alB ob bie;, un(:et'»^(^^^|^«^fften ^tt^^-eei; bif Siebe »on ben 2t,e^<^^)^i^i((^|^(^et^^ ben @fb^ln'^^il^itrn, unb -bem' Vflrf(^i^re feinet ti^ibin 9^(^it^ifftabt bie S^ibe fep. 2Biif tUnBnen-Strait ni^t, bap bie ^^nje Bibbetil^enBef^ibifbte in Ben^iflfem 93e= ti^acbt einin bop)^(^itin S^inn lja^^: abet obne ben ©tbififfei jit 3(nff'tblliipunB beB Be^lf^min ,@inn^^, ben unfcre Sefeir »fn unB felfefl efbalten f^^f^n, roflirben fie ©efabif taufin/ atte 9[uBenbli(fe falftbe ©iutunBen su mae^en. 9^^B ^^b^tf alfo'e^rbiben wir 'fie

Per gcnium, dextramque, Deostjue Penales,

ftcb aDer unna(ee(lr[i(ein unb unrl^eunet^^|in QnwinbunBin ju e^^^(^(ltin, unb aileB waB f^j^t', fo ^ie^^up Banje SJudj/ in fein^^ aneel:n ®im^itbBoirr«ffnnB ju [ifil^^, UlB wo^iit fie ii^Berib-einc/anbre alte ober neue unpar^iiiffei ©e(bi<bt^e1^i^' jablunB lefen wUrben.

9J«^fre 3?«d)irid,teii «oii tcm aibicrttiCdien 3J«tiona(tbcater. ©efdfi^Ad kct aibb^ettdtt. SfiAtaftfr be^ SlomopOjln): ©rijIluS.

9^1^ bie aibb^i^iiten befd^ioffen ein (leOenbed a^bett= tet su b«b^tt, r^iurbe j^ugledb aud patriotfeben {Rfi(fi^dbtdn *feftgefe^t,* b^fi *ed* ^^n Wationalt^beater fepn fellte. ®a nun bie 9!ation, t^^i^^gflend bem gro^ten {t^beile nad^, nud Sibbe^: ri^(^dn fe mu^te ibr ^bieat^^ notbfolgl^ib ein a^bb^eii: t^fbed werb^^. ^i^eb war naturldh^^ IfBeife bie erfte unb uab^^lbard ClueOe ailed Ueb^lid.

S^er O^(^ei^edd, ben bie albbcd^itea fur bie bei^ll^gd g^i^^bt bdl: g^ii^^e^i^a, aid ibi^e »drm^^atd g^u^t«i, trugen, braibte jn^ar mit fid), bab bie g^lbaufpl^dle be^ fdmmtldben 3l^b<^= al^f(bea Siubta:, ni^cbt weil fie gut roaren (benn bad war ebm nicbt immer beif $al^), foa^^lfa w^^l fie non ^ttben fa^ m^^, in grobem 2lafdbea beii ibnen (tanben. Unb anfangj fonnte audb, aud gRangei *e^net* gd^ugfamdn Slnjabl einbei- mi^ftbe; StUSite, beiiaabe ai^cbtd anbred gdgebd^ werben. l^ll<^da eben bebwegea ^^^^t ma^, fowobi jur gl,re ber S5tabt unb jab^eea, ald mand^i^i;!^^ aabd:df 5Boftbdild wegen, ffir niJl^l^iig, ^^ne Aom6b^^dn= unb a^i^f^^bbienfi^^i^iif in ibidem digdnea SKittel flaJuldgca, unb biefc nute poetffcbe gjianufac: tut — in welcber J!^l^l^^elitii(bdl SBiiJ, 9(bbdritfdbd ©efUbte, n^l^^^^^i^tiiC(bd S)itdda unb 2^^^ol^bdit^en aid eben fo piele robe Sla^i^^alpi^obuctc ju digdaem ©efjpaucb btamatidh p^^arbeitet werben foUtcn — wie guten unb weifen unb tri^ot^en j^u(teb^z auf aDe m6gl^<be Mrt aufjumuntern.

®ie? auf A'ofien be^ gei^^iinen ©ed^elS ju ^^i^^irtfleDige^t, ging au^ jw^^ Urfaebm nicht wohl an; w^^l biefer ©edfl,, nermoge ber 9^ict wie et nerwaltet wuit^^, fafl immer weniger e^thi^^t alO man herau^nehmen wOl^^; unb j^weit^eh^, w^^l ^^mialO noch nicht 9Robe war bie ^ufc^auer bejahten ju taflfen, fonbeicn baO alerari^um bie Untoften beO StheaterO tr^gen mu^te, unb atfo ohnel^ii^|) beii biefem neuen (Uetj^Cet fchon genug auOi^i^^eben ^^^tte. ®enn an eine neue tage auf bie 95i^icgfd^<^^t wai;, »ot beir ^anb unb man wupte wie »iet ©efchmadt fie biefer neuen 2u^b^i^l^^t abge= winnen wurbe, nicht ju ^^nfen. 60 bl^eb atfo fei^ anber S^^ttd, atO bie dlbb^tritiiChen S)ihter auf Untoften beO ®e: fC^madtO get^i^iner ©tabt aufjumun^^i^n; b. i. alte acaaren bie fie gratiO tiefern wurben, fflr gut ju nehmen — nach beim alten ©prfid^t^c^rl^ie: gefd^er^Etem ©aut (teh n^cht inO (vie eO ^^e Ulbb^ri.ten gabber, wo man umf^^ff: i^^, wirb immer gut getrdelt.

S^aO »on 5^^t in (Rom fagt:;

Scffbiutns indocrti d^^^ique poemata pasi^iim,

g^^t UUU oon ^bbera im fu^^l;tftiofleu ©rabe. SB^^t eO einem jum ^er^^enf: angered^net wurbe wenn er ein ©chau: fpiel unb w^^l (delecC>e^rl^^ugO nichtO habet ju wagen : fo mad^e^^*^1ragobieu wer (Uteem geiiug hatte, etn ^^^r S^u^^nb ^^^^n^n^eugerf(fte ©e^c^^fcn in eben fo p^ete pon SBombaft f^r^ohenbe t^^^;iobeu aufjublafen; unb *feb^e:* pfatte ©papmacheir oerfuchte eO, bie Zwer^chfelle ber ^l^^^^rte^„ auf benen er fonft in ©efel^fWaften obeir SBeinbaitfecn gd^rrommelt fdt^^e, *ie^)t* ^^nmat »om S^Weat^^ beirab iu bei^irbe^ten.

®^efe patri^oltfrcbe 9?«d^(i(bt gegen bie 9?fltionfliprrobncte batte eine natn^libe J^oige, bie ba^ liebei juglei^tb oerme^^^te unb f^^tbauernb mac^lt^^ ®o ^^n ge^t^til^ei^fe^trctJ, n^^nbige^, aufgebliafn^^^, ungexo^*^!^^^, unwfffe^be^ unb abor gung unf^abh^e^ SSblfcben e^ auch um bie iungen ^^^^icier con atbbeira fo lief ficb botff ga^ halb ^^n^^ oon ihnen, wir miTen nich^ ob^oon feinem SWabcCjcn obeir oon feinen ©cht^a^of^ern, ober auch oon feinem eignen ang^^ammten Siiin^et, weiif ma^icn, baff e^ nur an ihm l^ege, ^^ama:; tirCche iSpb^i^^irdnse su erwerben fo alB ^^n anbernr. Siefer ■cr(Oe iCerf^cb Wurbe-'^^t ^^nem fo gtanjenben S^r^; folg b^ff S^f^e^i^ia^ (ein Si^^flfe be^ atr^chbu fi^no; iait^), ein .Ruabe oon (iebJebu T^<^brren,■-uub, wa^ in ber J^c^^ilir^t^efi £^^oiaufi ni^chf^ Uugew6bu^Cbe^ war, ^^n nci;^^ rifaee# ©ane^h'^upt^/ ein unwl^bel^(^ebl^<hT^ S^^^cfen in Te^ueu 5^ng^^u'TUblte auch ^U aSoc^eff^iet su wie man b'a^ malB bafi Sing ^^itf, baB wir jegt ^^n iE^ic^^^ei^fpl^el ju Trf)el= 0TU pftegen. ^iemc^lB Teilbem Slbbera auf S:bo«fybem 93o=; ben fianb; bal!le' man bimmereB ^a^i^ouaipnobucO ge; feb^l^•: abeer be^ SJerf^affer war ^^U 9?effe beB 9lr^^o'it, itn'b To i^^ut' ee ihm nicht ienlen. ©er ©c^ti^piah waP fo •bof,. b^if bie jungeu ■.Berneu beu f^bneu Q^^t^eeil^^unelO■ auf ben^ ©Boofe i^^eu mufft^^; bie-gemeinen 2eute fiBUbeu ii^^^b^^ auf beu ©c^^ll^^rn. 5J[au hbine atte fUnf Siete in unoe^^ wanbter bumm warl^enben ©l^;Oe an; ^au gihi^^e, Teuijte, w^fchte (ich bie ©tirne, ri^eb bie Sin^^n, nalte hftnbl;Ccne lange

2Bei(e — unD ju; mib wie nun enblid, lang' a:fe^«fjte Ciiibe Jam, wurbe fo abfd^i^uUcb 9e^((jtff^>t, b«| etli^cbe idth nermae SDi^lit^^folindjen ^^d;®eb^e b^^Jibei; oetloren.

9?im wa^'d flaf, ba^. ed feine fo gro^e ^un(l. fepn iuflffe ^^ne 2;rag6bie ju in«d^<^it, w^^l fogi^i: bet: imige ^^^rnmi^ad eine geiuadjl batte. ^ebetmann fonnte fid) oijne grofe Un= befd)l^lb^l^l^(^lt eben fo oiel jut^i^auen. Sd wurbe ^^n 5atitil[^^t^: ^^^^l^l^^l^tltt, baf jebed gute J»aud wenigfend mit einem @ofne, 9?effen, ©d^waget: obet: US^tlfee: mufte prangen f^nnen, bee: bie 9f(»tionat^^<f)<tuiifll)ne mit ^^ner Sombbie ob^t; eit^fm ®o(fdfpiel, ober wenig(tend mitei^nem ©ingfpi^^defen befd^^nft batte, 2Bie grof bief 9S^rb^en(t feinem innern ©efalte nacf etwa fep, b^ran baefte niemanb; @uted, ^Tiit^^mntfjged unb (Slenbed tief in Siner i)eerbe untereinanber ^^^r. ^d ^^e^i^trfte, um ^^n fiblecbted ©tUdf ju fdAben, feiner Sabale. S^ne i)^Bf(dbt^^t war ber anbe:n wertb. Unb w^^l bie Herren aDo:: feitd ^^^d^i^ljr<ben batten*, fo tonnte ^^inem ^^nfaffen, bem anb^^n bad berUbmte Auriculas asini Mida rex habet juju: fU(t^^n.

9Kan fann ftb leicbt porttetten, baf bie Sun^ be^ biefer S^idi^famf^it nicht oiel gewonnen haben werbe. ^b^^ wad ffimmer^e bie Slbb^e^iiten bad 3nte::e|fe bet: Su^^^? ©enu^^ baf ed fur bie 8lube ihrer ^i^^bt urtb bad allerfei::^^e■SB.er? gniigen jutiragtider wat:, berglei^eben ®inge fri^bldcb unb fe^^ebUch ab^fbun.

2^a fann man febelu, pflegte bee: ffltrdjen Onolaud ju fagen, wie piel b^r^^if anfom^^, baf man ^^^^g b^^m rechten Sube nimmt! 2^ad Som6b^nnpefel^, bad ju Sttben aUe

STugcnblicfe bie ^jnbel «nvi^cbtct, t(t ju 9[bbci:« ein 95(«nb be^ alfgemeiincn guten 3^(ei:neb^en^ unb beic unfcbulbigfte 3^^tnert^eib non bet ®ett. g»«n gcl^t in bie Somob^e, man erg^it (itb auf bie eine ob^x: anbere enttoebei: mit 3u= obei: mit fein^^ 9JaCjl^«rin/ obei: mit Strdumen unb ^chlflfet, wie eO ^^nem jeben ^^nn wii^b ge^lntfcbt, je^^irmgnn ge^^ ^^f'li^^ben nach i^t^^ife, iinb gute 9?flC^t!

SBii: fagtcn o^i^^^^n, bie ^b^^i^^ten ^^^iten fid) mit ibidem S^bl^<lter fo niet ju tb.un fie in ©efeDfC^i^ften ^^^qflbe »on ni^^s non Somobic gefpirodjcn, unb fo fitb'd auih roitfiib. atbee; wenn fie oon 5Ebcaeer^ii^<fen unb aSoi:fteUungen unb ^cfcaufpiekirn fpracb^n, fo gcfcbab ed ni^t, um ee»« ju unl^ei:fl^tben rond b^tan in bei: lCbat ^^efa^^;: wfitbig fepn moctte ober nf^c^^. ®n^n, ob fie ficb ^^n 2^ing gefatlen obei: nlitt gefalfen laffen ro^^een, bad ^^^ng (eb^ee nOi^inung nach) iebigti^et »on ibtem freien Gillen ab; unb, wie fie b«tten nun ^^nmal eine 91^ oon fc^ioe^genbei: aibrcbe mit ^^nanbe: ^^^roffen, ibre ^^nbeimiften ^^amatifetben gJlanu|faituren aufiumunt^^n. „g)ian iiebe boct redb^ augen: f^<^^l^ti.^," (fagten fie^, „wad ed auf ficb wenn bie .Run^e an ^^nem Drl^e aufgel^lu^^elit roirb^^. ^Jocb iwanji^g 3abre^ baeeen wi: faum jwei obir ^^ei ipo^^e^, oon au^ei: ^^wa an @eb^lrtdl^agen ^^ee: ^>id^i^c^^e^n, iiin gjlenfih nabm. 3c)^, itlt ben jebn ^^d jwB^i■S^(^^^i^en bag wi: ein eigneO a^beater bab^n, fonnen O^li fd)on Abe: ied^^^l^nb^^ie ©tgifi, g:Oi unb ffein in ^^nanb^^ gerec^l^^ll, aufroeif^^^ bie aDe auf ^bbi^^lliC(hem @runb unb 33oben ge^ wacbfen finb."

SBei^in (te alfo von t^ren ©(f^flufpieKen fo roar *ei* nut, um einanbet ju fragen, ob, ium SBe^fpiel, ba^ geftrige ©l^ifttf nid^t fd^iSn gdtodfen fep? unb einanbet jn ani^: worten; ja, ei fep febr fdhon geroefen — unb roai bie @d^<^u: fpiel^iT^^, n^e'ltbe bie SvO^senia ober iMnbi^i^nffl^tbe vorge^ellt (benn ju aibber« rouirben bie n^ei^ltlicben Swollen von wirfldhen graitenji^mmern gefp^elt, unb baB war eben nidbt fo a^bbeviti^fdb), fur ein fd^i^nei neuei ^lleib angebabt babe? Unb bdi gab bann®etegenb(^eiiiu taufenb (leinen int^ereffanten i^ni^e^eC^ngen, (Reben unb ©egei^rebi^n, uber ben bie ©timme, ben 9^nff<^nb, ben ®ang, bai ^rragen bei ^opfg unb ber 3ltme, unb swanjig anbre S)inge biefer aiift, an ben ^obaufpielern unb ©d^t^nfp^eli^e'innen. 5Ki(tunter fprt^tb man au«b wobl non bem ©^I'irfe feU>(t, fowobl non ber SRufif ali von ben (Bort^en (wie (te bie (poefie baaan nannten), bai ift, ein jebei fagte, wai ibm am be^en ober wenigften gefaDen batte; man bob bie voriu^litb rubn^enben unb erbabnen ©teUen aui; tabelte autb wobl bi<tt t)a einen f^)^£^)^rutf, ein aU&u niebrigei (Sort, ober einen ©ebi^^fen, beti man flbettI:i^^ben ober anflafig fanb. Slber immer enbigte fidb bie ^ritit mit bem ewigen ^bberiti^ftben (^^fn^i^n; ei bleibt bodb immer ein fd^i^nei ©tUtf — unb bat viel SRoral in (ia). ©dbane aDoaa^! pflegte ber furje bie(?e (^(^tbib^w binsujufeben — unb imnvnc traf ptb'i, ba^ bie ©tUdfe, bie er ibrer fd^i^nen (Dt^iral wegen felig priei, gerabe^^iie elenbeften waren.

SRan wirb vieBeicbt b^iu^i^n: ba bie befot^i^t^irn Urfatben, bie man ju SMbbeira gel^ttbt ^^be, aOe ^^nbeimi^'fben ©tucfe, obne iRu(f(t^t auf ^er^^enft unb SBur^^^^ifit, aufsumuntern.

beii au^i^i^icti^gen nicht fo h«ttc bodb r^i^t^igflend bie gro^e lBerfC^^eb^jih^it bei: aithenifthen ©d^ittUf^ii^lb^d^^i^ii, unb bei: 2lbftfinb ^^ae^ 2lti>bflini«g oon ^^nem ©ophofle^ etwaiJ b^iju beitragen foD^ei, iht^en ©eff^i^ia^ su ^^tten, nnb ihnen ben Untet^^chieb swiifchen gut unb ff^ii^t^t,. oortrceffiich nnb mittelmu^ig, befonbeic^ ben md^^igen Uni^eirfch^eb' Jtoiifthitl nuturlihem 93<^^t^)' nnb biobee iirdtenion unb 9?fld^(ijf(^iie^, jroifehen bem mim^i^i^n, gle^f^^et, andhult^enben ©ang be^ wahren g)t^^|T^tt5, unb bem ©te^Jjenfd^httt obee: bem 9toih:: teid^^it, ^iaih^^nten 'unb 9^af^^ri^eften bee g^^chahm^^ — OI- f^aulich ju ma^eit. furd a:(^e, i(t bee: ©ef^ma^ eine ^ache, bie fi^ ohne natfiriChe■^ntage, ohne ^^ne getviffe geinh^^t be< ©ee^t^i^|^^t^<^nd, w^^^t man f^ntif^en foi, bm^ih feine ^nnft no^ ^fU^nng e:fangen id^^; unb roir huben gle^ch du Sinfang *bi^efer* ©efchichte ffhon ^^imttt:/ bab bie ^atur ben Olbb^uitew ti^efe ^nlage g^i^^ »ei:fagb ju huf'uii ff^ien. 3huuu fd)mefite alfed. SRan fanb auf ihr^en aiffhen bie ^K^eii^eriliicfe bfd ©enie'd unb ilB^hu^ mit bem 3tbgang bet ff^(^lfien ^6pif, benl 5Cag^if^(t^(fi^arb^^ben bee: elenbeften iinff^^r, unter ein- anbet li^egen. SJian ionnbe ihnen in foifhen Sin^^en weib maihen wad man wone; unb ed war ni^^d leid)t«t, ald ^^nem 0^b^^tiie■n bie ^:ha^^i^f^e^be oon i^^nbar fur ben etilen SSerfuch eined f^nfdn^^i^^, unb umge^t^e^rt bad finn^ofeife ©eff^i^ii^i:, wenn ed nur ben guf^t^i-tt eined ©efangd in S5tn^)Jhen unb Slnti^li^^^ophen hutte, fur ^^n 2Bi^r oon iiit^^^a>^Jn geb<^n. ®a-- he: war be^ einem jeben ninen S^t»icfe, bad ihnen su ©eiiihb bom, imm^^ ihre erfte, grage: ion wem? unb man hotte ^^nbei:t 3^c^^fi^ii^ie, bab lte gegen bad vo^trefffi^(tflc 2Be^'i

. gel^liebent r^t^iren, bi^ *.ft? erfrt^ren* l^atiten b(^{)
einem beri^ltmten 9?tn^en jugeb^re.

ftm no(b ^^ifUmftt^^b, be,f9?omo}^f))ifl)t€^rj>Bi^^/ be^ Spni^fn^ @ol^n, bei: tn bei: C^:iri(btun^ be^ a[bb(^i:itifcben. 9?gtii^t^(^lltbeflter^, ben meiften Qt)(:b^il -^^f^gbt ljatte unb ber £)^^i:(tnffetei^;Wbet itjr gtnje^ .^bt^upt^^lroefen n^i^i:, '^nfjir^icb mtd?te ein grower 9Kufif»erflflnbiger unb be^ er(te ^ompon^ft feinen g^^^t ju fepn — dnSinffre^tf)/ gegen eoeifben bie ge= fdB.^gen glbb^1^1itef um fo. reeiiigei: ^^f^uroenben r^^il er febi: p^)^1rr(^l:re y?lCi^;e r^f^r, unb r^^ilfeineg«fJ^^(2ra^!P^fiiu^l^^^= funft in,^^n«-3[figt)l metobif<be^ gormen d^^^Seiften befr:tfb, bie .^^ .gBe^ Striven pon iCi^^rten rtniupg^ef r^^pte, fo bgp nt^ibt^ tei^^^n r^^t^i:, gi^ feine S^^eil^^l^^en iu fingen unb gu^:pefbig iu ,(a:nen, . :

ei^genff^gtf:, tuf r^^ett^e fitb,®:^pffu^ gm m^^fien in ^^t . n^(^r. feife 9^f^i)enfg^g^it^: im •.S^omp^^^^een. — „9^u/ reie. gef^^^t^.^3.gl^^if,meine S^pbig^^^^^t, .b.effibg,, S(ife(le (obe^ rot^ eg f^^fben, r^t^r:), ije?" — *D,* ggfi ^^^:^l^(^fffi(b, be^r 9?omo: Pb^lgr,.— z^^eit.: bg. ift bofb eeifpe ©gg'. fliepenbe O^elobie! l)(iz blit Unb. ^ie- igfge benfen @ie btp itb b^^tn ge-- ntggt.bflbe? 3«gtf•n, ^'^e · –7 **.jjente** bnben wir ben geeiiegnfen — ®en Pierf^ef S)^oegefg um funf Ubii — ©ie r^ijfen iib ^^n.frub grf-b fe-.t' icb mid) tn mein S^iuit unb fing tn — unb geilei:n ipi^i^^f sebn Ubr SSpremttggg mtcpt' id? ben tegten S^t^ici^b— iWnn-ig'bien @ie .rgdg, 4, 5,^. 6, 7, 8, 9, 10/ 11, 12, — mtc^t^z wie.©'ie feg^f,■...nitbt nolle neun S^^ge, ,rng gg^untee ifoei Dlgtbgtg^^, unb i:^^i; obei; ^^ei :vo icb iu ®gfte gebei■en wgr; gngre ©effbfte .ni^cbt geref^net — i>m!

wad fagen **@te?** *bai* niLc^t fir — *3*cb fag' e^ eben nicbt am micb iu rfibrnnt: abe^ bad ge^irau' icb mir, wenn'd ^^ne SBette ba^ f^^n S^omp^i^ii^ im gmjen ^ur(^|)aifcben unb ^ffiatiifcben ©l'^^^ettlanb eb^i: mit ^^^nem @tucfe f^^tig n^i^irben foil ald icb! — Sd if^ nic^^d! Sibeit ed ifl bocb fo eine ^^gne ®abe bie ib b<»be, *bei/* bi!"

a^i^ir bofl^^n, unfre 2efer feben ben SRann nun »or ffdj, unb wenn fte einige Anlage sur «Ouft(bob^n, fo muf ibnen fepn, fie bfl^^fn ibn beireitd feine ganse 3pbige»^i^«, J^t^f^ba unb ^Icef^c bftun^ei^oi^geln gebort.

9iun batte biefe: grofe 9Rann nocb nebenbeic bie fl^efne ©(^wadfbett^, baf et feine ^^t finben fonnte ald — feine ^^gene. deiner pon ben befte^ ^onfebecn su Sltben, S^f^eben, dorintb u. f. m. fonnt' ed ibm su Sanfe ma^en. 2)en be^ rfibmten ®amon f^^bf:, beffen ge^a'Kige, geiftreicbe unb immer sum j^^i^^en fpreebenee 9[rt su crnnpi^i^iren auferbalb Ueb(^l:a alle'd njerd eine ©eele botte ee^c^:ue(^^te, nannte e: unter feinen iG^^tt^autien nur ben S^c^nfUfinge^co^pt^nt.ften. ^ei biefer Sirt su unb oermoge ber unenbti^cben wom^t feinen mufifal^fben £aicb oon fftb ^^b, bntte er nun binnen wenig S^abr^en su mebr ald fec^j^^g ©turfen »on b^eSbmten unb uneerubm1:enSl[tf^^n^^^cn©fbaufpielbicbtern bie SKupf ge^ad^lt. S)enn bie Ql^^^e^riti.fcben 9iationa^pr^oeucte uberli^ef e: meiflend f^^nen ©e^i^leln unb D^bacaan^eer^^ unb be$^t^^gte ffcb blof mit ber Stcoipon ibr^ ^lrb^it. ltr^ilCb fiel feine nffi^l^l, wie man benfen fan^, nicbt immer auf bie beffen ©tu^e; b^e ij^al^l^t^e wenigilend waren miflu^^ene eombaii if^e9i^^cbaamungen bed 9felcf^b!l^(5, ober aegelc^l^a(lite 5abrmarl^tdf^^^e, bie »on ibrctt a^t^irfafTeirn fKbft blo^ fwr bie S^eUtUifluna unterften ipol^eliJ befi^unniit waren. 3[bei: bei; 9iom^= ^^n ^»(tupt ber ^(^abt, Ijatte (ie eot^j^on^^ri; fie wu^ben alfo unenblj^cb ^^Elatfe^t; unb wenn fie benn autb bet. beir ^ftern ^Bieberboiung mitunter gabnen unb bojanen mad^^en bat bte ^innl^ben eatten auASeiin^^ber aeben mogi^n, fo oe'rpd^^icte man ^^nanber botb beim Jpe^rauigfi^eben febi; trO^ti^^*. fep g^if ^^n feb^t^e^^ git^cf unb eine frfjone SKupE ge^^fenl

Unb fo oeir^^nigte fidb benn beii biefen gri^ed^el^JEnben i^ijaeietn, niCht nur gegen bieJHirten unb ^tueen S?<b6s nex, fonbeirn gE;gEn ben Innern Unl^e:;ebiEb ^^li a5n:tr;efF^^^en unb Schecbten jene med^ani.f(be ^altpnnigEeit ^^ingen, wobur^cb fte ficb bui;cb ^^nen feften 9^a(:u^t^ad^(»a^E^ terjug oon aElEn Ubri^gen a^i^lEeitn e:^^br^^l^li au^!Ji^d^^el^en ; ^^ne ^aEttnnigtl^Ei), bie baburccb befio fonbe^* wurbe, w^^l pe ibnen gleif^twobt bie gabigf^^t lt^ep, }uweiEEn oon bem witrEidb.SfcbOnen auf ^^ne g^^ fettEame 3[rt af^icdtrt ju werben — wie man in h^i:jem au^ einem m^^EwUt^bigen a^eEEp^el erfeben wirb.

aSeittiige jut 9I6betiitifd)fn Sitevai-jefdjldjte. SJuiJiridjteii oon lOten erficn tOe«tr(l(l<f,en ©id^te^m, -ivpcrboti^i!, $^«t^afp«6mi^iS, Mn^ij^OUuS uiib 3^(;(ap$.

95«^ii atter bief^^ anfcbeinenben ©leidagHiifiFc^it:, S^oleranji, ^pat^ie, ^ebppji^ic, obeif wie m«n'^ nennen win, muffen wit un^ bie ^bb^Jr^ten gieit^roolil ni^t^t al^ 2eute oijne alien @e: fd^t^aff oorfteHen. S^ienn i^re funf ©inne Ijat^en fie r^chtig unb voB unb toieiooihl ihnen unter ben angegebenen Umfianben 9llled gut genug fd^metffe, fo bauchte fie bodj, biif: feg obeir jened fthmedJe thnen befei; atd ^^u anbre^; unb fo hatten fie bei;^n ihre gie^^inggilflife unb 2iebliuggbidlte^ fo gnt alg anbre 2eute.

®am^lii, alg thnen bet tieine S^etl^iruf mit bem Slirjt ^^^pdEra^eg Juf^^eli, wartu unter ^^n^^ li^t^mlultn iMn^ahl »on teen, wel^che ^l^^bi^^itf baoon machttu J^i^ei: will^gen nicht ge^^^^ete/ ootnehmli^ch iwei im 93elih be^ h6«h= fien ®un(i beg ^b^^titidbeu ipu^^icumg. ®cr eiut maihte ^Ctag6bitn unb eine airt ©tiicfe, bie man ie^t fomiiC<be £^1^01^ beif aubelfe/ Sameng a;blttP^/ fab:iciri^e eine a^tt oon SE^it^^^l^b^ngen,, wobe^ eiutm Wtbtt wohi noch u'eh gefcjah/ wooon *er* ber Sl^^^btr war; unb bie btbwtgelt nach feinem 9?amtu S^^O^ofotbitn ge^^i^^t wurben.

affte war eben beir btlftn(■(hou iu aliv fang ^^tftf ehtu fo wabrbafttn alg wabt^^£htin^dben ©efchichte alg beg ^erUbmet|t:eu uuttr ben etbb^l^^iidbtn SJchtern gebaOt worben i(l. batte lt<b iwat auch in ben nbri^gen ©att^^^Qcn beirnoirgetban ; bie au^ee^oi^ber^i^liibe (^(^^teili^fbfe^t feinec i^anb^; lente fur ibn b«tte ibnt in allen ben iprel^ juerfain^^: unb eben ^^efei; erwarb ibm ben bod^titabenben Zunamen ^••^perl^o^^ti; be^n »on J»au^ au^ nannte *et* ficb i>e^c^(i(j«.

2^et ©runb, warum tlrfrr SOenfcb ^^n fo tefcnt^^;r^ ©lucf be^ ben 9lt^^^^^trn mad^f-e, war bn: nat^lrl^b^r »on ber SBelt — namlicb etrn ^^r, weSwegen rn unb feine IB^^te an jebem ant^r:^^rt^e bn: 2B^^t ali in2l^ttera auigepfiffen worben warm. it war untrn aDen ibren SCcbtern ^^rjenigr, in welchem bn: e^genttt<hr ©nift »on mit alien feinm 3^^^^iimen unb Qj^iue^d^i^ngm »on ben f^i^i^^rn (^i:oei^rtionen unb 2inramentrn ben SRmfd^lb^t am leitbaftr(ten ber: imige, mt bem alle ubr^gm am meiften fe^t^c^tt^ifii^^m; ber immer aHei juft fo macbte wie fie ei aucb gemadit baben wfit^: ^^u, ibnen immer bai l^ort aui bem 9Kunbe na^^^, immer bai eigmtlicbe (eiinit^cbm traf wo fie g^f^bmt fepn wolten; mit ei^em Sffi^ott:, tnt Siccbter nacb ibrem ©inn unb ^crjenl Unb bai nicbt etwa in ^raft einei auen:orbmtl;ubrn ©ri^cc^lf: ftnni, ob^r ali ob et ficb ein brfonbl:ei ©tubium baraui ge: macbt batte,' fonbern lebigli^cb, ^tU «r unter allen feinm SJru: ^^i:n im 5^at:feai am meiflm — Ql^^^tr^t war. ^ei ibm ^^crft^e man ficb b^rauf rerl^lfen, b^t? beit ©ntc^^it^))e^nttl, woraui et eine anfab, immer bn: friHeffte war woraui fiegefebm werben fonnte;,^<bah er j^wffcben jwei Sin^f^m atte^^l bie alehnti^llnt gn:abe ba fanb, wo ibr wrfnltllcbi:rr Untercibieb lag; er je unb all^^^^t feinrli^cb auifebm wiYrbe wo ein oninunftig^^ 5^ef^n(cb laf^il, unb ladjen wurbe, wo ei nur

einem SlWeril^en einfatten f«nn jii (arfh^i^z u. f. «)• Gin SWetint, beic *beiJ* ^i^W^ic^tiifcben ©e^iiu^ fo ool^ n^nic, fonnte natiirlibet 2Beife in 2[bbeica «Be^ fei^n *ee* n^c^iite. Sfuib e: i(,t Qi^i^^ice^t^„ ibn i^ic ipiinbf^r, iljr Qi^ftCpPuiJ, ibr StifCoj pbf^^e^, unb f^^t turj^em arbeitete an einem flroben ^tat^onal' ^el^bengebidbt in adjlt^i^nib^eicjiia ©efan^^n, bie 3(bbcriabe ge^ nannt — ju gro^eic JCr^^be be^ g^^jen ^bb^rit^fben iBoife^ I fagten fie, ^^n f^omer ift ba^ ^^nji^^e w«g un^ nocb a^^^i^t:; nnb wenn ^>t^per^^^^tu^ ^^t f^^n^^ Sibbeiciabe fepn wirb, fo buben wir 3li<»^ «''b jdbpflfe in G^nem ©tuife *b^if<^1^1^^n*•, unb brnn ia^ bie anbeicn ©ri^ibem f^^^en, unb und noih uber bieat^fetn anfeb^n, wenn fie bad 5?e^ij bflben! ©ie foDen und ^^mem ^tann ftel^^^n, bem wir niiht einen aud unferm SWii:tel entgegenfte^lem p^i^l^en!

S(ne^effen war both bie S^r«gOe^e bad eige^tfiche 5a«h bed j^pperb^^.ud. Gr batte ee^em ^^in^^^ltun^^w^^jiig (oermu^biich autb gro^ unb flein in ^^nflne^^ gered^t^i^t:) berfertigt — Um(t«me, beie ^hm be^ ^^nem iDo^fe, bad in atten Sirn^j^en nur auf Sfi^jjabi unb fOrperii(hem Umfang fab, ab^^n fchon ^nen au$erorbentCi^(bem geben mu^te. 2^^nn ron aDen feinen ^ebeJ^t^l^lbl^rm e«tte ed auch nut auf bad S^iitt^el biefet Sabi btingen fOnnen. Ungeaihtet ihn bie 3^^^^r^item wegen bed f^^ner g^chreibart ihren fUtefC^t^lud ju nennen pf^f^^ti^n, fo wuOte fieh feiift hoch ni^t wenig mit f^^ner Origin^^itdt. ^an weife mt, fprach *et,* einen ^^nen ©^^<^nf^^, ©efubl, einen 3ti»dbtud, in aben meinen f3Jerfem, ben ich einem anb^^n genommen ^^tte! — Ober aud bei; 9iatur, febte S^em^^rit binsw — „O1 (rief Jpp^^e^rb(^ll^d) waS t»flg fonn *ii)* 3^B»en jugeBi^ji, c^ne b«p i(^ »iel Bnbe^ »«;liere. '®ie jjei^i^en tl(^i^= peirn imm^^ mit iBret unb roilfen am er^be nicBt wa^ fie woEfcn. ®ic gemeiine 9^fltur — unb bie meinen ®ie bocB — gel^i^i^^ in bie .Romobi;^^ in^ ifl^^^nft^ii^^/ in bie tC^lapfobie, wenn ©ie wott^^t! arbeic bie a^^t^^obie muf ub^^ bie 9tn^ut gelfi^rt, ob(^ir if> gebe ni(^t eine b^ljle 9?u{i b^irum." SSoit ben fein^gen g^It bieb im uoDfien sS^nif. ©o wie feine (pe^fonen Bfl^ltte nie ^^n SKenfcfc au^gefebe^n/ nie ^^n SRenftb gee^ad^it, gefp^ocben noch gebf^t^i^e^llt. ^tbeit b«^ woilten bie 916- beiriten eben — unb bnO^e^ fam e^ nuf^ b^fj fie unter nDen auSwn^t^^en ©iibtern am wen^gjfen auS bem ©opbo^^eS m«d-.- ten. „3Benn icb aufricbtig fagen f^^, wie ^cb benfe, — fagte ^^nft ji^pperboluS in ^^ner pornebmen ©efeKfebbff, wo Abeir •biefe SDaae^rie auf ^^t 2[b^^^lf^tit(b rrtfm^lt^iilct wu^be — ieb b«6e nie be!^^;eifeu t6nuen, *Mi* an bem OebipuS obeer an bee: Stht^ tra *beii* ©o^i)(^fj(^^j, befonbi^irS waS an feinem ^^^(oftet fo 3[ugecotbenltl^(bei fepn foll. f^Ur ^^nen iWa^folgeir ^^u^^ fo ^:babneu ©ibterS wie 2^eff^t^il^i, t«ttt er wabrlitb ^eiwi^ltig ab! 9?un ja,, ^t(:tfcbe Urba^iitat, bie ^reit' idb il)m n)^«bt ab! Ur^- B^j^itdt fo ^^el ©ie woHen! Stbeir bee: t^euerjtrem, bie wetl^er^- leucbtenben .©e^b^in^f^n, bie ©onnerff^l^^g^,, bee: biur^(ibeube ^irbelwinb — fm^j, bie 9l^ef^^^«r^^, bee 9fM^a:Sf^ug, ber beir ©turm unb ©rang, beir ben wabren t^^g= f(ben ®'^d?t'eir jmi^ebt, wo ifl — ©aS nenn' ib wie Slteijfer oon'bee: ©aebe fpreebet^, fagte ^^ner oon be:e ©efell= ftbaft. — *o,* fiber foltbe ©inge oeirtaffen ©ie fieb auf baS Urtb^^l beS j?v)^^rr^oli^(S, rief ^^n anb^r^e; wenn ^^'S nicbt

«

»erft^^en feBte! — Sr iCrasi^bi^en fliem«C^t, f(ufl:eitte ^^ne aib^f^ri^tn einem Jfr^m^ben in'^ Obc' er ift beic ^^(ie ^(,e«tei^t)Kbltei: »on ^bbi^i^ft!

^r^beften b^tte e^ boeb unt^^ flUen feinen 9iebei^l^i^()((^i^n, ©e^t^li^icn unb ^^nbfltari^en ihrer jmeien ^e^i'^'r't, ihn ^^f bem trofJi;e(hen itbron, auf bftt ihn bei; alrjsemeine S^eifall biurtufi gefe^a^i^i^l^e^n, wanfen ju maehen — bem einen bureb ein ®tu(f, m^^i-n beir ^elb gle^eh in bei; erfien S^i^ene b;^ erflen ^et^ feinen ©«t^^ erm^^bet, im jtoeiten feine leibleche ©e^ir^efleir ^^iicathelt, im bcitiJen entbeeft bdb er fie mit fein^^ gutter gejieugt b^tte, im VjU^^en (ieh fei.b^it Ob^m unb 9iflfe «h: fe^neibet unb im funften, n«ehaim er bie Shutter rer^^ftet unb bie ©e^iueifceir erbreflieilt, »en ben gur^^in unter unb Sennet in bie i?6lli gee^i^lt r^iira — bem nnbern bureb eine ©^ebe, werin gu^er *einer Sienge* 5! *s'. Ai, AJ. psV, peV,* unb unb ein^gen SSO^c^p^hemien, webeii ben Z«h6rirn bie i^i^^^e ju S^ei^^e ftnnbin, ba^ ^^nje ©tuet in lauter ipan^t^: tung unb n)<^i^ltemime gefiiJt war. S^ei^e ©tuefe hatten ben erf^i^i^nliehfien Sffeet geith<^^. — ©ie waren binnen btei S)Urn^in fe piele S^^?nupf(^iie^)^^ »eH gel^^i^rt wei^r^enn ,f^^t ein Ubbe^rg in belt 2Beil: w«^. — ©ein, ift nieht jum aiuij--halt^^, fd^l^i^id^jten bie fd^i^nen ^bbe^ertinnnn — Set atme ^rinj! wie et heutte, wie er fith ^^iru^iw^ijte! Unb bie (Rebe, bie er *fiil^It,* ba et fteh bie ©afe «bgif(e}^ri:ten h«tte/ *rief* ninn «nberi — Unb bie J^uriien, bie ^ur^en, fd^1;iu eine bcitti — ieh werbe ber SBechen lang fein 9iuge »et ihnen ju^hun fonnml — €d wa^ fd^^;edt^d>, ieh niuf ^^ff^eh^n, fagte bie »in;ti; gb^t, e bie atme ©iebe! wie fte mitten unter ihren fibe; einanb^^t beirgetviilsten ^inbern ba (lelbt/ f«(b bie ^^i^*ate* au^irauft, fie uber bie bampfenben £ei(beh binUc^utz bann ficb felb(t auf (ie ^nimrff, fie wiebe: beleben bann in ajersw^^finng ^ieb^^ auff(^I^^it, bie 3(uge^ ^^e f^^rige Olab^^ im fiopfe beifnm rO(^, bann mit ibt^en eigenen Dfa'i^i^In bie aufreiiit, nnb ^an^^oott S^liut^ uiUet ^^tfeb(i^<ben 93et^: nj^tf^^ungen gen i^immel n^iitft! — 9J^^n, fo ^a^ iKubtenbe^ mug nie gefeben worben fepn! 2BaO ba^ fut ^^n iWann .fepn mu^, bet ^atafpaOmi^^, bet ^tarfe ge^ug fo eine Scene aufO S^^eutet in bting^^I — ^un, wad bie ©tatf^e anlbeetiflft, fagte bie f^one ©aiabtnbi, batau-f (agt ficb eben nic^t imm^^ fo fidjeit fdbiiege^. 3< iweifle, ob ^atafpadmud abed batten wut^be *md* et iu petfp^ecben f^eii^i^ gtoge iprablet fchledhte ged^^^t. — gjjan (annte bie fdjSne ©alabanba ffit eine gtau, ^^e fo *md* n^cbt obne ©tunb fag^^;; nnb biefet g^i^iing: fugige Uhuflanb beacbte fo viel iuwege, bag bie ST^obe bed ^at^afpadmud bei; bet i^oeiten 93(^i:ftellung nicbt mebic bie j^^a^|^|^i bet po^igen ^Bit^^^ng ja bet 2)Cetir felbft fonnte fleb in bet golge nicbt ^iibir oon been ^djO^g etbolip, ben ibm ©a(a= bauba butcb ^^P einiiged SBoct in bet ^^^bi^bun^^^^afC bet 9(bb^elitinnep• gigibep b^tte.

3pbi(fep blieb ibm nnb f^^nem g:^in^be ^^^|^^|^eiu^ bocb inner bie (Sb'^e, bet S^t^c^g^obie ju SH^J^eta einen niuep S^ebrnung gegeben ju b«e^n^ unb bie (^lcfinee: in^e^^ee ne^e^ ©ateungen, bet gei^cgge^n^1fi(een unb bet pantomimife:b^^zju fepnz in tt^el^nep ben W^t^^ei^tiicben eine i^a^fbabn eeOf^nee wuebi, wo ed um fo wiet fi^cree war g^^betp ^^p^ue:nt«t, ba .^eee

©tunbe IdiS^tet xft — ^i^nber iu erftbt^ftfi^n, wnb feine ^lelben ooif lautet 3[ffeet — g^ic ni^t^ fagen ju lalfen.

2Bie bie nienfd)li<be Unbef^W^l^ii^l^eit fieb an aBern, in fein^^ gieubeit nc^ fo angenebm ifl, gar balb erfa'tti^get/ fo fingen aucb bie Slbl^i^itiiten beifeiit^ an e^ fibetb^iilfig ju werben, jte immer unb aBe ftage fB^on ftnben foBten, waB'ibnen in beic 2:^^^ f^ on (ange gi^^ wenig 2^l^l^J)i^^^gen macbi^^: atB beir iunge SblapB auf ben C^iinfaB fam, ©tflcfe aufB S^beaier iu ^^ingen, bie webeit A'omCbie noch iCragSbie noch Kpoffe, fonbern eine 3^t:t non lebenbigen Bibbi^iritiecbJn J^c^^itin^j^c^malben waicen; wo webeit it^elbin noth Staicren, fonbeirn gute ebrticbe baasJ-- gebcxtfue S[b^^^^i^tin auftreten, ihren t4gitehin ©ta^^;;, SKartt--, unb gt^^mil•^ingiW^ititen nachaii^^ii, unb einem t6b= li^ihin ©pec^C^t^^o^itum geeiabe fo hanbeln unb fpre^en foBten, alB ob *fie* auf beir *iBfiljne* ju ^aufe wa'r^n; unb *cB* f^nf^ feine Seite in bet 26e[t gabe alB jte. SSan jieht,- ba^ bte^ ungefa^^ bie naml:C^bi ©attung wair, wobux^cb jitb SJfenanber in ber J^olge fo »iel gjuhm erwarb. ®^r Untere(htib bef^anb b^t^itn: bag er ^thenii; unb jener 2lbbl^l^^itin auf bie 931abni braC^^e; unb b^jf er gOetta^i^ei, unb jinet a^i^l«p6 waic. SiBein ba biefer Uni^ere<biib ben Sibbi^iciiten ni^tB PirfCblug, pbii^ piilmehr gerabe su t£hlB>^f«>^<^ iB^^theil g^ri^^eb^li, fo wurbe fein eri^iB @tu(f in biefer ©attung mit einem ent^^x^^en aufgenommen, wopon man noch' fein S^leifp^e^ gefehen hatte. ©ie ehi^li^then ^^^j^tciiten fahen fich felbjt jum erfienmal au^^beir ©^x^^biUhnc tn puris Naturalibus, ohne ©teien, ohne £6f^l^i^l^^^ti, ohne ^eule. ©cepter^" unb ®tabem, in ihr^en gil»6bnli^(bin j^auB^eih ^^n, ihre giw6hnli^<bi ©p^e^che rebenb, naB) ibrir angebi^rnen

eigewi^Iji'mmiiden 9(bt^eritif(^en 9'rt nnb 2Bcife tieben unb lebet^, efFen unb trtnfen, freien unb fi^ freien Ifl([cn u. f. nnb bn^ war eben ibnen fo oiel iBcrflniilflen m«<f/l-e. sing ihnen wie einem jungen 9M«i^(t^f^n, b«^ fich ^um erftenmal in einem ©piegel lieht; fie tonnten'^ n^cht genug beiE^^imen. 2i^^»)^^ff«he S8r«ut wu^be uierun^^wnnji^gmfll hinter einanbev gefi^ic^lit, unb eine lange S^^t wottten bie Stbb^t^-iten nicht^ al^ S^hl(^^f6bien fehen. bem e^ n^cht fo friCh »on be:c 5fuft ging wie bem grofen ^>i)i^iri^i^ll^td unb bem 9?on»oph^l^r ©rpilug, fonnte beireu nicht fo viele f^^t^g madjen, ald ffe »on ihm ju haben wUnfcht^^. 9rbeic ba et feinen SJtitbrub^^n ^^nmal ben S^on angegeben h^^te, fo fehlte cd ihm nid)t an 9tach: ahmnng. 9lHed legte pch auf bie neue ^^^tung; unb in wenig^^ ald ^^ei S^aht^en waren alle mogl^chen ©ujetd unb It^t^el »on it^hi^^^lObien fo efid^i^^^ii:, ed wi^lEi^^ ^^n S^^mmev war bie ^oth beic armen Siihter ju fehen, wie fie bcutfpten unb fc^tmhtert, um aud bem ©^wamme, ben fchon fo viele ihnen audgebrucEt h^itten, noch einen S^'^c^pf^en t^U^bed aSaff^r hecaudjupreffen.

S>ie uafi'ifl^he ?^^ge bavon bap unpe1fm^»^^t alle Sin^{^e wiebee ind gehoirige ©lei^chgetpicht ff^neu. ^ie 9lbt>e= rit^en, nach a^gemei^nef meuiihlichelc SBeife. an^ fangd fUr jebe ©attung eine audfch(^eiieube ^eigung fapten, faubett enb^ich, ed nur beffo beefeit fep, wenn fie bem U^^('et^n^fi 9ibwed^^lung unb gjianni^ch^^^tlgt^^t wehren fOunteu. S^e S^i^c^go^^^^, geimi^ii^e, gr^edgrarnffche unb pantomimilf<be, bie ^om6biieu, Dpireften unb <poif(^>U'p^efe fameu w^ii^eir in Umli^^^^; beif fM^l^(^lnlfte bie S^i^c^f^bbien unb ^pperbotu^ (journal b« ibm (project 3[^^^r^i;tifd^^:r ^omei ju werben im ^opfe jtefte) liie^ ficb'^, bodj nicht ju nnbern wait, am @ibe geitn gefc^Heji, bie hod^^e @unft be^ Stb^^iritiifchen (^c^itt^^re mil ihbli^l^fen in theifen; jum^i, ba bief^^ bnt^ch bie i^i^iitalh mil bet nRichte eined Obei^ijunftmeifterd f^^t luti^em eine w^chlige ipei:fon 0e= wotben war.

SStei;te6 i^nptfcl.

S^eti^tt^iirtg^i^O Weitplet ijon Oir guten ®la«l^ttlirl6f^6«fl Oir S^bSeeiten. 5^cfd,(u6 See ®tglettton .ubet ibr C^l^ee^i^eta^efen.

wie pon *bieftr* Sfbfd^we^fnna jum SSerfoig nnfrer ©efdbidbte jui^t^efiehrni, modhte eO nothig fepi^, bem gene^gten 2efeic ^^nen tleinen Sweifel ju bei^i^f^t^c^Jt, bee: ihm wahrenb o^^jtehenber furj^en Slbfd^c^ttung bed SH^beriiiifchen ©d^aufpi^b wefend auf^gr(io|en fepn m6dtle.

@d ifi nidht wohi ju wir^b man fag^^, wie bad airla^ium oon atee^r^n, erj^rn Ji^n^l^nfi^e eben n^dht fo ^^^tdchlli^(h fepn l^^^l«t, ^^ne fo anfehnliche ^^eb^t^audgabe, wie ^^n ldgti(hrd ©d^c^i^fpiiel mit affen feinen a(rlt^letn i(l, in eie'2dngd hnbe ^^tf:ifeilrn t^^nm; gefeht audh, baf bie SUhter ohne ©oib nodh 2^^n, aud purem i^<^ltit't^^^d^^^, ober um eir btofe S^h^P get^^^^l hatt^^. fffiofern abec' eirf lehlrtr war, wirb man faum glaubli^ch finern, baf ed fo mandhen 3^^eai^el^ei^chlrc »on ^l^of^r|fion in ^[ebera ge^^t^en, unb baf bes:

gtofe mit flUem feinem ipi^itrioti^mug unb eiigeu: nu^, e^ 6i^ auf einbunbett^nbimaniig brama^ifbe @tu(fe foUte geitr^eben haben.

Um nun ben guni^igen Sefe; nicht ohne 9{oth auftuhalten, noHen t^ie ihm nur gleich unverhohlen geffld^^t^^ bap ih^e it^heaterb^chter ieine^iueg^ umfonft arbei^teten (benn ba^ grope ©efelh: „bem £)chf^^, beir ba ^^ifd^^, fcO(t bu nic^t ba^ 5Siaul o^^^^nben!'^' i(t ein ^Jaturgefeh/ beffen aBgemeiine OSer^^nbti^^ f^^t auch fogc^ic bie 2ibbeiriten fuh^c^i^)/ unb b^fi, oermbge ein^^ ^^fonb^irn ginanj^^^rc^^iii^n, bab ©ta^^c^i^^^ium beb a^f^ec^lterb h«t&'n eigentli^ch feine neue ^ubgabe ju ^^jfireiten ^^^te, fonb^irn biefer Slufioanb groptentheiilb an anbeirn nb: thige^n unb nueli<e^^n ^rtiieln erf^^rt wurbe.

3>ie ©achc o^^^^^elt pch fo. ©obalb bie ©^^ner beb a^h'^^^erb fa^^^n, bap bie ^bb^i^iiten ffener geifapt hatten, unb ©c^ia^fpiele ^^m a^c^t^i^i^r^uip fUr pe geiooirben ware^^ ermangelten fie nid^^, bem SBolfe burch bie gunftmeift^^ oor^enen JU laiie) : bap bab atorarium einem fo gropen Suwad^b von aii^bgctben ohne neue @)naembque)en obee; Si^^^iehung anbrer Uiubgabeu ni^cht ge:: wa^fenfep. Siepoeraniaplie ^^trn, bap^ei)e a^ommiffion n^eber^: gefegt wurbe, welche, nach meh^ alb fec^^iig Jaelbarf^n ©i^ungen, e)blice d)eu Sntwurf ^^nn^chtung beb ge^l^ineu Slbbe:: ri^^fchen a:ei«l^n;^eie)b vor SJath legte, ben man fo grflnblCce unb wohl aubgefo))e) fanb, bap er flra^b in ein^^ aegfmeiineu a^f^efi^i^i^li^i^jkb^^ 2^^irgecice(^^t ^^nr^ ^^^l^^^ame^l^^g)efee bet ©tabt aiobera g^ttemp^ll wurbe.

aSir wurben unb SUerg)flgen ^^^aub maC^^n, biefeb 9[bbeiritf^^e aJidperpu^ auch vor unfre 2eer JU legen, wenn r^^r imen ®ebufibfi^enu0 burfl^en *ei* ju lefrn. ©oHte abeit t^genb ein gei^eine^ 2Befen in obeir aufer bem beiiiijen Dtem^ftben Siei^cbe bie 5Ki^^beilung befff^tben lounfd^ien: fo ift man etbolttg, foldbe auf erfolgte flegen blope fiatt^ung beir ©tbreibau^^^gen unent^gelbli^cb mitj^«^(^l,enen. ^^e*i* r^a^ r^it l^ie^e: baoon fagen ift: b«p, oermoge biefer 6ini:<btung sine aggravio Publidi, — ^^rtb blope Grfpai^^r^g cinct 3»enge anberer aiu^ga^^e^^ bie man freiidh in jebem anbern S^t(^a(^e fur notbigec unb nfibl'^'bec at^ bie Unterbaltung eine^ 9Jat^onaltbe^t^t^ct5 augefeben *l^atte* — binl^fl^ngiidbe Joub^ au^gemacbt r^^^ltbeu/ „bie ^^^^c::itcu wt^tb^enili^tb oiermal mit ©d^i^uf^^elen iu tra^^iirnu; fotoo^l Jiebter, ©d^t^ufpieleic unb £)rd^(^C^<^c:, al^ bie eieltreu 2^cputi^^(^eu unb ben 9Jom^^ib^ll^!t gebi^j^ig JU rew^l^^ctlrcn; unb fiberbl^ei uo(e bie beiben unters *ften* sa«ffen ber ^uffbouer bei jeber ajorflellung oiritim mit einem ipfnuuigbrot unb j»ei troe^nen 5e<ig^en ju g^(^^i^f^^ircn^" — S^er dinii^ge gebler biefer fde6nen C^^url^(etung n^n^ir/ bap bie ^^^rreu■ oon bei: SEommiffion flne ln 9^f^l^f^(buung beif (Sin= nabme unb Qu^gabe (wegen belrcu IRid^^igfeEt man fidb auf ibre ^^ef^^^te eDertefitet oeerliep) um ad^tjfebntaufenb Srademeu (ungefab: ^^ilt^e)^te^^a«lnub a^bultr febi^^ir ®elb) oerf^c(enet batten, ^^e ba^ ^ei^i^^ium mebif bnjf^^len mupfe, al^ bie an= ge1^^rfcucu gonb^ ^^1:tugnt. ®a^ war nun freildb fein ganj glei(b^le^l^iige1t (Rce^e^uug^oclrflop 1 3ube(^eu waren bie »OU Dlbbeefa gel^^^^^t^ fo glae(^tt^eg unb bona fide bd; ibrer ©eaae(^iErltb^^^^f^^ iu SBerfe gu geb^i^, bap *cel1^(ec* 5abre oer: ftricb^^, man gm^abr wurbe, ro^^an ed li^ege, bap flcb alle ^abrfe din S>ef^cie oon g^e^c^^(^^fcl^ibf1^nfbun^^1:e a^ealeru in beif J>auptr^^d^t^i^ng ergab. 2Bie man *ti* enbli^tb mit sieier 9Kfl'be ^^i^tt^^gebradbt ^^^te, fanben bfe fut nbtbifi/ bie @a<>e voi: bu^ gefatumte a^olf ju brin^^Jt, unb pro forma auf €i^^iib)^ng bei: ©(baububne nn^ntrag^^. ^lf^^n bie gtbbe= ri^en gebairbeten ft(b ju biefem al^ ob man ihnen aSaffeic unb Seuo; nehmen wotle. ^urj^^ *ti* murbe ^^n ^le= ^^fCitum erri^^ett, bie iabrlub abgangigen britt^balib lente bem geme^nen bet im fr^empel ^^t 2atona niiebergelegt genommen merben unb ^^tjenige, bet fi(b funfti^g unter^a^gen mfirbe, auf Slbfd^affung bee; ©<>au= bUhne anjutr^ag^^, fottte fflt ^^nen 5«inb bej:_ ©ta^^ aibbeira angefehen merben.

®ie alb^et^ittn glaubten nun ihre ©ache redht fing ge: ma^t iu hab^eiz unb pflegten gegen Jr^^ntbe fid? »iel ^^irauf iu gut iu t^^n, ^^fj ihre ©d^c^ubflhne jahrii^ ad^^jig S^aUnte (att^tjig taufenb ^haiet) unb gteichmol^^ bee: S^^itga;fd^<^(ft pon ttbb^ira feinen ^lti(t:: fo^e. *Jgd* f^^mt alfed auf eine gute Si^^tChl^u^ng an, fagten fie. ttlbet, ^^f1^,f haben ^^r auch ^^n 9fationa^t^^t^t^^, ^^e fein anbred in bei; SB^^t fepn muS!" — ®ad ift eine groSe aBahr^^^et, fagte ®tt^oOtc<t; folChe 2)Cd^: tef, folcbe ©d^(^l^fj^i<^tl^t;, folche a^nfft, unb roocb'entli^cb vier* fUr a^tjig a^alente! 3^ch ^ee^iggend habe bad an feinem anbern in beit 2Belt ange^rof^^^.

2Bad man ihntn lafen muS^e, m^ir, baS ihr a^btatet fUr eined bet pro^t^gfi^on in ©t^^cbe^n(anb ge^ten fonnte. ft^^iiCb hatten fie bem 56ni^ge von 9!^(»c(^t^(^l^ien ihr befied 9^mt peirfegit, um ed bauen ju fcnnen. aibei; ba ihnen ben ^onig juge: ftan^^e^^ baS bet bet ttjntdfd^^e^ber unb ber ffltbb^itiiten Weiiben foUf^^n, fo fonnte i« niemanb toa^ bagegen einiutvenben babett.

2Bir ^^tten e^ ben Sdeitn ab, n^enn fie mit biefer alt: gejne^nen ^a^iti^t non be^ 9(bbe^filii<ben iJ^beaf^e^n^efen i« lange aufgebi^lten worben fiab. ®ie ©s^aufpi^^fiunbe ift in-- ^ntifben ^^t^beigef^^^^n, unb wit oetfeben «n^ alfo ohne weiter^ in b«^ ^^efe: prei^wfi^bi^gen 0^e^i^i^lilf, wo bet geneigte 2efeit natb entwebei: beii bem Sleinen bidfen Oi^^l^^f^ert^n, obi^it beii bem iprieft^^ ©trobilu^, obeic beii bem @ebwfll^e^: a[uii(t:rep(^a^^^, ob^ir ^^ii ii^genb ^^ner »ou ben ftbbuen ^bbe^^iiiiuu^^, mit weleben wir fie in ben nori^gen K^apiteln be^t^^^t ge^ae^l: ^^b^n„ ipiab }u nebmen betieben wirb.

iS^dptfet*

®ie 9^nbto^ifSa beS G^iii:ipS)f4 roitli flufgefiioift. ©ifoO^i; ©iitteg *M* Slomoptii^lAlc, unti ^ai Me ©angetin St^CofpO Mtiu Oi^eti^agen. Sin f^c^ne 9^nmecfuftgen iiO^ic Me ubeigen ©e^^ufpieltr. Me Sbi^ve unb bie Si^^i^i^t^^ion.

®a^ ®tfi(S[, b«^ biefen 9lbenb g^fpi^i^lt wurbe, war bie a^n^r^^^eba bed C^i^i^iipibeid, eineg oon ben fed^jig ob^ir ftebifig SS^^ten biefed ®i(bie:a, woooU nut wenige fleiin/ ©PAne unb ©^^Uiiai beie aseirni^ibtung ^^^tonneu (inb. ®ie Ubt^eeriten irug«t, obne eben fe^^ sn wiffen wairum, gro^e S^l^rerbietung ffir ben Siamen entpjU^ed unb ab^^ biefen 9?amen trug.

SSeifft^iebene feinec iCragobien obeir ©ingft»iele (toie »ir fie nennen foUt^^i) n^^airen fd>on ofter^ flufae^nO^^z unb «llem«t febir ftben sefunben worben. ®ie 9[nbromeb«/ ^^ne^ beif neu^^en, wwrbe ie^t inm erft^^m^l auf bie ^bb^irtlTtfcbe @d^<«ul^tibne ^ebrfld^. ^iomoj^l^i^li^if batte bie 5Oi^|if getnad^l^„ unb (wie er feinen ^reunben }i^emii^(b laut ind £>l^if ffl^te) biepmai ficb felbf^ u^^rtrof^^n;' bad bMit, be^ SKann batte ficb vc^irgi^f^bt, «De feine .Sunffe auf ^^nmat ju ^ei^g^^, unb baruber war ibm beir gute ^urrqiUied unoerm^irtt ^^1^^ aud ben 3(ugen gefoc^men. ^ui^j, *l^^tre* ©r^obud batte ficb feibf^ coi^j^onntt:; unbe^^mm^ift, ob feine ^ufif ben S^ert, obeir ber leirt feine ju Unftnn tnatbe — weltbed be^n geirabd beir i^unft wair, beir aucb bie 9Ibb^ititen am wenigfien fflmm^^te. fie machte grofen Sdirm, batte (wi^e feine S^i^iub^^, a^i^tl^icirn, Sl^^nten uhb .^audbel^iiet^^en, atd fdmmEli^^l^.S^^n«r, net:fic^«^^^^tn) ftblt trbabnt un'b rfibl^l^nbe ©ttli[«l, unb wurbe mit bem tauteffen enEf^iitbenf^en 95^tiral^ «ufgtnomme^. ^^^t, ald ob nicht fn^<^lt in Ql^i^i^ira noch bier unb ba g^^te g/ftecc^ bit^t^en, bie — w^^f fie nieOticht etwad bfinnere' Dbren auf bie SB^^t gebltad^^ ald ihre iD^i^itbflrgeir, nbelr w^^l jEe anberdwo wad 33t|f^lfed gee^i^rt haben mndbttn — ^^nanb^^ unt^^ niee^r^gen 9e|^(^nb(^n:l baf bei: ^tomophO'^'Cz mit aHer f^^ner idnmafung ein i^i^p^lieud su f^^n, nur S^^O^^mai^^z unb bad befle' fein^^ SBtrEe eine Obapfobit ohne ©ef^macf uij^ meiffend auch nbnt ©inn fep. S^efe SBenigen baEEen fich ehei^ald *fo^c^t* ^^tubt^t:, etwad »on bief^^ ^hrtr J>eterobl^^;it ind Oublicum-erfchaUen ju laffen: abeir fie waren ftbedmai oon ben i©e^t^^^ttrn ber ®rpl^if^ttt 9)inft fo'ubel emp^angen roorb^n, bafj ftie, um mit b^i-iec ,^i«ut brtvon 'iu fur gut fi<b in ^ei^i^en beir S^ifji^tittit su fub^ii^i^ilren; unb nun »«^en biefe jj^i^i^en immer ^^e, bie bei ben elenbeften (St^elien um ecflen unb luul^elen tifttcbten.

Oi^i^effieir tl)«t bi^^j^ui fein S^^euperfle^, um (icb feinem £^berl^<«t^1)te^ wurbig jn leigen! ijub' ibnen uO^r aucb «Ke Jjanbe ootl su tbun gegc^c^^," fagte ©rpttu^', unb ftbien {tde viei b^^uuf }n g^it }u t^^n, bup bie armen Seute fcbon im ^re^^ten 9let feinen tt^eefnen Juben mebr um 2rier i,utt^^.

3m aseree^geeen gefc^j^ti, bu^ Or^cbei^e^ »ur ^^ne^ een ben worin bie Sll^l^c^iriiten e^ mit utten SStdtit^en ,in ber 2Be(t uufnabm^^. ^^^e, wu^ (te einem Jtr^^een baee^ fa^^en, wur: bup e^ e«nerrt unb jr^iat^iig 5^6pfc jturt fep. „®up 3ltee^^fc^(», pflegten fie mit bee(^utrneem Sfcc^i^nt bii^iin jn foH uur uc^tjig bfli'tn: aber freilCh mit bunb^ict unb gwan^^g SRunn lu'l^t ficb uucb wu^ uuPl:Ce^: tet!" — ^ir^i^^ feblte ^5 unt^^ fo wielen nicht un gefd^t^ten 2^^(ten, n^enigfir^(i un foie^e^t^, uu^ benen ^^n iSorftde^'i/ wie — in Sfbl^t^ru fein^^ war noth fepn f^^ntc, etwa^ b^i^itf machen fbnnen. SH^er wu^ buifl^ad ihrem nKi^tii^wefen? GrP war nun ^inmal im ®btt«lru(^er erfc^^lo^fen>. bap im iCeraei^Cben Sttben niC^^^? un feinem ipiuhe, niChtP feinem jwed! rntfpl^echrnb, nichtP reCtt unb nijtp fepn fotlt^. 2B^^l bie S^ute wenig fur ^errSK^hr h^^ten, fo glaubte man auch nicht ^iel uon- ihnen fore«n ju fonui^n; unb weit man mfj: einem jeben ^ufr^^een war, ber fein JBe^eP thut (wie fie'P naul^l^(^t1^Ur fo thut niemanb fein ©ie ©efC^id'ten wurern lu^ig, unb wer noch auf halbem iS$^g war, v^^lor ben aitnth unb jukdt «u(^ t>‹»^ ©ci^mogett waiter iu fommen. l?«tt^en lie (t(^ am S^^be au^ MW geben foBen, ba fte fur 9lbbelct^ti^be £>JS>ren arbeiteten? — J^^eitib bntten bie (eibi^gen gi^emben aucb Ob^uu: ubeic fie b«tten bodb feine ©timme ju ge^^n; fanben e^ aittb nid)t einmal ber 99fube wei^tb, obeif waren ju lioflicb ober ju poliltiffb, gegen ben ©effbmatf »on ^^bbeira ©turin lauf^en ju wol^e^n. 3)er^omiip-- fo bumm er war, mertte jw«r felbfi fo wie ein anbreif, ed nicbt fo re^t ging wie ed foilte. Bfbei; anders bap er feinen ©efd^rnadf b«tte, ober dwelbed auf Sind binaud lief) b^(f ibm u^cbtd fd^metffi^„ wad er ni^t felbfi ged focbt: unb er alfo immer bie reibten tOi^^tel, wobur^ib ed bejfer werben fonnte, oerfeblte — war er auo ju tra'ge unb JU uugef^t^eii^ig, ficb mit anbern auf bie geb^i^ige ^^irt abjugeben. ©ieUei^t mo^t' er'd auib am S^^be wobl leiben, «, wenn fein 2e^^i^l^^rf dwie wobl juweil^en gefdbi^ib) fo: ben 9(bble^riiten niibt re^t ju Obren geben wMl^e, bie ©dbulb aufd O^^lbefiir fd^iebl^it, unb bie Jp^rren unb S^ai^en, bie ibm e^irenbalber ibr Sam^^imint biifwigin ma^^ei^n, aiir- ftdbi^rn to^nte: b^ff nicbt eine 9(ote, fo wie er fie gebalbt unb gef^r^eben babe, ooirgeitragen worben fep. UBein bad war boib immer nur eine geueirtbure fur ben ^otl)fa^. Seenn tt^id bem naferfimpj^inben S^one, w^^^t *ec* oon allen anbern Or^ibefleru ju fplridbin pfle^t'e, unb and ben S^ari^^i^i^^iit, bie er fid) um *b^* S(bb<fi^ittfd)e bnlegt^^, muft^e man f^^liefeu, b^af er fo gut juj^^e^ben war, ald ed — einem fd^en ^tom^^^lb^il^^r aau Slbbeira ji^emt^e.

33ie ed aber auib mit bee: ^iiufif ^iu•fir ^^ubrcmeba unb

ifbtet befCjttflfen fcj^n mod^te: if^, b<if in Ittugejr ^eit fein @tu^ fo nllgeinein gefallen ijatte. ®em ©nngi^r, bet: ben ipetfeud fpi^^te, rout^be fo g^iw^ltig ^i^((e-- fiflltftbt, bap mititen in beit fdbi^nf:en ©eene and bem 2onc fam, unb in ^^ne ©telle aud bem ^vf^opd ficb ^^i^iirtrete. Uubtromeba — in b^t: ©^^t^ie^ wo Oe, an ben g^^tfen von alten ibtren gt^ei^i^nben oetlaifen unb bem 3otn be^ 9tet^ei^ben ^it^^d gej^c^be^„ angfiooH bad SlufiT^i^iben bed Ungebi^m^td ets wartet — mupte ibt^en 9)tonoi^og bt^^mal wiee^^bolen. ®er 9to^(^l^l)!>lait tonnte feine gtreube Ubet einen fo gldnj^enben ^itoig nicht banbigen. €r ging von Oeibe ju bli^ibe beetum, ben l^ri^but oon Sob ^^ni^^^f^mmetn, beit ibm aud alten Sippen entgegen f^aOt^^ unb mitt^en unter bet; iSet:aicetltung bap ibm JU viei ebfe »^eerfab1^e/ gea:ane *er,* bap *et* aetba^ mit feinem f^^ner ©pielwerfe (wie *er* feine £)p«:n mit oieler ®ea(be1^ben: be^t JU nennen b^Hebte) fo Ju(^li^^een fep wie mit bieaet Slne^^omeea.

3nbe(fen batt' *er* bodb^ um ficb aele(t unb ben S^ee^t^i1ten ©etedbei1^^l^it ju ^^weifen, wenigflend bie ^rn'lfte bed glbcal^ceen Stfoi^gd ouf fRedetn^ng bet: ©dn^^e^in Su^otpid feben mUffen, bie jwat oorb^^ febon im 93e^te ju gefallen w^e, abe^ ald Stneromtba ©elegetib<^it fanb, aice in ^^nem fo p^^tbeilbflft^en Si^cbte JU jeign^^ bap bie jungen unb alten i^enren von 2^ebetta (icb nicbt fatt an ibr — feben fonnten. ®enn ba war fo viei JU febi^nz bap and i^dren nicbt .»u benfen war. ^u^otpid war eine grope woetgeb1tel>tc gigur — jwar um ^^n 9Cameaal^e($ matdtiel^dt/ ald man in Sltben ju ^^n^^ ©d^i^i^lj^it dtaorbette — abee: in' eieaem ©tiiefe waren bie Slbbc^^iten (wi^e in uielfn «nb^rn) unb «in 5?«bi^>i^ii, and wrltOem ^^n 93ii(bbauec in ©^cpon gemacht batte, war naeb ibrcm angenommenen Sbenmap ^^n 2Bunbnt von ^^ner ^JOi^^pbenpi^^ic. ®a bie afnbromeba nur feb^ binn an: ge^ogen fepn ^^icfte, fo batte Sutol^^d, bie ficb fiart be^^pt wair, worin eigentlicb bie ^raft ^bi^ed 3auberd li^ege, eine ©raner^e »on rofenfarbnem Soi^ebem 3eus erfuab^a, unter weld^^r, ohne bap beir aBobiltanb ft<b all^ufe^^^ Oli^ii^i^^ finben »on ben fd^i^^lra gormen, bie man an ibr bn^ni^: wenig ober n^cbtd fur bie 3af^anrf »r:(orrn ging. 9laa batte fie ^^t fingen. S)ic ^ompo|ttioa wo mog: noch abgrfcr^^<rttr, unb ibr a^i^ortrag noch ^^bnmal febieifbtft^^ fri^tt f^^i^(^n; imm^^ wurbe fie ^br:ca S^i^noicg haben wieberbolen muflfen, w^^l bad hoch immer ber ebrli^cbflc iBorwanb waif, fie befto ldnger mit lu^ernea ajlitfen — be: taften iu t6naen. SBabrti^, be^m 3upi^^i;, ein ^^^rrriidjcd ©tii^! fagte jum aaba:n mit halb grffb^off'ara 3la^^n;

uaurrglei(bli^rd ©tu^! — Slber fiabra ©ie n^^)t au^, bap Snl^olpid J^^ute wie rinr ©O^^^n fin^^? — ,O uber allen S[adbru^! Sd iff, be^m 3[aubid! nidjt anberd ald ob €urqi: bed bgd ©tu^ blop um ibrentwiHen grmad>t — ber jUagr '^^er:,, be^ biep fagte, pflegte immer ^^im ^nubid }U fr^^^i^r<^n, um ju jeigen bap in 9^egpptca guvefen fep.

Siie S^^men, wie lei^^t jn erad^^^n, faabrn bie neue 9fabromrba ni^t fo wuaber»oll aldb^rW^anadp^^fo^a^^^.—

^^e^ ^^^ni artig! fagtra fie. 9[b^^ wie fommt'd, bap bie {Rollen biepmal fo nnglfldlkb and^^^()(^ii;t wurb^^? S^^d ©tu^ uerlor babureb. Wan hatte bie SRoBen uerta^rbra unb bie ^Kiuiter beir biefen geben folFeti! gu einer .S<if= ftep^ia b«tte (le ft'dj ti^eff^i<b ^^ftC^^fi" — ®egen Ibren 3^i^ijng, Sopfpnb n. f. ». »«r aucb »iel sn etinnern. — S^^e »«r nicht jn ibtrem iBortb^^l anfgefejt — bei: ©l'lrtel war jn berf?/ unb jn ftarl ^^feburjit — nnb befoiU^^ir^ fanb man bie giererei nr^^^lii^, immer ibren gnp su segt^n, cn^ beffeii nnpropi^r^it^b: nirte Kileinb^^t fie ficb wenig su »iel ^^n^^lbe, — fagten bie S^c^men, bie au^ bem entgegeng^feibten ©runbe bie ibri^gen ju oerbergen pfl^^fen. ^^^effen tarnen bo4) gi^auen unb i)^c'= ren fammtli^cb uber^^n, bdff fie nbeirau^ fbjrn finge, unb baff n^cbts niebUcber fepn tonne al^ bie Si^iie, worin fie ibr ©cbidtfat ^^iammerte. C^^folp^^, wiewobi ibf S^c^r^itrag wenig aaugae, batte ^^ne ^^te, ft^^genbe unb biegfamc Sitm^me; aber wa^ fie ^^gentl^ib snt Sii^lblii^^^fdi^n^^iriin ^bb^1f^iaen getnabht baaac, war bie SKUbe, bie fie ficb mit siemticbem ©rfclgc ge: geb^n, ben 9^ad)aigaBen gewiffe Sduf^^ unb ^onf^ate absllaei:nen, .in welcben pe fi'^ felbfb unb ibr^en gMi^l^'^itn fo wobl ge^^et, taf fie fol^e ubeeraB, su rec^fo: g^^t unb sur Uns^iilt, einm^febte, unb immer ^^^^t wiBt^ommen war. Siie mobhae sw tbun baben wa^ pe wo^ite, sn lacben obei: su w^^nen, su flagen ob(^:r SU ^^rnm, su boffen ob^r su furc^^^n: imm^^ fanb fte ©eleg^nbl^ii:, ibre S?acbaigaBen ansub:ingen, unb war immer ^^e^iif bell(aafc^■a su werb^^, wenn fie gleicb ti^e beei^en ©teBen perborben batte.

iBon ben ubr^gen ipeirfone^, bie ben iperfeii^^tr ben ^^pen Sieb^^^^r, ben ^g^i^nor, oormal^gen Siebbabe: ber Slnbromeba, ben bie ^uaaer unb ^^nen glr^eper bed SJeptund oor: faiBt^^l, finben wir nicbt riel rnebi: su fage^^ ald b^ff man im einjchun fcfjr »iel an iOnen «it<5uf<^e5en im ©««= ^en Ober feOit wOjl i&nen juliic^^ben Oe»f^^f^si »«t Wott 3ero<^Cf^ner 9)»fnfdb, unb O^ttc ^in grofe^ ffalent ^inen — 9(ffeitiiii<ben 5^i<f^ll)b«infl ju mad^e^u. ®ec »ore«^i»flfnte ^OfiopO, im ©atprenfpiele bcefe^ 9^<»me»^^, feine SJieifter: roSe. St fpielt ben Oerfeu^ Won, fasten fie Slf^feiiti^^i nei; nut ®O«be ba^ if)m immer unoeimei^^t bet ^ptiopj f^^^i^^en f^^im^. — ^a|■f^opeiia, ein ffeinecJ sien^ffl^iaeO Sinsr voll angema^ter ©tajien, batte feinen einOsen natur^H^en a:ml; abet pe gait atted bei. beif ©e^ial^lin b^ii ^weiten Strd^i^i^^ batte eine ^^t broQtge U^at^^er fleine 2^^efefen ju pngen, nnb tbat ibr SJe^eO. — ^er S^tidd^et bed 9?e)^tunO fiu^l^d dindn «nflebdlfetn SJtatrofen^i^l}; unb S[9dnoi — fang fo elenb ald elndm jioe^ten Siebbabeit ^ujl^ebt. St fang *iwt* aueb niebt f^(^^d, wenn er ben erften maebl^^^ abet weit er febt gut tan^^e, fo batte er eine ^tt non ^ifdibridf erb^ltten, bepo fd^lee^f'^^i pngen gu ^^rfen. Sr tangt febt fe^^j^„ war immer bie ^ntwort bet ^M^^diten, wenn iemanb anmdt(td, bap fein ^i^<^(fSdn undtti^fl^gleb fe^; inbeffen tangte Stgenot nur feiten, unb fang bingegen in aQen ®ingfpidlen unb £^pedi^dl^l^dl.

«m bie ©d^^^•^|^^dlt f;efet STnbromeba gang gu fiberfefen, muP man peb noeb gwei ^bore, d^ndn pon 9?eteifd^l, unb einen von ben ©efpiieltnndn beit 2tnbi:omel^(», dln^^tfdn, betfd aui5 vetdeifetdn ©(butjungen bePebddtb, bie pdb fo nngeb<^tbig bagu anfC^frff^(^dl, b'e Slbbe^ifitcn (gu ibifdm gropen ^r^op-e) genug unb fatt gn ladbeit b^l^amen. 58efonfeng tb«t bet ^bor bet 9lerdtben, bu1r<f bie Stp^^^bun^^n, bie bet 92o»nog^l^t^l(^ir babeii angebtacbt batte, bie fd^nlf^^^igpd SBirf^^ng pon beif SBeit. Sc I

SJereiben er^i^enen mit Ijalbcm Selb au^ bem SBaffeif berDor* r«8<!nb, mit fulfcben gelben J^i^-nren^ ttnb mit mdditiaen fd^^n ^i^ifJ^en, bie »on fern redht naturlCh wie — «n^8efiopfte *95dffe* unb alfo fich fel^^ voKlrommen gleich f«h^^. Sie Ph^t^ii!, unter welCheif biefe SKenrwunber h^^^ngffd^ivojnniett fameti, war eine S^ad^al^m^na bed beirfihmten Wi^ccbeckcck Koax Koax in ben Jtijfhen bed ^cii^ophane^; unb, um bie S^Dufion Bottfi^i^t^neir ju mach^n, hatte ^etr ©rpttud »eirfd)i(^= bene ^uhhhener angebiriafjt, bie »on S« ' ^^npeten, um bie auf it^en @ftni(ff^i^lmuffte^n blafenben S^icih^^en naf^^t^ah^e^l.

ajon ben S^^fora^onen wotten wir, biii;eh^ef ^fl^je hatben, w^^ter ni^td fagei^, aid jie — »on ben ^i^^ee^iiten fehi: ffjen gefunben wurben. S^^fonberhi^t man ^^nen n^^^^ntergang, ben fie »^^m^ttelfi ^^ned ^^^t langen ©d^i^^fee:: hMjeirn bef-ed'ten SdinbmUttenrabed jum^slo braf^^^ii^:; we^ihed ^^nen guten (Sffe^t ge^han h^^te, fagten fie, wenn ed nur ein wenig fd^t^(^ile: umg^^r^eben worben wdre. 93eii beit atirt, wie f^^irRnd ^^t feinen 9?i^l:fur([^iefeln aufd lCh^s^hdr angifiogin fam, wUnfchten bie Q(^beric^^fd^^ii•.fi^^nilf, b^ii man bie ©tri^^e, in benen et ^^^ng, luftfarb^g angiS^r^^<hen h^^te, bim^t fie nicht fo gar ^^e^^l^ch in bie Ufugen gefat[in waren.

©oiii5er('«rc6 , t«6 biif 2^l>criteiin^mit fincm iinbrFtnitten g^rembfn fpid^^ii, ((((b bfffcn biidjfS unvrrmnt^rte

©obkl^b ba^ @tu(f fleei^bigt unb b«^ bctaubenbe ^(aitfben «tn nadliifp, f^agte man ■^^nanber, n^ie gew6l)i^li<>: niin, rot/ ljat 3^bnen bad ge^i^llni? «nb l'iberaD bie gerobbnlitbe Qi^troort: febif wobU S^ner »on ben jungeii bet: ffir einen vorj^i^^litben tenner r^d): tete bie gro^e grrage au<b an ^^nen ^^road ^^il«b^tten gtfembin, beif in ^^n^^ ber mittiern (Reiben fa^, unb bem Sinfeben nncb fein gimi^n« S^ann ju fepn fibini. S^er gl:embe, bee: jtdj'd nielieidbt febon git^^i^^t road man }u Sibbetra auf due foltbe g^^ge antroottin mubte, war fo iiemliib balb feinem „febr wob" ^^raud: abe^ w^^i f^^ne SRi^ene bie(■in iBeifaK etwad verbi^tig mad^fe, unb f^^t^r dne unfreiwi^Ui^gi, wiewobl fibwtttbe S8iwigung ber 9f<i^fel^t, w^^^t « ibn be^li^itet^^ fir ^^n 9^d>f^i^utfen nudgibii^^it werben fo ii^eb ibn ber junge Ofbberitffcbe J^err nicbt fo wobtfeil ^^trd^tm^Wen. — „€d ff^eil^t, fagte «, bod ©tii^ bat 3bneit nifbt gefaden? gg bof) ffir eine ber beften lpiifin »on Su^i^^bed!"

S^a^d ©tii^ mag nif^t fo ubel fe^n, «wiiberti ber grembe.

„@o bdPft* »^effil^t an bet; nSulif etwad aud^n^

ber SRupf? — O wad bie nDi^fif ^^eri^t, bie iff eine (OufiE — wie man fie nur ju Stbbi^ra ^^rt.

„S;ie (inb febir 3« bet m^ifit 9?omo)?bv=
(«t ift gtopeic S)f«nn in f^^ne: 9li:t."

«^5o finb ©ie seft^wHjii^ mit ben ©(bi^^fp^Heitn ni^t ^u^f'if^^ben *1*"

3(b ^^n mit beit g^^jen aseit ^ufit^^ben.

«3< btid^t-e bod^^ bie ^nbtomeba b«tte Ujte 9ioOe f<b«>^=
mant gema^f^"!

fett f<btjn(»i^f:!

„©te tbut einen gtopen nicht ne^I)vti"

neeitben ©ie am beften n^^fen; iA ^^n baju nicht «
meht fung genug.

„<a5e^ig(tend ge(teh«t ©ie bed), bap if^enfeud ^^n gt^^en
€:haufpielen ij^?"

3n belt 2hat, fin hubfdjer wohtg^Jn'^cdflnet iOienfch.

„Unb bie 6 bad n^anen hoch Sijene, bte bem S)t^i=
€hne m^cl^l^en! Jin^l^en ©ie jum S^ei^fpiel ben ^^nfaff,
note bie ab^re^ben ^^ngeftiijitt n^^itl^e^n, ni^t ungemein gfiiff--
li^^"

2)en gn^emte fchien bed ^bbc^ititen fatt JU f^^it. 3<
petfekte ^^t ^^nig^^ Ungee^i^l^, bap bie Qlbi^criten gii:iltf=
ii^ch finb, an alten biefen Sih^^en fo pie(gnteube jn hnben.

bMe^in jjenn, fagtc bet ©elbf^nabei in einem fpeitelnben
S^one, gi^Jieen ©ie nuit, bap bad ©l^cı bie 6htn nnb bad
®lu^ nicht gehabt: dh'^^n ®^^fal(JU

2Bad i^ dhnen an meinem S^e^^an gilegeSt? Siie 9Ka--
jona .entf^^ibc^n.

„S^a eabin ©ie ne^^. ich mdehte hcch um 'ffiunbe^d

Wii^^n wu'j €>ie bfitw gegett unfre 9Wufif obeic gegen unfre ©d^e^^fpiieleif einwenben tonnten?'

^ennten? fogte beic ^^embe etwa^ hi^^t abet gleidh wiebei an fi<h — aJeijei^hen (Sie ^^,1, idh m«g niemanb fein aSergnUgen a^^i!^)^lUi^en. ®a^ @(i^di, wie eJ b« gefpielt wurbe, h«t iM ^bb^ra aligei^n^in ^^f<^ll(^n; mJ wollen @id nidl^?

„9ti^<ht fo aUgei^e^ijn, ba ei 3haen nicht gefalfen

3< ^^n Jrembet —

wS^t^^mb ober nid^^, 3hre ©rUnbe modjt' i<h hor«t! l)iz h^! 3hre ©rftn^^, m^in j?itr, 3hre ©rUnbe! S)« wei^= ben hodh weni^gflinJ feine Jf^^w^ben fe^Jt^ i^i, hi/

S^em Sr^^mben ^ng bie ©ebntb an auJjugehea. 3nngde ^(^er, fagte et, i^ habe fUr meinen ^nehi^^ an 3brem (g^au--fpiet ^^ec^l^lt; binn i<h habe geelaef(ht wie ^^n anbl«. Saffen S^ic^'cJ b^^i;e f«^^t! ^^ch ^^n im S^eg^iiflf wiebel a^^ureu f^^n. 3dl habe meine ©efd^(^|fti.

€i, fagte ^^n an^^« a^bb^j^^tiifdher iung« OWenfch ber bem ©efp^cidh jugehort ©ie werben unJ ja ni(t fdjon verlaifen woUen1 @ie fd^<^^nen ^^n K^enner ju f^^n: @ie haben unfre unfre 2ihl:bei^^erbe (et fagte mit einem bnmm(^afitoe^fin J^(^t^nla^ein) ^^ee^it; wir laffen ©ie wahrldh nicht gel^^n, biJ ©it unJ gefag^ ^^b^n, waJ S^i^e an bem htuei^gin ©ingfpiet ju eabefn finben. 3mb will nidhtJ von ben 2Bolten fa^^e^^ abeic ich Aen^^r; aber bie fOtuif/ bid^^^jch/ wait bodh un»erglejd^lidl?

S^aJ mUf^en am ©nbe both woht bie SBoree entfiliiben, wie ©ie'J ne^^tin, fagte ber (rembe.

„2Bie tneineti Siie 3<i? benfe 9Ku(iE ift tDi^fif, mib man brautet nur r^ljiren ju «m ju b6f«n w«3 fdjpn ift,"

3^dj 9ebe 3i)n<tt JW/ w«nn @ie r^t^lff^ei, ^^iviebeitte jene;, baf ffbone ©teBen in biefer SDufif finb^ oJ mag fibeirbaupt eine ^eel^l^ir^e, nach alien Of^^eln bee: ^unft jt^gefrf^iuttcnc, fd^i^li^iereti^te^^ art:i^^(^a'^^oe 5^ufif fo^n; ich habe bagegen niC^tt!; idt fage nuic, baf *eti* feine SRupt jur Stnbromeba eurpiU^e^ i^!

„^ie m^^nen, baf bie ©ort^e befier au^g^l^rudft fepn

O bie ^ort^e fnb juw^^len nur ju feh^ au^^^i^^ifidt; aber im ©at^jjen, meine im ©an^en if^ beit fSinn unb S^i^n be^' ^id^f^r^ ^^irfee^lit. Ser fharafter beit bJetff^t^j^n, bie ©ahrh^^t ber geibenfd^afien unb Smef^nbungel, ba^ eigene ^(hi^tfliihe bei: ^tn^(ttOl^l^en — ba!,, *m!* bie ^ufit fepn fann unb fepn muf, um ^e^^^he ber ^iiai^ihe beit Seibeu: f^t^^t JU fepn — ^a! fie fepn muf, b^imt beet 3:)ihiet auf ihr u^ie in feinem ^t^emente fd^it^tinnie, unb «^^^^^lfl^l^ti:ag^n, niiht etfii^^t werbe. — aK^^ ift perfehlt — furj, ba! ©anje taugt nid^^ij! — 2^a haben ^i^e meine 18el^ihie in ^^ei ©orten!

„2^(^g ©anje, fd^i^ien bie ^^eiben ^b^eeii^i^t^, ba! ©anje taugt nid^^!! ^un, bag ift piet ^^faigt! ©ir mfdjten woht wie ^ie bag bewe^fen wMlt^^?"

S)ie 2^^l^^ft^l^feet, w^^^t unfre be^ben 33etfed^^ei: ihr^eg earertdv^bidhen ©efd^mad^g bem ^^aubarti^gen Sremeen juf^h^: i«l, haiif efr^^rg perfihiebnf anbre ^^^^lt^^ien hei:bflge^^£^^n jt^bermaitn rourbe aufmecffam auf einen @^)reiit, ber bie CSbre ibred'9(<«ti^on«in)e«ter^ jn beitreffeit fC^ie^, brnngte pdj unb ber ^remb;, ^i^ervob^ er ^^n lang^^ ftatttiub^ iO^i^nn roair, fanb ffir nbtbig [<< an ^^uen ipfe^i^^ ii^ebe^, um ro^^iigl^i^iHi ben Mu^en frei ju ^el^(^lten.

2Bie i<b ba^ beroe^fen woOte? erwieborte e; ^^li^lfen: i^ werbe *ei* ni^t beeveifen I SBenn @ie ba^ ®t<tdf geiefet^^. bie ^uffiil)i;^n^g gefe(,(^l^„ bie gWi^fit gef^i^rt babicn, unb-fbnnen noch ^^rtan^^n, ba$ icb B^bi^^tt m^^n Urtb^^i baoon bet^i^^fen fo rottrb' icb ^^iit unb Qt-bem wenn icb m^ib mit 3 ^^inliefe.

iS^c^r^v i^, wie icb b^re, ^^n wenig f^tweir jn befri^= fagte ^^n Di^tb^C^ei1f/ bee^ fii inC ®ifpra(b mifcbeB wdite, unb bem bie be^ben iungen a^i^beeiten auC {Refpee^ f5^^b mafjte^. — 2^^r baben bofb ^^^ni in 3leei^ra aucb £^br^^! S)ian laft jwar jebem feine F^eibeiitj abi^i gieif^joobi — wai^ ^^bt'il fd^irie bili (ur^e bWe Biatl^^: biir aucb be'tee^ge^oatff^^it *fam:* bat beir i^(^ltli ba l^wan wiber ®tu^ ^^niu^^inb^^? S)an mocbt' ^cb ^^iren! ba b«. C^^n« biiT bifl:en ©tii^i, mnitt i£t^^! bie f^^t langim aufn i^ijec^^er ^e(ommin (^ne! as^K asiiel — a! «! — 2B^ icb fage! Sin f^on ©tii^! Unb fcbo^e iO^c^^r^t!

nKeini i^c^e^en, fagte bei: g^em^^, icb babe ©eff^(ffti.. 3< lam um ^^n wenig au^^iura((et; icb babe ge^ Hal^fcbt wie'n *ijr* 2aneengebraucb ^^t ficb brings, unb ware ffill unb fri^bli^cb w^ieer meinen SBegen ge^anget^,. wenn mi^cb eie(i jun^gen Heii:en bier ni^t auf bie }ue^it^^(icb(^i lSrt g^ notbigt batten ibnen meine a^eeinung ju fagen.

„@ie rtu(^ voDfommeneS b^jiw crwi^ebette b:t ^^bifc beic im ®runbc fein gropeit SSeicei^ri^i;

9i^mopl^i^l(ii waif, unb nu^ po^iltidbcn Urfa^en ^^niget 3eit rtuf ©et^^^i^l^i^itjf^^^er^e ibm mit ^ict roeb JU tbun. @te (tnb k^ennet beit sDiufif, wie e^ fc^eiut; unb --"

3Cb fpt^eibe nfl(b m^inet Ueb^rieugung, fugte bet Jct^mbe.

®ie Si^b^riiten um ibn ^^t wui^ben immo: l«ut«.

^nbilttb fam ©tpli^u, bet »on fetn ^^lbi^ict botte bd^ bie Slebe »on f^^net ^ufif in ^^gnet f^^it^n b^jiu. et b«^te eine eigne ^irt bie Singen iufamm^^iju^^^ben, bie 9?afe iu tfim^feu, bie SfCf^en iu iu^^n, iu grinfen unb SU m^^t^tUz wenn mit bem et fitb in ^^nen ^ort: wecbfet feine SSeitad^tung sum su tmpf^nfen geben w^^te. — „©o? fagte et, bot mtint ©^m)^i^|fl^ion n^ebt

®lu(f *bem* iverrn su ^e^aHet? — St ift fllfe ^in k^ennet? *J^tl,* bi, b»! — uetfiebt tbnt Zweifei bie ^ei^f^^n|l:? *i»a?"*

eg ifl bet SSomoi^|^i^l(»)t — fagte jemanb bem git^mben Obt — um ibn bul^<f bie entt^tctung btfen b^^ a^a^t^(^t, oon fe(^en aBttft et fo unginfi^g g^i^ttb^Hit b^^te, auf ^^nmal su ajoben iu.Cblagen.

■®et Si^^mbe ma^te bem 9?Mno)^l^t^li^t fein ^ompltmtnt, wie'g in alffera ^it^e w^t, unb fe^wieg.

„9?u^, icb mochte fotf b^i^i^n, wa^ bttr^^^^t gegen bie ^omp^^tion »eciu^^^t^gtn b^<^ite? gfltr. bie J^eblet Oi^cbe: {^e^ct geb' ich fein gut ^i^itit; abet bun^^tt ©i^o^cbmen fur ^inen J^ebiet in bet ^ompofii^wn! *i^<i,* bi, b^'i 9?i^n! Salfen ©te

3tb w^f ni^t wa^ ^ie J^eblet nennen, fagte bet Jct^mfe;

meinen S^t^^i^nfe^b (,«(t bie 8(«nje SKufif, n^ovon bie (Riebe ijV, nur C^^en J^e^er.

„Unb belt i^?" flitinf'te beit 9(^omopl)vlni nnf^^iimpr'enb —

2)flp belt ®inn unb ®^^{it be^ ®i^(i^titif8 buift^i^u^ uerfe^lt tpi, flniworieic bet Sitffmbc.

@o? 9?id^t8 wdiet? bi/ i›‹»z b«'- Stb b«iie «lfo ben ®i(biet ni^^i o^t^^«nb(^^■? Unb ba^wiifen ®ie? 2^cnfen ®ie ba^ wit ni^t nu^ ©ri^eb^feb »et(leb^^t? £^ber haben ©ie bem i^'oeien etwa im ^opfe gefelf^n? i^ii, b,

3wei^ roa8 ieb fafle, nerfebie beif §^)^embe^ unb wenn'^ benn feon mufl, fo ef^^^ei' i<h mi^, oon su iSer^ gtnje ©iii^ m^^n Urib^^l ju Dipmpia »or bem ^^njen ©tei^j e^t^i^Kanbe jn bei^^ifen.

®a^ mb^ie su »iel Umi^ar^be ma^et^^ fa8tf ber poliii.eihe 5^(^tbbb(^fr.

„eb brauthi'g auih nid^^„ rief ber SJ'oirgen gebi ^^n ©e^biff na(h ^tb^n; i<b ff^teibe an ben Sujiip^i^beb, an ben Zi^^ier ffbiffe ihm bie ganse SKiifii! S^er wirb bab ©iuei both ioobl nichi oerfieben wottfn alb ber Si^^ier fe^fl? — ©ie alle hi« unt^erfbre^^hfn fitb alb geugen. -- Surfifiibeb foU fdi^l^ ben ^ub(■pf^^(h

S>ie nOiibe ibnnen ©ie ficb erfpi^i^^n, (agie ber Jie^^be lo^e^nb; b^l^t^, um bem ipanb^^ mii ei^^em SBofi ^^n enbe su maeh(^n, ber Snr^pib^^, an ben ©ie appp^Hiren — bin ith fdb^.

Unier allen mogUtben fehllimmfn ©ireitbi^n, welfbe ^uiiu pibeb bem ^iomot^l^^^li^ii »on 9lbbera batif fpielen ibnnen, war unf^f^fil^i^g ber f^lllm^(^f, bafl er — in bem Qng^nb(i<rf,

m«n an i^n al^ an einen 3lb»v<^fenben app^ttiirte — in *eig*-ner iperfon ba (tanb. aifber roet fonnte ficb auch ^^nen foicben ©tifeiicb Permutt)^^? jum ^inubiiS! b«tte in Sibbeira jn Unb geirabe in bem wo man ii^ebet be^ 2erna"ifcben ®j^a^en gefeben *b<'tfe* ibn? er, wie man bccb natfltlubef ^eife glauben miipte, ju 9itben getpefei^„ wo *eie* bin geb^i^te — mm fo ware ailed feinen orbei^^i li^^en SBeg ge^ang^n. ®er Diomoj^l^i^lat batte feine gj?ufi(mit ^^nem bnbfcben S^iriefe ^^flllii^(^t, unb feinem 9tamen aDe feine S:i(^e(unb ©ut^b^n ^^ii^^fifii^^. ®ad batte bocb wirl^en mulf^^! <uriipibed hatte eine urbane ^ttifbe ^intwoct ge-ge^^n; ©rpiiud hatte (ie in Slbbeita iefen iaiffn: unb wer hatte ihm benn ben ®^eg ube: ben Si^^mben (treiti^g machen wotten *1* — Sibei; bap ber grem^^, bf1c nafewfiff iriitifbf ^e^mbe/ bei: ihm fo friich ind ®fiiCbt gefagt bo^^e, wad in ^bbeita niemanb einem Biomopbplaii in ©epcbt fagen ^^rcftf, €^uiiMiU^ed fel^^ wait: bad war ^^net »cn bm gufd^^n, auf ^^e ein SKann wie *et* ficb nicht gefapt gff^(^lten ^^tte, unb bie perm^genb jeben anbeim aid — ^^nen 91bb^i^'iten ju @(hanben ju machen.

S^et sKomapb^^l^^)c wupte fich ju hefie«^^ inbeiffn bf^aubte ihn hoch belt et^e ^^iag auf ^^nen Sfugenbl^i^. €ui:u^bed' tiefft unb praDt^e brei ^^r^t^t^e juru^; unb €u1t^^^^fd, t^e^en im naml^^en ^ugfnblicff bei: p^itifche Of^^^<^lbft:, bff: fur^e bi^e Statbd^^^^1C/ bie be^ben jungen fi^frlffn unb aiie Um^fbfn= inbem iie er^aunt ^^rumgutfiti^n,' aid ob fie ffbfn w^^tei, aud weicbff: aBoife (^^tfip^bed foauf ^^nmai mitlifn unter fie bfrabgefttfien fep.

See aWenft^ i(l nie ungeneiigitef ju Al^ wenn et »on ^^ner S^ea^^e^nlieit fiterraWt wirb, an bie fiar n^tht Al^ ^^ne mogli^the ©a^e flebad^lt hatte. — 2Bie? 2)Ad foKte eutiu)U^ed fepn? 3^(^ir nAmldhe C^i^^ip^be^, »on bem bie Diebe war? bei; bie Ui^ibromcba gemad^^? an ben bei; Diomot^f^t^iAr iU fd^ireiben brohte? — SBie fonnte ba^ ^ugehen?

®cr po^ittidhe Dlath^h^l^;; war bei; «;f:e, bei; (ich au^ bem attgei^i^inen C^icftaunen «;h^^te. — Sin glndtl^thei; sJnfaB, wAhi^= ^^^(^ltig, tief ei^, beim ^aftor! ein glncfi^ther Di^^oi^t^i^tf^jc! ©o brauchen ©ie 3h^e SRuiii nicht abf^ieeiben SU tAfien, nnb e;fpAren ^^nen S^ir^ef.

^e; ^M^tiphiiiar fuhlt^e bie ganse SSildtil^fi^il; be^ (Wo: m«nt^: unb wenn bei; ^^n grofler eDi^nn ift, beit in einem fotchen entfi^e^benben Siugenb^ict auf bei; ©teife bie ^^ns^^e i^^irtei bie ihn au^ bei; ©^t^ii^i^^gte^t sieben tann, fo mufl man geii^^ih^i1, bafl ©rplfud ^^ne frArte ainfe^ge hatte, ^^n groflee; SDi^nn se febu- — ^ut^^p^be^! rief «; — iSJie? S^er ii^err foUte fo auf ^^nma! C^i^i;ip^be^ geworben fepn? .^d, hd! S:^er ei^nf^Alt ift aibee: wir tAiiin und hier in Sibbeira nicht fo leicht ©d^lw^l;s fur SBeifl gebiil. —

2^ad wdre fuftig, fagte bei; J^^^mbe, wenn ich mit in Sfbbe^a had ^ed^t: an meinem Diemen ftreiti^g machen !A(fin muflte.

^i^et^seihen ®iez m^^n j^a^ir, ftel bet ©ptoph'^nt bed S^hrfi^fpBud en, nicht bid Dfetht an Shr^en Dtamein, fonbil;n bad Mecdt, fiih fUr ben guirpi^ed audsnge^^n, auf ben bei; D!omo)^lh^(An propo^cete. ©ie i6ttnin gur^^ibed he^fl^n; ob ©ie abe; gurip^bed finb, bad ift i^ni anbre Sr^Age"

«D(^ine fagte beir Jrembc, idf wiU «l(e^ fepn 3bnctt wenn ©ie miip nut geben f«(fen wellen. " 3C? »etf)>i^(^(be 3 wit biefem ©dri^^e gepe irp ben getal^i^j (ten 2B^g, ben id (inben wor^e, ju 3^b'^em iJibore bi«««J, unb bet fc# mi^tb — t^^m^i^^ii^(^n, wenn id in m^^nem Seben wi^ebet

9C(i, nd, nd, rief bei; 9Co^l^^^l^p^»r., b«^ gebt fo ^^ttig ni^lt! ije^it b«t fid fur ben C^^tipi^be^ nu^gegee^e^, unb nun bn er fiebt e«g e^ Stnlt giit, ttitt et «uf bie i>inl^^i^= beine — 9i«! fo bnben wit ni^t gei^^^te^! 61 foil nun bej weifen *et* C^^tipi^ee^ ift, ob^i: — fo rntl^it irb ©i^pUn^ bei^e —"

<stbieen ©ie K^ce nidt, ^^ett College, K«gte bet polit■(fde Oia^e^eett. 3fb bin jwat fein ipe^|Ko^t^(^miiK:: «ee^; bej: g1reni^ee Kieet mit bocb ooHig b«rn<^ce nu^ bn^ ^uiipi^^e^ fepn unb icl wollte ma^gebliicb rntb^^, piano ju gebi^u.

„9?ii^(e wu^^^rt'. King ^^n^^ »on ben Um|l^eeeneen an, bdb' mnn |iet fo »irl SBiotte parli^eren mog, ba bet g»nie jjanbe^ in 3« unb 9?ein rntf(eieeen Kepu t^^inte. S>^, oben ueer bem ftebt in bie Sflftr bes Surp)^^!^ lrie: baKtig. BS braucbt jn ni^^ts weii^(^i;, nis ju erb^^lz ob ee^r g^l^^ee ert 95ufte gleicl iteb^."

ajtnpo, ^^aoo! Keerir bet (lrine biltr ^ntbS^^r^; baO i(t eo(e ^^n 2Bo:t oon ^^nem geer?eri^^•rn a^nnm! *!>9i,* bi, b*! 3)ie SJiifle! bnS i(t ^^t (rinr gtnge, bie S^iiKle mug ben aiuSipt^ucb tbun — wiewobl fie nicbt reeen Knnn, bn, bn, bl, bn, I l'."

©ie umfl^rbeneen a[ee^^^^trn Indt^en OHı nnS ooHem ip«lfr

fibee ben n^i^igen C^iinf«D be^'furj^eti runben 99(^nn(b«^t»^, nnb mm lief'«lle^ ron^ gupc botte bem' f^i^tt^l^e ju. ®en gi^embc engab ficb mit iti f^^n- ©cbitffat, fi<b' »on »otn unb biwten beitra^ite^i, unb ©ti^cffii^StH^ct ^^^'feiimrt S^iit^e vengieicben fo lange fie rooni-et^. aben leiber! bie S^e^ifgleiic^i^mg fonnte unmbgli^cb iu fe^ne^^^^tb^^l auefa^enn^d^enn befftgte S^ijfte f«b iebem anbenn SKenf<ben ob^v fffbt^^ oibnlicbeit ttl^ ibnt.' * '

„9lun, fc^rie beic 9!omop^(^l(^;t tn^^mpbinciib — ipaS tann nun i^ti feinem'SB^^flanb fag^^^n"

3<' fgnn fagcn (oecfebte brnc ben bie ^^o= mibie n«cb(^^rabe su b^lufligen anfi^^^^, wonan oon Sbnen alien fein^^ ju benfen fd^et^^: wiieioobt ed eben fo ift, «ie b^fj ©ic — S(ee^n^ten unb icb ^u^^^U^ne bm.

^Sagm, fagen! gtinfte gfomoobl^Piit; -man tanit fneilicb einl fagen lennn bee S^^g lan^'^flt, *b<«z l)«i,* b>! — Unb tann lfeit''j^(^icit fag^e^^^^"

5tb fa^^, b^f}' .binfn SSiit^e bem (^unip^bee unb g^ic n^d^t:'4bnl^.(b Tinbt'' ' * , ' • ' ,

l zD^ei^tt, m^^n J§n^l^,•'rinf bee 'lRatbeb<^l:l^). baemu^en' ©ie nicbt•f■a'gen!■ S^ie S^iaf^e i^ ^^^ne fce6nn fie' ift pon »eiji^^'1^arm^^ TOll ©ie feb'e^>_S^<^^fmolf pon f^i^i^oe, fl^i^c^ff'm^cb 3upit«! unb foftet find bunb^ict biane S^^aeinen. ©p^(^i^(S, bae .tbnnen ©ie min naebfflgntt! — 6e iff f^bnee^Sificf^-pon ^nfbiim ©tabtb^lebau^^ — €in ^^f(^i(Ct(^lt b^e1fibm.tne 3^i^^n! — niR^^ ficb SKofc^iion — n^^eben oon ibm babf^n? — ^^n enfflbmtnl iU!<^i^n! — Unb, wie ^^fl^^t,'attn gl^nmben^ bie notb iu une ^^^ifommen finb, bnben bie 9^»i(fce ben^i^nbi^irt!. @le i|t «d^f, **b^5** fonnen @ie mir n^dbf«9en! ©ie feben j« felb^, fiebt mit fli:o|fen fiolbt^en S3i^(b(i<^<^en bnirnnter **EYPIU^AHS.'**

SJfi^ine Heften, fagte beif gi^embe, bei; aDe feine ange; borne Si^ni^befti^gfeit j^ufamnt^^^ebmen mupte um nicht an^; j^ub^^fiet: idb nur ^^ne ^^nj^ge ^t^age t^^n?

„5Bon i)^eti^en riefen bie 3(bl^eriten.

fuhr jen^^ fort, e^ ^^tfidnbe i^wffcben mir unb mein^^ ®u(te ^^n ©tr^^t r^^r ^^r am flenli^(eftrn febe — wem woHen ©ie ^^au^^n, ber ®uVe ober ^^r?

^^®a^ iV eine ^^ri^ofr ^i^c^ge," fagte ber S;e^^^^itrn ^^ner fi^ ^^nter ben £^bf^rn traernb. — „^i^e captiofe gr^ge, be^m Supiterl riief ^^n anb^i^r: n^^t^ltn,©^r (fch in .Sfd^t:, wa^ ©ie antwpr,ten,•'b^e^^^^achtet {Rat^^l^^rr!"

3<t belt e^ffr .^*i*^*tr* ein Oi^^l^^f>e1ft iiiefer beruhmten

— f^^gte ber' gt^embe mit e^nef SS^i^i^^gung — fo ^^t;^r i^ch feh^ um a^i^t^j^^hung! S^'h geftehe, bi^'S^nji^e ift ^^n fchoneg giotei^d. ^ert, von fd^i^nem ipari^^chem 9^^rm(^^:>*^^nb wenn fie 'mit^r ni^cht ahniuh *fo* f^^mt w.ohl biop babel^> w^^i 3ho

©tabteiiehau^^ bie S^ii^^e fd^i^ttr^: gimctcht het el^^ bie ^atur — mich. S^-^fl immer ein Sewetg feined guten i^il^en^, unb ber per^^^^^^ aOe mrinr S>an(earC^rt. ‹

Di^^^eg S^ompliment that rinr grope aBitjung; brnn bie ^[ertiten hfti^en'g ju wenn' man fein. hPfl^eh mit ihnen fprath- — mup ^cd*woht entiipier^ felb^^' fepn, murmelt^e ^^n^^ bem anb^^n i^^ Ohr; unb ber Mtte Bla^i^^b^^r prtef^: ^^m(^rl^te, beii nod^t^(^ligrr e^^ngleichung err mit bem gremben, bap bie S3<^ete einanber uoDCimt^ien a^nitc^ waren.

3« flutem ©lucfe tflm beit gtrtbon unb fein 9^<^fFe ^^^obulug bA^^, ber ben C^^riipi^eg *su* ^itbeft gefeben unb oftete gefirrocben bAtt<^> 2)ie Jt^^^be bed jungen ^^obulud fibe^ eine fo un»erbofAte gufanim^n^i^^^t, unb feine poftine S^i^iAb^ndj, bap ber $i^embe n^iitdecb ber ^^itubmte t^p^^ed fepv bieb ben .knoten auf diimat bie i^i^i^^ri^ten »er^(ba:teh nun ^^n^^ ben an^^^n: pe bAWen'd ibnt glei^tb beim •r:(irn iBlitf Angrfrbe^.

® er 9?ono}^i^i;li^r, wie fabz bap ^uiip)^^rd gegen feine ^u^e 0ied^^ ^^l^i(^rlt, mA<)te p<b A^^twr^ti5 bA»a^. — gin sett--b»mmt^^ ©tteiib! btummte et ^wldben ben Sfibn^^ sot ptb wo^u brAU(btr abeit audb fo gintn^m .S^(^ri^e^^u >^(^nn et wupte bap et gviAppirgg Wamm. l^ep et pcb ni<bt prx^ff^nttit^? ®g' b»ttr* alleU rin'rn an^^^n' ©d^iwung genommen t; - ' ,'

' Set ait^fbqn ^^^ola-u^, ^^er in fold^en gdlten gemeiniglicb bie ^ot^t^^r^iid.t^et^'6tabr Sibbera su magen ppe^t^e, tub beit Sicbtet mit gropelli*,g6^l^<bte^t ^in bag'SAlpredbt beii ibm s« neb^^n^^-unb b^^t pcb ^ugkitb oon bem. poliitiidgen unb bitfen giAtbdbwott begb^e u«f ben 9lbenb aud,w»rCged beibf mit O^eiem iBet^gndgen annabmen.

„dd(C^d itb'd nicbt gleidj? <fagte beit bicfe OAtbd^^rit su ^^nem beit Umji^ebenben) g^er. Iribbafrr guti^pi^b^^! 9^<^icit, giafe,^ .©tti^in, rJl^r^nlA-pp^^Th^. atted auf ^^n .i^i^Aitl. 99'An fann n^cbtd. A9(et*(^l^1id Arb^n! SB® bodb wobl ber 9^omopb,^li^r feine ©inne'bAtre? 9^br^i>— *ia, ja,* modbtr woht en, *Hitmen* .ju tief — J^im! ©ie uerfl^eOen Cantorcs amant humores — J>«, l}«, I)(t, ®eflo *h^flT.'r,* l)«g wii: ben Curifibf^ beii uni ha^^n! 2Bai ich fage, ein f^^net ^^ii^ ^^i^i^iier! unb bet; uni viel ©pap machen foU! J^a, h«/ hr!"

^^tc6cnfc§

9^(1$ beii €uiiiipibed iiad) 9^kibcr(i gefiili^t fjotte, 'ncbfi cinigcn. @((;(iiiu nadjriditcn oon bcm Jjofc ju *iell«.

@o m6^li^<h eian fich felbft *wie,* bap fich SiJ^iiMJ^^ei jn ^ibbeita bee^inb^emf^^nee, unb eben fo in bem Qi^^i^nbliefe, iio bet 9^i^t^(^j^i^i^ii^:r■@epBlii auf ihn propo^Cicte ali in jebem anbeitn —'unb' fo • geli^^^^f^»^e man. beifgieichen unuetmuthet^^ enfeheinungen auf ^^ih'!beae^^ if^: fo b'e^iteifen wit boch r^i^i^, bap-*ti* eiue anbre S^i^i^uanbtnip fiic^r^ine folche fd^^inung im f^c^^tet^e eceigneei unb, bee: a^aje(ede bet ©ef<htchi'd gemdp, ben 2efeK ju pee|la■nbigen/ ipie ei bamit'^^j^t^gangen fep. iSit wc^Den aOei nai baoon ^^'Uen -gil^;teuli^ch ^^iriid^en: unb foHte bem fd^(^tfj^nn^gen 2efer ^^j^^ngca^jtet noch ^^niger 3®^ifel ubrig bleibe^, fo ifiupte ei nur bie aligemeine J^i^o^g^e ^^e^jre^^w, ^^e jich' beii jebee 35e=gel^^c^^^(^ie uneet unb uber bem SKonbe auflocefen la'^^; ndmlidb, warum jum 9^f;if^^il^l'*iu(e pon ^iner'" ajfntfe, unb juff oon ^^efe; inb^oibue^^n'gou^f^^ jufl^. in ^^efer g^eeunbe — biefer iehnecn ^cii^^te—biefe: feihoten O?ad^lmttageftunbe,

biefcd jehnfen Qriugift^ — biefcii 1T78ften 3(«&rc4 gemfinet 3eil:r(^(bn«ng, iu(l biefe n«ml^*e gi^<^it-obet J^t^dulein won*** nit^t in^ nid^t in ben 9?fldfen; ^U^^t^ogen, S^iUe^, ni^t auf bie ^^anb, noch in bie gerfe n. f. w., fonbern gerabe »ier R)fl^u^men bocb fiber bet linfen ^nieftfieibe gefiodjen wotben u. f. ro. — unb ba'befennen wir ohne @^en, bab wir auf biefed 2Barum ni^td jn an^wofl^eu wiffen. — gragt bie ©otter! fcnut•eu wit aDe^ifaltd mit einem grofen iJ^i^nne fagen: aber weil biefed offejibar eine beroi-febe 2^ntrooct ware, fo bnt:eu wir'd ffir anf^anbij^i^r, bie ®*ab.e* tebigl^i^<b auf ficb bfrubeu JU ta|feu': ' I

9((fo — wad wir wiffen. Ser ^onig ^rc^i^laud in SWae^e: bol^i^(^t^/•eiu grofer Siebbaber ber fdi^t^f^^•fifiuffeuub ber fd)»nen ©eiffer (wie man bamatiJ gewiffe Be^:Jtt1faetac ^inber ber'^atur ni^t uaunl^e, unb wie man beutige^ itggid etueu teben nfnna, pon bem man ni^t fugen fann wad..?r if^)'— biefer 56nig afrc^i^laud war auf ben Siu(^alfg^^^FommeU ein eigne^ fpii^tju bnbejn; unb oetm6ge eineif dufUmmeutettuug won U^= fta'iibi^n, Urfa^i^n, UP^tt^efj;-rnnb woran niemanben mehr »iet gfleg(^^1'febfi fgnn, 'buKe* tt ben C:uitp|)U^ed uutft febr »ortbeitbafteu 'SdebingnifgfU wei^t^c^cbt, mit einer ©efeff; fe^aft auSgefu((^t^l^If.€^d)aufwiiet^^:,9^i1ttl^|^ff^/,©gumfif^er, unb ®^i^ffeii^i;ffen, ffirj mit aHem, wad su einem »oQtfdnbigeu S^bea(^e1^wefeu gebbict, na^cb ipe^a an fetn su tommen, uub'b^e',9^uf^(idbt fiber bie neue d^i^^f<baubfibne su fiberuebc^en.

a^uf biefer (Reife war jebt. (^utipibed mit ff^uer ganjen ©efeltfe^i^lft be^iriffen; nnb wiewobt *bec* 2Beg fiber SUbberu we: ber be: einjige noib ber ffii^^effe wait; fo butte er ifn bo«b fienommen, «jeif er gttfl fitttte, eine wegen bes 2Bi^e^ iOrer wohnet fo beirubrnte Ot^i^ub^^t mif eignen 9tugen ju feb^i^i^. SBie e^ abet gefo^tnin, bajf er juft an bem na'mli^cben S^trge eing^e^ ti^offen, ba b^^ SRomop^Plar feine ^nbromeba jum erflennla^e gab, baoon fonnen wir, wie gea^^, feine 9ied^i^nf4^[^|ft geben. S^^i^^tei^[ben SlpropoO tragen fi<b b«««<iger S« been^: nnb^e^ ifl wenigjlen^ fein gt^ogefb^ g9ii^[^^ee, ai^ bag, ium aSi^ifp^e^^ ber junge .^etr pon ** eben im S3[^^riflf war feine S^ei^^flei^berbinauft^uiswben, a^^unoermul^^^etfe^^t^eWtt[^l^^l^^n^n^ ctin^mer trat, bie feibnen ©trumpfe, bie ibr su ^opfen ge^ fdbitft batl^e,- s« nbeebringen — weidbe^, wie Sjife wiffen, bie iBeraniaffung jn einer suf^d^i^gen S^^^ebenb^^t war, bie in fei^: nee bobe»» Sdmifie wenigflen^ eben fo groge ibewegungen P«r= m^ia^ebte, dl^ bie nnporbereS[^ete▪trf^f^be^nnnr be^t^niMjU^ed in bem ^bberlf^^dben ^|;rterre. SSJe^ fl<b uber fo wad n^i^i^^ern fann, mug fttb fii^^ Pt?i‹ auf bie J^AjammA petflebet^„ w^e eben biefer iSuripi^be? fa^t;' * *.»*

Uebrigend, wenn wir ^gten, bag ber ^:^n^g Sird^^eaud ein grog^^ Siebbab^^ ber fd^^nen A^iinfto uftb fd^i^nen ©eifter g^^ wefen fep, fo mug bad eben nid^t'fo ge^l^tnnn'b im fll^enrflen S5ii^t^e b^ aBorte g'eno^me'n benn ed ifl eigentfiih nur fo eiUe Mict ju reben, unb biefer ine^r war .inf ©runbe ni^<btd w^niger aid ^^n 2iebbaber ber fdbonen unb fd^ionen ©eifii^^. 2>ad SBabre baoon· war: bag befa^ter .Kbnlg Ofrd^^^ iaud feit einiger Sett Sfterd iange aBeiie batte —nlo.e^l ibn aHe feine pormali^ren 9^el^ufli^rnngen, aid ba ftnb — ©**, · 5?**, 3**, SR*"" n.T. wt, n^cbl ia▪nret bd^f^igen wottten. Ueberbem War er ein Jjerr pon groger ^^b^tion.

b^ic (i(b »on feinem b«tte fng^en l«(fen,

fc^led^&cel^ings unter ^^(^j^u^O^^bi^gfei^i^en eine^ grogen S^t= ften ^^lii^i:^, AfinfT^e unb a^ilfenfbafl^en in feinen @l^uu' nehmen. 3^enn, fagte bec Db«;tam^^l:b^^e^^„ 3bre g»(cCi^(f^<^t n^ei^ben bei^itelft b«be^^ man nieftal^ eine Statue, ob^ir ein aSruflbilb eine^ grogen ji^i^icn auf eln^^ swe^i^lDe n. f.jij. jiebt, an beifen ^e^lter ja^tb nljt eine Siiu^i^i^oa (tanbe, neben einem iCi^opba'e oon fp<^njern, J^e^lmen, ©piegen unb gjtorgen^: f^^x^nen — jur Sinfen ini^en immer eti:^^e geifltugelte S^i^^gen ob^r hplb^(^cett»2l^db<hel^„ mit ipinfel unb ipat^^^ lZBi^^tetmag, JiUl^e, fieoi^if unb ^^nec lRoDe it} ben ipdnbe^„ Wie.fifin(le vorf^i^ttenb, bie fich bem grogen $^errn gHeichfam iur igroteetion oben baruber aber f^ioeb^ etne J^c^ma ^^t ber S^r^om: pete am W^unb, pnJu^^luti^l^, bag ^oni^ge unb jrArfHen fieh ben ©djuu^„ ben fie ben Rfinften. jngebeihen iaffet^^ einen unf^i^i^lilihen (Ruhm erroerrben u. f. ».

S^er j^^^gliteh^e^^u^ hatt^e al^fo bieRunft^e in feinen ©c^uj gei^^t^i^(^e^.: urib be^^u]^^lge ^if^en un^ bie ©efel^<^tfd^rl^libet ^^n £ang^^ uul/ZStn^lte^ .baoon su ^^{dhte^^ wie viei er geibi^^^ habe, un^b wie ^^el *en* aufSRal^erei unb S^^ibhauel^l^^^^ aitf fh^one S^o^^eten unij anbere fehone ilRobelln Perwi^t^t^t:; unb wie aUe^ bie auf bte S^ommo^tt^i^lt, bei i^hm hal^e'j!^el;uriieh fjn mUfet^^ unb ito^e er'betfihmte, Runft^er, iBirth^^fen unb fe^Jnt ©eif^et an feinen b^ru'fen habje u. f. w.„ wel^chee aBee (f^gen f^e) er um.fo mehii tgalt, »^e^^hm baran gelegen war, bae Sinbe^:; ten ber Uebt^e^haten ajesnl^of^i^i^„ bur^ch bie er fich ben 2Beg sum ^hr^one, su bem er n^^t gebi^ren war, gebc^l^i^^ hatte —

wie 6uet Sbeln Staple mit SKeOfe'fm erfeOen fonnen.

biefec Heinen 9lbfd^»w^ifun9 l^e>iren wit ju unferm 8(t^itifbett 2)ihtet jutut^, ben wit unter einem fcbtmmetnben €i^irfel non ^bb^mten jfnb Ql^l^eei^iinnen »om erjten iRange, unter einem dtfinen Ca»i.l^on ^m ^ar^i^en be^ Sli^cbon lau^ anti^e^lf^en werben.

ii'rtptfcl.

iid) CSuri>i!>($ mit ten 9^t>b^irlten tenimmt* '®ie madfen einen 91nfd)(aa auf itn' mol>e> fid) Wre, v»tiff^e,a3^^tletfamteit in einem fiar^en Sidjte unt iec iinen, um fo gemiffer aelinaen mu6, tvcil *atle ©djroi^n^ii^i^^i^i^ii, tie^^e tai^ei fdii^n. Wet e^i^i^^^ltet gnb.

Sb ifl oben fdbo^ ^^t^i^rl^it worj^en^ t^a^ <^ur^pi^be^ fcbon w^rwob(anb^rf^t^l^tt^rit!Seifr, ^^li ben 9[^^^ejiten in gro-' f^rtw atnfeben ftan^^ Se^tt, fo^^lb *eii* etfr^^^^i;t^ wai^„ b^fj er i^n qierfon j^ug^egen fep, war bie g^nje @tabt in ^ewcgung. tWan fpr^^i^fb oon n^tbtb al^ VM^,■O^e^aiplbe^.. —.^,$a«l^en ©te bm gnr^^^|fi^^^r^ JC^oj^ gefel^^n? — aBie fiebt. er au^^l — ipat er eine grcfr 9^i»fe? aBie tr^a'gt er ben '^opr? SBa^ brtt *m* ffir aiugen? er fpr^dt wobl 0" lauter iSerfett? 3ft er ftctj?" — unb banb^^^lt folter $ir(^brn o^fl<^^r 'man r^hanbet fC^^eber alb eb mbgttib war auf eioe su anttuartrn. a)^e 3^l^l^gie^r^i, bda e^nriMJU^eb ^u febm,- $og no<b auSer benn^, bie

tier Sir^chon *tiatte* Httcn (aiTen, rerf^i^ebene herbei bie g^^aben waren. lUDeC brdngte fich um ben guten gia^H^tif^gen Siibter um j^u bec^^u^^nfdje^ii^ilgen ob auch fo au^febe, wie fie ji^ch oofgeftet^^ bii^'ten baf et au^febm mu|R^ f^i^ebne, i^nfonb^^bei^t unter ben S^c^meSt, fd^^enen ju wu^t^s bee^n, baf e: am ^^n^be bocb g^^abe fo au^fab wie an^^er SKenf^^ 9lnbre ^^meet^t^u, baf *et* oiel J^euer in ben 9lugen ha^^^ unb bie fe^^ne it^bi^baOi^ raunl^e ibrer iRad^i^^^iin ind» Db^/ tucu feb' eH i^bm patf an't^af er ein aud^gemac^^^^^ ^Beihelcfetnh fep. ®ie machte biefe S^c^e^c^r^ung mit einem ^udhrudf von anticipirtcm tBergniiigen Uberhen bm pe pcb bavon verfpradh, wenn ^^n fo ^^fiarter i^hrrd ©e^: frh(rr^^C bie iO^c^^t ihrer S^eij^^n^gm wU^be br1lennrn mfipm.

S>ie but ibt @uhlit1trd fo ^^t aid hrr tBerpanh, unb w^^ barin j^um S^^^urben geben* fann, h«t bad cg^s bahnr in ^^efe: 9lrt. f^^:r^^r^s wel^rbrC fur grfcbeibte 2rutr ^m= nier rinr fi^u^eHe von iBrrgnugrn ip. SJee ^hb^l:^;ten hatten bad ©iUc^ .i^m a^<^r^P5.'h^ef^^ s8oU^omm^^l^^rt ju fe^^. 3bfr Ung^1^^ri^lth^rit machte rinrn Srem^^i^-ianfan^^ wob^.}uwriten un^^l^i^ti^ii^^ ahrr'fo^^tb man fab, baf 0'e fo^ga^n}^ auC (Einem ©tflcfr'.war, unb (rhen barum) fo viet SuvecpSt unb ®U= mflt^f^et in pcb. ^^tte: fo verfobnte man pS gtewb wi^eb^^ mit ihU^^t/ Ounb brtluftigte pS oft beffeic an iibifer ^ihrcnbeit alC an. anbrer 2euW PBib* -

(gu^i^pi^hed war 'in 'fr^n^rm ^ehrn nie hri fo gut^^ Saune get^<^f^lt, ald ^i hiefentt Shheri<^rnfhmauf^^ €r(^nw^oirtel^e .mit hrr grhften ®efl^B^i^ffri^.aBr ihre g::^grn^,a^(hc^e uhr: alle ib^e platt^en emfdlCr/ li^ef irhrn fo hr(b a^^ten cUd *er* pch feib(t unb fitb fog^ic ubet ibt S^bentet unb W^iu^Utn^efen fo baf jebeirmann voQC^t^me^ mtt ibm — „(Sin feiner rnuni^e b^^ p^itifbe 5R(»'t^^bei^if ber 2)flmc (Salabinba, ^ie fibe: ibm ftt|>, in^ *Obif;* be; tritt ieifc uu^!" — ^^Unb fo bo^itb, fo bef<>>^J»e^^ ul^ ob e: fein gro^ec Sopf erwieb«;te @alabanb». — „®et broHi^fle UiKann »on 2Bei(^»»beim Jupiter!" ftgte ber furj^e •birt^e 8lr«t^^^^err,'be^m Sfu^^ben oon iCiftbe^ „ein ^^erbt lutj^s ^e^li^ger SRann! W«tt'^ i'bm.n^cht jug^ti^r^tui:, m^^n ©*eeU*" — ®ie bic fchon ge^nben waren _b^fflir fo ho^irh, unb tbate^, a^g•n>^lir ihn um jwanjig ^^(^hr^r jfinget fdnben al^ er w^ir, tui^}, man war g^^j} von ihm unb nuir, bah man bie»@h^^ utA Sa^ ^^(^r^:^nA9en i^n in Slbbeta ju frh^r^, nic^j: ldnser haben foBte. ®enn ®u= rW>U^e^ b(^rb bab^r/• bah er.firh nic^t aulhaltrn fonn^^

nahm ^r^au @alabanba ben W>(itU^d^en iRath^hetrim unb ben jungen £^t^obu(u^ auf ^^e ^eit^e. „SBad m^^nen ®ie, fagte fie, wenn wir ihn ^^hiin br^v^gen* fhuntm, bah un^ feine Brnbrromeba gi^^? Wr hat•leinr eigne ^:^^>^pe ffth. S«i, foBen g^i^j auhrtorbrni^^^r asiri^^olen'fept^." — iu^ fonb" ben gi^nf^aU go^t^^h- — hut^e ihn eben fdbi: ge-- hab^, fa^te bet■^^oe^^i^f<hr g^ath^l^(^rr, a:ib wur itn ®e^grff e^ i^l^t^en ooJ:Jaitag^^. .B[be: eg wir^b ^d^n»^^rg^^r^(^ru abfeh'r^. ®er g^om^^l^i^il^r — *„O,* b^^fir laf'er^*<S^^e mich forg^n, fiel ^^O^banha «i»; ^ch wiB ihm fthei^ warm maj:hl^r^!"

gUr meinen Cbeim fleh' ^<h/* fagir Cnobi^li^^; unb noch in ^^elrt'^acht wiB ich antrt unfern jungen B^^ten eine (^airtei

bre genug in beif ©tabt nii<»= djien foH.

„9iur ni^c^it ljii^ig, munfeite ber ptKt^fei^e mit bem ^opfe ^oDen jUn^ ni^i^t^ marten Inf: fen! Srft ba^ fo^l^ir^, un^7«w f«(fe ftufgeti^eten! ift t^(^ immef fa^^."

„9(^^r, n^it ^^l^cn"lE^^^tle ^eit j« uee^liofoi, tpdrr'ffroft^: pffe^^t^"! gUfji^U^e^ ae^t font —"

2Bir woHen ilin ft^on guf^f^lten, etn>iebei:te ©aiob^^bf^^ morgen ^^ii mir fepn! — Si^nc ©^rtan^ditti^e, unb alie unfre bf^i)f(ien Seute b^^u. eingelaben Saffen ©ie n«^^ m^cb mad^e^n:; *ed* f^^ ^^l^itf ge^t^i^.

gran ©aiabanba paffirte in ^ibe^:tt fflr ^ine g^r weife J^i^gu. ©id wg^ (tgi^ii in Pdilidts nnb bgtte ^^ofen <i^i^nf[nf auf ben atlf<tou On^i^^d. ©er•£^bicrrf^H:c^ »gr.f^^' f^lje^in^, unb Jiinf ober feded fiigtedea^rei/ bie fie in ibrer 5reui^b<b<ift jdblte, gaben' fett^en ^^UC guirc g:R^^^^ti^ng ^m lRai^be feteJ aid bie fte ^OUCU bed S(bcubd juo^^ ^^ugel^!cid^^el;e bgtec. li^ebe;: ^^e(> (lar^ben ibr bie Sieb^^b^r-b^^ fded^te^ lt^b^oaOed, mit ber fie im engfleu 25erergucu le^^e^ ggi^^itcb, J« ©d^i^tee: u^cbtd pon lbrei} eigueu ju fa^^n, beteu fee immer ^^n^ge bgtte bie auf inoffnung unb alfo" fo ^^fd^bgeit^ii^'waren wie ^^^bfcbube. Sbt J!^<^t^<^,^bad uuter ^^^e Vee^eu in be: ©tabt gel^{^rtle, war be: Oe^^, wo gll^(^» .©cfd^gfee po^l^e^eeitlte^ alle ^g■nbel gef^ll^t<^e, unbi aHe lf^ablen ind D^^ne g^^rad^^ wurbe^: mil^©lSinem SBeftl^^ grau ©alabanba madbte in be?a wad fie wolIc.

* euri^pi^bed, obne bie minbe^e ii^bfid^l^^ ©obroucb oon bet

biefeic grau ju madden, batte (icb biefen afbenb fo 9«t ibr infini^ii^t:, aid ob et ^um ro^^iig^en ^^ne g^i^bfd^s pfiegoffielle anf bem Sorn geb^^^' batte. lBire^cbte lie ein p^lU tiifbed f5i^ei^bfprtl<bl^^n.,ald einen ©ebc^^tcn rn^i;, fo fanb et, baf ed ^^ne felsic ff/c^trffinn^^ge 93iet^e^^ung ftb, citit^i^e fie ben ©inionibed ob^t fo be^iari^^tte er ibr ^aknt iBerfel ju ^^^li^t^iten. ©ie batte ^bn mit ^^ni^^gen ©t^eDen f^^net aBette aufgej^^e^n, ^^e ibn Sl^ben in ben bSfen Oiuf eined 85^e^l^^i^^ feinbed gefel^g^ unb *tie* batte, i^n^bem et j^cb g^^c^n-jie unb ^^e fd^^ne ?^l^t9«^id oelcbel^(^^^^ »er|ii'^e^i^^Mbaf■ ed fein Unglfict fep ^^fbt ebe^ nc^cb ^bbeca g^^ommen jn fepn. et bitte ftdb fo aufg^ei^l^b^r baf $^au ©alabatiba be)^^it toc^it ^^nen S^itf? (^anb i^n erregen, falld i^bn^^ib-benif pollitilfben Oatbd^^l^^»e ^^ngefa^^^ted iproject bur^ f^n g^^in^^ired' iO^^tel bitte butcb:: *gefegt* werben fdnnen.

9^an faumte^t^ttf^t, (ttb oon aDen S>n^(^en bed'^r^ond su berftc^^rn, b^^jd^^n^c^^nlCb ^^lb g^iv^^nen wair, wenn man i^bm fagte, ba(^. eine, ©acbe bet iRepuMi.r^^bbera su grofem f^i^ibm geii;eicb<^n«unb bem iBotfe febt^-^apgenebm fepn werb^^ weii»^erfein Jpe^it war beit feine lHube li^ebte, fo e^tl^^te er fif^: et fiberlaife ed ibnen, alted in^-bie ge^^irigen lH^egeeinsut^^f^^; er^fCi^c^d-Ottd mbd^^e fi^'^^t ni^emanb be^wegen fib^ei^iei^f^^, am wdnigfien mit bem 9fomi^t^t^bPfa^ b.eb ^^n.©robian fep*unb un.fer bem 5^(^Hf' ^^nen -ftar^en babe. —♦,/aBegen bed iBolf^ed matben (tc^ Sni^e iperrli^ibfeit fei^n^d' ©org^^ f[affert^e i^bm b^^ {Ratbd^^er^. sn; bad wi^O i^cb burcb bie blift^e .^anb fdbi^n ftimmen la^en wie wir'd nur wfinfben fi^^^ndn."• — unb ifb,' fagt^^^<^tla^^^^(», nebme ^^e a^al^l^^l^^1^^ldn auf mltb'.

, — a^iir rocllen bee in^bem er jur ®c=
•c^Ufde^^t ^un^j^i^tebrte. •

©ep'it S>te rubtfli, fp^^^ bte ®«me. junt p^^iEf^f^en 9^rttb)^b(^ern, tnbem (le ibn auf ^^e ®^^te na^^: l^<b fennc ben aii^^on. lH^ei^m man .ilbw b»ben win, fo mu(j man tbm nur bed 3lbenbb Pon @acb« fpi^e^tbei^^ unb wenn ^^92^^n gefagt beb IITlorgend wiebee.(ommen unb, ebne ben HRtfnb ju oerfrilmmcn, fo irbben Olil ob er*3a geifa^^^ unb ^bm babeil gelgen ba^ man bei^'XSr^otgd get^^f if^, fo fanh mah fi'4> auf ibn oerlaffen wi^e auf ©olt*. @d i.b n^c^^ bab erfle^ me^ll baf i(b ^bne^^if bP^neg'eecii^i^t: bobr.

„®ie,^nb ^^ne fblaue oei^f^^te ber be^r btr^eb:: pflfg^t, ^ji^'em er pefe^d^^e auf. ben runbenOftm (lopft^^. — SBad @ie teife. aufti^eten! — 9[bec man wirrb mei^t^^f^af ^^r etwad poifb*b^»n— unb bi^aS (onhte 'nadtbeU^}'f^pn. — SSiir mAifen ipfano'v^t'."' *

' **3n biefetn Slugenbti'tf** tanp^peften **ein** pa<^if **^bbeicitinnen berbet,- benen balb** alte **flbri^ge»»*oon ber @efeUf(^a(ft folgten, fint ju bbren wooofi bie 9iebe fep. 2)er polittfebe (Katbb^ berr f(ffli<b,.npj** weg.

„92nn, wie ^^fi^Ht. eu(b *i^^i^rip^beb? fagte gj^an ©aKa:: banba*: m^ebti waj^r, b>d ift-ein Wann?"

6 fd^brmante^.iWai^^! ri^ef^en bie Itt^^eril:innea.

b ^tur ljaf*^e*,fo fab'^ift — febte ^^ine ^^niu; unb baf ibm ^^n iaaA^^g^d^^ne feblen^ fagte bi^anbre.

9^(iir^^^en,b^^flo'w^^^g^^ fann Pl b^dd'^l>eii^«^«,z-Wrgte bie dJ•il^l^e-. unb well bief ^^n wJ^blfl^^ war, fo. l^cbten fe nOe b^r^^t^fb baruber.

5ft *et* fi^on *o<^tr^eitwt)e1:l ftagte* ein ®in9, b<«^ fo t^:udf(t{», «t9 ob *eJ,* wie e(n «p(i, in.ei^ner ein^g^en 9(^^d^<:' au^ bem S^t^ben au^gefbo^en ware. ,

iOiOC^ti^fl; bu ilin jttwa ^^b^n? antworl^ete e(n anbree J^^fl^ul^ein fp^^^ifd^;; bei^f^, er b«t fcbon Urenfel ju uet^ briiratben.

Q. bie Witt i(b bir fiberlof^^n^,* fagte jene fb^nii^ptfc^;; unb ber @ti(b war bejjto wefpenartii^i^rr, wr^l bae betagte frrr^ulein, wiewobl fie fo jung tbat ali^ ein 4l9t<bd>^n oon- ad^t;il^l^t^„ we^ nigftme ^ht^e ooKen funfttnb^i^i^ifi^g auf *5em, StruC^n* trug.

zz^^ineM^ um^ei^t^i^iibji'ne ffrr^u @alabanb«ui/«^on bent atten ift ieMt bje diebe n^c^t; 6e ifi wae -^inbree auf bem S^^pet^^ a^^e gel^el' ee e^rbz wen^ ib ben fOrmnen $^errn berebete etlChr S^i^ge hf^er }u nteinenz unb une mit ber Wie «: W^i fich eine feiner ^^ombWien j^u ^el^nr^^^"

*O bae ifl rrf^rn bie Mni»et^lt«^t^rn *atte* potr ^rel^t^rn aufhupfe^l^;; O'j^a, wenn ®ie bae mdC^er.fnl^t^ten1

„2Dae w^O ^(h fchpn machen tonne^j, oerfeht^e @alananbo:; aber ihr muht aBe baju hPlffm-"

O ja, .0 ia! fchi^i^tterten bie tt[W^eritinnel^;; u,nb nun t^r^rn fie ^n hettem jManfen ben (^t^trtp^beb' }u> unb f^tr-ien gBi^„au^ einmi^l; o *fo*^ i?err €uri^pi^n^^, ©ie mflffen nue'e^ne fiom^bie fpirlrn! ^^r fufrenf ©ie nicht gn^t^e^„ bie ©ie une eine 2om^bie ^^f^^eft haW^l^i.'» atii^it wa^ir? ©ie perfp1^1^(hrn'e*une?

2^errflm^r SRann, bem Mf^muthnng auf ben .Mate tarn wie ein ^bbel aBa^^ire i«nf ben Sopf, trat ein ©ti^ri1ttr j^urU^, unb oerfibert^e tte, ee fep ^hm nie in ben ginn gefommen in <Ibb<^ira .Aomobie su fptelen, er nttiffe feine S^i^i-fe u. f. J». S^^ber ba^ uDeS n^^t^ — *O* ®ie muflTei^/. fd-rte^ bie ^b^erii^^nn«^;i wir loffen ^bnen feine iRube^ @ie ftnb ^^el su artig, @ie ung w«g Abfc^iagen foUt^^^ 2^iir wollen €^iie fo fd^i^n bitten —

„3'w Srnfl:," fagte Jran @«l<^i^«nb«,'„wir haben ^inen S^j^fWlag anf^gie gn^gt^t^C' .-^ Ui^b be? su SBalfer werben fott,, fiet O^^obnlud e*^it ob.eif ^(h win ulc^^ £^nohdj^<i

h2Bag ^^,bl:*«^(^joag ^^hffb? firr^gte'bet fioUttidh? (5i^^t^^^eri^, be? ben Unw^^enben m^($te, ^^^bem,y^^Viangfi^|^*unb mit uu^ ftetem, SJiUf biuikttfchUd^^ wad haben ®ie ^^t bem hertn »o:? — Ser t'u^se biefe fRathh^^i^ie %»m auch bn^b^^ geijjeet*

*„3*de, glaube g^i:, ft,rar m^dh! .-(^i;e wollen· alle .auf ^^nmal f^^n*'J?e.rS U^::^^ ,b^ide^«^^e^^ hei, hr, fhi:^n *me*•unb* lgd^^e^ baf ^*r* fleh bie @e^ten halten mupl^^. 5»an oeiefionbigt? ihm,' wooon bie^O^ebe fe^^ — „J^<r, hr, h«, ha.! ^^nidhoner ©ebt^nfei* flrflf'.m^ch Supite:! ba fomm'. ^(h ge^iin aud^^. bad o^^fpe^^eh' ^*ch* 3hue^! ®e: SR^^fter•ielbfi:! bad m'uf b^e: 9Rfihe werth,in^^(wi:rb ^edh^ niel (Shte ffi: ffl[b^elr« fepti, Jc^err ^^r^pi^bed* gpofe @he. haben unif gWeif= l'^eh 'SU id^<ilhen^,hban unfte Seute ,po^' fo einem gefd^^^^t^ SRann proii^ir^h 9(^^ch•ei1^„ pan:* J^et^en »on 9)e: be^tung maChten ihm ungelidl^1e had ndm^dhe Sompiime^i^^

^uicpib^ed', hen ei^n^ian n^dht *fo* 'flbp^ fanb ndh biefe 2u(^ mit ben '9^l^l^b're(ten su mad^en, fpieli^e nodh ^m^m^eV ben Srff^auntm, ntnb ^^tfd^i^t^^gte feh b^t^ii^., bhf

« b«m b«be feine Sieife ju. b^fdjtt^i^i^tj^en.

,^i, w^! f«0te OnO^t^li^sJ, Siie 0nb ein {RepiublU^(^i^(^ir, unb eine OiepnN^Uf bnt ein ndbete^ Si^ed^it an ®l^e."

„S5flj^en Site bem JS^oni^ge mnr,J(bn<^ittl^e bie fd^i^ne 5Rni^ii^z bi^llf wit, @ie fo g^if fcbon gebe^en .bai^i^i^^ iSit foH rinTgalan: let ^ein fepn. ♦C^if winb 3^bnen ni^d^t flb^^ nebi^^t^, ^te fedbo gnauenijim^^nn auf ^^nmat ni^ebtb abfe^lagen fonnte^."

O bl, S^ptann beit @6lter unb^b^et|9)i^efi|lbet^, atmo^! ti^ef S^uitpiU^eg i^m* S^bn-^^r'ilft^j^i^bi^l i^n^bem j^u^gleiib bie f^'cne S^bi^P^Dig 'anfa|.

,>2Benn 3bif Si^n(n ift, fa^^e-lCb'fpf^l^tb„ mil be^ SRi^^nd ^^nei W^if'^i^z bii ni^dlt ge^i^l^i^t i^ib %ebet abiuwiifin nod abg^i^iiifen ju wenn bab 3bt f^ltafl. ift, fo be=we^fin ei btbur'ib b^ff @ie fidb non etb^i^en iaffia."

› 3^i(^i^ ',aoon ^it" neibtog tabdtn 9[bt^bett^nnea. 2Bit woi(^t^"'nidt uabefd^<^^^l^'n fepn,'»^fagli ^^^ne, i^bem ^li bti gippen ^^njog, utib auf i^iii S^ei^^i fab. — ,?^an mu^ bem i^^i^^n ni^tbM jumu^bew wab l^lm unmogli^tb ifi^*, fagte eine aabti.

' Um S^bnen 2^(^rgafigin su mad^(^i^, m^ine fibOnen ®am^^j, fp^a^cb bet 2^it^ttt^ ($anti ^^^t bab UnmOgliibe mogii^ib Witben.

SB^^l bieg lfnfian wat,|ffo gefiiet eb aiig^m^^l^. £^aoh^||^^^ wat butting mit fi^nit 'S^ibteiblafel b^^aue^^ um ficb ben ®e^a^fen'(^l^l^^un^^^tia. a^^^bet*unb *0^al^(ibea watf^en ^^nen auf Si^btpflU'ib, aibob fte fagen dtfeb! et bit unb autb f«bbu ^^1^t^i^ett! -^a^bame btauib^ fieb ebia' nid^^

fo oiel auf *if)tt* Sltalontf^npflur di^juHlb<^n; er Heibt fo gut unfertroOen ^er aB um il^iret^ittotD^^. I

©al^ban^bg machte tnbff^ bem ^anb^^ Snbe, in^bem fte ftih blo^ bie ©e^^Di^^i^it au^bt^^„ baf et ifjr unb iht^en greun^^n, bie ,a^e feine grofen fep^i^, nut noch ben morgenben i^ag fchenten mod^^e^ ifEi^^l (^t^t^^^^betS im ©ru^be Kt^t jn fUtn h«lte unb 'f*'h in Sfbbeita feft gut am^l^i'te, fo li^ef et fih nicht la^ge Htten, t^i^e eittO^b'i^tt^ anjune^^i^^^ btd^^ih'm hflhfl^^ ®t^itr<^ge ju — llJofr^^^^^elenf fur ben ^op ju ipe^a' oerfpr^ch. Unb fo ^^ng benn bie ®e? feOcdhft, anf bie (^l^te fich morgen beii grau Oalabanba wii^^ bet in f^^t^n, gegen SJi^^^^t^^c^cht bi aH^i^f^^tg^em S^c^e^^nUgen audeinanbee:. " ' *

S^eunie^ ®ai|)tfcL

@ulr^)^^i^ ^Rcd Mi ©tatt, mit tem gSrifftcr ©n^t^lnCuS ttCtaiint, ml) urmimml tan iRm tie ®ltf(liU^)li ter &ftfnllifrifC(()i. 3Kivtmurbi3O ®ctpr«d, mild)i(! tei Hefer ®i^efliilfcil }roifd)ril'®Ctmttit, l^em K^l^i^Rir mib tem Dk()lit barfant.

3nj^fChtei^^ tUhrl^i On^^^^t^lillS, in ^^glei(^«^ng illuhil junget i?ir^^en feined ©fh^a^ge'd, feinen ®a((t in bet. ©tc^t hee^^iw, umjinnt^ned wad b^arin feh^e^^i^^irbig ^5i^e ju je= ge^^ Uni^^^M^i^gd bei^(^|^tlelli 'i^hnen ^^^ofott,'^n^^l we^chem Sutp?U^ed f^on ton l^c^^j^em ^^t watf.* @ie gingen alf^o 'mit ^^bian^^^;; n'nb ba bie ©ta^^ Obbercr $i^^.^uh toeittaufia roatr, fo Ratten *Rie* beiiben 9I(t^en ©elcj^i^i^I^i^iit genug, »on ben jungen .^eirten pcofft^titei, bte immet ben SOiUtb of^en b^I^^en, fiber gHed ^^tfd^lei^^tf„ unb fJib gtt ni<bt Sti ®tnne fommen li^epen, ba^ e^ ibr^^e^gl^eicben in ©^^e^n^w^r^ »on SRdnnern anftdnbiger feb in b^ren ale ficb bOren iu laffen.

@^^^pibee botte affo ^^efen iOtorgen genug su b^ren unb 'iH'Rb^«- 2)i^b j^^gen 3t^^^^^^ten", .bie nie wdtet aie an bie dupeirffen ©d^lagbdu^e ihrer 2^(^tei:fltabt gch^mm^^ waren, ^^i^<^<ben »on allem, wae fie ibm segten, ale ^on H^i^^beirn bie gaif n^tht ^bi^^e^gUiCben- in' beir aSeit b^Itten. D^n^obn^i^ie bingeg^i^',. ber bie' grope* ^^^fe ge^ad^t hdite, nergii^cb allee mit bem, wae er in eben biefer Stiet j^u Sd^^^n*, Co^^ntlj unb ®9raiue gefe^^e^y. unb br^cbte in einem albernen Hone |on ^^tfd^^^bigung ^^ne iWenge lgd^^e^^icber UrO^itben ^^irooi^^ ^atum biefe a>u^ge in "3I^^^^n, ^orim^b unb ©prafue fcb^nee; unb pra^^igen wdren ale ib iabb^e^a.

Sungec *pax,* fagte '3^emoori^,iee i(t bdbf<b bap @ie -3bre uttb aWutterfiabt in eb^en abe^ wenn @ie une einen ®^^^ie baoon geben wdlen, fo laffen ©ie rntben, K^ori^nt^b itnb ©pirafue aue bem ©piele. 92ebmen ^^r jebee a>u^g wie ee iff, unb feine aSergiei^'un^^ fo braucb^'e aucb, feine en^dbulbigung.

.^irrpiU^ee fanb foae man '"ibrn seigte, febr mer= wfir^^g; unb bae ^^'a^^ib. a^enn man i^ei^gte ibm ^^ne Si^^liotS^ej^5PIOo:in oieie 'unnd^^^'unb ungelefene S^i^td^ee^ ^^n aDfi^n'Crbut^^ei' worin oiel aeg^^^:i;(^^^^e ■t!Oungelt, ein rrei^ibee ®^tt^{,*wortp oiei fibeloerpfl^egte ^rme, ein'^I^irenat^ worin wenig nnb einen SJri^nnen, weirin' nc(b weniger 2Bfl(re'f wair. SC^gn jei^gte i^^tn au^ bag wo bie ^^te ©ttibt ^bb^^a fo wo{)l b^irntben wurbe, · ben i^i^m^pet 3«fo»^n, unb vergoObt^ei^^ SBibb^^^^ef, weK^eei fie, wi^ewobl wenig ©olb mebi: ^^ir«n ju feben fUr ^^rfibrnte gotbne ^^(ie> «us^e^aeen. @ie nahmen auch ben -alten ra^^ch^gen iCm^pel her Satona- in 9^ug^t^fd^etn, unb ©rabmal ,!9l^eenrU*„ bert bie .©^(^^t^juerft ^^bauet haben follite, unb bie ©ali^irie, wo .aHe Sfird^i^irt^en »on 9teb^lra in S^^^^^ggrofe get^f^ait fianben, unefeinaneet aKe fo ahnl^eh fahet, dig ob •bet: felgenbe imm^^ bie'€^opie oon bem ooo-- hergehenben gewefen ware. ^neli^d^,'*bd fie aSfee' gefehen batten, fuhrte man fie auch an ben g^t)etli!^t^t^^■S^ei^ch, worin auf Untcfi^en geim^^in^^ ©t'a^^ bie gtoifln unb fettefi^en Sir^fd^e g^fi^^tert wurben'^^e man *je* gefehen unb bie,. wie i^er *Obe^ptiefl:et '.©trbbi^li^^ fe^^ ecnf-haft oerp^c^e^i^^ in geitab^^ 2ini^e oon ben S^p^^fCchcn 93(^^iern «efta■mm^(^n, bie be^ um-- hel^^;rl^eubet, nit^gcneg!"ar^^he .^t^e^eneen unb nor S^ui^ft oer^^ f^maC^itenben Satona nicht gef^atten woliften aug einem S^e^che, ihnen sugee^i^rt^ie, ^u trinfen, unb b^^^ir oon 3'uoiter }ur (Str'af^e ihrer ^ng^ei^la^^h^tt in gr^cfCche oer^^ wan^^lt wurben. '

Q 5?err r^b^^priefter, fagte S^emoFrit, erjdhlen @ie boch bem rr^emeen fli^e^rn bie ©efchichte ^^efer 5'^rrc^|^^*une jflie e^ j^t^gSgauj^eji, bafl'b^^ ^^e^hetii^t^^' S^ec^ ^uSoeten t■iee; bct^ S^onfcche *arteet* herUbec bii hach ^^b^^ira oerfcei^^w^c^^lien ite, weeic^^z'^wie ©ie wiffeUfl einr Ji^^^ichc ©tre^ci i^egg Ueev 2dne^^ unb iDteere aui^mac^lt, unb (wenn man fo ragen■b^rr) b^inahe ein noc^ arogere^ S^unbfrr i|Vz bie buna ber 2pCif(ben 95(^i^^itn felbgt.

©ti^obplu^ fa> ®«^(^0i^iit^en nnb bem J^emben mit ^^nem b^^<^|^|E^^(ben Sl^if unter bie aiuaen. 2^eil er nb^^ n^tbt^ b^iritt feben ba^ ^bn beic^^ttisit ^>*dtte.* fie fur S^pbtter iu e:£l«t^^, »»el^<be nicht nerbient^en iu fo"^^lc«^|^^:b^aeri (leti^en juaeiaffen j« weirben: fo b«t fte, jtcb unter ^^nen aifi^gen wilbcft geigenbaum in feJ^n, beir ^^ne S^^te be^ tieinen gatonentempel^ J^b^efhbttttt^,' unb j«jabtte ihnen b^e)^: au^'mit eben bet S^i^eu^^riiateiit, woi^it man bie aHtdali^cbfte S^^ea^^i^i^|^i^it ttjflblen l«nn, oKe^ wa^ er »on ber ©acbe-ju wi^en ainubte.

„^^^e ©ef^i^cbt^e be^ iaiith^i^enbi^enfi^ea in 3[tl^tr<», fag^e *eit, »ertie:t* fieb im ^^^bel bea atnneftnn Unfre a^i^i^f'abfen, bie Sine!/ bie fi<h nor 'unaefdbr ^^nbi^et^i^^^^i^ii^r^ia S^abren bon Sibb^^a nBi^ei^a; mad^tj^n„ fanbet.ibn ^^]t(^ite fett unbenti^vben f^ei^^en unb bief^^ StempK f,iiet i(l ni^eBe^cbt einer beit dll^eften in bee; wie ©ie fdbon aug feiner unb anbern JeiJen einea hoben Siii^i^rtbuma fd^liiefen tonnen. <Sa f^, wie ©ie wiffen, n^tht'erlaubt, mit fi^i^i^p^^i^i^m a^Jo;wih ben b^^tiaen ©d^li^iief aufj^^^^ben, ben'bic J^^t um ben Urfprung ber ©b^t« unb ib'rea ®ien(^ea geoorfen *ha^*. 3lOea bmliiert (ich i^n Je^ten/ wo bie ^unft jufc^^e^bett noch n^Cht effubten war. tltte^u bie munbliche U^^f^r^iieferung,

Pon ajate^-ju ©ohn bmt(b fo »ie^e-3abfbnntert^e forttge--bbfltu^t wurbe, erfeht ben Blb^'ana fC^i^iiftl^^er ^tfut^l^ru mehr aia hinlan■tlJCb, unb maC^t, fo ju fa^^e^', lrbrubigr U;^=tunbe ana, bie bem tobtrn.^5^ucb(ttbrn biltig nodb bo^^^suilr^t^rn if^. ®iefe fag-. 5te Bocerwd^ntc a^i^irwanblung beic i^i^cifben S^e^^^irn batten .bie benftd^l^t^icten efn^n^obnet unb ^^n^ge »on ben befagten S3fluecn fdbi', wel^ehe an bem beit ubr^gen feinen itbeit at^ 3eu= gen be^ oOcgegangenen SS^unbec^, Eal^onen mit ^b^en nodb an ber li^e^genben g^iUingen, Stpollo unb ^iana, fur ©oth beiten eriam^^t, ibnen an bem iCeid^^„ ceo bie iBerc»anbll^^^^g, gefdbeben, «nen 9[itat «cri<bt^l^e^ a'ucb bie ®egenb unb ba^ ©ebiifd^^, ba^ ben S^fidb umg^!^, sn einem ^ain gebcjilgi^ , ®a^ 2anb bieb bamatd noeb S^iiii^^ unb bie in Jrcfd^^'i^i^i^;; r^ianbeltten S^t^^eirn r^^ren atfo^ eigei^^li^ib su reben, fTiiUer; atd aber lavage ^^iit bernaeb Soet^^, ipanbion^. bei^-giu^jiten ©^i^n, (i^ib mit einer Si^^tiidben Solm^ii^'bed 2anbe^ bemadb- tigte, befam e^ »on i^bm ben 9i^^men 2beia, unb ber alterne 9?ame u^rlor ficb g^^.sti^ib. 9^^ii biefet*@^el^eg^^^b^ei uerli^ef^en bie eii^n^obn^^ ber ©e^e^eU^j, reo ber ir^tar unb gain ber 2a* tona jlanb, weiil fie ntib bet .petrfi^i^^t be^ befagten 2»eudi n^cbt unterwerl^en »«D!ien/ ibr S^i^^t^e^lanb, ieSi^en (idb ju ©ebifTeg ii^rten eine B^^t tang auf bem Uiegeifcben i^ee^e beicu^, unb ti^ef^en ficb enbti^cb su ^bbi^ra niebn^rr, wti(bt^ fur. juvor burccb bie ipef^.beinabe g^^^li<b worben war. S^i^ei ^br^e^^ ^bjsuge fd^i^^rste fie, wie bie O^i^etbi^^on fagt:, nicbt^ fo fe^^z al^ bap *fte* ben gel^erl^g(^l^nr^(^^n unb S^eicb ber 2atona ■^^t^itef? iaf^rn mup^t^e^C;,. ®ie fannen bin unb ^^r, unb fanben enbiid^^ ba^ S^(^i^r ware, eini^gr j^nge S^i^i^me aud bem befagten ^ott^e mit aBurei^^^unb Sr^be, un^l^^riinr urnsabt »on S1^^l^<b^h au'd be^i. befl^!^^i^tt.S^eub in ^^^ner S^onne oott gei^^riligten SBafterd mitj^i^i^c^bmen. ©obatb fie s^g/t^f^bera anta^gten, M^i^r ib«^e

of^e ©orge einen neuen Sleici) ju grflbei^, n^el^e^ efien biefer if^ b^^i @te hier not (i^<b feb^^.

„@te fei^eten ^^nen ^rm be^ gl^uf^e^ 9?eflud in b^^feib^^^^ unb be^^e^iten ibn mit b^^ a^bfcmmli^^gen b^^ in gi^bfibej^^i^:; n^i^nbe^ten S^ii^cier ob^r S^ilii^r, bie fie in bem ge^^ibfen SBnfT^^ mit ficb gebiKid^^- b»iten. Um ben neuen JCe^ib *b<t.r* bem fie forgfflltig bie nittige ©eefi^^t unb ©I'OPo beg allien gab^^, ^^anit^en fie bie mitgel^b<^a|^ti;n ^^ilditt S^nume, r^e^beten fii , aufg neue be: S^^tond'j^^m. ^^(^in, bautin ibr biefen iCempi^I, unb nirorbneten ^^nen,^rtef:et, beb ben ®ien^ be^felben ne^j lel^^n^^/^^nb beg-J^ai^ng unb iei^ib^eg warden we^che jiti) auf biefe S^^efe, obne du fo gr^opeg OBi^n^^t alg jperr ®e^i^= frjt, ffir notbig bctt/^e^xtg 2bciien nacb 9lbb^^a nerfebt fanb^^I. SJief^^ fE^emp^ei, p»<^in unb-it^^lib filb, nirm6gi ber ^^1^= fur^cbt wii^cbi fog«^ bii*ibe^(id^^^i:tin wil^ben a;br<^^i^er fflr ben= feiben be^<^<^nz bur^cb blti ^^e^i:^nberungen unb Unf^^lie/ be^en ^bbeta in bet goige unterworfen w«r, big ^ie ©tab*e^l^lip non ben tteje^n, unfern iUorfabtenz su bei^-peit^en beg gropen S^prug wiebe:bergl^iti^O^t^ unb (wie man ob^ne a^l^l^t^l^l^l^ii^l^^it fagen fann) su einem ©(ans ^^boben witrbe, bap fte feine Ui^p fi^lbi bat f^r^g^enb ^^ne anbre in ber iS^i^tt su be^e^b^^.

• ^ie r^eben wie ^^n wabr^^ ^«itil^t, i^i^rt r^berpniefter, fSgte Surt^ibeg. abet wenn eg erlaubt rogre, ^^ne bef^^ef: bene g1fi«gi.'su tbun —

;,g^]^<gen ©ie wag ©ie woKi^n, fief i^bm.Btlrbf^pl^ug e^; i4 * ®o^t 2o^! nfe pi^i^fgin-fepn SfntwO^^ su ge^^e^."

^it.C^uer ©^t^enurtben 'Pr^i^^bnip alfo, fube @uitM)^^eg fo^^; ^^epans? pjelt fentO M;f;ebl^i 2^enl(^lft unb bie Si^ebe jur unb ju ben fc^i^i^.en ^unften, bie ben Sejiifben 3[b^(^i^i.ten eigen ift, unb fbbi,on ibre @tfl^f':i^berflB bie merfs n^i^i^bligf^^n 9^<^^^ife b^^l^ent. 'asie fommt e^ aifo, ba bie il^gj^er f(bon non «l(^en get^en beif im Diuf ^^net befonbet® Gbffu^<i^t: fflr 2^^onen <(^l^e^, bie a^bb^ei^ien nit^^ nul* ben ©eb^nfen <tnb, iet e^nen flnfeeni<e.en vei ^^(FJuert^u^^^^ ,

„3< »eflt^u<^eete biefen Si^ni^i^i^if," fagte @tl^oep^tt^ mit ^^nem Sdd^t^iit, tb'o.b^^ er bie Singenbiduen i||.{lie .^obe J09 unb moi^tig wetfe aitSf^ben "

€9 foOi fein ei^nTOntrf fevo, »erieifte Suripi^e^^, fonbern ^^ne eef(b■eibene ^rt^ge. . ' „

»i^n (ie ^elten' ^^(^t^ti^(^ri^e^^^ fagte b^it ipti^e|^^^l. f^bne gt^f^iffei n^dre.eg ber fRepu^^jiF'-leijibt ^^r £<^: tonn nig ^^nnr. ®6(^i^^iin vom etfi^^^^Oiang einen fo prdd^^^ge(^ a^impfl ttnf}ub^^^(^t^, ^ie fte bemiSafot., bel boc^ nut ipirog in, gebf^t^lt bnt* 'a:ber fte> bnt .niit 9lf(er ge^li^u^t* bag eg @eru^rl(^e,. b^'e .b^r fOutt^^ bcg UCpoflo unb ^^it'S>iana fc^^le^g Pnb, gtimd^i^it feoz ni^^ten urali^en a^empil SU laffen pe ^bn ge^uneen;' unb et ift unb. bem= ungeaC^tet ^^r pe^efl^^unb ^^tligfle li^empil.oon'^^^^rctz mt<b imme; ^eit ipriifter Snfong bagegen ^inpeneen ma^.*

@ti^oeplug fagte biefee feere mit einem ^i^er une^^u"^&^< Crescendo if Forte; bnp.S^e^ohttt fflt ndtbig fnnb rbti suwej^^: pc^bet^^ b^if Hef •^(^e^itgf^e.ng alten ®efuneb^^^le,p^^^>e^ne auggeina(ere iS^t^^e fep. , ,

„3neefiiel^■„ fuhe ber f^eeipiieji^er. fo^t, b^.j e.ie ffle^inHUf glel(e»ol^^ fottbe SJewi^ife ibrtr b£fi^»^le^rn Siol^(^lion fflt ,

S^empel ber 2flton« unb beffen ^ubeOorben *ge^ice^tn,* bag aegeit bie 2auterfeit iijrer 9^b(id^^en nidjt ber geringfle Zweifel ubrig fei^n f«nn. Sie bo/ iU iBeicfebung beO ®ien(ieg nie^t nur ein a^oBei^^um »on fedbd i^iriefl:ei^n, beren a^t^rfleber ju itb nnisfirbiget 2Beife bie Sbre brbe, frnbeirn tiutb. fuo bem 9Wi(^= tei bcO ©en'ato brei Pfleger bed beiibgen S^ei^tbd angerirbnet, ^rn n^eliJj^en ber erfie |flllejeit eine^ B)n ben iXduptern ber @t«bt ift. 3«/ fte b«t, «ud a^iejueggri^i^lben beren OkCtii^f^^^t (treitig ju (gacben ni^t langer erlaubt ifKbie Unverleblid^^eiit ber S'^i^e<be bed Sat^rnenj^f^i^fbd auf aHe sbji^i^e biefer ©attnng in ibrem ganjen ©ebiet unb ,^iu biefem @itbe bab ganje @ef<bledbt ber Sit^i^cbe, Ct^a^nuhe unb aHeic^anbern arofd^feinbe and ihren ©re^n^ien ueifbi^i^nt."

* 2Bfnn bie a^<^^^|fiCbr^^ln^■, baf} ed nid^l^. Idnger erlaubt ift an ber ^^Ubtii^ff^it biefeb aserfabrenb ju jiveifeln, mir nitht bie 3unge fagte ®eml^ff^it, fr wurbe ith mir bie Si^II= beti: nehmen }u erinnern, bag fetbiged mehr in einer }n^ar an fitb felbft tbb(i^(^it, aber brtO aufb dugerfte getriebenen ®eifi: bat^i^t^i^*;, atb in ber,9Jflttttt ber @a^^, pber bet ebrful^(bi, b^t^' n^ei^ b.^r 2«ion« fd^ulbig f;nb, gei^rUnbet ju fcpn■fd^eitl^tl ®enn in ber ^bat ijl nidbtd get^iiffr, ald bag bie g^i^bifcbe iu et^^^rrounb in ber ©egeub umher, bie ben C^ii^iwol^t^i^rn be= i:c'i^t'do'Mr beftbn^eirlitb jinb, n^iit ber ar^i fit^ nniet einem^ frligen fr Ut^erftbirangliitb permebren n^ee.b^et, bag ith ni^t 4i^i^i^i^iife, wie unfre d7ad^^l^enmrn gtb mit ihnen werben p,ergl^rl^tben- fbnnen. 3^t^^^rbe btet blrg mrnfrbl'ie^^t SBeife, unb un^ei^werfe meine giRe^nung bem Urtbeil ber b^bern, wie /tnem ted^^l^^|^i^nren ^bl^^i^^ten ju^rmmt.

®«rfln t^un @ie frtgte ei m«9 nun 3(fv @rnft fepn obi^if ntdltti unb ©ie n^iSri^en, nehmen ©ie rnir'^ «b^l, niwb beff^it t^ui, wenn ©ie bergleiiben SOeii^iun^en 8«t n^^t Ifiut werben li^efen.' Uebiti^a^enS f«nn ni^tS fepn siiS (ich no; Sr'^'fChen iU fUrd^i^en; unb unter bem ©dfuh ber Satona fS^l^enl^ie, ^^t^(l;e(^, ^^ef^ih^^:' li(hirr J^^n^be perad^tt^n, aB^^)^^fr ^^ten'un^hwlbi^sen S^htr^ d^etn iemetb? fepnlf^^t^l^l(^n, wenn fir a'ueh unfre J^enibe wurben.

®ad fOit' ^(h auch bit^l^l^»l, fa^tr Suripibrd. iiSWreb wun^: ^^rt:, wie einem fo gt^^en 9eal^^1cO^rdter aid ©e^i^tfit un^: ^^lf^i^nt fepn faints,, b^ji b^e'J^dt »on S^nedt^en uni) fl^ei^n^en '©^ne^en na'^^n, bem SRendlen p^rl^mehf nfil?:! lich aid fdtdl^^ich finb. I

Sac epr^if^er ©l^i^obplud nahm biefe a^t^merl^un^g fo woh^ auf, b^ff pon btefem ^u^^e^blii^an ^^n hot^lt ©d^ne^ unb $3efdr^^re: unferd S)^cht^^d wurbe. Jlie J^rt^^en hatlrn fich taum pon etm b^i^i^l^au^^, fo ging err in r^di^gr bo:'be|lred ii^^ufeit, unb pn:|id^(^^(tr, Sul?i^U^eh fep ^^n i^ixnn pon grofen S3^e^l^^^^'flt^^. ^;^(h habe febe woh^ bei^eert, fagte ec, baff OC' mit ®rm'^^ri<^ed n^cht ^um SBe^^en ^eb^; OC gab etm *euv* ob^t'iw^^mal tfidtteg auf bie €: e<l:We^irJfl^h tubfd^^r perfUnbiger Wann — fur ^^ded 5|>oettd■♦•

Senat ju 9(b!)cv<i gi6t bcm CJuripfbciS, c6ne boB cr S^irum aiiflcfi^efit SrlauBniB, cincS fcit^ct ©ti'itfe «iif bem MbbcritifcOcn «iif5u» fiUfcn. ^^i^inflgrt^, Wobburd) (td) bic Slfii^ecl^ifdjc fianjfct In fo(d)cn S«(tcn }U bcffrm pffcijtc. @^dj(«u^5 'S^ctragcn beb ^^o^m^l^lbtt^«r. SO^iiFs wUrbigc' ^irt beir S^^^ell^n, d^em, ber Ihnen im SBege pi^iib, «den (Bl)bf(^)ub iu tbnn.

f > . 4

gui:p^U^e^ bie aSabtiei^^bett »on aCbbeta

in aiugenftb^^n g^^^^men *b^^^tte,* fuhtte man ibn no^eb t^e^m ©aiften beo ©aiab^i^^a, wo'er b^^ 9iaVb^l^^ei:n ibven ©emabt '(einen bioii feiftet ©et^m^l^ti.n be= met^Ht wur^^ec unb dine grope ©ef^llf(^<^(=t »on 3^bber^t:^ebem Beau-Monde fanb, oDe febi^ be^^erjg }u fe^^it, wie man ed mat^i^e, um ©^tipi^bed ju fepn!*

©^it^p^^ed fab nur,i<S^n. iOtit^ei* gdb mit Sbiten aud*be^ @(»(be in iieb^tn; nnb bad roai; — in fo gnter Qi^^eeit^Rbef ©efettfd^i^jft ni<bt €yr^^pibd5 — fonbeirn fo febf 3[^^^eit iU ***fepn*** aid' ibm nur immer m^^l^^ wait. ®ie watftrn 2eute wunbeften o(b, ibn fo gleid^^i^i^tig mit ^bnen felbfi iu ftnben. ed ifl ein fCbt^riQ^t^^tef B^i^n^^ fagten oe; man ^ad^te^^ *et* w^^i^ii^^iin, Seben lang in ^bbe^a gei^^fe^^

‹ 2^ie ©abate bet 2^atne ©alabanba ^^ng it^i^if(ben tapfet ^^bf^en ©ang, unb bed fo^genben*BRotgend wa^ fcbon ^^e ganse @tabt J)eg ©er^ebted Pd^^-^^er. fi^embe ^Ji^cbte^ wUt^be mit feinen Seuten ^ine .Pomb^^e a«]ffn^^et, wie man in Slbb^^a nocb i^^^nr gefeb^^ bnb^^

<S^ ro(«r e'ln 3>^e ^ewen peirfrtmjnetten ftd^,. einet f^^gte ben gnb^rn, wann ^u^h>U^e^ fein @t«(B geben wurbe? deiner wODlte tVa^ baoon wiffet, wi^ewohl jeber pO^^i» oerpc^errt^„ bap beireite bie gu^i^^i^n^^en gema«ht wflrben.

. gtD^ bef Sjrrbon bie ©aChc in ®oftrag .biraC^^e/ foi^nta-- f^prl^en pch bie gi^eunbe giomopht^Inx' nicht wenig baru^^nr. faj^ten' fte, „^b^g«^(ht'^ un^ noth iu fragen, ob wir erlai^ben woDlen wa^ fthon be^d^i^^en ip,· unb wooon jebeir: mann aid ^^ndf au'dgemad^^en ©ache fprid^^?"

Signer ber htdi^ilpen beh«ttptete, bap bet; g^enat eben bepwegen 9^^^n,baiu fagetr, unbl babu^th jeigem. folD^e bap er fep.

„®ad ware mir ^^n faubered jpalfti^^tpinm■^ ri^' bet gunftm^^per ^fri^bm; weil bie .^^t^jje ©tabt fur bie ^tthe bo^^l^^lre tp, unb bie fr^emben ^'om^^ianten ju horen wUnfd^^, fo foB be^ g^enat 9}ein*baju fag^^? ^<h.beh^upte g'erabe bad ©e^(^^ti^^ii. Ci^en weiH'^bad .iB^ol^C pe su horen \pfinfd^^,. fo fotteu pe auffpielen! Fox Popi^lujs,.Fox Deus! ®ad ip imm«; m^^n ©^^i^lum get^efenn^Vinb foB ed ^^eibetn, fo lange ith gunet^mfipfr iper^em h^^pen wetr^^!'' ,

Sie m^^^pen tr^ai^en attf bed punftm^^perd ©e^en. ®er polttfChe BlathOh^^r JPtete ^^e' 9(C^fef»^J- fprt^th »^^ft^r unb b^t^ibee, unb befd^^op «^i^tlid?: wenn bet; 9?o^i^|pl^t^li^)r nithtd ju erinnern h«l^te, fb»glaubte et, man^^dt^l^lee fur btepmat cor^'nivendo geedhehen laPe^, bap bie S^t^^mben auf bem' ©eabethn^^«r fpielten.

©er 9^omop^^^<^:l hette bidljer blop ^^e 9?afe

g^eg^nfit, feinen 5neb^lb(^i:t g^jtitit^i^n, unb eini^ge nbflt^: btocbene 2Borte nrit un^ei^Wiif^^em !)(«, biz get^i^tJe^el-. St modjte ni(bt geifn b^iFitt angefeben wecben, nl^ ob ibnt baVon' geiegen *fep* bie @«(be su binterti^ei^ben. ie me^t ef'^oerbergen woHlte, be(to ft«rfer pei'^ in bie ^ngen. €r fdbwoH j^^e^benb'^ auf, wie ein il^r^tb^^n bem n»«n fin t^o^be^ fSncb ^^i^rl^dit;* unb enbl^d^^ bg er entwebec berften ob^ir r^eben mugite, f^^tOeeir: „®ie fj^et^i^en mbgen mm glgm ben wt^ fie woilen — g^^ic ^db ^^n wir^ldb beic et^e, ber bgd neue ©tiidf ju b^ren wfinfd^i^^ f^bhe 3r^eifei bat *bo;* ipoet beett''ite)ct unb bie iDufiC fetbft gemt^b^ unb bt mug ed jt wobt ein ttcfied sH^und^tb^nt fem. 3nt<^lf^ttv w«l er ficb niibt gufbgt^en IgnJi, w^e mgn fg^g:, fo feb' iib n^d^b^ wie mgn mit ben 2)edrcttionen wii^bl fecti^g werben fonnen. Unb wenn wir ju ben Sboren-unfre £dutd b^r^)t^ben feilen, wie SU oermut^ben ift, fo be^r^g^^' ^db, bgg *id^* ftgdn mu(j, rrt o^ert^ebn S^^gen wirb ni^dbt bg^gn su behfen feoi^."

Sgfur igffen wir ben gur^ipbed fo^iTen, fggte einer »on ben iugtei^n, gud beren @prtdtro^^^dn bie ©ti^mme ber 3>(tt^td ®t(tbtnbt firgd*: mgn w'i^rb ibnt o^^e^^n |b1^rdnbti^lCl; bie ggnse Sij^edt^on fdii}ed'®^(^^fp^dl.d ^bdrl^tffen mUffe^. — ^ed^^en eined sei^iiffit^n ^!^i^o|)l>^i(^r unb ber ^^jet^d^^(^om-- miffion in tUd■SBdtd unprtjubidirt'i^db(febte ber SCr^cbon ^^nsu.

„3 bin glied snfr^^ben," ftttd ©rpif^^; „bie ji^el^^^en w^^en wgd SSeiued — wflndbd bgg ed wobt bdromme! S^in ffelb^ bel^t<^rig bgo S)n^g sn b^rei, wie 'gefg^t^,. (50 tomimt rre^ldh gOed blog bgrt^tuf gn, ob mgn ©(guben gn bie 2eute bet. — pecf^dben ©ie m^db? — 3nbdiren wirb S^edht

Siedjt, ttiib SOiTupf SKWff ttnb i^db wdtfe wa^ bie ^*jrften* n^oHen, bie iCeirjen wnb ^ui^r^^en wnb Octaoen ber gieriren werben gfi^^be fo (lit^^en wie bie unfr^^en,

biz b»z b«!"

gins dlfo wit einem groj^M 9)?eb»? burdj: „b«() ben fi^emben ^om6t^b«,»^(^^n, ein^ ffir nnb ohne b«f biefer 5rtH jn einiser 6olfe^l^^tt^ fi^Ri^e flejosen werben fonne^j. laubt fevn foDl:e, ^^ne S^i^t^^ebi^e auf beer ginti^oneil^^^aububne flufji^tfubren, nnb b«^ ibne^ bi^i^i^u non ®^^ten ben S^l)^«^^r--be^i^t^^tion flHer 2Jorf^ub getban, nnb bie ^^often »on be; S^^ffe ^^tl^lit^ett werben — aiHein, weiK ^^r Stu^brucf „erl^aubt fepn foDtt" bem eurujibeO, ber ni^fhto verla1rgt batte", fonbern Iteb biof ef^^t(^tn laffer, ^t*u* anf^Ofifl fepn fonnent fo oera^fUnl^^et^e g'iran ©alab^in^n, bnp ber iRai^l^i^=fd^reiibef (ber' ibr Si?eunb nnb ®ienec wa»r) im a^eRb^^b bie S^orte ^erl^aubt fepn foHte' in ^^d^U^tbr werben folH^i^," unb bie f^embtt^-'.acm6bianten in ben b^tlflbmttn Sur^)U^tO oerwanbelte — StHeS ubri^^enO bem Oatbfdjli^ff unb ber ^an^lei unpraju^^cirlicb unb cilra conscqucniia'm.

@o wie be: ©^^at au^lFn^r^Kbera^naz beanb' (i^db ber 9?or mcpb?t(^i! S^tw (S^i:ipi^be^, Uberfd^iSttete ibn mit 6ompl=me^(^|^t^, bo^ ibm feine Sienfl^e nf^, unb*P^tlf^(belte ibn, tt^^p ibm aHer moj^ii^et iSorfbub aetban werben foHi^^ nm jj^ein ©tuct retht balb auffubr^en ju fonnen. ®ie ^^r^una bte^^^ S^|^rflc^^tlung war, bap ibm, bbne bap iemanb ©c^^lb baran haben *Sne m6gl^<hen ^ih^^^i^j^iiTe in ben SBea wurbei, unb bap eO immer nn aHem fehlite waO er notbia batte. S8tfC^^^^tltt *et ptb,* fo wieO ^bnMmmer ^^ner an ben

anbern, unf) *jeb^t* feine UnWwlb unb feinen fluten inbem et bei^^^][i^(b iU o^^fT^eben gab, bop ber f^^blet bio? an biefem ob^if ienem li^ege, beif eine iBiej^l^e^^fli^ijbc "jUTor feinen ^^jt^en 2iBii(en eben fo fiai^E b<ite.

gufiqjit^e^ fanb bie ^lbbeti^i^fbe 3i^it, alien moflli^cben 9jor-- f(bub SU tbujx, fo J^i^f(bn^l^l^li<i?,'ia? et fiibJiKbt entire(ben f^^i^fe, bet 2^(^me ©aiabanba am ^Rotgen beg btil^l^en S^t^ge^ SU orfldten: feine SKeinung *fei^*, (icb mit bem etfl^en SSinbe, rocber er autb biafen mbC^tt^, wiei« einjufc^i'if^^n, wofetn fie gicbt ^^nen Oatb^fd^^u? audi^ii^lfte, bet ben f^^rten oon bet gommiffícn anbefoble ibm feinen iBoiffbu^b ju tbun. S>a beir 9tr^^^, wieroobl ^^gentti^ib alie ^^oout^oe ©et^e^lt »on ibm ab^ing, fein gjiann oon gj^i^^i^ion war, fo war bad eiinji^ge *biitei* in biefet ,?Ootbz ben dunf^im^^^f^et ipfriem unb ben iprieflree ©tl^oip(l^^0/ roel^obe febt »iei beiim'lGolfe oermof&ten, in S^t^n^egung ju febe^i. ©alabanba ubefnabm beibeO mit fo gut^^ U^irfung, ba? binnen S^ag unb fRi^^t alled, wad oon @^ijdn bet a^bo(t^^or«^tt^m^i(fion b^lfotgt werben mu?te, f^^ti^g unb bereit war; wel^obed u;n^o leiobfer gefdbeben t^^iite, ba 'f^uripbbed feine eignen S^i^eorat^^nen beii pfb unb alfo beinabe nidbtd we^tef ju'tbun wai;, ald fie bem ^ib^lctl:^Oben

*2 *btftOf't* -^^JUilrftu•

.Srtpttcl.

®ie Mtibronii^i'a Sed Sin'ltiS^ed wirb cnblid) tro^ oKcr >^inbi^irni(re'»oii feinen eiDiieii (Jdjaufrietern flufgefi^l^irt. SliiiieirorbentlUfje empfinbfam: telt Ser SlSSci^it^n, mit einer SigreflTi^ti, iwefdie unter Sie tefiffeid)|^en in Siefem gnnsen SiBer.fe gebdi:t,^unb fetglld) lfon gor feinem 3fu(3cn fe^jn luirb. l

®ie ein ne^i^ci ©tfidf ecwf^ittel:, unb waren babeir fibel infri^ebm, ba iie pci^iten, e^ eben bie Sinbi^omeba wa^, bie fie not wenig S^f^gen ftbon gefeben haben glaubten. 9?o(h weniget woBten ihnen anfangS bie fi^e^^ben ©thaufi^ielet etnleu^i^i^n, beten S^on unb U^^ion fo natiirriih war, ba'^ bie ^^ten Seute — gewol^i^lt ihi^e i>llbea uab-,tll= biaa^e^a^• wie S5lflfflal hetumfahren ju fl$(^n, unb f^reila ju h^c-en wie ber »lrwua^blte i^f^r^ in bet 3ti^f^be — ni^tht wu^ten wag fie baraug ma^iea foQt^^. 2)ag ift eine wu^t^= bec^^^e 8(rt ju agiren, ftflftert^en 0e eiaanber man meitft n^tht bat man in bet ^omobie i(^;• eg f^angt: ja orbentli^ alg ob b^^^ent^e ihre■eigaen ^l^lll^n^^^^eltln. beffen b^^eugten fii^^i^ch ihr (^r|l^^t^aen fiber Bie'*:iDeei^r^(^^ioae'n, bie ju aiil^hen oon eitfem berilh^tea tJeifitr in bet ^^eateis peicfpe^^iio gei^f^lt warm; unb ba bie meif^ea in ihrem £el^^n ni^ihtg ©u^eg in biefet 9lrt gefehen fo glaubten• fte ^^^au^^ict ju fej^^, wie fie bag Ufer beg'Olen't^t ben Reifen wo Blabl^omeba aagefef(^lt wai:, unb ben Jjai^n bet SleteiSen an ^^ner fl^e^^a^en SJu^^ auf ber ^^nen ©eUte, unb ben f^i^lafl beg A'onigg (^lphlng in ber Retne auf bet anbei^^, fo aatfirli(h oor *fid)* f«6en, ftrtfj fte gefd^tt^t^iren fei) wiitFl^i^ unb wflbrl)(^^t:io fo wie e^ fiib bflufteHte. ®« nun fibecci^e^ ^^eSJtufif ooDiiomnien natb bcm ©innc b^i^®id^t^r(5, unb alfo bad aHed mtr, wad bie 3^u|if bed 9?omo)^l^b^l«)i ©rpHud — ni^i^t mt^:; ba (ie immct gerabe aufd Wrfle, nnb un: .gead^^et beic grb^ten Sinfaltin^b ©ingbi^i^feit bo<b immer neu unb iSberi^iifd^enb m^r: fo braibl^e aDed. bi^i/ mit ber geb: ebi^fflftff^^t unb St^abit^i^it ber ®^^l«m«tion unb «)^t^^omime unb mit ber ©^^i^^i^it ber €51^m^tt^en unb bed ^^^ot^^agd *oer:* ^^nlgt, ^^nen ®rab oon fJa^fd^u^g ^^ii ben guten a[b^<^i:iten mie fie nodb in feinem ©t^^ufoiet erfabr^en batten. ©ie't^i^rg^i^fien g^^^Udb/ bai (ie in ibr^em 9^«tbn«l^^beater fa'ten, glaubten imoei^mei^tt mltl^en in b^^ ^r^iiben ©cene ber ^anblung ju fepn, nabmen iUntbeil an bem ©lAdf unb UnglAtf b^r bdn^i^lnben ipcirfo^^n, ald ob cd ibre ndd^l^en ^i^tdftreunde ger^^^fen r^i^ren, b^t^fibten unb «nrt^irten fi^d^y bofiften unb fiir^ibt^^en, *lie^^l^en unb b^^t^n, ^^inten unb lai^i^^n, ^^e ed bem pflud^et^r, unter deffen ©er^^lt fie r^i^ren, g^ef^l; — fu^j, a[nbtromeda n^irtte fo auterordentli(b auf fie, bat gurriijU^ed fetb^ geefi^t^l^„ nocb niejuald bed ©d^t^a^fp^eld bineV fo'oorn^i^^^mnen G^mpfinbfamfdt gfnotfen iu bul'^m.

a^iir ^^tt^en — in «)^rentbe(t — bie emp^^nbfamen grauen: ^m^tt^l^rhen unb unferer ooir lauter gmpffnbfam: fcit bbc^l^ unemp^nbfamen 3ett febr um ffi^erieibung! ^Tbe^ ed m^^r ib ber ^bot nnfrr i^einung nic^i;, dut:ib birfrn ^ug*drr autrrorbentltlhrn gmpf^ndfamf^it ber ^bbt^e^^ten — 3bnen rlnrn ©t^cb iu gedrn — unb glr^ibfam badutr<b ci^^: gen Srveifel rerrn ib^fn guten S^^trffanb beii ibnen frld^ obn;

anbern gniten ju erwedfen. — 5« 9«niei« ern^, wit jOllen bie ©oi^e blo^ wie fte fitb jittrus; unb wem eine fo grope (SmpfnbfamE^ilt ati 3[bb^e^ten befrembldb ootfcmt^^,' ben etfuiben ^^r ^^fJWbft — ^u bee^^^ff^ei, b«p pe, bei afl^^ ibret ^bbf^ertb«^ill, am (Snbe bocp S^t^e^fWen waren wieanbere; ja, in gerotffem ©inne, nur bepo m^^ic u^i^ilf(ben — je mebt Qi^ljerrtcn be waren. S^enn gerabe i^pi^e Ql^l)eirt^^tt mad^fe, bap eg eben fo lei^ept war pe j^u bel^tiJ^^i^^ atg bie a^i^(^^i„ bie in bie ^^i^i^^ten Slr<^l^e^en beg ^et^iig htnein ptdftin; i^r^^em pt pdp jebem ^^nbrutf, ^^ffoni^i^icg ben S^(51ffceungin ber Sunp, viei ung^^t^l^rfam^^ unb tt^iueeit}^^get tieertiepen, atg feiniri unb falt^^e, folgti^{e audb gef<eii^l^l^ri geute ju tbun ppe^^t^, weidpe man fo leicpt ni^cpt oer^^nbetn tann, eur(e ben ^^i^l^elnf^, ben man um pe *f)et* madjb, burd^eufe^^n..

tteeri^ging mad^^ bet S^^^rfa^^r etefer ©^^^i^cp^e ^er'b<^i ^nm^rllung: *„bie* g^ope Sib^t^opti^on ^^r ^^^er^^^it, pdb »on ben ^Pnf^en ber (S^n^^leu^^^Ilraft unb ber ^fadbabmung tdu: fdee^ JU laffen, fep rein nidht ^^<5, wag et am roe^'igpen an ipnen li^ebe" 61 mag aerr wobt baj^ feine er'onbl^rn Ui^= fadhen geb^^^ bAeen.

3n bet S^b«t boben S^wbtef/ S^onti^i^j^lei^, g^a^l^r, einim aufgelf^llr^en unb »«fiinerl^en t^iublif^im ge(^^^<^l^er,. f(bli^tt^= meg ©pi^e:; unb gerabr bie ri^n^gi^^tbiten .S^^^^l^ir, bie unter einim fol^tben t^^ublifum immer ben gropten J?aufen aui^^^ mad^^e^, pnb am fd^^^rpen ju ^^ffliee^gett. Ufftj^t^^t eer ©in* wii^^ung pi^fl ju baaltin, tbut man afleg wag man fann um pe JU v^^binbern. ju genirpen wag ba ip, rdfm^t^irt man ^^^uber wag ba fepn f^nnt^e. iPi^ipatt pdb jur ^Dupon

SU begue^^n, mo bie be^ ^auber^ su nid^ttf t^i^enen lann a(^ un^ eine^ Su b^^aube^, fe^t man i(b ^e^lf ni^d^^ weitbe finbi^ftbe @bte bai^^n, ben <)p*Uo: foi^lben }ur ttnseit su swtugi ft(b su lac^^n, wo Se^te, bie (idb ibrem nal^i^i^idcben ©efubl ^betiaffen, ^bt^dnen im S^uge baben, unb, wo biefe lad^i^n, bie 9?afe su rumpfen, um (idh bad Stnfeben su geben aid ob man su fiar! ober su fein ober su gele^i't fep, um fidh oon fo toad aud feinem ©l^ei^cbgeioid^^ fehen su laffen.

9iber auch bie wiri^iithen Kenner oeriummern fidh feibf^ ben @^e^t^(f, ben fie oon taufenb 2^ing^n, bie in ihrer 3Tt gut finb, haben fbnnten, bun^ih X^er(^Ii^i^(d^i^ngen berfeiben mit 2>ingen anberer S^i^t:; iBergtetd^i^i^i^^n, bie meiffend ungrt^e(lht unb immer wiber unfern eignen a^l^rthril finb. 2^i^^n bad wad unfre babei gewii^i^^, ein afergnugen su »er= ad^t^i^n, ift hodh immer nur rin@d^<^tten, nach weldhem wir fd^t^appen inbem ung bag e^ir((ilhr entgeht.

S^^r finben bahei;, baf eg affesi^^t unter nodh rohen tf^m-fdhen war, wo bie @bhne beg anufengott^eg fene grofen aSund h^ thaten, wooon man noch immer fpri^c^t ohne red^it gu wiifd fen wag man fagt. 2)ie aSdiber in it^hr^aeien tangten ^^r Seper beg Orpheud, -unb bie wiiben £hiere fd^l^i;e^ltrn ftch gu feinen nid^:t weU er — ein jpaibgo^t waif, fonbern weif bie ehracirr — S^ciifen warm, nid^it, weii er fibrf^wtetfdd^d li^ch fang, fonbeirn we^i feine Zuh^frr wie blofe S^aturmend fdhen harten; furg, aug eben bem ©runbe, warum dnerdh gorfterg a^ei^l^cht) eine ©dhott^^fehe ©^^pfeife bie guten ^*eef*-ten oon Tahiti in ^i^g^dtm fehte.

S>ie 9(nt^enbung t^i^efer nidht *felft* neuen, aber fehv prartif^ihen Semerfung, bie man fo oft geboirt bat unb focf faft immer au^ bet Q(tS<t wirb ber geneigte *Sefer* feibft mad^^n; r^^nn'd ifm beliebt. Unfet eigne^ ©ewiffen mag und fagen, ob unb In loie fern mir in anbern 3^ii^gen meft ober meniget S^bMciet unb abl^i^i^iiten finb; aber wenn wir'd in biefem einj^gen ^im^te wdten, fo modft' ed nur be|to beffer fflr und — unb frei^i^ib autf fiir ben grogten Sfeil unfrer poetl^ftben ©atfpfeifet fepn.

«Cie ganj aibbeta »or Weivunbetung unb nbet bie 2Inbro< incba beb Sueipibeb ju P^areen ^iitbe. ^bilefopbirO): fiitifdjer 'Serfmf) ubet blefe feitfaine S;rt boii 'pprenefic, njeiifee bei beu 9J(ti^n lubijes ^eiii'bi^ ^bberitiicbe ISeantbeie geiinniit lairb, — ^^n ®ef(fii(f)trdieibei^ii etgebeiig jiigfelgiiee.

U^d bet U^e^tfang gefaOen wair, fafen bie Si^^^iten nocb immer mit offnem Siug' unb 9}tut^))e ne^cf bem Sd^c^upiafe bin; unb fo grog war ifre I^i^i^jidd^i^t^g, bag fte nid^.t nur ifrer gemdbnli^cben $rage: wie fat: ^I^nen bad @tfl(I gefallen? oer--gagen; fonbetn fogat bed Alatfifend perge|fen fuben wnrben, wenn @alabanba unb S^t^oiaud (bie bei bet aligemeinen U^itiUe am erften Bieber ju ftdf foib^ famen) nidft eilenbd biefem 9Range(abgefol^en, unb babui^cf ifoen l^Ul^l^t^j^l^rn bie 9^^= fd^f^imung etfpatt fatten, geirabe juuu et|^enmale, wo ge n>irFlirf> Urft^c^e baju R^l^iten, nic^t gertat^fc^t ju ^aben. 9(ber. bflfiut 'brachten fie aucb bad a^i^urfdumte SB^i^cber etn. ®^eim fobalb ber gemadht ^^rbefo laut unb fo lange geflatfd^^, bi^ fein SKenfch mehr feine J»anbe fuhite. SDle; jeniget, ble Midft mehr fotn^^^, paufirten einen a^ugenblltf, nnb fingen bann mleber beflo fldrfet an, bl^ fie »on anbern, bie injioi^fcben auCgeruht hasten, mleber abgeto^t murben.

blieb nicht bei biefem Idrmenben S^^^brnch ihw^ ®ci- fatt^.' ®ie guten S^bb^trlten roaren fo o^^oi^nbem, mad fie gebt-rt unb gefehen b<*tten, baf fie fidh genothigt fanben, ihrer Ueb^itfflDung noch auf anbere aBelfe 2uft iu machen. SS^e^iri fd^^ebene blieben im 9?ad^I^aufeglhen auf. cff^^e^^licher @t^^(^fl f^ehm, unb b^^lt^mlrten Ubertaut bie @(^lllen bed ©l^l^cfd, mooon fie' am ftorfftm gurflb'ft »o,rbln warm. a^nbre, bei benen bie f'e^bl^fd^(^^t fo hoch geftiegen war bap fie ftngen mupten, ftnt^en.iu fingen an, unb roil^^l;h(^(l^l^n, moht ober Ubel, road fie von ben fd^i^nfltnn a^irien im ©ebac^^nip bebal- ten hdttm. .Unv^l^lmel:ft rourbe (roie ed bei foichen ©elng^l^^ b^^ten iu glben pffeg^) ber iparotvdmud aII^^^eln; line•g^ll fe^^en lhrnn ©tab Uber eb^^ra audgeffic^^t, unb aHe feine (^Snrool^neir in ^ombbiantm unb ©anger oerm^^b^ltiu haben. IfOed mad U)bem hatte fprach, fang, traUerte, lepelctn unb pfiff, roac^^nb unb fd^Iafel^^, vIılı Eage lang nlihtd aid ©^^= len aud ber af^bromeba bed ©utrlpi^bed. aeio man hl'n fam, hfirte man bie grope S^^ie — d bu, ber ©otter ^^nb bet e^c^nfehen ll^e^^lff<bel;, 9^mor u. f. ro., unb fie rourbe fo lange ge= fungm, bid von ber ur^^pt^t^t^g(kbnn lOe(obin gar nic^^d mehr Ubrig m^ir, unb bie J>anbrolrtdbulfC(bn, ju bmm fie enbl^^ch

I (te beii auf ber €^l^)^«f^e natb eifjner *WZeU^;* ble br^nten.

OBenn ber Siatb nicbt (mie fo viele anbre bie un^ von ben SBeifen gegeben ben ^^njjg^en gebt^^ bf^itte — b^(t. er nicbt praftil^^bel i(^, fo mntben mr eien ^r fon^^en, alien S^i^ttf^e^ ben StaC^b jn „ni^emais von ir^^enb ^^n^^ 95i^^ebenb^^lt^ ^^e ihnen o^^abit mtrb, ^^n ffJ^ort S^t 3)bbn ubj^«e^ee ®rrfc^e^uneett, ^^e h^erueer f^^t m^^tr al^ breifi^e ^ab^en haben nho fibbr^eue^^ b^lf an fot^cben S^i^fllh^t^J^eb o^b^^^l^4^e^weifb fbib SBort mibir i(^: unb mit ^^(ren una im ganjen e^n(l^b nic^t ^^ne^ ^^bJ^eeb gall^e^ JU ^^t^nben, wo eine S^c^cbe, wiewol^li fie ftcb er^ vor ^^^igen SCh^t^l^bb l^^getragbtt, n^cbt von febet^^ ber fte er-iAbltb, an^^t^, unb alfo (mbil bocb ^^n S)j^^e nur auf @ne «ict mabir i^) von ibeem fal^i^b e^^dblt woltebb mdire.

S^a eg biefe 93(^t^ar^t^^tif mit Siu^^bn b»t, ^^e jn unftet get:, an bem O^l^e unfetg Qu^ffbb^bll^^5, unb ee^nabe vor ubfbrb ft(h^iuheb 9(ugtb eefdtetteb (inb: fo rabb man lei^cbt et^^ me(f^t^^ eg um bie bift^o^ifbe il^t^^ue unb guvbrldfl^^gibit folcber G^beeeb^^(^^teb fl^eben mfiffb, bie ftcb vor iabeet g^^t 2^11= ^^^ta^^tt, unb fur mir (eine anbre S^^wdhr alg mag u^g bavon in gef^^r^eeenen oe^tr ^^t^l^^^ten G^itcbern votge: fp^egblt mire. 2^^tif betr li^^be ®ott, mie fie ba betr a^men eblttfhbb gBabfhbit mitfpielet, unb mag von ibr Ubri^g bleh ben (ann, m^^^n fie paar taufbne *Scbre* lang ^^^cb abe bie vet^^llfb^bnebb gortpPaniunggm^ttel von 5Cra^^tion«t, ^irn^= bi^en, ^^1^ljre^i^fhbl^lt, pcagmatifbeb ®^^f^if^t^t^, (urj^rn Jbeb= e(i(fet, bift^^<^'cifbeb Ql^l^^eotet^fammlub^geb

u. f. n). unb bur(b fo mai^>be gewatObene obet ungeiv^aifcbcr^o- ^nnbe oon ©d^ire^b^icn unb ^bffljrei^^rn, ©e^eenunb Ueb{^'= fejem, Senform unb Soo^i^^iti^iren u. f. re^. bu^^j^i^lje^ta^lf, gefe^flt uttb g^^rept worben iff! ^eb m^^ue^ £)tt^ bin bur^ab bie ge^nuere SBetr^<^(btung biefer Un^fltA'nbe fibon (ange bewogen worben ^^n ®e(ubbe gu tbu^z (eine anbre ©efd^id^te in ftbrei::

«(^ pon iperfonen, an bereu Srit^enj — unb pon 03c= an b^^eu — (einem SWe^fcben in ber (Belt etwa^ geiegen fepn (ann.

SSa^ mi<b ju biefer (tei^^en ^rr^ertorat^on ifi g^^abe bie iB^egebl^l^^e(^^it bie wir p^^ un4 hnbi^j^^ nnb ^^epon ben p^^f«biebenen ©e^riiftfieBern, wel^cbe ihrer ^r^n^a'bnung tbun, fo feitfam r^^<^^r<^lt unb mipbanb^^t worben ift, al^ ^^n be^riiger niicbt6 3(rge^ wabnenber S^efer {{(b oorflrelien (ami,

3)a ift nun, ium S^i^ifpiei, biefer goriir', biefer ®i^Kinbe«^, iprot^^iiKf^ud unb ^^t^i^i^otippu^ aber emp^^nbfamen OteU fen unb emp^^nre{nren BBanbi^^r^li^i^^^, bie obne 90(^^^c^ unb it'i^ebe, ja obne nur ^^n ipa^^ ©d^iublf^^len b^^Uber arg(^l^uht ju b«b«^^^ ^^p^nbfame S^e^f^^, wer w^^p wo^iin? blop (n ber 9^r^<:re g^^bon bnbi^e^^ um mit b^^en 5^^f(brrel^rung ibre S^ii^^:: unb S^(^^^<^((^lie(rnung ju falbiren i^ib fag^, ba ift nun biefer gorii^, ^^r, um einl bUbfibe^ ^^apitt^^^en in fein ^^rubmeeg Scneimeneal Jauiney b^rau^ }u mad^^e^^ biefe ndmii^cbe 93e:: ge^^t^lh^it fo j^^rer^^eee bn^, bap fle)war fo wunber^^^ unb abe^t^^erli^ib ald ^^n Seenmabrrcben gewo^ben i(t, ar^r aucb baruber aDe i^bi^e inri^ai^ruelie i^abi^l^eit, unb f(>gli aned^b^ berirffbe Sami(ienabnli^<r(eit pe1rlaiin bo^,

9)?an bore nur an! — „®ie ©tabt S[rrara (fagt er) war

-*Me* ftbauM^c^i^e unb got^^lofc^e @t«bt in ftanjs a^£|^r<i(^ien — niimmeite nnb btubelte von ©ift^mi^fc^^e^e^ ·SSetfcbmi^t^nsen,, W^i^t^ibeimovb, ®d^i^<^i^f<biff:a^^ ^a^qu^Qen nnb Zumulit. SSe^ boKem S^^ge tot^ir man feinem Seb^n^ ni^t Mer; be^ 9!«(bt wrt):'^ notb atger. 9^«n begab lt<b'^ (f«btt n: fo^), bcr ®^4uel anf^ b6<^fle gef^tcgen wai:, ba^ man ju ^^e S^nb^^meba be^ @u^p>U^e^ vorfl^ent^^ ®ie ge^^^ aOen ^u:: fd^i^i^c^ni; ab^^ von affen ©tdlei, bie bem iBolte gefie^e^,. tvir^i^e leine ftarl^ev auf feine l^n^t^gi^nat^i^on al^ bie ^^rt^^i^en 9ia<^ur^jfige, bie beie S)icbtet i^n bie riiifr^^^be Dtebe b.e^ ?)er-feu^ verwebt batte —

O i^u, te!' *©etur* uni i*et* 9Ren<Ven -^eeuiS^f^t, ffllmo,,!

ffille lBelt fpiTi^ib ben folgenben S^ag in unb von ni(bt^ a(^ beir ^u^l^renben iKntebe be^ o Sl^i^i^e^ bu b^^ ©wttec unb bo: ^enf^en •^eereft^i^^! 3n jebeir ©affe von in j^ebem Ji^^ufe; o *o* Umi^t! — 3n jebem DRunbe u. f. w. ni^t^ ai^: o b<, ber ©blttre unb bee iDiem f<ben •^ernW^et^ satmoi^^ ®a^ J^euet g^^ff um ^tbz- unb ^^eganje ®tabi^, bem -©erien ^ined ^^njigen „ bffnete lieb be: 2i^eb^^ 5ein ®rogi^ifl lonnte ^inen ©frupri D^^^ff^ivur^ lo^ werben — lein aBaff^enfibmi^eb b»tte ba^ ^^n SBerl^j^eug be^ S^^be^ ju ftbmieben — ?fr^eu^bfd^(^ift unb S^ugenb be^e^t^^^^n ft(b auf ben ©af1el— ba^ golbi^c^^ltef lebrte jur^i^ef, unb fibwebte flb^^ be^ ®tabt '3fbb^ir^^. Sieber H^^i^eit nabm fein .^abl^ri^l^l^t, unb jebe a^bl^er^ttin veitj^eb ibr ipu^po^^i^^n^eb^^ unb febte |t(b ^eu1db unb bordete auf ben ©fa^i^.^'

3n beer S^bat fe^^ fd>iine^ ^api^i^^lcb^^! 11l[Be jv^^gen

•Snaben unb WTbbben fanben *ei* beli^(^i^i^<5 — „*O*
be^ ©bltta; unb bei: 9!K«^n;dben ^mrft^e^e, — Unb b«p
^^nji^get a^er^ «u^ bem euitq>U^ed — etn rote nxtbi^^
^i^cbz belt l^i^tbe^ l^^^ten be4 ^bn^g^ bei: gertngfte untet
^^et^^(tbe^:tobvfnn0r:tt fidb «^eifftu^e^bn(fejrom:n(t^<::tf<Sittem
55eine ftebenb jn macben g^^tnuen tnnn — ^^n 23unba: geroit^^t
haben foU, ba^ *fltte* fbet, tpi^^^beten unb SBetfen bo; ganjen
a^elt' mtt gefai^^^e^ $^d^nb hi^eht l^m ®tanbe get^i^^en ftnb nun
^^n ^njig^^Linl iu ^^n^iitfen — bab f^unber, eine fo f<b(i^nl^=
h«io>fe unb go^t»ei:ge(fene S5t^bt unb B^epi^l^ltlE, roieit^lb:
beta gen^i^^en fepn foU, auf etnmal in ^^n unft^'uibt^^^, tt^be:
ooDeb i^itfabien JU vertoanb^^n — bab gefnO: fi:eUl^<b ben gaucb^
hat^itigen, empifi^bfam^n, g^^bfd^t^itb^igen S:^i:^^lltflu^^en unb
iCul:teltau^^l^nn 9^^l: @(hab^^ ^iie bap am ganaen
Jf|^!^^r(U«t, fo ^te *ei* S^ru^er dti(^l^lt^ tein ^ahreb
2Boitt ift.

Sab ganae ®^^^imn<ip i^: bee ^unUe^l:KUd ?^enf<u
od:Ueb^ a!b *et* f:<u *atti*^^ ^^n^^tb^^^^ unb fo feu^ieU ee (ro^e
eb ieUem•^h'^l^^Uen STmoeofo unb a^i.e^uofo, S:^^lfenpf«b^er unb
^oni^eittee JU ^ehen pfleg^) *a*B*i*^^ wa^ «; ft:U einUilUete fSn
aBttl^l:hle^t hi^« aiuit ift'b nicht hfiUfcU an ihm, bap et —
um feinem i^^^^^ohen unb f^^^idbz atmi^o^ ^^n bef^o gtbpeneb
©^o^t^lime^t JU mcwi^i^n — ben a^men S!UU^lf^een bab d^gfl^e
nad^Uf^{)t^ ^*b* ftcb oon,t9ie^fcUen Uett(en unb fagen lHU^^
bab ganje ®^^^tU^idUe unb C^t^mifcbe auten^hum foD aufftt^eten
unb ^ugen, ob fem^^b fo ettoab auf bie guten Seute gebitacht
nootben fep! ®ie hatten fneiti^^, ^ie man *n^i^eip,* ihee 2au=
nen unb g^tut^e^,. unb, ^ab man im dgei^'tlichen 5Bee^!^(^t^Ue

ftlugb^it unb 2B«i^bcit ne^iU, war nie tbre @a<i)e get^i^ft^n: «i»ei: ibte ©tabt bejjtoegen jn ^^ner g^toi^bergi^u^be ju mtitben, g^^it ^^n wen^g flb^^ bie ©ranjen beir ^^ifiid^l^^gren Si^^ter: frei^^it, bie (fo ^inen gro|en S^wn^n^e^tr^ m«n ibr ancb immef jugefteben r^^lO bocb am €nbe, wie aDe anbern Sin^^e in be^ S^i^et', ibt^e ©ranjen buben m^jf.

£ucian non ©ami^ff^ti^^ im (Eingang feineg ^^icAbmten wie man ^^e ©efd^i^te fd^reiben mAjft^e — wenn man (bnnte, erjdblt bie ©acbe ^^nj an^^r<$, iviewobi, mit feiner €^:^aubn^g, n^tbt oiet ri<bt^ger aig ^oti^. (^it mu^, wie eg fd>e^t^t^ ^^wag vom ^bnig ^iri^^lang unb von ber 9(nb:o= meba beg 6urp>U^eg nnb von ber feltfamen ©(^b^drmeee^„ bie ftcb bei; ^bb^e^iten ^e^^(^(ittl^^l^^ ^el^^rt bab^e^:; unb b^ff man Salebt r^i^r, ben J>i>t^oOf<^teg ju $^A^f^e ju rufen, b^i^it er aAeg *ju* Stb^^ra ro^e^^r ing att^e ©e^^^g feben mrcbte — Unb nun febe man nntm^a, ro^e ber 9ltann bag aDeg bu);b^: ^^nanber n^ii^ftl — „2)er S^omrbiant ^rbelaug (bet ba^^ig fo viei r^etr:, atg ro^^n man udg 9^ro(^i^(^i^n, ob^^ ©d^r^: ter, ob^^ ber beute<be ©aitri^^ fa^^) — biefe: Stt^ibe^aug (am in ben S^c^gen beg .Sonigg Svfin^bib^g nacb Sibb^rc^', unb gab bie S[nb)^omebr beg €^urii>ibeg^ (Eg gerabe ^^n aufet^ orb^^^li^cb btip^^ ©^^^i^rtag. S^ee ©onne brannte ben lKbb^-- ri^l^en auf ibre ^rpfe, bie r^i^l^rli^ ob^^^^n fbon r^c^rm genug r^c^r^^. S>ie ganje ©tabt bracbte ^^n (tari^eg R^ebet aug ber bomrbie naįb .baufe. 3(m fiebenten S^age bra^ib fi^ be^ ben me^flen bie b^i^iantbeit ent^^»e^^^: bur^eb be^t^geg 92afenbtut^en ob^^ einen (tarfen ©^^(^ei^:! b^t^^egen ^^^eb ^bnen ^^ne felt- fame 9[rt von SufaK bavon jurA^. S^f^nn w^e baglRi^eber vorbei war, uberfiel (te ein umv<^t^ei;(leO(v^et S)^irai^i3z tra^ giftbe SSocfe j^u bedi^i^iiten. @te fpiffl^(be» in lauter Sfambe^n, fd^rien tvo fte fbanben unb gingen aug voOem Jpalfe ganse Sliai^t^en au^ ber 9(nbromeba fangen ben iSt^onol^og be^ ^otfei^" u. f. w.

gut^it^n, na<h feiner fpottieben 3ict, mart lidb febr Inf^ig ^^t bnt i8orfirllung, wie na^r^fr e^ aue^gefeben hoben mufTe, aOe ©t^d^gen in dlbbetra von blete^t^^z ^^^tbaud^l^en, unb vom Ttebrnt^f(^i;gen Ri^ebet aurg<^i^^ir^i^(ten £l^«8^Trrn wimmeln su febi^t^z b^'e aue attm ib^en 2^^be^l^lfaTt^en : „bu ab^i^^ ®^tter nnb ^^et i^enT(brn re^'^frerz Qi^i^o! u. T. w." gefungt^ttz unb er vntf^^er^z biefe S^pi^^emie b«be fo lar^ge ge^a^^erit, .beet S^inter unb ^^ne ringeTaDrne g^ope £^a«^e bem Unwefen lr(b ^^n €^r^br gemaeb^..

STOeti mu)T g^(lieb^l^z 2ucwne Krt ben Hersang iu erjub-l^^z bot »or be^ glor^cfTcben vi^e^^m ®enn fo Tettfam biefer U^^^r^iit^rbr li^reber Te^^rnen mai^„ fo werben bocb aDe dfe^^t^e bag er wenigflenr unb aDe 2^tr>t(^|:^

ee (^(^rall^rt^magtg ift. Sr ^lt alfo b^i^i^nz war bie 3ta: li^ener }u fagen pfle^t^n: Se non b vero, b ben trovalo. diber wa^^ ift'r T^eilrb nir^ttl wie fcbon aur bem einz^gen Umfianb er^^l^t, um bie ba fi^cb bieTr iB^egeb^l^l^^rtt in dlbbeira Sug^itragen boben foiz rig^^t(r(b fein dlbbero mebif w^ifz w<^i

aEbb^^^ten febo^ ^^ni^ge Si^abre j^uvor au^^g^eiogen woimz unb ^b^e ©tabt ben J^rfSeben unb ^att^en tiber^affen bo^ten.

bte begab ficb — wie wir (te rria^^t bob^lr: unb wenn man ben iparorpr^i^Eiz bn; bie d[^^^|;^ten naeb beir dlnbt;omeba ber (Sur^pi^ber Abe^^e^z ein g^eb^^ nennen witt:

..fo n^ar tpo^iigften^ von feiner anbern 9[irt al^ ba^ ©rf^aiu: fv'ielfiebeir, wo^it wir aufbiefen S^ig mi^nrbe ©tdbte unfer^ woft^ben ®«^i^if<^en a^i^^eitianbeS feb^^^ ®a^ Uebe^ , lag nicht fowob^l i^m iBlute, alS in bet S[N^critl^ei.t b^^ guten 2eute nbatbaupt.

3nbe^feni(i; nicbt ju Idugnen, eS einigen, be^ benen eS mebtt ^unb^^ unb 9^abrung alS anb^^n finben mod^^e^ ernffbaft g^^tug wuirbe um beS ^trjteS }u wotauS b^^n vermutbldb-in b^^ J^^ge beir Si^itb^um EucianS ^^tfi^^r^ben fepn mag, bie ©ache ffir ^^ne 9^tt von bibi^^drtt Si^i^ber }u bA^lt^^« ^um ©lfidf be'anb (td> .^ipp^^rat^eS nocb in ber unb ba er bie ^atnr ber S^b^c^^iiten fcbon $(emli^cb tennen b^^t^tj, fo fes^en etlcbe S^entner aDeS-in turi^^m wiebc^ in ben al^en @tanb — baS ift, bie a[bb^^^iiten ^^rten an^: o bn, ber ®6tter unb b^^ ©fenfcben Ji^el^^fdher, S^mor! SU fin^^n, unb waren nun fammt unb fonberS wi^^ be^ — fo weife alS suvor.

Jl n m *e* r k u n jj c n

iu bc)t 2lbbcvtten erficv

e r (t c 3} u (b.

1.

®.'B. 'S.' K. — — von feitten ^|^<^rb«n «ufi3= (reffen — ^afapbatni in feinem 6on un<(«uOnd)en S>ng)en erHnitl auf biefe SBeife bJe gabel, ba6 blefer gur(^ feine ^fei^be mtt3t^<^u» fdienftetM) a^i'^He-l babe, iinb Kinen enblieb felbjl »e.n. -jeventeS lur ©peife ootaeivorfen ivorben fei». ®.

©. S. 3- 1. ainatreonb Sieb, worin ein SMabelien alb S^bt^^et' (d,i^li giiden baraefieiU wirb, ifi ben ^nH^itern atterbinab |^<^|^!^^^<e,ti8 ^^we' fei, auf eine felnere, fld|leeldleee 3Beife aber iR bie Unadilbeil bebfelben nie e^lffan worben, atb f,iec oon ^serki^b.

®. 9. 3. IS. ®ie Subenat fie b^^di^itbigi. Sat. 10,'SO.

.• 2. . ' ı

®. IS. 3. *0. 9 r o l a a o r a b — ,@111 beini'bi^nter ©opblfl bon 9^(^ibei:a (etwab *alter* ald ^emofrltnb), wefdien Sltero ben •jli^i^lab, b^i^obifnb, @oi^i^iab, nnb alfe ben srobten fiOain^^irn feiner bToif^^^on an ble ©elle fept. ®!. ı

®. I5. 3.'«I. Ser ged)ti-aal — — aubaetiert — dOad plet »on ben ^.^b^irlten aefagt wlrb, e^^i'blen anbere alte ©dit^ifli^^ll^v von ber ©tabi ^labanbiib. ^cl. Rhodog, Lcct. Ant. L.ı XXVI. Cap. 25. 'S.

@.^0. 3.6. @i n e @i a en fdt a f ▌----- u it d bet -e< l-b f t l b d (otgefte — .$elbetlnb ging in feinem' prafl^f^^en ®vllbm »on ber

Selbgliebe «iii,- ilS einem von Sec ^atut unS eingi^iiffansten ®eiti6i, unb folgerte iintev vielem anbetn aui^ bieg bag jcbei: S^let.i'd, von fidt fell'g ben b'bdlllen babe iinb in 91iibeni nur feiii 'fjllb *idjiige.* ©.

3.

®. *il.* 3. 16. ^idit jcbermaiin tonnte na^) jtorintg res feii, ein ©prfi^ioort bei beit ©r^Iedieii, bcfcit gd) rtiid) bes bie^lle CKpp. 1. *1^,* iiiib beffeit ©iitii ig: nidit lebetii gelii^igt bai ©d^ivierige (Ei^asuii .lilngia IV. 4, 6») S)a gie^ bie fd/one 2Ai$ baiiiil in 93erbinbiiiig ge^l;ad|n if, fo bat <£^il^lanb ivogl an folgeiibe ^*Sage* von bent Urfvriinge biei'i^^ ©prudiwo^ne^ g^^adjt. J^orlnHr r^at eine fegt reilge Stabi, gaite viel 9ul:u^ ttnb viele — -^^I^^I'I'^II, bie bafelbg unter bem ^e^iuge bir f^^iii^^ gan^beii. 3>ie bei'iignitige von allen urai 2aiiS, aber au<^i bie tgeuerge. flollte maii nun igriiivigeii nad) SSorintg rii' feii, fo niiigie man reid) fei^ii; fong iai^t maii alleufail^ nad) ^oriittg, aber niigt jtt SaiS. @.

@. *4. 3. 17. @ am mait tin. Sgriopgagen it. f. iv. — ©oliniiii, C. XXX., and) Sliii••n, S^ela, iinb anbcre Sllte iinb S^euere, iveldie uni alle bie ^ull^eel^t^nf(^)i^n, von beitin gier bie SIibe ig, fur ^^irald^)e ©efd)opfe ©o^i^^ ju geben fein ffli^l^enteii tragen. SB.

4.

®. 34. 3. 16. o m e r S jS ii g a ti g e it — SltiS ber ajeltvotter, tvoburd) J^otni^i; bie ©ottertSnigIn ani^i^eidmel, Ig *fiou^Trii,* bie gai^i^ens augige, um igre groben unb lebgaften ^ngen anj^^beuten. ^i^iriii mttg ben Su^bvu^ eben fo aitgogig gefiiitben gaben alS bie fongigen Ueber= feger. @.

©. 35. 3. S6. o ritt e tt i b e i — ^^avmenibei voii Slea tvirb *fur* bett Srgnber bei; Segre voit beit Sbeeit obei; ivefetttliegeu Urbilberii gel^al^en, n^^(<^e Sfaio in fein ^vgent attfgenomitti^it, ttnb gd) Su eigeii gemad)t bat, baO maii ge gen)ognlilg naeg feinem ^aitieii jti nennen blei^t. SS.

39._ 3. *6. 91 tt t i g r e p f i a b e i — Siifpieltiitg auf beit ^tr^pgab^^ In beit Sl^igopf^anifi^en ^i^Iff^n, bee; gd) auf agiili^)e q>as raboreii einlieg afi gier angefu'grt tverben. ^ie ^egaiiptu^^^, baO Sdiill^^ feine ®<^|itedte im Saufen eiiigofen tonne, rugrt von einem

.. 2lrugfd^giiS beb ^fcaten Scnon (er. ^iffor St^nigfd)guf) ift unter bem 9>amon beb SldtiUeb bo(dnnt. ®.

8.

@.5^4. 3. I*. @at9re^^f))iele — @1>ie<(>t<()e y^otTintpiete, bie mit ber Opora bufTe ber ^5l(Td>)en ditige Ql^i^ntidtfeit nnb ivobon ben @t{(opb beei ^>rivib«l, bab ein}ige ubrig gebliebene @tu'rf biefer ^irt, einen ^e!^triiT gibt. SB.

t^. 3. SG. Sie @d)g^ar3en an ber ®alb(iifie — S>^^te wntbe freilicb fur nnb erTfi bnrd) Sobann i^on ©antareni unb $^eter Sb: cobar im 3. entberft. Sebte aber .^anno wenigT<^in(80<i Sabre ior nnb tarn auf feinor @ntbo(fuugbrei-te an ber ^^(^t>l^ut>o bon Stfrita bid $um ^a'^gebirge bo11 brei ©t^ij^en, ivab ^augainbillo febc wabr^dtein: lidg goonad)t bit; fo tonnte S^^mofrit jene ^ufle, stt^i^i; n>dtt biofem Sia: men, bod) aber ber Sage nadg geOtlnnt baben. ®.

9.

65. 3. 7. Sie Stbener eben fo finni^eube Sitteufte — ^ie S^tbeiiet batten in ibrem Kt-iege mit SRcgara {'eiiieii bciTern ®runb Ovenn man Sem S^rifiopbaneb gtauben biirfte), alb Sab etiidte junge •j^^eet'en bon SRei^t^^a, um bie SntiOibtung einer 9Regarifd)en •^etare ju radteet, ein paar junge ^r^teu bon ber uamlidteu ^i^ofetPon and Stfpa-. Tienb $^^ani^td;nle entfiibrt batten. btfpaTta beemodite alleb uber ben Veritleb, alleb in biiben, nnb fo »)urbe ben SRegarern bet^icie;) angetunbigt. SS.

10.

77. 3. *7. ©ie 21m»biitg0nen Sei SeletiS^eb — 3>U^fer jCi(^m^oSienSidcter war ein Beitgenob Seb 2(rctiopbaneb. Siie Cebeiibs jeit S^^mo(ti>b nimmt man bon 457 bib 353 boe 6br. ®. an. ®.

@78 3^. *• Vefdtreibung beb golSenen ^lterb — 3rau @ataba-nSa fagte Sie f^abi^beit. Sange bor Sem ^ammet bet: -SRabame S^i^unioi) madite Sudan in feiner wabren ®efd>il^tie, unb lange bot Sus (ian madtten bie ©liedbifdien >b'l^l^mb)^il^it^i<i^l>^r, SRetagenee), Vb<re(rateb, Seletlibeb, £-l^aTeb unb ^ratinub, ^etdtreibnngen bom ®dt>aratten>anbe unb bom @(bftlratTeil>d^eit, worin fie ficb in bie SBette bee^ifel^l^l^it, ber aubtd)we>fenbtien >binb>lbnngbfraft eineb neuern SRabrdtenmadierb nidnb ubrig jti >aiTen• ^ie fnbnfieu guge Im ©emaibe, weicbeb 5^^motrit bavon mad)l, (iid) auS ben Sraj^i^t^imrn genom^utn, Mc iiit$ tw fc^)i5teu Stu(I)c fclitci @afimab($ bavoii aiifbcOtlten bat. ®.

11-

©. 81. 3· *9. 9^t<^t<^ a 6 — @i^^iUiiii^^(l uiib ^l^ertibeit cts tcniit man an Mm cinsigen 3"flc M>ff<nglid), ia6 er cinf^naig gani 9(iMn in tag Sp^^ipn dnlub, um ii^m n(<'r jctc mcglidje Sragc, Mc man in irgei^^ einer SSiffenMiaft ibm porlegen modiie, t^igpnti^^en ju l)'S)^^n.

®. 84.3. so. ®ie ging ani einem @i brnor — Um l^en-ieiiigen Sef^e^ii, meldic welter t^en ©iegeiie^ SaertiiiS, nedi ^^llr^^^(l pter eine neuere ®tfd)id)ie ter b^bllof®l^ble gelefcii 6aben, irrige ®etmnil)un• gen in erf^arn, arinnert ter fS^rfaff^^, tnfi alle gier vortonimenbeii .^gp^^befcn fid) eii^e^ febr egl^>»^ivbigcn Mu^ettJuln^, sum St^eK einer SDenge SBerfe^uer unb bliiginger nigmeu tiinnen. S>ie S^eiiiung iinferg S^emofrit iil tic di^^ige, n^ee<d^, pe^^^nu^b(id) blo6 weil fi^tie pef•nuuft!i<^bc i(^, feine ®ette gemad)t l^at. ®.

e. 84. 3. 6. ^omSam erien (pon *ojuotos* glcl^)afilg iinb ^geil) pieSen in Dn ©pgemen Pe$ bni^i^^gotag iinp Sm^et^iff^^b t^ic allerfleinnen ^fjeife Mg S^effttoffeg, pon t^eiffelben t^i^^ur wie tag, wag fid) nad)Mr im ®fo6cn taraug IIIMIC, im @runbc *aifo* €Iemenic im ee^Icinen. S^ic ^rt bef ^ugl^iliiung cfflafic Sr^ipetofleg buf^db Mn ©ag; gl^eunl^fcbaft ig tic Urfadic bef Beweeuiig, weldjc tie SRot^ric pon eins anter fd^i^iitet. Sic6 telfit iiiditg anber^ aig: tic gleid)ariigcn Sl^^^ile fammefn ftdi miticlfl ter Bewegung in einaiiMr, nad^)Mm ^ie ungei^i()^> artigen St^^lle fiidt pon eii^auMr geid)ie^en tal^eu. @.

12.

€. »3. 3. s. Semofrit »on *be*rfifeben Naglern etjogen — Serreg, ber tel feinem £^^^^ggiuge gegen tie ©rled^ien einige Sage iu Blttera t^ei S^emotritg Sater fein .bauptgiiartier geftatt, tattle taniaig Mn tiotg feftr fuiigen S^eniofrit licit gew^inii^n, unb iu teiren t^eff^ir^i: Sriietung ein paar pon Mn fRi^j^ii^^^n, i^ie er tei fid) tai^l^e, iuritc^^el^^en. ®.

35ioflen. Baert.

©. 95. 3. S&. @^<)pten — 6vopt^en (Oiirebaiier) t^leSen tileieiih gen, TOcldje nad) auSfl^^^\^lll)t^nee,p^^ufun9 juin Bnfidjaneii Mr groSen fDiiHi^rien ju Sleufig jugelalfen wurMii. ®.

®. 96. 3. 5. 2)i(on imn ^rotoiin — Siii 9^<^im, »on belTen TOunbtirl'flirfr Sflf^i^iliinrfe iiiib ®ffr«6l<(ftit Me ^a(lrll)aft(lt Gri^sculi cr^auns lld)e S^hige iti rrinMeii wlffen; {nn 9^l^rf)^i((, bn6 er einen wo6l<|er^tape: len £)d)ffn M:el$nnller^t ©dirltte weit «nf beii ©diultern setr^^ei, und, nad)dem er lin mit einem ehiiiigen St^nfrff^iAisf todt senirn^ii, In einem a!<i9e Airoefreifcii Onl'C. SS.

13.

@. 108. 3. 19. ^^ieiner ^rodK v»u feitfo.mer ©eHoit u. f, w. — ^liniiid, deer In fd^er S^mtirs und jR'unfi9efdjldjte SSnbred und ^n^^d^^ed odne Unter^rdiicd fnfammeiisetrooen do^, erfn'dlt Im neun: undvierilgfien jtnvitel felned tednten 9fnd)d In onniem Srnp: Sfemofrit dode In einer feiner ©dirlften oewlfre fBooel det^^rnld, and deren dermlfditem i^iut eine ©difanoe entf^ed^, weldie dle @li)enfd)<)ft dode, d«d ^^irienlge, der ^e effe (od mit Sfrls nnd *Oetj* rnift er, nldii^^, don @100^* on nlied derflede, wnd dle ^'diiei mit elnander reden." fS^egen dicfeir und nnderer adnlldier 9^((^errr^trll^n, woiion Ovle er f«<)*tf* dle S^i^ir^lften ded ^etm^^irit wimmen, liedt er Idm an einem nndern Crte felned U^eirfed den S^itt fedir fdmlmeinerdaft. Sil^i^ir ©elliud (Noct. Attl- c»r. *I*,. X. Cop. 9rrtdridi9t unfern ^dK^fopden mlfeffferm ©r^iind, ald b>linind Idn d(mlrtdrilt. S^nd lonnte 2^^mi^(irit dafinr, daS dle S^ddrerlen dnmm genug wnr^^t, a^^^, wad er Im &^n|ie fagte, fur Sronle, und alled, wad er fdieriwelfe fagte, fur Srnfl su' ncdmen? Od^^, wie fon^^f er pnrdlndi^^n, dafi nld)t lauge nadi feinem atode 91ds derltlfdie dtOpfe taufend Silder^nO^rll^n, an dle er nie gedndit daite, unter feinem Seamen und 9^ndrdrn an andere 9lddflritrn dcrr^andt^^l? 9Qad fur tfaglleljed 3<u9 lied Uim nldit erfl Im S«dre 1646 fOi^gnenud In feU ncm Deinoo^itus rebivivua' fagen! Uiid wad mifTen nldjt dle Sente in der Atd^irn taielt don. (idi fagen lalfen! SSi.

© iog. 3. 6. £e^ltdudaer — ©led l(i wodl ein Srrtdum ded Urdrrdrdrrd. ©enn wer weld nld)^, dod dle ©rntdudnrr dem ^rlfioteled drldfl und^^annt waren, und und^^annt feijii uuldtat, well die erfl aud Sl^fninMen ill und unb In ble ubrigrn StbrKr unfrrir .^albs tugel grtgmnlrn dud! ©. BulToa Histoiro naturelle dee T. 111. p. 197 u. f. dB.

, 5wcite£S85ii6.

1.

®. ||^. 3- 19. 955 i t o i f l e S (o ·) f ii 0 e (; o d, c i ti J- 1 » 6 **fpriiijjen tBiine** — 9JW)td i(l ni'Bijlif^ffr, Oi5 li«6 @c(v«tf6 wirflkf, einmal ctiijaS gefogt Oi^en fotiue, Bad jii tiefem girifto: 1P>aiiird)eii ©pafi anlaS geg^l>en. @v tiirfte mir in einev ©efeUfdjdft, »o tie 9iei)e von ®i^o6e nnt <(cingeit wav, ten Svvtl)um angemerft galirn, ten man gewoOnlid) (eg^li^, ta man non @ro0 nnt jVlein alB non ^afentlid)en 9:genfd)aftall f,^rid)t, nnt nid)t tetn^^i, taO t6 tloS auf ten SRaCffi^D aniommt, o6 elicn taBfalOa 9^big grofi oter Hein fegn foll. Sr fonnte nad) feiner fd)e^^sltaftan 91rt gefagt D^l^i^n; man ^ate Unmdi, ten ©prniig eined ^(oDB nad; ter Sitifdjcn @Hc }n wef^^n; man muiTe, nm tie @e{)tn^Ulraft tm mit terienigan einet Suftf^rlugerB jn »etvl^(l^llden, nid,t ten menfdKidjcn S'iif. fontern ten 5(oDfu6 jum 9Ra6 ncD^^^n, rnenn man antert ten 'Sloten.@es radttigfeit inlterfatren fafTcii molle — nnt tevgleidtan. 3lun .trandjic niir ein 9^^teeil in ter @e)eiiid)afl ju femn, fo fonnan n^nlr fidjcr taranf redjt^ien, taB er alt cine grofie UngereimlD^ii, tie tem ^OHofopten anlfapren fe», nad) feiner aignan ^rt n^n^ter erja'tit DIl-CH weirte: mit wenn gleid) 91ripopD)ne^ Hiig genug war ju ^^e^r^ifi^n, tap ©otratet etwat ^lugeB gefagt titcn we^^e, fo war e^ tod) fur einen fOann son feineit ^i^ofefflon mit sn felner git^^d^, ten ^pilofopten ladtarlidt tu madt^n, fdton gei^^ig, tat man tiefam ^iif^l^ eim f'8enOmlg ga(>all lotma, wotnrd) er gafdti^l wnvtc, tie 3^^ei^dtfrllc ter ^tten^i', tnaldte (ten ©cfdimatf mtt ten lBip atgcrad;nalt Jiamlidt 9ll'<firitan waren, einen 9logat^t^(ii^|Ju a:fdilOllern. 9C.

. ©. Its. 3.80. Sin Sidjtar, tar tie ©adjen gern iiDer: treiPt —

Pei^paliio risu piilmoiiciti A*iiarc solobat
Doi^n^i^f^itiis. — Juvctiaf. Sat. X. 33. ffO.

®. 1^^. 3. 1. .ij e r a fl i t j n m SU n (5 e r n e Dm e n — 9)^an yffegt tat geten tet .^eraflaitot tem tet S^emofri^ob antgegen ju fe^^n, wie matt ten ©tgl tiljer (id) entgegenfegett fann, ter Dei jenem tunfel, geS^rangit, fd))^^i^|^^^l(ii), ti tiiefem flar, le^^^t, flief^eilt, war. SJott ieuam fagt man, taB er nter tie ^elt gnw^iiu, liefer beflrt'uMsJ iibcv (e gelodu SJiciie batten kann etwaS ®cfd)elktercS tOm fiinnni, bclkc tfxtten es aber obne S'oetfet nid)t. >^ccatIet^oS aber «^^r ooii nietaiiidjotifdiK; ®einiitbSart nnk tab mir ken eivlaen 5l«6 keif ®ln3e, S^^moft^i^od war »on tangninifdjer ©emut^^^iji^it, jnweileu" aewib (amiig nnk fd,<^l^(;a^^, nnk tdiieii kod, einiaen ©rnnk aeCunken jn bab^n, woi^auf er bei kei:^t ewiaen OS^^^^kel keir ^iiije fit^eir fuSen tonne. ©.■ . *■

^14. 3. 17. Snr ken------ 9ffftt t err.itaen (a n n. — ■Bei aileni kein nrtlairl fid, kad, ©eiicta balk karanf, [kabı cS nad, befTtrr nnk einem weifen SJRi^nne aniiankiaer feii, kie berrfebenken ©itten nnk Sebler ker 9Rcnfd,en fanft nnk aleidjntutbis jn ortragMi, alS ^^ruber jn ladieii link jn weinen. fCiil, er batte mit wenig 9J2iibc ^nken fonnen, ^^6 eb — nad, wab beiTerb gibt alb kieb BefTcre. ®a,^nm iinine; (ad,^le, immer wdin^n, immer iurnen, aker immer gleiel^j^iiltig fetiH? 6b gibt 5^tk<^olkl^iel^n, welrbe bel^dienbwc'tb fiik; *eb* gibt ankere, kie ^^nfilkaft genng fink nm keii^i fOenft^,e^nfrcmlkc ©eufjer anbeu^l^<^lfe^ ; ankre, kie einen- ■keiligen inm Unwillen reijen fonnten, enklid, nad, ankre, kie man keir mentd,lid,en @d^wad,beit su gut bultcn faU. 6in weifer unk guter d^ann (nioi pitui^* mal^ia »»», wie •barns weebli(k ankkekingl) Tad,t akeir fSd^^lt, bekiaitert aker entfd,ulki^^ aker je na(kkenl eb ^^eei'f^uen unk ©a<k^il, Ort nnk geit mit fid, bringen. S^enn Tad,cn nnk wd^^^il, lieben nnk bafem, sui^,tlgen unk loblatfeil, bat feine ge^^, fagt ©alama, weld,er alter, (luger nnk beflTcic' war alb ©enetn mit allen teiuen ^niltkefen. 5B.

©.116. 3. 6. £tiginek, jfi,^d,en^atn-, geb. im 3ten gatn^s bankc,^t, 311 Qtlerontria, fali full, weifer kie ©teile bei 9Rattbauk 19, 1s. mibrerfankl^il, felbfl mtmannt baben. ©.

©. 116. 3. 74. iE e r 111 ((i a n, and, ein ^lrd,em^^^^eir, geb. su Sm^^baga im' Sten Sabi^buukert. S^le hier angefukrte ©teile f. .Apolog. c. S6. ®3.

©. (17. 3. «• ®kr 9t.atb keb ©afrateb — bicmorob. Socrat. Lib. I. Cap. S. Num. 14. d).

©. 119. 3-10. ® e m o {r i t — — e r 114 r t e blab a n b ^l a m e n u.- f. w. ©eit kie ^bki^iriten erfdii^m^u, w,a S^i^lunk fld, nur auf Brnifer beirufen f^^mie, knn man and, ken ®em^^rit ridltiget beinr-t^^iit, nnk kiyrd, Bnble, Senn^^mnu, 6nrab, iirng u. Q. ifi ibm fein 9eed)t 9eworreu. Bleibt er gicid, ein QUUiif, fa nahm er kad,

Siaturgefepe an, ja eii^tbwfte (ie. 9^(>et fdjon Slcei^i) C». D. I, i<) oer^aiti) iOn ®'

<3. ISO. 3. 1. S l f l p ii t e r, Mefe 3iverg(eln unter iien Swcrgeii dnO feit ®uHlvi^i^il Sieiji^n »on (Swift AlO t)^il j^leiiif^e menfdtlltOer Jifelns Oelt O(Aiint. @.

2.

<3. 185. 3. 80. 9f«ii — -Oier idjeeiit eiite Utiriditigfeit in ben £ert eingef(6(i<d)en iii boi^f^n. ^er faii ivar nor OUi^AiiberO Si^^^^i^iung beei O^^rii^fdjeii 9!ei(l^)i^ii ein un^^tAiinter fOoget in ©i^iedieiilatib. Unb ba er nadjnitil^ and Giit;n nad) Siiropa uOrj^in!), ivnr er fe fe(l^l^i^', baS man ibti }u Otbeii um (Selb febett IieO. Sebodt ivnrbe er in (urjer Seit (nad) beni Oinibi^i^i<d be^ jt^g^^obienfd)reib^l^li ^ntipbo:-n^^) fo gemein ali bie ftBad)telii. Sn beif uppigen S^e^dte non fRom wurbe beren eine unenblidio fOf^nge bafolb|l eriog^n, unb ber $^fau ma(bto ein n»r$i^^j)lid)^i$ tSeridit *auf* ben romifdton ^Afefn aiii. f^eber be^ ^oi;r non SSuffon gongnlmen baO bie ©riedten feine Pfauen ge^otfl^n, tveifi id^'nid^^: bab ©egentbeit ba'tto ibm eine ©teOe anb beiti ^t^eteit OUeii^' beim Oll^i^nAaiii ben^ififen tonnon. Sut^e|fon ware bod), weitit nor i^IerAiibi^rn feine Pfauen in CfuronA gegeben batte, gewiB, bafi ^emotrit bem ^r^^fier ©trob^^^^^ feinen gebrAtneu P^(^u batte ftbiden tonnen; man mufite benn ngl^Anrfefi^l, bafi bitfor tRatnfffgrftber untof anbern ©ettenbeiten and) Pfauen ani Subien mitgebraefi't bAtto. Unb warum foilte WAU biefi iiidlt ugfAui^fefiou itonuen? Sni S^^tbf^il tgnntou uui au^ bie alten @amifd)ou SOlhi}onf, auf beueu man nobon ber Suuo eineu-P^^ati Abgobilbet fwog, aiid beif ©d)wiorigfeit belfen — wenn *e*^ ber fifiiube wertb ware. 5B.

(3. 18^. 3. 86. S a ri f o n — Sine 0^^l^rtd)e ©olb^iU^ije, bie noii Spparareb 11. gboif Sariitb aub SOrbf^n, nad) ber Sf^oborung ^abploi^^, Sii^itfi tglI gefd)ll^^^n worben fenn• 555.

4.

©.ISO. 3. 51. ® o r f a ll f e r n i b t £) e I----------j u r ii (T 5 ns geben — 555ie nngfeid) fiid) bod) bie na'miitbe €^<^d)e errafrlon lafit! fSoii eben biefer S^t^t, bie iiufer ©nfopblAnt fur ben bollfiA'iWf^f^^u S^etwi^ eitiie^ vei^lriidtou ©ebli^^^ fprid)! ^linlur ali bon oiner bod)fl eboln unb ber O^tTlt^fopbie @bre macrenben ^^ubluug. S^emolrit war Det lii gu^bet^liiit, om fid) auf Unfofieu aubrer, bie nid)t fo pici outbfbron tonnten, wie er, bereidii^eii jn w»II^^i. Stiw ani)ni<^e Unruhe iin> 58er» iweifl^ung, einen fo groIien ©e^wi^nnfl verreI)(t)u pal^i^n, ruhrte i^n: er 9ni) iinen ibr Ct^i, ob^er iai im^nuti 9^1i)^te ©elk iuriid|, unb i^egnugte (idi 'ben Db^i^iriten gejeigt jn bnbeit, t^<«S ed nur von iim aii^t^nge 9^elldi^ tiiumer)u enverbi^n, wenn er ed ier Wtiifje weiftli i^lelte. 5n l)icfem Si<bte R^bt ^!^liniuii i^ie^odl^ie an; uni) in ierXiflt t^mS maii ein Siiitrit, ein ©^l^t^i^bant unb ein @d)urfe dugieid) feliii, tiin f»amie iinfn ®i)to: Vjant iavon }u fvredien. tIB.

5.

I^I). 3. 17. @InIu^ungdNireiben an •^iiipofei^s tei — i^id i^efiniet lid) nod) etwi^^ unter i^iefeir 9^u^lril in ien Suigabeu ier ©^erd i^ed -oi)ipo(ratei. Ift aber eine allen Swelfel fdiot^i^n, unb iiie Arbeit irge^li einK fdialen Graeculuo fpdterer geiten; fo wie iie ganje Srsdilung von icr gufammemunft iiiefei ^^r^itei mit ^emo(ril in einem ier Und*d|ten ^(iefc, iie i^en Damen iei erfiern fiiii^en. ®.

©. 143. 3. «. Jteine Sorgnette baHe — ^enen, weldie fidi etwa iietuber wuniern mod)^dl, iienet)un$Rad)rid)t, iag iie Sorgnetteh iama^^ — nod) nid)t erfnnien waren. SB.

154. 3. 19. I>oti beta — Sum UIlOIU^ fittb alle feine ^eev^e werl^iren 9^04110^.' Anciq. Recherches sur Ilccaiie do Miletp Tom. IX. des Mdn^. de IduCrst. $EQ.

j^ic bcdfefhen ^^filmnte^t unb had ®c(Ic uber ihn ges fd^t ^nhet man l^l>n H)S)oricorum grsecorum antiqui^^mo^um fragmenla. 18^6. (3).

®u<^.

i,

®. 166. 3. St. S^^niotid^ie 9t^atbie fonnte man, nadi Sampe, iur^d^i ir^^^niidiien ®lei<dl^^^itb uberfeltett; fur b^rt^pijatbie mbeite idi in (omifeier 9^^)ii^eiung Suitfeud|e vorf<^(<^^(^n, i)eren uble ^ii^iung war, iag fie aliei fdion fanien.

2.

@.'170. 3.i^8. ®0 (Cd' f p i o (,S3:Mgobic namlid),' »oii *Tf^o^yos* ©o(C. mi'b @c|^«ng. S^ie brAmatifd)o $^i^cfic. entreitfc^to *fi*d) nani; (ld6 and ben ^^l»rgcfangon an ben a^<^l^<bul^f^c^lon unb ben fu.pi<)ru ^*eti*^s gOCa'l<)o.n bei 4^).ii^(<crc unb jtoltorn, reobol ber $^i^eid .I^ed. ©logord ein. Sod war.

5d) ben^orCo gield) bler fur blefcd ganse Siu^td, baf SSb^llinb. .in Qnfi^l^ung bed ©dia^'^lf)lie;(^vorcnd »ie(mob^rniftirt bat. Su aUem, reo Si^onie bei Ibm ium @rnnbo lio<^^,. fbmmt *ed* Ibni auf S^^l^fl^bUng bet gonlumo nie an, (OO^IU er auf foino .3ditgonof^on be^o mebr-$u 'reirfon boffen Conuto. fnan(bo ^unCte finb aber au^ feit Ceinolf 3'^>t erb in ein b.r(icrod Si^t goCogt .worben, unb uber ctli<bo ifi man UOO/. ni<bt oIUIS. @.

3.

@. .18*. 3. 8. @t,unb^^at.icn, oon ©Ocu^^IUI, fomifd) ^l^.t^ a^nban^e^^- ®.

©. 184. 3. *». Sbiapfond erfied ©*tuoV* — gd ^^rb"lSugamia, ober bio biotfadle Si^aut. gii^amia war ton ibrom Sator an eiaoa, »on ben fiEutUlr an beu an^^i^n, unb' »on einor Sante, an bwren @rbs CO^<tCt ibr gelegen. war., an beu britteu 9Kaan berfprotbeu worben. 9(m gube (am boiaud, baf bgd boreilige. SRabdieu fid) CeibCi' in b^:r @tiUo bereitd au eiuon vierteu ve]:io^enl^t batte. 5S.

0*

©. 195. 3. 7. Sraperie von ro fenf«r{lnom ^oifdiem Seng. S^le ©dliOl^r, bie man auf ber Snfel ^o# vei-fet^tijte, wa(^on ibirer S^nn)^(i<btlgBcit reegen beirubmt. ®.

7.

©. «ie. 3. 16. Slajefiat..ber @efdjid,te. gin 9lu#brM<f, reels d^^fi ffiii^lanb von einem fraiiOofiMen ©(briftnellev entlel/i^lF, ber iln ses rabe bomoi# bei' einer fo fe/r unbebeutenben ©elegenbeit gel^irandit batte, bab unferm ^hbter fdjii^n, er (onne foirtan. mir su (omifd)em ©ebrai^tbe biei^i^n, ben et felbfl and) bier bavon madien reoifte.

a-

• ©. i^^7. 3.0(^. 'Suriplbeb — — ®efbenfeinb' Iff'ies tom^, b«6 Wcfeb. bablidK 2«(5eii bem (^lerlvi^^^, wlewor,n nuvfrtlifnter ^clfc, ©(^I)ilb gegencn•wtl1rne. .155;

®. 319. 3. 7. r » f d) p f t c 8 e'r — bei: t^attjbberr ivor ci= ucr wn ini gut^forgern i^eb-'grlicTfigl^ee 51^obiftgroO!tnB, ivc(d)ei in SIbe iicito cine febr onfe^inlib)c ©tc(fe wot. S^o-ii nonnte-(ie Sic (Boti^adios trov^gl, wetn^lrb su S>(^iitr<f) fel^it'"fu9fld) tm'odr Si^oftljpflcgcic gegeben werbeu• ■i^ann. SB.

9.

<5. tn. 3. 17. SB o n b c n S t; c i f dtc n SB a u e r n. ®. Ot'ib. ts. 336. 635. ®.

@. 333. 3- 18. Seiffi^b'monie — ®cr S(p»fie(^^«ul fid) beii Din bicfcm SCotrte dbgficitftcn S^ciisoftt^J, ba er bit lroM= (d^r'obcr wcnignenb jwclbi^utlger S^cife, wegen Ibircr unbf^ifnnjten 9tel= giofi^'t iu foben fd^^int. 9^vofleigerd)id)tc X^II, st. ^on tennte ci @Silterfurd)t obei' S^e^iin^iti^nfurdit ubcrfetien. SB.

11.

@. 340. 3. 33. 2>>e empfhibfamen gra ncniimmeidben n. f. w. — 9^«H vergefTe nidjt ^^6 bie6' im Sobre ni'7 gcfdjricben wors be^i. ®.

(3>oma(i. botte burd) ©oetbe'i S^^irtbdt unb SRillcrb ©ieg'^art eine empbnbeinbe)^^rh^be bef^i^in^^n, bie mit bem fonfiigen ©turnt unb Strange (nod) einem ©diourpici biefeb Sit^eib bon in beii boe moligen fdtenen Siio^atur einen fel^fomeii @ontroft bilbete.) @.

©.1^1. 3-^8. SnOatt fi^j iur Sllufion)u b<^<^uenmn.' — @b vcrbcbt fid) von felbjl, bofl ber Stiditcr bob ©einige getbon boben miib), um bie Slliifton in bewiiiten unb iu iintcrbolten: benn fonb bot er freilid) teiv dlee^m, von unb iu P^t^longen, bob wir, ibm sn ©cfollen, tbnn f^it^n, olb ob wir fob^n, wob er nnb nidit ieig^, fiiblten, wob er nnb nidit fublen moe^it n. f. w. SB.

12.

©. 3^7. 3- n3. O r m o r, b U-------r- e rn e dj —i ginfs rib)tl9 iu rebi^n, blebed SBt^rb ip ber einiige ■dubreube in bem go'nseu

Seagment beir Sebe b*ei* ^^erfei^iS, ba*i* jiifaUijjer OBeUe n»d) vorbani^eu i(, wie unfre ®eied)ef<()en- tunbigen Sefflt felbfi eertbeeien megen — . benn fo (A^ten ble iGii^rte:

la --ru^awt Qttav rt xavi-giaTtun', lSgtat,
H ıfit) StSaext ta xaxa ı ti^atytaSat xaia,
H Toi-f t^iaai', au Sijj^toauYot «,
Mlo%9ovat fio}i9ovf tvru/ia: ain^^nxioxet, x. r. .®.

Sit abi^ir, beir @otteir imb beir SRenMjen ^errfcfi^t, ai.mor, eiitweber lebt' uni, bafi @d)one uni-^d^)t fdjon etfdjelne (idt-fefe *xa^a* flatt *xax.a'^*, ober bff ber felbcnben Slebe, beiren ©djopfet bn ben ©d^t^i^r^i leldjter erttagen. ©.

CPSIA information can be obtained
at www.ICGtesting.com
Printed in the USA
LVHW112017030423
743357LV00006B/593

9 783382 008222